奇妙な
死刑囚

アンソニー・レイ・ヒントン
栗木さつき 訳

THE SUN DOES SHINE
How I Found Life and Freedom on Death Row
by Anthony Ray Hinton with Lara Love Hardin

わが母、ブーラー・ヒントンに。
だれもが、母のように無条件の愛をそそぐすべを身につけられますように。

序——

胸に迫る、唯一無二の物語

弁護士　ブライアン・スティーヴンソン

二〇一五年四月三日、アンソニー・レイ・ヒントン氏が釈放された。アラバマ州の死刑囚監房に三〇年近く監禁されていたが、ついに無実が証明されたのである。

一九八五年のある晩、ヒントン氏がアラバマ州ベッセマーにあるスーパーマーケットの倉庫で床清掃をしていた頃、二四キロほど離れた場所で事件が起きた。レストランの店長が仕事を終えて店をでたところ、武装した男に拉致《らち》され、現金を奪われ、銃で撃たれたのだ。

店長は一命をとりとめたが、犯人はヒントン氏だと証言をした。犯行現場から何キロも離れているうえに、守衛が目を光らせ、全従業員の出社と退社時刻を記録している倉庫で働いていたにもかかわらず、である。警察はアリバイを無視し、ヒントン氏の家を捜索し、古い拳銃を押収し、それが事件に使用された凶器であると断定した。それればかりか、別の強盗殺人事件でも逮捕、起訴した。

州の複数の検事が、ヒントン氏には死刑を求刑することになるだろうと述べた。嘘発見器《ポリグラフ》にかけたところ無実だという結果がでたが、州当局はそれも無視した。

裁判所が指名したヒントン氏の弁護人は、拳銃に関する州検察の誤った主張に反論できる専門家を公判に呼ばなかった。その後も一四年間、ヒントン氏は自分の無実を立証するために必要な法の支援をいっさい得られなかった。

こうして彼は収監された。自分で弁護士を雇うお金がなかったがために誤判の犠牲となり、有罪判決を受け、死刑を宣告されたのである。


ヒントン氏は、アラバマ州の田園地帯の貧しい家庭で育った黒人だ。二十代後半まで母親と同居し、逮捕されたときは派遣従業員だった。それまで、暴力行為で逮捕されたことも起訴されたことも一度もない。

その生い立ちから、人種差別の厳しい現実を目の当たりにした彼は、有色人種を抑圧する偏見を鋭敏に感じとり、用心深く観察するようになった。その一方、すばらしい母上からは、けっして肌の色や人種で人を判断してはならないと教えられてきた。だから、自分が逮捕され、起訴され、誤って有罪の判決をくだされたときも、それが人種のせいとは考えまいと必死で抗《あらが》った。

しかし現実は、どう考えてもそうだった。無実の貧乏人より罪を犯した金持ちを優遇する司法制度のなかで、彼は貧しい側の人間だったのだ。

私がヒントン氏と初めて会ったのは、一九九九年のことである。思慮深く、偽りがなく、誠実で、思いやりがあり、たぐいまれなユーモアセンスの持ち主である愉快な彼に、私はすぐさま深い感銘を覚えた。そして、力になりたいと思った。

そこでまず、私が事務局長を務めている非営利団体〈司法の公正構想《イコール・ジャスティス・イニシアチブ》〉のスタッフと協力し、アメリカでも指折りの三人の銃器専門家に鑑定を依頼した。すると全員が、押収された拳銃の特徴は、犯行に使用された弾丸の特徴とは一致しないと証言した。

しかし、彼が釈放されるには、それからさらに一四年もの年月が必要だった。

アラバマ州の死刑囚監房にいるあいだに、ヒントン氏は自分の独房から、五四人もの男性が死刑執行室へ歩いていくのを見た。それでも彼が長い歳月をなんとか乗り切ることができたのは、幼馴染《おさななじみ》の友人がずっと面会にきてくれていたからだった。その友人、レスター・ベイリーの話によれば、ヒントン氏は一度も孤独感にさいなまれたり、見捨てられたと感じたりしなかった。

それればかりではない。彼は周囲の死刑囚たちと積極的に関わり、監房ではひとかどの人物として尊敬されていた。刑務官たちでさえ、結婚や信仰、日々の生活の苦労など、悩みがあると彼に相談し、助言を求めていた。

そんな例はこれまで見たことがなかった。

長年、裁判で失望と挫折を味わってきたというのに、面会室で会うヒントン氏は、よく声をあげて笑った。周囲の人たちは驚いただろう。それほど、彼には並々ならぬパワーと気持ちのいい快活さがあった。

弁護士という職業柄、私はこれまで数えきれないほどの刑務所を訪問し、数百人の依頼人（死刑囚）と接見してきた。刑務官にはたいてい無視されたり、傲慢な態度をとられたりした。刑務所の職員から嫌がらせを受けたり、食ってかかってこられたこともある。ところがレイ・ヒントンと接見するときは違った。刑務所を訪れると、看守からも刑務官からも職員からもしょっちゅう呼びとめられ、なにか力になれないか、どうすればレイを助けられるのかと尋ねられたのだ。そんな体験をしたのは、あとにも先にも彼のときだけだ。

弁護士になって三〇年、これまで大勢の弁護人を務めてきた。ヒントン氏以外にも、誤審のすえに死刑の宣告を受けた依頼人はたくさんいたが、彼ほど私の心を揺さぶった人はいない。


ヒントン氏の回想を綴ったこの本は、読むと何度もつらくなる。だが逃げてはならない。これほどの辛酸《しんさん》をなめる境遇は、大方《おおかた》の人にとって想像もつかないだろうが、本当はだれの身にも起こりうる。司法制度や人種偏見について学び、偏見が人々を公平かつ公正に扱う妨げになっている現実を、あなたも知っておくべきだ。死刑制度は恐怖と怒りによって支配しようとするものであり、だからこそ、裁判所や当局があれほど無責任な行動をとるのだということも知っておくべきだ。また、人間の尊厳と価値について学ぶ必要もあるだろう。たとえ最悪の間違いを犯したとしても、われわれはただそれだけの存在ではないのだ、と。

本書は、こうした問題を理解する助けになる。

じつは、私はこれまで何度も、ヒントン氏は自身の体験を語り継ぐ前に死刑になるのではないか、と恐れてきた。だが彼は生き延びた。ほんとうによかった。

彼のこの物語は、赦《ゆる》し、友情、勝利の物語である。激しい人種差別、貧困、信頼できない刑事司法制度のなかから生まれた物語である。過酷な体験をしたにもかかわらず、彼はいまなお希望を捨てず、寛大な心をもっている。

彼のたどった人生は、だれの胸にも忘れられない感動をもたらしてくれるにちがいない。

1

死刑を科しうる犯罪

しかし、そうした証拠以上に、
ヒントンの公判ほど、
罪を犯した事実と邪悪さを
被告人が発散している例は
なかった。
――ボブ・マクレガー検事

人生が永遠に変わってしまった瞬間を、正確に知るすべなどない。私の人生は、逮捕されたその瞬間に永遠に変わってしまったのだろうか。それとも、思慮の足りない選択、不運といったものが重なって、あの日に集約しただけなのだろうか。あるいは、私の人生の道筋は、黒人として生まれ、南部の貧しい家庭で育ったという事実によって、すでに定められていたのだろうか。

こうした疑問に答えるのはむずかしい。だが、縦二メートル、横一・五メートルほど、バスルーム程度の広さしかない部屋で一生をすごせと強要されれば、人生が狂った瞬間を思い起こす時間はたっぷりある。何度も、あれこれ想像する。連中が追いかけてきたとき、走って逃げていたら？　野球で奨学金をもらえていたら？　思いきって、あの娘《こ》と結婚していたら？

過去に思いをめぐらすことは、だれにだってある。あそこで右ではなく左に行っていたら、あの人ではなくこの人にしていたら、違う選択をしていたらどうなっていただろう……。べつに監房に監禁されなくても、つらい過去を書き直そうとしたり、惨憺《さんたん》たる悲劇をなかったことにしようとしたり、おそろしい間違いを正そうとして何日もすごすことはあるだろう。災難や悲劇や不当な出来事は起こるものだ――だれの身にも。

そういうとき、私はこう信じたい。肝心なのは、そんな体験をしたあと自分がなにを選ぶかだ。なにを選ぶかによって、その後の人生は永遠に変わる、と。

そう信じたい。心から。

一九八六年一二月一〇日、ジェファーソン郡刑務所

私たちを隔てるガラスの向こう側に、母さんが座っていた。象牙色《アイボリー》の手袋をはめ、緑と青の花柄のワンピースを着て、白いレースで縁どられた青い大きな帽子をかぶっているその姿は、とんでもなく場違いだ。母さんはいつだって、まるで教会にでかけるような正装で郡刑務所にやってきた。南部では昔から、こぎれいな服装やきちんとしたマナーは「武器」とされたからだ。帽子のサイズが大きくなればなるほど、母さんは真剣だった。あの女、法王より背の高い帽子をかぶってるじゃないか――そう思った人には、母さんが南部なりの流儀で完全武装し、戦闘態勢をととのえていることはわからなかっただろう。

とはいえ、公判のあいだも、郡刑務所に面会にくるときも、母さんはどこかぼんやりしていて、当惑しているようだった。私が一年半前に逮捕されたときからずっと、そんなふうだった。レスターの話によれば、母さんはまだショック状態にあるという。レスター・ベイリーは私の幼馴染で、初めて会ったのは彼が四歳のとき。両方の母さんから、外で一緒に遊んでおいでと言われた

のだ。二歳上の私はレスターと遊ぶのが物足りなくて、なんとかして彼をまこうとしたけれど、あいつはどこまでもくっついてきた。あれから二三年の歳月が流れ、レスターはまだ私にくっついている。

母さんは、もう何度も面会にきているというのに、私がまだ郡の刑務所にいることが解《げ》せないようだった。三カ月前、私は強盗を犯したうえ、二人の男性を殺害したかどで、有罪判決を言い渡されていた。一二人の陪審員が、あの男には生きる価値などない、いなくなったほうがよりよい世界になると判断した。単刀直入に表現すれば〝死刑〟に処すべきだと決めたのだ。

でも、かれらは人違いをしていた。レストランの〈クインシーズ〉で店長が拉致され、金を奪われ、撃たれたとき、私はそこから約二四キロ離れた、鍵のかけられた倉庫で夜勤についていたのだから。

「おまえはいつ家に帰ってくるんだい、ベイビー？　いつになったら、あの人たちはおまえを家に帰してくれるんだい？」と、母さんは言った。

私はレスターのほうをうかがった。彼は右耳に受話器［訳注：面会の際、囚人とはガラス越しに顔をあわせ、備えつけの受話器を通して会話をする］をあてている母さんの背後に立ち、その左肩に手を置いている。レスターは毎週、たいていひとりで私に会いにきた（母さんは姉さんたちや近所の人たちとくることが多かった）。しかも、面会を待つ人の列のいちばん前で待ってくれていた。通勤の途中に郡刑務所に寄り、私に挨拶をすると、職員に買い物用の現金を預けてくれたので、私が日用品に困ることはなかった。彼はこの一年半、毎週欠かさず面会にきてくれた。なにがあろうと、いつだって列の先頭に立って面会を待っていた。レスターはほんとうに最高の親友、これ以上の友情を期待することはできない。

レスターは私の視線に応じ、肩をすくめると、首をわずかに横に振った。母さんはいつだって、〝あの人たち〟はおまえをいつ家に帰してくれるんだい、と尋ねるのだ。私は家族のなかのベイビー――いくつになっても母さんの可愛い赤ん坊だった。逮捕されるまで、母さんと私は毎日一緒にすごしていた。一緒に教会に通った。一緒に食事をとった。一緒に笑った。一緒に祈った。母さんは私にとって絶対的なすべてで、私は母さんのものだった。

これまでの人生でここぞという場面では、かならず母さんがそばで励ましてくれた。試験前、学校のダンスパーティ、卒業式。野球の大事な試合にはいつも応援にきてくれた。炭坑での仕事を終えて帰宅すると、母さんが待っていて、どんなに汚れていても抱きしめてくれた。家具店に転職し、初めて出社したときには、早起きして朝食をつくり、ランチをもたせてくれた。そして公判には欠かさず傍聴にきてくれた。いちばん上等の服を着て、法廷にいる一人ひとりに微笑《ほほえ》みかけるようすを見ていると、胸が張り裂けそうだった。母さんは私を信じていた――これまでずっとそうだったように、これからもずっとそうであるように。陪審は私に有罪という評決をくだしたけれど、母さんは私を信じてくれている。

喉が詰まり、目頭が熱くなった。母さんとレスターは、私が無実だとわかっている世界でたった二人の人間だ。マスコミがいくら私のことをモンスターのように書きたてても、二人は意に介さなかった。私のことを一秒たりとも疑わないという事実。私は、その事実にしがみついた――

まるで自分の人生にはそれしかないかのように。たとえ私が有罪であろうと、小金《こがね》欲しさのために冷酷非情に二人の人間を殺害していようと、母さんとレスターは私のことを愛し、信じてくれる。なにがあろうと二人は変わらない。そんな愛情にどう応じればいい？　なにができる？

感情の波が静まるまで、私はずっと下を向いていた。公判のあいだもずっと必死になって感情の起伏を抑えようとした。それもこれも、母さんを動揺させたくなかったからだ。泣いているところを見せたくない。苦悩や恐怖を、母さんに知られたくない。母さんはいつだって私を守ろうとしてくれたし、痛みをやわらげようとしてくれた。でも、そんな母親の愛情をもってしても、この苦悩はぬぐいされないことを悟られてはならない。どんな苦境におちいろうと、そんな真似だけはできない。母さんにしてあげられることは、それしかなかった。

私は視線を上げ、母さんに微笑みかけた。それからいま一度、レスターとしっかりと視線をあわせた。レスターがふたたび首を横に振った。

レスターほど古い付き合いになると、口にはださなくても意思の疎通ができるようになる。判決のことは母さんの前ではぜったいに話題にしないでくれと、私は視線でレスターに頼んだ。これまでにも姉さんが母さんを座らせ、レイは死刑になるかもしれないし、そうなったらあの子は二度と戻ってこないと理解させようとしたことがあった。でも、そんな姉さんをレスターが押しとどめた。私はいつの日か、ぜったいに家に戻ってみせる。母さんに希望を失わせるわけにはいかない。一筋の希望の光もない世界ほど、悲しいものはない。

レスターがひとりで面会にきたときには、二人でのびのびと話した（一言一句が録音されている場で話せる程度ではあったが)。私たちのあいだには、一種の暗号のようなものがあった。でも有罪判決がくだされてからは、もう遠回しな表現など使わなくなった。時間切れが迫っていた。だから、どんな選択肢が残されているのか、包み隠さず話しあった。

母さんとこちらを隔てる分厚いガラスにてのひらをあて、私は耳元の受話器の位置を少しずらした。母さんも身を乗りだして腕を伸ばし、てのひらをあわせてくれた。

「あと少しの辛抱だよ、母さん」と、私は言った。「いま、手続きをしているんだ。じきに家に戻るから」

ほんとうにそのつもりだった。それはレスターにも伝わっているし、神もご存じだ。大切なのは、それだけだ。そう思いさだめ、悲嘆のすべてを遮断《しゃだん》すると、ふつふつと怒りが込みあげてきて、ここから脱出するために闘ってみせるという力が湧いてきた。有罪判決を受けてからというもの、そうした怒りは波のように押し寄せていた。今夜、もう一度、祈りを捧げよう。真実のために祈ろう。被害者のために祈ろう。母さんとレスターのために祈ろう。そして、この二年近く、私を苦しめてきた悪夢がどうか終わりますようにと祈ろう。どんな量刑がくだされようと、私は奇跡を願って祈るだろう。期待していたような奇跡が起こらなくても、文句を言わないようにしよう。

だって、それこそ、母さんがいつだって教えてくれたことなのだから。

一九八六年一二月一五日、ジェファーソン郡裁判所

あの判決はまさしく私刑《リンチ》だった。法的にではあったものの、リンチであることに変わりはなかった。私が懸命になって呑み込もうとし、どうか消えますようにと祈っていた怒りは沸騰し、いまにも爆発しそうだった。

私が犯した唯一の罪は、黒人に生まれたことだ。というより、アラバマ州で黒人として生まれたことだ。法廷に並んでいたのは、白人の顔ばかりだった——白い顔、顔、顔。板張りの壁、木製の調度品。法廷は荘厳で、威圧感があった。金持ちの邸宅の図書室に紛れ込んだ、招かれざる客になったような気がした。

量刑をくだされる立場の心情を、正確に説明するのはむずかしい。羞恥心《しゅうちしん》もある。自分が無罪だとわかっていても、どういうわけか恥ずかしいのだ。まるでわが身が邪悪なものにまみれているような気がした。だから罪の意識を覚えた。自分の魂そのものが裁判にかけられ、欠陥があると指摘された気がした。おまえは悪人だと全世界が考えているように感じると、みずからの善良さにしがみつくのはむずかしい。

それでも、私はしがみつこうとした。私が努力していることを、神はご存じだ。逮捕されたときから公判中もずっと、バーミングハムの新聞という新聞が私のことを報道していた。私が母さんの家の庭から外にでた瞬間から、マスコミは私のことを有罪だと決めつけた。刑事も専門家も

検事も同様だった。検事は引っ込んだ顎《あご》とたるんだ頬という風貌の持ち主で、その青白い顔から想像するに、生まれてこのかた一度も戸外で働いたことなどないのだろう。もし、あの法廷で邪悪な人間を見つけろと迫られたら、私はマクレガー検事を選んだにちがいない。その小さな寄り目からは卑しさが感じられた――激しく鋭い、冷酷な憎悪も。彼はいまにも噛みつきそうだった。怒り狂ったイタチかなにかのように。あの場ですぐに私を処刑できるとしたら彼はそうし、なにも感じることなく、平然と昼食をたいらげにでかけていったことだろう。

もうひとりの邪悪な人物は、ギャレット裁判長だった。頬の赤い大柄な男で、ゆったりとしたつくりの黒い法服が窮屈ではちきれそうだ。入念に身づくろいをしていたが、とにかくぱんぱんに膨れあがっていて、万事においておおげさだった。まったく、連中はただ真剣に仕事をしているふりをしているだけだった。

二週間近く、かれらは証人や専門家を次から次へと呼びだしたり、証拠保全について初めから説明したり、証拠物件AからZを見せたりした。おそらくなにもかも、すでに決定済みの判決に正当性をもたせるためだったのだろう。

私は有罪だった。おそろしいことに、警察と検事と判事にとって、そして私の弁護人にとってさえ、私は生まれながらにして有罪だったのだ。黒人で、貧しく、物心ついた頃から父親を知らない一〇人兄弟のひとり――二九歳になるまで死刑にならずにこられたのが驚きというものだ。アラバマ州の正義の女神は、あなたの肌の色、教育のレベル、銀行の預金額などを鑑《かんが》みる。たしかに私は一文無しかもしれないが、この裁判のなりゆきを正確に理解するだけの教育は受けていた。昔かたぎの南部の男たちは、ＫＫＫ［訳注：クー・クラックス・クラン。アメリカの白人至上主義者の秘密結社］の白いローブを法服という黒いローブに替えていたが、それはやはりリンチだった。

「裁判長、検察からは以上です」

「わかりました。反対尋問はありますか？」

宣誓をおこなったうえで証言台に立ち、私に関して嘘をついた二人めの裁判所職員に対して、こちらの弁護人が尋問を辞退するようすを、私は信じられない思いで眺めた。この公判を二年近く待ちつづけてきた。自分の事件については、だれにもひと言も話すまいとかたくなに口を閉ざしてきたのに、ついさきほど、この法廷の外の廊下で、嘘発見器にひっかからないように工夫をしたと、裁判所の職員に白状しただって？　そもそも、嘘発見器のテスト結果によれば私は無実だった。だから州側は、そのテスト結果を証拠として認めていないのに。むちゃくちゃだ。まったくもって、むちゃくちゃだ。

私の弁護人が裁判長から視線をはずし、こちらを見た。「陳述したいかね？」

職員が証言台を離れるとき、にやにやと笑っているのが見えた。陳述したいかって？　死刑を言い渡されようとしているのに、だれも私のために弁護をしてくれない。手首には手錠がかけられ、足首に巻かれた鉄の足枷《あしかせ》と重い鎖でつながっていた。一瞬、この鎖がかれら全員の首の周りに巻きついていている光景を想像した。握りしめていた拳《こぶし》をゆるめ、祈るように両のてのひらをあわせた。私は殺人犯じゃない。殺人犯であったことはなかったし、これからもけっして殺人犯にはならない。

私は陪審員団のほうを見てから、マクレガー検事を見た。彼は憎悪もあらわに、独善的な態度でこちらを見返している。いっぽう裁判長はといえば、熱心に聞いているようにも、退屈そうにも見えた。これまで長年にわたり、神によって自分が救われたことを教会の信者の前で語り、証《あかし》を立ててきたけれど、いまはこの法廷でわが身の潔白の証を立てなければならない。

私は弁護人に向かってうなずき、「はい」と言った。思っていたよりも、少しばかり大きな声がでた。でも頭のなかでは、大声でこう叫んでいた。陳述するに決まってるだろ！　椅子から立ちあがった拍子に、テーブルに鎖がぶつかり、大きな音を立てた。

「手錠をはずしていただくことは可能でしょうか、裁判長？」

私の弁護人が、ようやく役に立つことをしてくれた。少しは闘ってくれたのだ。だが、この頃には私にもわかっていた。彼がそう言ったのは私のことを信じているからではなく、ただ自分の顔を立てたいからであり、ちょっとは発言しないとまずいからなのだ。なにしろ裁判所から私の案件を割りあてられ、報酬は一〇〇〇ドルだと告げられたとき、「一〇〇〇ドルで朝食でも食うとするか」と、つぶやいた弁護士だ。中立ての手続きをしているあいだも、彼が本気で取り組んでいないことが伝わってきた。そもそも私を有罪だと思っていて、そのうえ、そんなことはどうでもいいようだった。もう二年近く顔をあわせてきたというのに、彼は私のことを知らなかった。自分の命をゆだねている相手には、自分のことをよく知ってほしいと思うのが当然だ。だが、彼は私のことなど知ろうともしなかった。それでも、私には彼が必要だった。彼もそれを承知していたし、私も承知していた。だから私は礼儀正しく接したし、敬意も表した。たとえきょう、関係者全員の思惑どおりに裁判が進行するとしても、私には彼が必要だったのだ。

私は職員に手首を差しだした。彼がまたにやにやと笑い、手錠の鍵をはずした。視野の端《はし》のほうで、母さんが前から二列目の席に座っているのが見えた。その隣にレスターがいて、反対隣に姉のドリーが座っている。ご近所さんのローズマリーの姿もあった。手錠をはずしてもらうあいだ、身をよじって振り返ると、母さんが小さく手を振ってくれた。レスターのほうを見やると、彼がこくりとうなずいた。大詰めを迎えていることが、私たちにはわかっていた。

私は証言台へと歩いていくと、回れ右をして、法廷内に目を走らせた。母さんの顔がしっかりと見え、目と目をあわせられたのでほっとした。母さんがにっこりと微笑んだので、胸が締めつけられた。どれほど母さんに会いたかったことか。いくら大きな笑みを浮かべていても、母さんがおびえていることはわかっていたし、難解な法律用語が外国語のように聞こえていることもわかっていた。

このまえ面会を終え、席を立とうとする母さんに向かって、私はこう言った。「じきに家に戻るよ、そうしたら日曜の午後、食卓で母さんの手づくりのケーキを食べるから」。すると母さんは、にっこりと笑った。母さんのケーキは絶品だ。ときどき夜遅く、私は目を閉じて母さん手づくりの、バタークリームに覆《おお》われた赤いビロードのようなケーキをありありと思い浮かべた。実際にバターや砂糖の香りまで漂ってきたような気がした。こうした私の想像力は、いつだって恩恵であると同時に災いでもあった。おとなになるまでの苦しい時期を、想像力のおかげで乗り切れたこともあったけれど、そのせいでトラブルに巻き込まれたこともあった。とはいえ、いま巻き込まれているトラブルとは比べものにもならなかったが。

逮捕されてから、来る日も来る日も、私はこう考えていた。〈きょうこそ解放される。職場にいたとわかってもらえる。真犯人が見つかる。だれかが私のことを信じてくれる〉。それはまるで、どうやっても目覚めることができない悪夢をずっと見ているようなものだった。

私は母さんに微笑んでから、マクレガー検事のほうを見た。彼はこの二週間、私のことをにらみつけていた。それは彼の得意の戦術だった。そうやって被告人の身を縮ませる。ボス犬はだれなのか、思い知らせるのだ。でも、私は犬じゃない。内心では死ぬほどびくついていたけれど、身を縮ませるつもりはなかった。死にたくなかったし家に帰りたかったけれど、外面は強く見せなければ。母さんのために。友だちのために。

マーティン・ルーサー・キング牧師は「あなたが背中を丸めなければ、あなたに馬乗りになることはできない」と語った。だから私は法廷で座っているときには、できるだけ背筋をしゃんと伸ばしていたし、マクレガー検事ににらみつけられたら、いっそう背筋を伸ばし、にらみ返した。彼は私に馬乗りになろうとしている――というより、私を殺そうとしている。でも、私は彼のために、いや、だれのためにでも、これ以上その行程を楽に進めさせるつもりはなかった。

深呼吸をして、目を閉じ、これまで数えきれないほど繰り返してきた祈りを頭のなかで唱えた。〈神よ、かれらに真実を知らせたまえ。かれらに私の頭と心のなかを見せ、真実を示したまえ。裁判長に神のご加護を。地区検事に神のご加護を。苦しんでいる被害者のご遺族に神のご加護を。神よ、正義をもたらしたまえ。本物の正義を〉。そして、こう陳述した。

「まず、なにより、私はだれも殺していません。家族がこの事実を知っていることは、私にとって重い意味があります。どうか信じてください。私なら、自分が愛していた人の命を、だれにも奪ってほしくありません。その苦しみがどんなものか、想像もつきません。父親がいないのがどういうものか、父親不在のまま成長するのがどういうものか、私にはよくわかっています。そんなことは、だれの身にも起こってほしくありません。私が罪を犯していないことを、主はご存じです。私は人を殺《あや》めるなど、考えたこともありません。私には命をもたらすことなどできませんから、人の命を奪う権利もないのです」

声が少し震えるのがわかった。私はまた深呼吸をしてから、ジョン・デヴィッドソン氏の未亡人の顔をまっすぐに見た。「そして……犯人が逮捕されたことに、ご遺族が安堵していらっしゃるのであれば心苦しいですが、ご主人を殺した真犯人をほんとうに裁きたいのであれば、ひざまずき、神にそうお祈りください。私は犯人ではありません」

次にギャレット裁判長のほうを見た。「ご自分でいいと思われたことを、私になさるがいい。でも、私を死に追いやれば、あなたの身体と手は血にまみれるでしょう。私はあらゆる人を愛していいます。これまでの人生で偏見をもったことは一度もありません。学校に通い、だれとでも仲よくやってきましたし、一度だってケンカをしたことはありません。私は暴力をふるう人間ではないのです」

母さんがうなずいていた。学芸会や独奏会でうまくできた息子を褒めるように微笑んでいる。私は先を続けた。「私はこれまで地区検事のために、裁判長のために、そしてとりわけ被害者の方たちのために、祈りを捧げてきました。みなさんは自分がしたことについて、説明責任があるはずです。でも、もう私にとっては、それもたいしたことではありません。というのも、思い返してみると、イエスもまた身に覚えのない罪をとがめられ、訴えられたのですから。イエスはただ万人を愛し、世界を救おうとした。そして苦しみ、亡くなりました。私が身に覚えのないことで死ななければならないのなら、それはそれで仕方ありません。私の命は裁判長の手中にあるのではない。神の御手《みて》にあるのです」

そう言うと、ついさっき、証言台で嘘をついた裁判所の職員に向かって語りかけ、かれらのことをお赦しくださいと神に祈ります、とつけくわえた。

「あなたがたは、無実の男を刑務所に送ったのです。そして二年間、無実の男を監禁したのです。どうか、お願いです、みなさんが証拠として信頼しているものがあれば、なんなりと私に与えてください。自白剤、催眠術、なんでも試してください。私には隠すことなど、なにひとつない」

マクレガー検事が首を横に振り、おおげさに目を回してみせ、軽蔑するように、ふんと嘲笑《あざわら》う表情を浮かべた。

私はまっすぐに検事を見て、「あなたのために祈ります」と繰り返した。「あなたのしたことすべてをお赦しくださいと、神に祈ります。私がこれから死ぬように、あなたもいずれ死にます。私の死は電気椅子によってもたらされるかもしれませんが、あなたもいずれは死ぬのです。でもひとつだけ違うのは――私は死後、天国に行くでしょう。しかし、あなたはどこに行くのでしょう?」。私は裁判長を見て、それから職員、地区検事へと視線を移していった。「あなたがたは、どこに行くのでしょう?」

私の弁護人が下を向き、なにやらメモをとった。私は胸にたまっていた思いをすべて吐きだそうと、一気に喋った。意味のあることを言っているかどうかは、神のみぞ知るだ。

「逮捕されてから、私は毎日、新聞を読んできました。すると、今回と同じ手口の事件が、毎日のように報道されていることがわかりました。これからも毎日、そうした事件が報道されるでしょう。そして、だれかが殺される。でも、そんなことにはならないよう私は神に祈ります。いずれ、ようやくみなさんにも、人違いをしたことがわかるでしょう。罪を犯した男の心に神が大きな重荷を課し、真犯人が名乗りでて、罪を認めますようにと祈ります。あなたがたがなにを信じようと、私はかまいません。私は電気椅子で処刑されたいとは思っていませんが、それが神のお導きであるのなら、どんな道であれ進むつもりです。みなさんは、この法廷で、私が偏見をもたれていることをご存じです。あなたがたは真実を求めているのではありません。真犯人を求めてもいない。あなたがたは、ただ有罪判決が欲しいだけなのです」

ローズマリーが「アーメン!」と声をあげ、母さんが彼女の腕をそっとさするのが見えた。

ふたたび、マクレガー検事の目をまっすぐに見すえた。「だれが無実なのか、ここにいるみなさんが本気で気にかけているとは思えません。私はただの黒人で、みなさんにとってはなんの価値もない。でも、神は違います。神の肌の色が何色かは知りませんが、神はみなさんを愛するように、私のことも愛してくださっている。あなたは自分こそが世間で秀でた人間だと思っているのでしょうが、そんなことはありません。だれにでも生活があるように、私にもごくふつうの生活がありました。それでも、あなたを憎みはしません、ミスター・マクレガー、あなたを憎むような真似はしません。公判のあいだ、ほんの一瞬、あなたを憎みそうになりましたが、だれかを憎むような者は天国に行けないことを、神が教えてくださったのです」

「アーメン」という声が、また聞こえた。姉はずっと目をつぶっていた。母さんはただ微笑みながらうなずき、レスターは厳《いか》めしい顔つきをしていた。

「私は社会人になってから、ビジネスに関する法律を学ぶために学校に通い、勉強できることに充実感を覚えていました。裁判官になりたいと思ったこともありました。そのためには大学に通い、地区検事になるなどの道筋を通らなくてはならないのでしょうが、いずれにしろ、そうしなくてよかったと思っています。だって、実際、ある人物が有罪か無罪か、ほんとうのところはわからないのですから。あなたがそれを証明したのです」

私は少しのあいだ目を閉じた。それから、「あなたがたは、私が法廷で裁かれているようすを見てよろこんでいるのです」と言った。

正確にこう言ったかどうかは定かではないが、私が多少興奮していたのは事実だ。この公判のあいだずっと、マクレガー検事や州の専門家たちがみんな、楽しんでいるように感じていたからだ——私の命を奪うのが、なにかのスポーツイベントであるかのように。

「私のために証言してくれた人たちはみんな、真実を証言しました。いっぽう、あなたたちが召喚した証人については、そうは言えません。かれらの証言には裏づけが必要ですし、自分が蒔《ま》いた種は自分で刈りとらねばなりません。私に有罪の評決をくだした一二人のことも気の毒に思います。心から同情しますが、かれらに腹を立ててはいません。もし、陪審員のみなさんに会うことがあるのなら、私は怒っていないと伝えてください。神がかれらをお赦しになるよう、祈りつづけるつもりです。神が寛大であることは、私も承知しています。その点には疑いの余地がありません。

私は自分が黒人であることを誇りに思っています。自分が白人であれば、白人であることを誇りに思うでしょう。でも、法を守るべき警官から、おまえは黒人だから有罪になるぞ、なにしろ陪審員も地区検事もみんな白人だからな、と言われるのは悲しいことです。これほど悲しいことがあるでしょうか——胸が潰《つぶ》れそうです。もし、ダグ・アッカー警部補に会う機会があれば、私が彼のためにも祈っているとお伝えください。

あそこに、ご遺族の幼いお子さんがたがいらっしゃいます。父親がもうそばにいてくれないことを知るのは、お子さんがたにとってどれほどつらいことでしょう。私には、それがどういうものか、よくわかっています。私自身、身をもって体験しましたから」

母さんの隣に座っているレスターのほうを見やった。レスターは私のために、これからも母さんの世話をしてくれるだろう。そう考えると、少し気持ちが落ち着いた。でも、こんな事態が私の身に起こったのであれば、レスターの身にも起こる可能性はある。私の姉や兄たちにも。アラバマ州の黒人であればだれの身にも。あるいは地域を問わず、黒人であればだれの身にも。

「私の唯一の非は、ほかのだれかに似ていたことです。よく言われることです——私たちはみんなよく似ている、と。でも、おかしな話ですよね——私たちはみんなよく似ているのに、事件現場にいたのは私であると、あなたがたは明言できるのですから。アッカー警部補が私になんと言ったか、ご存じですか？〝この罪はかぶっておけ。おまえがかぶらなきゃ、おまえの兄弟のだれかがかぶることになる。おまえたちはいつだって助けあってるんだろ？　なら、この罪はかぶっておけ〞。悲しいことです」

私は言葉をとめ、もう一度、大きく息を吐いた。

「なにより悲しいのは、あなたがたがもう結審するつもりでいることです。この裁判長は片づいてせいせいしているのです。ご遺族のみなさんは、裁判にかけられた男のことを考えながら帰宅なさるでしょう。警察にとっても一件落着です。でも、神は審理をやり直すでしょう。それは一年後になるかもしれませし、あしたになるかもしれませんし、きょうかもしれません」

レスターが私にうなずき、私も彼にうなずき返した。神によって再審理がおこなわれる。神の力になれるなら、レスターと私はどんなことでもするつもりだった。

逮捕された瞬間から、こうなるのが私の運命として定められていたのだ。いつの日か、私が犯人ではないことがわかるだろう。それから、どうなるのだろう？　真犯人ではない人間に向かって、なんと言うのだろう？　私はできるだけ背筋を伸ばして座りなおした。命だけはお助けくださいと、懇願するつもりなどなかった。

「電気椅子に送られることがこわいのではありません。あなたには死刑を言い渡すことができても、私の命を奪うことはできません。私の命はあなたのものではないからです。私の魂に、あなたは触れることができない」

休廷時間は短かった。裁判長が私に刑を宣告するときがやってきた。かれらはたった三時間ほど後に、重厚な木材が使われている、白い顔だらけの法廷に、これを最後と私を連れ戻した。私のアリバイなどまったく無視したうえ、状況証拠だけで二件の殺人事件で死刑を求刑しようとするかれらに、弁護人が最終弁論をおこなった。どういうわけか、アラバマ州は二件の殺人事件をひとつにまとめ、おまけに三件目の殺人未遂事件にも関連づけ、死刑を求刑しようとしていた。検察側のこうした行為こそ、間違いなく〝死刑を科しうる犯罪〟だった。

裁判長が小槌《こづち》を叩いた。そして、咳払いをした。

「本法廷は、今回の事件それぞれで陪審がくだした評決により、被告人アンソニー・レイ・ヒントンを死刑を科しうる犯罪で有罪と宣告する。本法廷の判決と本法廷の量刑はアラバマ州最高裁判所によって定められた期日までに、アラバマ州上訴手続規則8―D（1）に準じ、被告人アンソニー・レイ・ヒントンを電気椅子で処刑することを宣告する。

アラバマ州ジェファーソン郡保安官は、被告人アンソニー・レイ・ヒントンを、アラバマ州モンゴメリーの矯正局に引き渡す。その後、電気椅子による処刑を実施し、それによって苦しみながら死ぬよう、適切な場所で、被告人アンソニー・レイ・ヒントンの全身に死にいたる充分な量の電流を、死亡するまで流しつづける」

＊＊＊

私はがっくりと頭を下げた。ギャレット裁判長が小槌を叩き、弁護人が上訴についてなにか言った。胃が喉までせりあがり、まるで蜂の群れが法廷に解き放たれたかのような音が耳のなかでぶんぶんと鳴った。母さんが悲嘆のあまり泣き声をあげているのが聞こえたような気がして振り返ると、ドリーとローズマリーが母さんを取り囲んでいた。職員が私を扉のほうに連れていき、法廷の外へと連れだそうとしたが、私は振り返り、母さんのほうに歩きはじめた。ひとりの職員にむんずと二の腕をつかまれ、その指の一本一本が腕に食い込んだ。

母さんのところには行けない。母さんをなぐさめるすべはない。そんなことができたとしても、かれらに殺されてしまう。いやだ、そんな真似をさせるわけにはいかない。私は母さんのところに帰らなくちゃならないし、母さんは私を取り戻さなくちゃならない。私は母さんのベイビーだ。ああ、私は母さんのベイビーで、私は無実だ。

レスターと母さんが二人とも水中に立っているように見えた。レスターの顔が涙に濡れているのがわかったし、母さんが両腕をこちらに伸ばしているのも見えたけれど、職員たちに扉のほうに引っ張られた。こんな仕打ちに耐えるのは、あまりにもむごすぎる。

神よ、どうか、かれらに真実を知らしめてください。

神よ、私をこんなふうに死なせないでください。

神よ、私は無実です。

神よ、母さんをお守りください。

私は無実です。

法廷の奥の廊下へと引っ張られながら、私の証言の最中にレスターの目に浮かんだ厳しい表情を思い起こした。私が知っていることを、彼は知っている。司法制度のなかで混乱している哀れな連中の一人ひとりが知っていることを、彼は知っている。マクレガー検事は勝ったのかもしれないが、私に死刑を宣告することで、私の無実を証明する唯一の機会を提供したことが、彼や陪審員にわかっているとは思えなかった。いま、私は死刑を言い渡されたのだから、上訴する権利も、弁護人がなんらかの申し立てをする権利も保証されるはずだ。これが終身刑だったら、上訴する弁護士を自腹で雇わなくてはならないところだ。つまり、私が生きながらえる最高のチャンスは、死刑を言い渡されることだった。私には自分の無実を証明するためのカネがなかったのだから。

私はホールマン州立刑務所に連れていかれた。苦しみの家。死者の地。南部の殺戮《さつりく》の檻《おり》——その刑務所にはさまざまな呼び名がついていた。私はおびえていたが、この不正に対して刑務所のなかから闘いを挑むしかないこともわかっていた。

2

全米代表選手

この陪審員団の一員として
奉仕するために選ばれた
みなさんのなかに、
評決に影響を及ぼすような
偏見や先入観をおもちのかたは
いますか？
――ジェームズ・S・ギャレット裁判長

一九七四年五月、ウェスト・ジェファーソン高校

あらゆる騒音を遮断し、左足をぎゅっと土に押しつけた。ヘルメットをかぶっていても、五月の陽射しが頭頂部を焦がして、穴をあけたかのように汗をかいている。

私は何度か素振りをして、ピッチャーの目をまっすぐに見た。私の視線をとらえると、ピッチャーが左の肩越しに唾《つば》を吐いた。うしろでキャッチャーがなにか低い声で言うのが聞こえ、審判員がわずかに鼻を鳴らしたけれど、キャッチャーがなにを言おうが、審判員がどれほどふざけたことを考えていようが、気にしなかった。これまでにもさんざん罵倒《ばとう》されてきたので、もう、ただ岩に流れ落ちる水のように聞き流せるようになっていたのだ。

ピッチャーが左脚を上げ、右腕をうしろに引くようすを、まるでスローモーションのように眺めた。この男のことは知っていた。以前にもここで試合をしたことがあるからだ。シーズン中は、何度も顔をあわせた。試合に負けると、冷静ではいられないやつだ。よくグローブを投げつけて

いた。帽子を投げつけることもあった。ダッグアウトのフェンスを蹴りつけることもあった。

いっぽう私は、冷静でいろと教えられていた。勝ったときには、冷静でいろ。負けたときにも、冷静でいろ。もちろん私は勝ちたかった。野球の試合であれなんであれ、負けるのが好きな人間などいない。でも母さんから、野球場で癇癪《かんしゃく》を起こそうものなら、思惑《おもわく》どおりにおまえをカッとさせたことが相手チームに伝わってしまう、それでは二度負けるようなものだと、しょっちゅう釘を刺されていた。「そりゃ、こてんぱんにやられることだってあるだろうさ」と、母さんはよく言った。「でも、だからといって、おまえ自身の価値は変わらない。ありのままの自分は変わらないし、おまえがどんなふうに育てられたかも変わらない。あたしはね、野球場の真ん中だろうがどこだろうが、癇癪を起こすような子どもは育てちゃいない」

そこで私はピッチャーを見据え、キャッチャーと審判員の悪態が背中にぶつかり、流れ落ちていくにまかせた。だって、こんな三人の無礼な男たちより、母さんのほうが百倍はおっかない。ボールから一瞬も目をそらさなかった。ただバットを思いっきり振りたかったけれど、ボールは暴投に近いカーブで、ホームベースから大きくはずれ、すんでのところでキャッチャーミットにおさまった。

「ストライク！」

私は振り返り、審判員を見た。頭がイカレちまったのか？

「いいぞ、その調子だ」。審判員がそう言うと、こんどはキャッチャーが笑った。

なるほど、そういうわけか。

視線を上げ、観客席のほうを見た。そこに並んでいるのは白い顔ばかりで、判定などだれも気にかけていないようだったし、審判に抗議する声もあがらなかった。ベンチのほうを見たが、ムーア監督はこちらに背を向け、うちの一塁手と話していた。

＊＊＊

この郡がついに音《ね》をあげ、複数の学校を統合してからの四年間は、毎日まさにこんな感じだった。私たちはプラコの町からバスに乗り、白人の学校に通うことになったが、かれらは完全に私たちのことを無視するか、すれ違いざまに小声で侮蔑《ぶべつ》の言葉を吐いた。白人の少年たちは集団でいると、いっそう偉そうな態度をとった。レスターも私も大柄だったので、面と向かってはののしってこなかった。私たちにビビッているようだったが、それは妙な話だった。だってレスターも私も、白人たちをおそれるように育てられてきたのだから。

バスに乗ってウェスト・ジェファーソン高校に通いはじめる前、母さんが私を座らせ、白人の女の子にはけっして話しかけてはならないよと戒《いまし》めた。「女の子たちのほうを見るのもダメだ」と、母さんは警告した。「おまえは勉強していればいい。頭をずっと低く下げていなさい。ずっと下を見ているんだよ。先生から話しかけられたら、礼儀正しく返事をして、ルールに従いなさい。授業が終わったら、すぐに帰っておいで。ぐずぐずしないで」

「わかったよ、母さん」。前にも同じことを説教されていたけれど、そう言わないほうがよさそうだった。

「白人の女の子たちのことは、話題にもだしちゃダメだ」と、母さんはつけくわえた。「そこにいないようなふりをするんだよ」。私はうなずいたけれど、内心、笑っていた。母さんは馬鹿じゃない。女の子たちが私の弱点だってことをお見通しだったし、私が彼女たちの弱点であることもわかっていたのだ。私はモテた。女の子にも、おとなの女性にも。

私はじきに一八歳になろうとしていた。子どもの頃から年齢のわりには背が高かったので、プラコ近郊や教会の女の子たちは、私が七年生になる頃からこちらを見るようになり、進級するにつれ、その傾向は強くなった。でも、どんな白人の女の子とも馬鹿な真似をするつもりはなかった。バスケットボールの試合のとき、彼女たちは私のことを応援してくれたし、ときには野球の試合で応援してくれることもあったが、それだけの話だった。私が新しい高校で学んだことのひとつは、シーズン中に野球でいい成績を残せば、周囲の人種差別主義者が少しは減るということだった。

私はじきに卒業を控えていたが、レスターにはまだあと二年、残っていた。私がそばについていない状況で、レスターがひとり、歩いて帰宅するのが心配だった。自宅までは八キロほどの距離があり、どちらの母親も運転免許をもっていなかった。たとえ免許があったとしても、車を買う経済的な余裕はなかった。母さんは毎月、四四ドル二九セントの家賃を支払うだけでせいいっぱいだった。

試合前にはレスターに会っていなかったけれど、彼が近くにいることはわかっていた。どこかで私の試合を観ながら待っているはずだ。朝はバスが学校まで送ってくれるが、放課後にスポーツをした日は暗くなってから自宅まで歩いて帰らなくちゃならない。家まで歩いて帰る道のりは、戦場に身を置いているようだった。四六時中、ぴりぴりと警戒していたものだ――いつでも身を守り、隠れられるよう、身がまえていなければならない。だれかが一緒にいるからといって、その恐怖がやわらぐわけじゃなかったが、ひとりで歩かなければならないときには、まるでホラー映画をずっと観ているような気分になった。いつなんどき、ドアの向こうから殺人犯が飛びかかってくるのかわからない。だから帰宅するとき、レスターにはいつだって私がついていたし、私にはレスターがついていた。

茶色く、泥だらけのタイガー野球場を見わたした。野球場を囲む古い金網のフェンスを見ていると、刑務所にいるような気がした。この野球場は高校から数キロ離れたところにあった。ここが「タイガースの本拠地《ホーム》」［訳注：「虎の家」の意］だった。だから野球をしていると、檻のなかにいるような気がしないでもなかった。

噂によると、この試合にはジョージア州から大学のスカウトがきていた。前回の試合を観にきたスカウトは、試合のあと私に話しかけてきて、六割一分八厘という打率は見事だと言ってくれた。でも、もっとスピードがある選手が欲しいとも言った。私は強打者で、タイガー野球場からボールをかっ飛ばすのは最高に気分がよかった。野球で奨学金をもらえればどんなに嬉しかっただろう。とくにアラバマ州のオーバーン大学やカリフォルニア州の大学からスカウトされたら、よろこんでその大学のベンチに座っていたはずだ。ところが卒業はもう一カ月後に迫っていて、スカウトに好印象を与えるチャンスはあまり残っていなかった。アラバマ州の高校野球の選手のなかで、トップファイブとはいかなくても、トップテン入りはしている自覚があったけれど、家族のなかで大学に進学した人間はこれまでひとりもいなかった。

　私は一〇人兄弟の末っ子で、高校を卒業すると、二人の姉をのぞいた兄や姉たちはみんな、すぐにアラバマ州からでていった。大勢の住民が南部を去り、クリーヴランドを目指した。うちの兄や姉たちも例外ではなかった。クリーヴランドでは、白人が教会を爆破するような真似はしないし、私が生まれたときからバーミングハムではよくあったように、近所の黒人の家を爆破《ボンビング》するような真似もしなかった。白人はバーミングハムに暮らし、黒人はボンビングハムに暮らしていたのだ。バーミングハムの住人は、黒人の子どもたちに犬を放っても平気な顔をしていた。私は黒人のおとなたちが「教会が爆破されて四人の幼い少女が殺された」とか「約一〇〇〇人もの少年が投獄された」とか話すのを耳にしながら成長した。

　ダイナマイト・ヒルに暮らす住民は自宅に爆弾を投げ込まれるので、浴槽に隠れなくちゃならない。白人は黒人に食事をだすのも拒否する。まったく、その二年ほど前まで、私はバーミングハムのスーパーマーケット〈ウールワース〉に行き、飲食コーナーに座り、チーズバーガーとシェイクを注文することさえできなかったのだ。いまだって、白人はそうせざるをえないから、黒人にいやいや食事を提供しているだけだ。よろこんでそうしているわけじゃない。時代は一九七四年を迎えていたが、一九五四年や一九六四年と大差なかった。

　マーティン・ルーサー・キング牧師がバーミングハムの郡刑務所に投獄されたとき、私は七歳だった。教会が爆撃されたときには、母さんの命令で子どもたち全員が一日中、自宅からでなかったことを覚えている。記憶にあるかぎり、私たちが教会に行かなかった日曜日は、その日だけだ。白人が運転する車がそばに寄ってきて停まったら一目散に走って逃げなさいと、母さんからは言われていた。私たちはプラコを望む丘の中腹で、舗装されていない道に座り込み、白人に近寄ってこられたらどうしようかと話しあった。兄のウィリーは立ち向かうと言い、姉のダーリーンは森のなかに走って逃げて隠れると言った。レスターと私は肩を寄せあって座っていた。レスターはまだたったの五歳で、私はたいてい彼の面倒をみていた。ヒントン家とベイリー家。二家族あわせて一六人の子どもがいて、どちらの家族も自宅には父親がいなかった。

だから、私たちはこう考えるのが好きだった。僕たちはこの町を見張る小さな軍隊なんだ、と。ほんとうに連中がやってきたら、どうすればいいのかわからなかったけれど、丘に登って、コナラやダイオウショウの森の入り口にいれば、いざというときには森のなかに逃げ込める。私たちは勇ましく、強気で、自分たちのものを守ってみせるつもりだった。

プラコの住民はみんな炭坑で働くか、なんらかのかたちでその炭坑会社の下で働いていた。この会社が私たちの町を所有していたようなものだ。私たちの家も所有していた。会社は一軒の店(売店)を経営していて、食料品や衣料品など、必要な物はすべてそこで購入した。屋根に雨漏りする箇所があれば、会社がだれかを寄こして修理させた。町には教会もあったので、本人が望まないかぎり、通学以外では町を離れる必要がなかった。

父さんも炭坑で働いていたけれど、頭を強打し、施設で暮らさざるをえなくなった。代わりに母さんが一家の大黒柱として一〇人の子どもたちを養い、食べさせ、家賃を支払い、衣類を買い、家族をまとめるしかなかった。レスターの父もいなくなったけれど、私は一度もその理由や経緯を尋ねたことはない。プラコでは、どこの家も似たり寄ったりだった。黒人は丘の上に暮らし、白人は丘の下の平地に暮らす。会社がすべてを所有していて、唯一の違いは、白人の家には屋内に配管があり、ちゃんとしたキッチンとバスルームがあることだった。私たちにあるのは屋外便所で、入浴するときには裏庭で盥《たらい》を使った。わが家には四つの部屋があり、そのひとつがキッチンで、そこで食事をして、宿題をして、テレビを観た。ほかの部屋には一台ずつベッドがあり、三、四人の子どもが一緒に寝た。姉のうち二人は、母さんと一緒に寝た。

それでも、私たちはプラコで幸せに暮らしていた。母さんがつくってくれた美味しい料理を食べ、暗くなるまで外で遊んだ。そして教会に通った。みんなが同じような生活をしていて、隣人よりも自分のほうがいい暮らしをしているとか悪い暮らしをしているとか考える者はいなかった。私たちのコミュニティは親密で、互いに愛しあっていたし、ひとつの巨大な家族のように思っていた。おとなたちは、よその家の子どもにもきちんと躾《しつけ》をしたし、言われたほうも従った。全員が全員のことを見守っていた。三本先の通りでトラブルに巻き込まれたら、自宅に戻って報告する前に、もう母親が知っていた。

おとなにはおとなの世界があり、二人のおとながなにか話し込んでいたら、子どもたちはそそくさと立ち去らなくてはならなかった。ときには身を隠して、聞き耳を立てることもあったけれど、たいてい子どもたちはただ走りまわって遊び、町の外の世界にはどのような仕組みがあるのか、テレビで観る程度のことしか知らなかった。

そして、学校が統合された。

高校の最上級生となっても、だれかがこちらに向かって「黒んぼ《ニガー》！」と叫ばない日は一日もなかった。ただ道を歩いていようが、ロッカーの前に立っていようが、野球をしていようが、チームの勝利に貢献しようが、関係なかった。私は卒業を目前にしていて、この四年間で学んだことといえば、生物学と数学のほかには、ただ肌の色が違うというそれだけの理由で、いかに人々から憎まれるかということだった。ただ外見が違う、話し方が違う、暮らし方が違うという理由だけで、人々は相手を傷つけたいと思うのだ。たしかに私は白人の通う学校で教育を受けたが、それは政治家や立法者たちが計画したような教育ではなかった。

＊＊＊

「よくやった、ベイビー！」

大声が聞こえ、屋根のない観覧席の金網のフェンスの外に立っている母さんの姿が見えた。いったいどうやって自宅からこの野球場までやってきたのだろう？　母さんは生計を立てるために掃除の仕事をしていたので、私の野球の試合を観る時間の余裕もなければ、野球場との往復に使える車ももっていないのに。母さんが私に白いハンカチを振り、また叫んだ。

「頑張って、ベイビー！　それでこそ、わが息子！」

私は微笑んだ。私の体重は一〇五キロ近くあったし、母さんと比べるとそびえるように背も高かったけれど、そんなことは関係ないのだろう。私は母さんのベイビーだ。これからもずっと。

ピッチャーを見やり、また素振りをした。私はバーミングハムで最高の打率を誇っていた。アラバマ州でも最高だったかもしれない。ハンク・アーロン〔訳注：本塁打の大リーグ記録を樹立した野球選手〕はアラバマ州出身だ。ウィリー・メイズ〔訳注：大リーグで長く活躍した野球選手〕もアラバマ州出身、それも、ここジェファーソン郡の出身だ。だから私も奇跡を信じるように育てられた。きょうはきっとスカウトが見学にきている。でも、その人物が「大学の学費はこちらでだすから、ぜひうちにきてくれ。きみを自宅から大学まで車に乗せていってあげよう。それからとんぼ返りして、お母さんを買い物に連れていってあげる。きみが留守のあいだは家事を手伝うからね」と言ってくれないかぎり、卒業後、私が炭坑以外の場所に行くことはありえなかった。

ピッチャーが、キャッチャーのサインに首を横に振った。キャッチャーが次の投球になんのサインを送ったにせよ、かれらは私にヒットを打たせたくないはずだ。たとえヒットを打ったところで、審判員がヒットと認めてくれるかどうか怪しかった。

歩けるようになった頃から、私は野球をしてきた。売店の裏から段ボールの箱や紙きれを集めては、それを丸めて黒い絶縁テープを巻き、野球のボールほどの大きさと硬さにした。バットの代わりに古いほうきの柄を使い、ベースの代わりにだれかのシャツを置いたり、手に入れば古い段ボールを置いたりした。白人はルール通りに野球ができるのだろうが、私たちは路上で大ざっぱな野球をした。そんなことは、たいした問題じゃなかった。いずれにしろ、あのボールをかっ飛ばすのだから。

母さんを誇らしい気持ちにさせてみせる。わざわざ試合を観にきてくれた母さんをがっかりさせるつもりはない。そりゃ、スカウトにどう思われるのかも気になってはいたけれど、母さんにどう思われるかのほうが重要だった。

ピッチャーがまた唾を吐き、ワインドアップを始めた。なにがくる？　カーブ？　ストレート？　ナックル？　なんだって打ってみせる。外角だろうが、低めだろうが、内角だろうが、なにがこようが打ってみせる。路上での野球にあるのは最低限のルールだけ。小さいことにはこだわらない。たとえピッチャーが身体すれすれに球を投げてきても、ただ必死でバットを振るだけだ。プラコで泥にまみれて野球をしていた頃には、完璧な球など待っていなかった。こっちに向かって飛んできた球にバットを振り、それで最高の結果をだすしかなかったのだ。

私はやる気満々だった。両手にバットの重みを感じ、バット材のトネリコの匂いを嗅いだ。〈ルイヴィス・スラッガー〉というロゴがまっすぐ見えているかどうか、バットを確認した。そうすれば、スイートスポット（芯の部分）がピッチャーのほうを向く。

ピッチャーが球から手を離した。こちらに飛んでくる球を、私はひたと見据えた。手のなかでバットがぶるぶると振動しているような気がしたけれど、観衆、母さん、いかさまをした審判員、キャッチャーの声はいっさい聞こえなかった。そこにあるのは、私とバットと球だけだった。球がどんどん近づいてくる。強打すべく、わずかにバットを引いたものの、気づいたときには球が私の顔を目がけて飛んできた。私はバットを落とし、跳ぶようにしてのけぞったあと、身を縮めた。球は間違いなく頬骨をかすめていった。

土のグラウンドに左の尻を落とし、身体を支えようと片手を突いたとたんに、手首から肩へとドリルで穴をあけられたような衝撃を覚えた。キャッチャーが暴投の球を拾おうと、笑い声をあげながら背を向けた。私はただ願った。審判員がこのワイルドピッチまでストライクと判定するほど偏狭ではありませんように、と。

「ボール！」と審判員が叫んだ。私は立ちあがり、ズボンについた土を払った。腕がひどく痛んだが、なにも言わなかった。

「頑張って、ベイビー！」と、母さんの声援が聞こえた。

ピッチャーはにやにやと笑っていた。私はバットを拾いあげた。好きなだけにやつくがいい。だが、ホームベースのそばに球がきたら、かっ飛ばしてやる。今度も頭めがけて投げてきたら、私はまた倒れるだろう。でも、また立ちあがってやる。なにが起ころうが、結末は同じだ。やつが私に球をぶつけるか、私がヒットを放つか――いずれにしろ、塁にでる。

次の球はチェンジアップだった。やつの手から球が離れた瞬間にわかった。ストレートだと思った人も多いだろうが、私には一キロ離れたところからでもチェンジアップが見わけられる。重心をうしろにかけ、待った。チェンジアップで打ちそこねる選手が多いのは、バットを振るタイミングが早すぎるからだ。勢いあまって身体が一回転する空振りほど、観ていて愉快なものはないが、きょうはもうこれ以上、笑いものになるつもりはなかった。

待って、待って、ボールのスピードが落ちるのがわかった瞬間、全身の重みをかけてバットを振った。チームのために、母さんのために、レスターのために、その日、悪態をつかれるであろうプラコの生徒一人ひとりのために。

快音が聞こえた。狙っていたまさにその場所でバットが球をとらえた、あの気持ちのいい鋭い音が。八月の暑い日の雷鳴のような音。その音を聞いた瞬間、球がどこに飛んでいくのか、見なくてもわかった。私はただバットを落とし、ずっと下を向いたまま、走りはじめた。

「それでこそ、ベイビーよ！　あたしのベイビー！」

私は一塁を踏み、視野の端で、母さんが両腕を高くあげて振っている姿をとらえた。二塁に向かう途中で、球が高く、高く舞いあがり、センターのフェンスを越えるのが見えた。その瞬間、走るスピードを落とした。大勢の白人が歓声を送ってくれているときに、なにも急ぐ理由などない。二塁をしっかりと踏み、たっぷりと時間をかけて三塁を回った。横を通りすぎるときに、ショートがなにやら低い声でぼそぼそと言ったけれど、よく聞きとれなかったので気にしないことにした。こうした瞬間を味わうために、人は生きている。私は拍手喝采を浴びせられ、観衆に「ホームラン！　ホームラン！　ホームラン！」と叫ばれるのが好きだった。ときには「ホームラン！」と詠唱が起こることもあった。

バスケットボールのシーズン中、グッドホープという町でアウェイの試合に出場したことがある。私は前半で三〇点を獲得し、高校新記録を樹立した。すると、コートをでる私に向かって観客から歓声があがった。「ヒントン！　ヒントン！　ヒントン！」。グッド・ホープのチームを応援する人たちが、なぜ私の名前を呼んでくれるのか、わけがわからなかった。それにベンチに戻った私に向かって、チームメイトが笑いながらハイタッチをしてくれない理由もわからなかった。

コーチがコートの中央にでていき、観客に向かって声を張りあげた。「もう充分だ！　やめろ！」。私は隣に座っていたポイントガードのほうを向き、尋ねた。「みんな、なんて叫んでるんだ？」。彼が首を横に振るばかりなので、もう一度尋ねた。「みんな、なんて叫んでるんだ？」

「『黒《ニガー》んぼ！　黒《ニガー》んぼ！』って叫んでるんだよ」。そう言うと、彼はうなだれた。

そういうことだったのか。私はてっきり、「ヒン―トン！」と歓声をあげられてるとばかり思っていた。その瞬間、誇りは恥辱《ちじょく》へと変わった。前半の得点記録を塗り替えた私に歓声をあげてくれた人などいなかったのだ。帰りのバスに乗ると、監督は町の外にでるまで、私たちをバスの真ん中の通路の床に座らせた。黒人が窓際の席に座っていると、なにをされるかわからなかったからだ。

＊＊＊

ホームプレートを踏み、マウンドのほうを見やると、ピッチャーが地面にグローブを叩きつけているのが見えた。どういうわけか、自分がホームランを打ったことや観客が歓声を送ってくれていることよりも嬉しく思え、思わず微笑んだ。〈そりゃ、こてんぱんにやられることだってあるだろうさ。でも、だからといって、おまえ自身の価値は変わらない〉。きっと彼は、うちの母さんが教えてくれたようなことを、母親から教えてもらったことがないのだろう。

その日、私は三本のヒットを放ち、もう一本ホームランをかっ飛ばし、試合は七対二で勝利をおさめた。試合にはやはりスカウトがきていたが、どうやら三塁手や強打者をさがしにきたわけじゃなかったらしい。だって母さんが球場をでていく前に、私や母さんのところにやってこなかったのだから。高校に戻り、ロッカールームをでると、レスターが外で待っていてくれた。

「厳しい試合だったな」

私はレスターを見て、うなずいた。チームは勝ったが、私にとっては厳しい試合だった。お尻や肩に鋭い痛みが残っていて、どちらも本格的な痛みに変わりつつあった。

レスターが私の背中をぽんと叩き、陽射しが翳《かげ》りはじめるなか、私たちはプラコを目指して歩きだした。

〈フラットトップ〉は二車線の道路で、路肩に側溝があり、道路脇に続く森との境界線になっていた。レスターは前方に、私は後方に注意して歩いていたので、車が近づいてくれば、音が聞こえる前に気づくことができた。だれか知っている人の車なら、手を振って、プラコまで乗せていってもらう。でもそれが見覚えのない車なら、二人で道路脇の側溝に飛び込み、できるだけ身を縮ませた。自宅まで一時間半歩く道中で、おそらく四、五回は身を隠さなければならないだろう。だれか知り合いの車がすぐに通りがかってくれればいいのに。一刻も早く自宅に戻り、母さんの手料理を食べたかった。

歩いているあいだ、レスターと私はあまり会話をしなかった。それぞれ前方と後方に目を走らせるのに忙しかったからだ。お喋りをしていると気が散ってしまい、気づいたときにはすぐ背後に車がきていて肝を冷やすことになる。この道路沿いにはほとんど民家がなかったので、トラブルに巻き込まれても、助けを求めることなどできなかった。

気づいたときには、車の音が聞こえていた。視野に入ってきたのは、真っ赤な車だった。あんな真っ赤な車を運転している知り合いはいない。

「車だ!」と、私は叫んだ。レスターと私はあわてて右を向き、道路脇の茂みに逃げ込んだ。だが、車のスピードはあまりにも速く、まさに間一髪で身を隠せたものの、結局は道路脇を走る深い側溝に足を突っ込むはめになった。あわてたせいで、レスターの頭を蹴とばしてしまったような気もしたが、とにかく二人で肩を寄せあい、側溝にしゃがみ込んだ。

息をひそめた。車が停まるなら、ブレーキを踏む音が聞こえるはずだ。私たちは車が猛スピードで通りすぎるまで、微動だにしなかった。

心臓がばくばくと音を立てている。

「大丈夫か?」。私はレスターに尋ねた。

「ああ。そっちは?」

この日、私が泥まみれになるのは二度目だった。自宅に戻るまでに、あと何回、同じ目にあうのだろう。後頭部に尖《とが》った岩があたっていることにも気づいた。腕も擦っていた。〝歯痛の木《トゥースエイク・ツリー》〟と呼ばれるタラの木かなにか、棘《とげ》のあるもので擦ってしまったのだろう。

自分の車さえあれば、こんなふうに泥のなかにしゃがみ込み、言うことをきかない犬のように下を向いていなくてすむのに。あまりの恐怖に漏らしそうにならずにすむのに。おれが卒業したら、来年からレスターはこの道をどうやってひとりで歩いて帰るのだろう？　おれは大丈夫なんかじゃない。レスターだって大丈夫じゃない。こんな状況に大丈夫なことなど、ひとつもない。でも、これが現実だ。あいもかわらず。

「妙だよな？」と、私はレスターに尋ねた。

「この溝にしゃがみ込んでることじゃなくて？」

「ああ、ほかにもある」

「おまえの髪じゃなくて？」

私は笑った。「ああ、おれの髪でも、おれの馬鹿でかい足でもない」

「ふうん、じゃあ、なにが妙なんだ？」

私は空を見あげた。昼間の明るい青色から夜の黒ずんだ蒼色へと変わっていく、なんともいえない完璧な中間色だった。始まりのようでもあり、終わりのようでもあった。この色の名前が知りたかった。どんな名であれ、その色を見ていると、私はいつだって悲しさとよろこびを同時に感じるのだった。教会でみんなが「アメイジング・グレイス」を歌っているときのように。それは人に希望をもたせる歌ではあるけれど、同時に、自分が救済されるべき不幸な人間であることを思いださせる歌でもあった。

「慣れるって、妙だよな」

レスターがいつもの低い声をあげた。私に同意しているという意味だ。レスターはあまりお喋りじゃない。

「慣れちゃいけないことって、あるよな」と、私は言った。

レスターがこちらを向き、同意のしるしに顎を少し突きだした。遠くからまた車が近づいてくるのが聞こえて、まだ泥のなかから立ちあがるタイミングではないとわかった。いまはまだ。

私は大きく息をした。自分に選択肢があることはわかっていた。怒ることもできるし、信仰を深めることもできる。もしかすると、これまでも怒るべきだったのかもしれない。だが、ここは神の国だ。そして私は、空が私に見せてくれる青い色合いのすべてを愛することを選んだのだ。

右のほうを見やると、緑色にも十種類以上の色調があった。これが現実で、真実だ。たとえ地面に仰向けになっていようと、その気になれば、そこに美を見いだせる。

私はまた大きく息を吐いた。土はわずかに焦がした砂糖のような匂いがした。母さんが自宅でグリッツ［訳注：トウモロコシの粉でつくったお粥］と七面鳥の首《ターキーネック》とコブラーパイ［訳注：フルーツにビスケットのような生地をのせて焼いたお菓子］を用意して、私を待っているだろう。たとえスカウトや監督や大学から目を向けられなくても、自分にはだれにも真似ができないヒットを放てる。泥にまみれていたって、隣には親友がいてくれる。もっと悪いことだって起こりうる。いつだって、もっと悪いことが起こってもおかしくないんだ。

車が近づいてくる音に耳を澄ました。セダンというよりは、もっと古いトラックのきしんだような音と低いエンジンの音だった。その車が通りすぎるあいだは目を閉じ、二人でじっと待った。ブレーキの音も、ほかの車の音も聞こえなかった。聞こえるのは、自分とレスターの息の音だけ。

私は彼を守りたかった。わが身を守りたかった。母さんと姉さんたちと兄さんたちを守りたかった。おびえずに通りを歩くことができない全世界の人たちを守りたかった。

アラバマの土には、自分たちのような人間の汗と涙と血と恐怖心が染みこんでいた。ただ肌の色が違うというそれだけの理由で、地面に伏せなければならない者たちの――。

こんなことに慣れたくない。これは、けっして当たり前になってはならないことだ。

「行こう」。そう言うと二人で溝から這いあがり、また長い家路を歩きはじめた。

3

二年間の試乗

おまえが岩をも投げられるくらい
強くて勇敢なら、
つかまったときには
手を背中に隠さない強さと
勇敢さを見せなさい。
両手をしっかりと見せて、
自分がしたことを認めなさい。
——ブーラー・ヒントン（レイの母）

一九七五年、メリー・リー炭坑第二坑道

そこらじゅう、血だらけだった。顔も血まみれで、その血が滝のようにどっと口に流れ込んで顎に伝わり、シャツのなかへと落ちていった。血の味がして、吐きだしたかったけれど、唇が思うように動かない。必死で頭を動かし、血で窒息しないように、それに銅の甘味で吐き気を覚えないようにした。鋭く熱い痛みが走り、頭がまっぷたつに割れたような気がした。唇の下になにかがぶらさがっているのがわかる。両手で顔を覆い、顔が割れないようにしたかった。出血の原因がなんであれ、メリー・リー炭坑の有毒物質が体内に入り込むのはとめられないだろう。

とどのつまり、まさか自分が炭坑で働くことになろうとは、本気で予想してはいなかった。でも、高校を卒業してすぐにそこそこの賃金をもらえる仕事はほかになかった。奨学金なし。大学進学なし。自力で生計を立てる以外に道はない。まったく、卒業記念の指輪を買う一〇ドルさえなかったのだ。地元では炭坑より高い賃金がもらえるところはなかった。炭坑だけでは働くまい

と思っていたけれど、手堅い賃金に背を向けることはできなかった。ほかに賃金のいい仕事は皆無といってよかったから、炭坑で働きたいと希望する男たちは長蛇の列をつくっていたが、私はプラコ在住だったし、父親が以前その炭坑会社で働いていたので、ほかの志願者より有利だった。おまけに高校で一緒だった数人の白人が、炭坑長に口添えしてくれた。白人たちとうまくやっていく能力があったのも役に立った。トラブルを起こしやすいという評判は、高校でも町でもいっさい立っていなかった。

私は坑道の天井を支えるべく鋼鉄の長いボルトを固定し、崩落を防ぐ作業の担当だった。天井全体が崩落して作業員たちを押し潰すことになろうが、ボルトのあいだから重い岩が落ちてこようが、坑道では死が頭上からやってくる。父さんのように、文字どおり叩きつけられて意識不明になるのだ。落ちてきた巨石に頭蓋骨を粉砕されることもあるし、一メートル二〇センチもない高さから雨のように叩きつける泥板岩《でいばんがん》の鋭い破片で切り裂かれることもある。

ボルトを固定するピニングという作業は簡単じゃない。いや、そもそも炭坑に簡単な作業などない。来る日も来る日も、狭い立坑《たてこう》や坑道で身を縮ませ、高さ一メートルほどの狭い空間に身体を押し込め、作業を続けるのだ。毎日、昇降機に乗って立坑を一・六キロほど垂直に下り、トロッコに乗り換えて真っ暗闇のなかを何キロも進む。そこは光も色もいっさいない世界で、じめじめした空気が充満している。朝、立坑を下りていくときも暗く、昼間もずっと暗く、夜、ようやく外にでたときも暗い。

機械類を操作するのは簡単じゃないし、ボルトを扱うのもむずかしい。なかには一・二メートルから二・四メートルほどの長さのボルトもある。硬い岩にドリルで穴をあけ、鋼鉄のプレートで固定させるときに間違いなくきちんと作業をおこなわないと、大勢の作業員が命を落とすことになる。ときには、自分にできるのは、坑道の天井が重さにもちこたえますようにと祈ることしかないような気がした。

その一分一秒が、いやでいやでたまらなかった。

そもそも、私はこんな狭い場に向いていないのだ。身をかがめるのも、じわじわと壁がこちらに近づいてきて走って逃げる場所がないように思える圧迫感も、陽射しもなければ空気も足りず、一人前の男が深々と呼吸もできないような空間にいるのもいやだった。たいして学《がく》はなかったものの、神が私を地下や狭い空間で暮らすようにおつくりになっていないことだけはわかっていた。まるで毎日毎日、自分の棺《ひつぎ》のなかへと這っていき、身を横たえるような気がした。こんな真似を正気で続けられるわけがない。

そこで、自分が戸外にいるところを想像するようにした――森のなかを歩いているところや、田園地帯を走るハイウェイを運転しているところを。車はもっていなかったが、運転するのは大好きだった。だから立坑で昇降機に乗っているあいだ、頭のなかではアラバマ州を横断し、西部に向かった。テキサス州とニューメキシコ州を走破した。そうして太平洋まで走りつづけたけれど、ときにはテキサス州で左折し、国境を越えてメキシコへと南下した。中米まで運転を続け、ホンジュラスやパナマの美女たちとダンスを楽しむこともあった。北上して五大湖を観光し、それからモンタナ州の広大な空を眺め、カナダまで足を伸ばすこともあった。そのまま北上を続けたら、どのあたりまで運転できるのだろう？　グリーンランドあたりだろうか？　アラスカや北極まで車を運転することはできるのだろうか？　よくわからなかったけれど、寒いのはあまり好きじゃなかったので、たいていはカナダで想像上の車をUターンさせた。メイン州まで運転して、温かいバターに浸したロブスターを食べることもあったし、フロリダ州のキーウェストに泳ぎにでかけることもあった。

頭のなかではどこにだって旅にでかけることができたけれど、闇が広がる炭坑では呼吸するたびに炭塵《たんじん》を吸い込んだ。肺に石炭と岩石と土の粉塵が入り込み、こんなところまで潜り込んできた人間を罰するかのように居座った。私が育った町には元炭坑労働者の老人が大勢いて、かれらはこの二〇年、炭坑には一度も足を踏みいれていないにもかかわらず、咳をしたり鼻をかんだり、夏の暑い日に額の汗をぬぐったりするたびに、ハンカチを黒く汚していた。引退までたどりつかずに命を落とす男たちも多かった――病名さえつけられていない病だらけの肺のせいで、いつだって息をするのがつらそうだった。それに、炭坑で夫を亡くした奥さんたちのために、母さんがよくスープやケーキをつくってもっていったことも覚えている。たくさんのスープ、たくさんのケーキ。そしてたくさんの女や子どもたちが一家の大黒柱を奪われ、取り残されていた。

私はそんな環境で成長し、毎月、プラコから男たちの姿が消えていくのを目の当たりにしていた。だから子どもの頃は、坑口の正体は地下に棲息《せいそく》する巨大なモンスターがぱっくりとあけている口だと思っていた。そのなかに入っていく男たちを、モンスターはバリバリと砕いて呑み込んだり、うちの父さんのようにケガをさせてから吐きだしたりする。そうやってモンスターに呑み込まれて永遠に姿を消してしまう男たちがいるのだと、思い込んでいたのだ。

とにかく私は炭坑で死にたくなかったし、石炭を含む汗をかいて余生を送りたくもなかった。けれど、働く頃合いを迎えた男が社会にでてカネを稼ぐのに、ほかになにをすればいいのだろう？　ファストフード店で働く気にはなれなかった。最低の賃金だったし、だいいち白人たちは自分が口にする食べ物に黒人が触れるところなど見たくないと思っていたからだ。残念ながら、世間に打ってでるには、炭坑の穴を下りていくしかなかった。仕事が危険であればあるほど、給料はよかった。

＊＊＊

救急車に乗せられたことはぼんやりとしか覚えていないが、立坑から外に運びだされたとき、待っていた姉が血まみれの私を見るなり泣きだしたことは覚えている。解せなかったのは、「顔に酸素マスクをあてられない」と言う救急隊員たちの声が聞こえたことだ。あそこで怪物に呑み込まれ、むしゃむしゃと食べられ、吐きだされたのだと伝えようとしたものの、口の中が血でぱんぱんでうまく唇を動かせなかった。仕方なく目を閉じ、いまはパナマにいるんだと想像することにした。赤いドレスを着て茶色い肌をあらわにした美女が、私と踊りたがっている。私は彼女に腕を回し、ゆっくりと円を描いて踊りはじめ、救急車のサイレンが響きわたるあいだ、そのまくるくると踊りつづけた。

その日、頭上六メートルほどのあたりから岩が落ちてきて、私の鼻の一部を削ぎ落とした。その岩は脳震盪《のうしんとう》を起こさせるほど重かったし、顔をバターのようにスライスするほど尖ってはいたものの、幸い、一生残るような後遺症を負わなかったし、鼻を二二針縫って大きな傷跡が残るだけですんだ。あれ以来、二度と炭坑に戻らなかった――そう言えたら、どんなにいいだろう。だが、それでは嘘をつくことになる。結局、私はその炭坑で五年ものあいだ働きつづけた。

＊＊＊

炭坑を辞めたのは、私にそう決意させるほど大きな事件が起きたからではない。ある日、私はふだんより遅く目覚めた。陽光がきらめき、鳥のさえずりが聞こえ、頭上にはこれまで見たことがないほど抜けるような青空が広がっていた。そのとき悟ったのだ。もう二度と、あの暗闇が広がる場所に下りていくことはできない、と。私は陽射しを浴びていたかった。二四歳で、頭のなかは女性のことでいっぱいだったけれど、炭坑の底には女性がひとりもいなかった。

高校卒業後、レスターと一緒に趣味でソフトボールのリーグ戦を始めていて、私は花形ピッチャーとして活躍していた。でも、プラコを去るメンバーも多かったし、仕事や生活で多忙をきわめ、定期的に練習に参加できないメンバーも多かったので、仕方なくリーグ戦はあきらめた。レスターもまた炭坑に就職したが、メリー・リー炭坑ではなくベシー炭坑だったこともあり、安定した仕事をいますぐ辞めるつもりはなかった。だから私が「おれは暗闇で金持ちになるより、陽射しを浴びた貧乏人になるよ」と告げたときも、ただ首を横に振るばかりだった。レスターは頭を低くして職場に通い、四の五の文句を言わなかった。えらいと思った。でも、人生は私を違う方向へと引っ張っていた。私は大冒険に憧れ、美しい女性たちを夢見たし、命を危険にさらさなくても懸命に働けば報われる人生を夢想した。

ロー・スクールに通いたい、できればビジネス・スクールにだって進学したいと思った。シルクのスーツを着こなすCEOになったところや、どんな強敵であろうと法廷で論破する弁護士になったところを思い浮かべた。医師になったところや消防士になったところを想像することもあった。でも、野球のことはもう想像しなかった。あまりにもやりきれない気持ちになるからだ。境遇さえ違えば、私は奨学金をもらい、大学に進学し、プロからドラフトで指名されることだってあったはずだ。その夢が潰《つい》えた現実を直視するのは、酷というものだ。

＊＊＊

ソフトボールのリーグ戦をしていた四年のあいだに、私はこっそり、ある姉妹の両方とデートしていた。すると、ソフトボールの対戦チームにいたレジーという男が激怒した。レジーが妹のほうに交際を申し込んだところ、断られたあげく、じつはひそかに私とつきあっていると打ち明けられたからだった。私は姉のほうとオープンに交際していたけれど、妹のほうも私に熱をあげていた。怒ったレジーは、いつかあいつをぶちのめしてやると、町で大口を叩くようになった。

私はさして心配していなかった。なにしろ、こっちのほうが一五センチは背が高かったし、体重も三〇キロ近く重かったからだ。レジーは小柄で、いつも意地の悪い目で私を見ていた。共通の友人が大勢いたので、レジーが私のことをどう言っているのか、よくわかっていた。私がどこに行こうと、やつはヘビのようにあとからくねくねと這ってきて、シューッと音を立てては噛みついた。

私は姉妹の両方と交際していることなど吹聴していなかったけれど、母さんにバレたら、こっぴどく叱られていただろう。間違いなく、女性は私の弱点のひとつ、悪癖だった。私は酒を飲まなかった。煙草も吸わなければ、ドラッグにも手をださなかった。でも毎日のように欲望に負けたり、女性に目を奪われたりした。女性を口説くことほどスリル満点なものはなかった。相手が結婚していようが恋人がいようがおかまいなしで、姉妹の両方との交際も意にかけなかった。

それは天賦の才だったのかもしれないし、災いのもとだったのかもしれないけれど、女性と話しているその一時間、あるいは一晩のあいだ、目の前にいる相手が私にとっては世界でたったひとりの女性だった。べつにゲーム感覚だったわけじゃない。それを自分のなかで正当化していた道筋を正確には説明できないけれど、いつだって目の前にいる女性だけに注意を向け、愛していた。友人から、あの娘はおまえにとっちゃ高嶺《たかね》の花だと言われると、がぜんやる気がでた。「五分くれ」と、よく言ったものだ。そして、ぜったいに失敗しなかった。私はどんな女性にも甘い言葉を囁《ささや》くことができたし、そうすると女性は腰が抜けてしまうのだ。そうした甘い言葉の一言一句を、私は本気で言っていた。心からそう思っていたからこそ、女性たちも私の言葉を信じたのだ。でも目の前からいなくなると、視野からも、心のなかからも、いままで一緒いた女性はすぐに姿を消した。

とにかく女性は私の弱点であり、クリプトナイト〔訳注：スーパーマンの弱点である架空の鉱石〕であり、それらが束になって一本のアキレス腱になったようなものだった。彼氏や夫が帰宅したとたんに、女性の家から飛びだしたことも一度ならずあった。そんな生活だったから、罪深い人間であったことは否めない。日曜日にはかならず母さんと教会に行き、神に祈りを捧げ、赦しを請うものの、月曜日になると、またもや女性たちのことで頭がいっぱいになった。それが間違っていることは自覚していたが、自分なりのやり方で、彼女たち一人ひとりを心から大切に思っているのもほんとうだった。

＊＊＊

仕事を続けるうえでも、女性とデートをするうえでも、大きな障害物となっていたのは移動手段だ。わが家はプラコからの立退《たちの》きを迫られていた――炭坑を経営するアラバマ・バイプロダクツ社がまず町の売店を閉め、それから社宅をすべて閉鎖すると公式に通知をだしたのだ。一九八一年のクリスマス直前に、会社は最後の立ち退き命令をだし、まだ社宅に暮らしていた住人は途方に暮れた。プラコにあった炭坑はとうの昔に閉山されていたし、あいかわらず屋内には配管が通っていなかったけれど、私はプラコが大好きで、引っ越したくなかった。

だがついに、私たちはトラックの荷台に家財道具一式を載せ、プラコからほど近いバーンウェルという町の狭い一角に越した。私は末っ子だったので、家に残って母さんの手伝いをするよう期待されていた。姉さんや兄さんたちは、二人を除いて全員、アラバマ州をでていった。アラバマは暮らしやすい土地ではなかった。北のオハイオ州に向かった者もいた。兄のルイスは、遠いカリフォルニア州に向かった。

とはいえ、母さんと家に残ったのは義務感からではない。私にとって、それはよろこびだった。私は母さんのことを世界のだれよりも愛していたし、そばに手伝ってくれる人がだれもいないことを承知のうえで、母さんと離れて暮らすことなどできなかった。母さんの幸福は私の幸福であり、私の幸福は母さんの幸福だった。これまでもずっとそうだったし、これからもずっとそうだろう。私のために料理をしなくてもかまわなかったが、母さんは昼であれ夜であれ、好きなときに食事を用意してくれた。その食事は母さんの愛情と同様、とても深い味がした。

プラコから越したことで、これまで以上に車が必要になった。引っ越し先には車に乗せてくれる近所の人がいなかったし、ヒッチハイクではどんなトラブルに巻き込まれるかわかったものではなかった。路上を走る見知らぬ車から身を隠していた私は、その頃には見知らぬ車にヒッチハイクで乗るようになっていた。なにがなんでも車に乗せてもらわなければならなかったからだ。ただし、ヒッチハイクにはリスクがともなった。黒人にとって、世界は以前より安全な場所になってはいなかった。

行かねばならない場所、稼がなければならないカネ、会わなければならない女性がいることはわかっていたが、車がなければ仕事は得られなかったし、仕事がなければ車は買えず、私は行き詰まっていた。それに車がないまま、炭坑の外でカネを稼ごうと悪戦苦闘することに、もう辟易《へきえき》していた。私はいつだって勤勉に働いてきたけれど、通勤のために一〇キロも二〇キロも歩き、また同じ距離を歩いて帰宅することなどできるわけがない。なにか、手を打たねばならなかった。

　そのなにかが見えたのは、ある日曜日だった。私は起床し、教会に着ていく一張羅《いっちょうら》を身につけ、母さんと朝食をとり、いってきますとキスをして、友人の家からヴェスタヴィア・ヒルズまで車に乗せてもらった。そして、以前訪れたことがある車の販売店の数ブロック手前で降ろしてもらった。それから起こったことについて、事前に計画を練っていたとは言いたくない。正直なところ、まるで自分のしていることが映画の一場面のように見える気がした。人間にはときどき、ほかのだれかになりたいと痛切に願うことがある。想像上の人物になりきってしまうこともあるだろう。

　その日曜日の私は、必死になって仕事を続けようとしているプラコ出身の貧しい若者ではなかった——大学を卒業して一流企業に就職したばかりの、ぴかぴかの新車を買いにきた青年だった。私は展示されている車の列のあいだを行ったりきたりして、運転しているところを長いあいだ夢見てきた新車の数々を眺めた。モンテカルロ、ビュイック・リーガル、ポンティアック・グランプリ……。その私の目をとらえたのは、オールズモビルのカトラス・シュプリームだった。車体がぴかぴかと輝き、色はスカイブルー。2ドアのシルエットが美しく、青いビロードのシートはふかふかして雲のようだったし、四つのヘッドライトが車に顔があるように見せていて、その顔は私だけに微笑みかけていた。

車の正面でずっと足をとめていると、セールスマンがやってきて話しかけた。

「美人でしょ」

私はセールスマンに微笑んだ。白人で、もみあげが長く、茶色の髪の頭頂部が少し薄くなりはじめている。

「ええ、たしかに別嬪《べっぴん》さんですね」

「カトラスにまさる美人はいませんよ」

彼が手を差しだしてきたので、握手をした。

「試乗してみます？」

私はうなずいた。「ええ、ぜひ。美人とのドライブがどんな具合か、試してみたいですね」

セールスマンはにっこりと笑った。獲物を確実にとらえたと思ったのだろう。平屋の建物に入っていき、キーを一セットもって戻ってきた。

「こちらをどうぞ」

彼がキーを差しだした。自分がスローモーションで動いているような気がしたけれど、気づいたときには手を伸ばし、じゃらじゃらと鳴るキーを受けとっていた。

「ハイウェイにでたら、エンジンを全開にしてみてください。パワーに驚きますよ」。彼は運転席側のドアをあけ、私が車に乗り込むあいだ、ずっと笑みを絶やさなかった。それからドアを勢いよく閉め、ルーフを二回、てのひらで叩いた。私はイグニッションにキーを挿し、回転させた。

ビロード生地のシートから、新品のおもちゃ、新品のバット、新品の靴、そして考えつくかぎりのすばらしい新品の物が一緒くたになったような匂いが漂ってきた。まるでクリスマスの朝、復活祭の日曜日、感謝祭の夕食、誕生日が一度にやってきたような匂いだった。あのときほど、かぐわしい香りを嗅いだことはない。

私は駐車場をでて、右折した。二〇分ほど、繁華街の路地を運転してまわった。自分が強く、権力のある人間になったような気がしたし、この世に不可能なことなどないように思えた。そしてついにハイウェイへの進入路に入り、ほかの車に合流した。アクセルを強く踏み、エンジンの咆哮《ほうこう》に耳を澄ました。それから一時間以上、モンゴメリーに向かって車を南下させた。そのあとUターンをして、バーミングハムに戻ってきた。車の販売店に向かうハイウェイの出口で降りずに、このまま母さんの家に向かうのはなんでもないことのように思えた。もう、夕食の用意はできているはずだ。母さんに私の新車を見せるのが待ちきれなかった。これで人生が大きく変わるよと、母さんに言いたくてたまらない。

その刹那《せつな》、とてつもなく大きな希望を感じ、心臓が口から飛びだしそうになった。これですべてが変わる。そして、こう思った。車のエンジンを全開にして、パワーのほどを見せてもらおうじゃないか。

この車はまさしく美人だった。その美人を私のものにしたのだ。

＊＊＊

私はその車を二年間、運転した。自分で購入した新品のパイオニアのオーディオシステムまで投入した。車で通勤できるようになったので、家具店に就職でき、稼げるようになったからだ。週末にはかならず洗車し、ワックスをかけた。母さんは車で買い物に連れていってもらったり、私が買い物をしてきたりすると、とても嬉しそうな顔をした。あの車に乗っているとき、母さんはいつだって背筋をぴんと伸ばして座り、顔には満面の笑みを浮かべていた。とはいえ、私は母さんを違法な車に乗せていることを誇りには思っていなかった。万が一にもつかまらないよう、信号が黄色なのに突っ走ったことはなかったし、停止線ではかならずきちんと停止したし、制限速度を一キロでも超えたことはなかった。

あの販売店から運転してでて二年、車はあのときよりいい状態にあった。でも、しだいに私を苦しめるようになっていた。私を信頼している母さんを助手席に乗せて運転するたびに、いま事故に巻き込まれたらどうしよう、故障して突然動かなくなったらどうしよう、警官がやってきたらどうしようと考えるようになった。私がしでかしたことを知ったら、母さんはどう思うだろう？　車を返したかったけれど、わが家から突然、車が消えてしまった理由をなんと説明すればいいのかわからない。自分の嘘の罠《わな》にとらわれてしまい、そこからの脱出の仕方がわからなくなっていた。

もうこれ以上、嘘はつけないと覚悟したのは、ある友人から、警察が私のことをさがしていると聞かされたときだった。潮時《しおどき》だ。母さんに告白しなければ。

話を切りだすのが、あれほどおそろしく感じられたことはない。でも、もう先延ばしにはできなかった。吐き気がした。望みのものをすべて手にいれるという空想に耽《ふけ》ることはできたものの、胸のうちで罪悪感がむくむくと膨らみ、私のなかの善なるものをすべて食いあらし、腐らせていくような気がした。とにかく、母さんを傷つけるような真似だけはしたくなかった。

母さんはキッチンの流しのところに立っていた。私は近づいていき、母さんの肩をうしろから抱きしめた。母さんは小柄な人ではなかったけれど、私と比べればいつだって小さく感じられた。

濡れた手を上げ、母さんは私の腕を軽く叩いた。

「どうかしたのかい?」

「ちょっと話があるんだ。まじめな話が」

母さんは蛇口をひねって水をとめ、ふきんで手を拭いた。「いいわ、座りましょう。立ったまま、まじめな話をしちゃいけないからね」

私がテーブルの前に腰を下ろすと、母さんはグラスをふたつ用意し、冷蔵庫からアイスティーのピッチャーをとりだした。

「それにまじめな話をするときには、飲み物を用意しなくっちゃ」。母さんはそう言うと、アイスティーをグラスにつぎ、私の左側に腰を下ろした。「さて、いったいなんの騒ぎ?」

「よくないことをしたんだ。悪いことをしたんだよ」

母さんは私の目を見て、少しアイスティーを飲んだ。そのまま、なにも言わなかった。母さんは一〇分間喋りつづけるよりも、沈黙のなかで多くを語る人だ。ただ私の話の続きを待ち、またアイスティーを少し飲んだ。それから私に向かってうなずいて見せた。ついに、私はことのあらましをすべて話した。車の試乗をしたこと、いまの自分とは違う人間になりたいと思ったこと、車の代金を一ドルも支払わずに運転して帰ってきたこと。そしていま、すべてが音を立てて崩れようとしていて、どうすればいいのかわからないこと。

それを聞いた母さんはまたアイスティーを飲み、これまでに見たことがないほど悲しい目で私を見た。「おまえ、後悔しているのかい?」

「はい」

「そして、間違いを正そうとしているんだね?」

「はい、母さん」

「そう、それなら、自分で間違いを正さなくては。警察署に出頭しなさい。そしてすべてを包み隠さず話しなさい。自分がしたことの責任をとりなさい。自分の持ち物ではないものを盗むような子に育てた覚えはない。悪いことをしたら認める子に育てたつもりだよ。おまえはもう子どもじゃないから、この件であたしが守ることはできない。自分がしたことを警察で認めなさい。神に対してしたことも、認めなさい。神はおまえをお赦しになるだろう、だから、あたしも赦す。でも、これから自分がどういう人間になるのかは、自分で選ばなくちゃいけないよ、レイ。いま、この場で、選ばなくちゃ。おまえが正しい選択をすることはわかってる。あたしには、わかる」

そう言う母さんの声が少し詰まるのがわかった。恥ずかしさのあまり、思わず身を縮めた。おれはこんな人間になりたかったわけじゃない。これからは正しい道を選ぶのだ。母さんが誇りに思ってくれるような道を。母さんは私の顔に手をあて、首を横に振った。私はこのとき、キッチンのテーブルで誓った。もう二度と、母さんにこれほど悲しい表情を浮かべさせるような真似はしない。これから一生、どこへでも歩いていっていいし、炭坑に戻ったっていい――これからはまっとうに生きるのだ。母さんにふさわしい息子になり、母さんがこうなってほしいと思っていた息子になってみせる。

レスターは職場にいたので、ほかの友人に頼んで警察署に車で連れていってもらった。心から安堵した。私は罪を告白し、郡刑務所への投獄を受けいれた。一九八三年九月、裁判にかけられた私は罪を認めた。一年半の実刑を言い渡されたが、法廷が裁定をくだすのを待っていた期間を一日につき二日の割合で計算してもらえた。おかげで、キルビー刑務所で数カ月間、いわゆる「通勤刑」に従事するだけですみ、昼間は刑務所の外に働きにでかけた。それでも、この件で前科者となり、州の司法の記録に名前が残ったことに変わりはなかった。

刑期を終えた日、母さんと隣人のひとりが車でバーミングハムまで迎えにきてくれた。私はすぐレスターに会いにいった。

「もうこれで、おまえは生まれ変わったのか？」と、彼から尋ねられた。

キッチンテーブルで母さんとかわした、長い会話を思いだした。それから、この数カ月間の刑務所での体験は、わが身に起こった最善のことだったとつくづく思った。刑務所は魅惑的なところじゃない。食べ物は粗末で、おそろしい悪臭が漂っている。自由がきかない状態に、体内すべての細胞が悲鳴をあげた。車なし、カネなし、仕事なし。もちろん女性もいない。私はこの後、一年半くらいのあいだ、つまり一九八五年の八月くらいまでは仮釈放の身となったが、それでもまったくかまわなかった——一五年間の仮釈放だって受けて立つという気持ちだった。だって、私はもう、法に反することには今後けっして、なにがあろうと手を染めないと意を決していたから。自分の人生を手放すような真似も、母さんの目に傷心の色を浮かばせるような真似もしない。私は自宅から遠く離れた場所で毎夜、この人生で大切なこと、大切な人について、じっくりと考えてときをすごしたのだ。

神は大切だ。

レスターも大切だ。

私の自由も大切だ。

そしてほかのだれよりも、母さんが大切だ。

人生におけるほかのすべてのことは、ただ移ろう空模様のようなものだった。

「神に誓う」と私はレスターに言い、右手を高く上げた。

レスターがフンと鼻を鳴らした。

「おれは本気だ。神が証人だ。自分の所有物じゃないものをもち去るような真似は、二度としない」

私が本気かどうか確かめるように、レスターがこちらをじっと見つめた。その目をじっと見つめ返すと、ついに彼も承認するように低くうなった。

少し間を置いてから、私は説教をする伝道者の重厚な声音を真似て語りはじめた。「どんなに小粋なコルベットがあろうと、たとえ神が降臨して『これはおまえの車だ』と断言なさろうと、車が必要になったら、ローンを組む。小切手を切ったら、かならず支払えるようにする。だれかに車のキーを渡されても、それが自分のキーでなければすぐに返す。ただし、おまえの車のキーを、おまえが渡してくれたときだけはべつだ。あと、少しばかり呑みすぎた素敵なレディから運転を頼まれたときもべつだけど。でも、それ以外の場面では、おれはここに厳粛に誓う。私、アンソニー・レイ・ヒントンは、二度と盗みをはたらかない。たとえ――」

レスターが話をさえぎり、声をあげて笑った。「おまえが真剣なのは、よーくわかった。でも、このまま一日中、話を聞いてるわけにはいかない。バーベキューの支度ができてるからな」

4

冷蔵室の《クーラー・》
殺し屋《キラー》

この郡の保安官や警官なら、
〈キャプテン・D〉の事件のあとも、
冷酷非情な殺人犯が
この郡の路上を
これまでと変わらず
歩いていることを
知っていましたよ。
――ダグ・アッカー警部補

一九八五年二月二五日、バーミングハム

レストラン従業員、強盗に射殺される

サウスサイドのレストランの副店長が、昨日早朝、強盗に頭部を二度撃たれたあと、夜になって死亡した。

ジョン・デヴィッドソンさん（49歳、サード・プレース・ノースイースト二二四九番地）は、昨日午前、イースト医療センターで手術を受けたあと、午後、脳死を宣告された。銃で撃たれたほかにも、激しく殴打されていた。*1

ジョン・デヴィッドソン氏が殺害された夜、自分がどこにいたのか、わからない。夜、どこにいたかというアリバイをつくるべく、日々、神経を尖らせていたわけじゃないからだ。ただ、私

はサウスサイドの〈ミセス・ウィナーズ・チキン&ビスケッツ〉で食事をしたことは一度もない。

二月二三日、何者かがそのレストランに強盗に入り、ジョン・デヴィッドソン氏を冷蔵室に押し込み、頭部に二発、発砲した。何者かが彼の両親から息子を奪い、妻から夫を奪った。指紋は残っていなかった。目撃者もいなかった。DNAも採取されなかった。犯人はだれであってもおかしくなかった。　そいつは二二〇〇ドルを奪い、犯行現場から立ち去った。ひとつの命を代償にして、いったいなにを得たのだろう？　自分の魂と引き換えにできる金額とはいくらなのだろう？　答えがわからないまま、私はその男のことをずっと考えていた——あれほど自暴自棄な行動に走らせたものはなんだったのか？　強奪し、殺人を犯すタイミングを暗がりでうかがいながら、なにを考えていたのか？

自暴自棄の行為にはかならず代償がともなうものだが、まさか、その代償を支払う人間がこの私になろうとは。ジョン・デヴィッドソン氏が殺害された晩、私はどこにいたのか見当もつかなかった。自分のベッドで眠っていたのだろうか？　女友だちの家を訪ねていたのだろうか？　レスターと笑っていたのだろうか？　母さんと食事をとっていたのだろうか？　昼も夜も、私はじつに平凡な日々をすごしていた。週に六日、家具店に勤務し、ベッドを配達しては組み立てる——もう二度とトラブルは起こすまいと胸に誓っていたからだ。事件があったその夜、私がどこにい

＊1　一九八五年二月二六日、バーミングハム・ポスト・ヘラルド紙、「レストラン従業員、強盗に射殺される」。マイク・ベニンホフ記者。

てなにをしていたのか、正確なところは説明できない。だが、殴打、強盗、殺人とは無関係であることはわかっていた。

それに、何者かが殺人を犯して逃げおおせていることもわかっていた。

一九八五年七月三日、バーニングハム

〈ザ・ブラス・ワークス〉での仕事は、短期契約だった。というのも、土曜日の勤務にどうしても納得できなかったからだ。私にとって土曜日は、教会の料理持ち寄りパーティに参加したり、友人とバーベキューを楽しんだり、母さんのお使いをしたりするための日だ。母さんを釣りや大学のフットボールの試合に連れていくこともある。それに私たちの教会では男性の信者がそれほど多くなかったので、毎週土曜日、男たちは洗車や建物の修理など、なにかと用事を頼まれていた。

半年以上、なんとか土曜日も通勤する努力を続けたけれど、どうしても気持ちが追いつかなかった。月曜から金曜までは、まじめに働いた――いつだって定時に出社し、いっさい手を抜かずに働いた。でもどういうわけか土曜日になると、自分のなかのスイッチが切れるのだ。しだいに、土曜日はなんやかやと言い訳をして、ずる休みをするようになった。そしてある日、やっぱりこの仕事は自分に向いていないと悟った。誕生日を迎えた二週間後、私は仕事を辞めた。べつに勤め先に恨みがあったわけじゃない。ただ、こんどはバーミングハム近郊の企業に人材を派遣して

いる、マンパワーという会社に雇ってもらおうと考えていた。

私は二九歳になったところで、正直なところ、なんの仕事で身を立てていこうかと模索中だった。人生とは選択の連続ではなく、その選択肢がどんどん減っていくプロセスのような気がした。もう炭坑で働きたくないことはわかっていた。二度と刑務所に戻りたくないこともわかっていた。川を上がったり下がったりして石炭を運搬するタグボートの甲板員に向いていないこともわかっていた。土曜日に働きたくないこともわかっていた。母さんにひとり暮らしをさせたくないこともわかっていた。それ以外にわかっていることといえば、自分で生計を立てて生活費を稼ぎたいこと、クールな車が欲しいこと、素敵な女性と恋に落ちて、いずれは結婚して、子どもが欲しいことだった。

マンパワーの賃金はあまりよくなかったが、会社自体は大企業だったし、さまざまな派遣先で違う仕事をしているうちに、自分に向いている仕事がわかるかもしれないと、のんきに考えていた。新たな人や仕事と出会えば、ビリビリッと電流が流れるような衝撃を受けるかもしれない。高校を卒業してすでに一〇年という歳月が流れていたが、私は新たなことを学ぶのが昔と変わらず好きだった。いろいろな人と話すのが好きだったし、行ったことがない場所にでかけて、その職場の仕事の進め方を観察するのも好きだった。自分はビジネスに向いていると思っていたので、これまで私のためにつくってくれた母さんの料理を提供するレストランを開店するのもいいなと考えていた。母さんはありとあらゆる料理の作り方を、私に教えてくれていた。

料理のレッスンを始めるとき、母さんはいつもお決まりの台詞を言ったものだ。「食べて幸せな気持ちになれる料理があるんなら、自分でつくれるほうがいい。まだ、おまえが奥さんを紹介してくれそうな気配はないからね」

母さんはいつだって、言いたいことを伝えるコツを心得ていた。それに、私を笑わせ、まっとうな生き方をさせてくれた。早く答えをだしなさいと急《せ》かしたことは一度もなかった。物心ついてからというもの、母さんはいつだって変わらぬ愛情を私にそそいでくれた――絶対的で無条件の愛情を。

レストランの店長、銃で撃たれ死亡

昨日の朝、ウッドローンのレストラン〈キャプテン・D〉に五年間勤務した従業員が、冷蔵室で撃たれ重傷を負っているところを発見された。強盗に襲われたものと見られている。バーミングハム警察の発表によれば、その後、死亡を確認されたのはニューキャッスル、オーク・ストリート一一番地のトマス・ウェイン・ヴェイソンさん（25歳）。死因は頭部銃創。抵抗したようすはなかった。金庫から現金が盗まれているが、金額は不明。

殺人捜査課のC・M・クイン刑事は、ヴェイソンさんが殺された事件と、二月にレストラン〈ミセス・ウィナーズ・チキン&ビスケッツ〉で副店長が殺された事件には類似点があると述べたが、この二件の関連性はいまだ不明とのこと。*2

七月四日の独立記念日は、例年のようにお祝いをした——これ以上は無理というほどの最高のバーベキュー、教会の友人たち、大量のアイスティー。アラバマ州では独立記念日ほど盛大に祝う祝日はない。通りを歩けば、知らない人からもちょっと家に寄ってなにか食べていきなさいと、かならず声をかけられる。花火、スイカ、走りまわる子どもたち。そんな子どもたちにホースで水を撒《ま》き散らすおとなたち。ふだんは多少の距離を置く仲だとしても、この日ばかりは近所の人たちが一体になる。白人でも黒人でもない、ただのアメリカ人になるのだ。みんなで声をあげて笑って、遊んで、パレードの山車《だし》に拍手を送る。一年のこの時季にだけバーミングハムの住人が互いに恋をするようなもので、一九八五年になってもそうした雰囲気は変わらなかった。

南京袋を使った駆けっこ、卵投げ競争、これでもかというほど大量の食べ物。母さんはいちばん上等な白い帽子をかぶり、袖に赤いパイピングがほどこされた青いワンピースを着ていた。レスターと一緒に折り畳み椅子に座っていたときのことは、いまでも忘れられない。教会のご婦人がたと一緒に母さんが笑っているのを眺めていたら、すごく満ち足りた気分になって、幸福のあまり胸がはちきれそうになったのだ。あと二カ月ほどすれば仮釈放の期間が満了し、過去のあやまちは葬られる。それに、私はそのとき、シルヴィアという女性に惚れ込んでいた。そのうえ、翌日、マンパワーで働くことが本決まりになるはずだったから、これまでよりもっと大きな仕事

*2 一九八五年七月三日、バーミングハム・ポスト・ヘラルド紙、「レストランの店長、銃で撃たれ死亡」。キャスリーン・M・ジョンソン、マイク・ベニンホフ記者。

ができるのではという期待も芽生えていた。私はレスターのほうを向き、こう言った。「きょうの祝日は、なんだか〝忠誠の誓い〟〔訳注：アメリカ合衆国の国旗に向かって述べる国家への忠誠心の宣言〕みたいに思えるよ」

「へえ。なんでだ?」

そこで、なんとか説明を試みた。「あの誓いでは〝神のもとに一体で自由と正義が万民のためにある国〟に忠誠を誓うだろ? きょうのなにもかもが、そんなふうに思えてさ。希望に満ち満ちてるような気がするんだ。公平とか自由とか、なんだって可能だって気がする」

「ふうん。おれには、いつもの暑い七月四日にしか思えないけど、まあ、おまえの言いたことはわかるよ」

「だってさ、来年、おれたちのどっちかが結婚してるかもしれないんだぜ。どっちかに子どもができてるかも。なにが起こるか、わからないだろ?」。そこまで言うと、私は言葉をとめた。ふいに、レスター、手袋と帽子を身に着けた母さん、アラバマ、身体を内側から冷やしてくれるアイスティーが飲める暑い七月に強烈な愛情が湧きあがってきて、胸がいっぱいになり、言葉がでなくなったのだ。

「もう子持ちになるつもりかよ」と、レスターが笑った。

「こればっかりは、わからないぜ」。私はそう言って、突然、喉に込みあげてきた熱いものを呑み込んだ。「ただ、なんだか空気が変わったような気がするんだ」

「へええ」。レスターがどんよりとした空を見あげ、笑った。「おれには雷が近づいてるようにしか思えないけどな」

一九八五年七月二五〜二六日、エンズリー

午後一一時五七分、私はスーパーマーケット〈ブルーノズ〉の倉庫に入り、出社時刻を記録した。夜勤は苦じゃなかった。時計の針が午前零時を指したとき、ほかの十数人の派遣従業員と一緒にグループになって立ち、指示がでるのを待った。〈ブルーノズ〉の倉庫は巨大で、派遣従業員は厳しく監視されていた。出入りする際は戸外にある警備員の詰所でチェックを受けなければならなかったし、監督官にいちいち報告しなければならなかった。おそらく監視していないと私たちが盗みをはたらくとか、まじめに働かないとか思われていたのだろう。でも、そんな心配は馬鹿げていた。派遣従業員はみんな正社員になりたいと思っていたから、正社員よりまじめに働くのが当然というものだ。

私に割りあてられる仕事は、たいていフォークリフトの運転だった——フォークリフトで空《から》のパレット（荷運び台）をトラックの後部につけ、ほかの作業員から商品を載せてもらい、積みあがったパレットを高台までもっていくのだ。そこは倉庫でいちばん高いところにある棚で、そこに次から次へと荷物を並べていった。べつにすごく頭を使う仕事というわけじゃなかったが、私はフォークリフトの運転を楽しんでいた。

このときのシフトは七月二六日の深夜に始まった。私たちが集合場所に一〇分から一五分ほど

立っていると、監督官のトム・ダールが順に名前を呼び、その日、担当させる仕事を紙に書きだした。私の最初の仕事は、フォークリフトを使ってパレットにバケツやモップなどの掃除用品を積み、清掃する作業員がいる場所に運ぶ作業だった。それに一〇分ほどかかり、そのあとはトイレ掃除を命じられ、トイレの床にへばりついているガムを全部はがしてこいと言われた。まったく、一日で床にへばりつくガムの量ときたら。なんだって、いい齢《とし》をした男や女が平気で床にガムを捨てるのかわからなかったが、その理由をさぐるのは私の仕事じゃない。私の仕事はあちこちにへばりついているガムを床からはがし、モップをかけ、トイレの床を隅から隅まで消毒することだ。好きなタイプの作業じゃなかったが、とにかく仕事なのだから、しっかりやりとげた。

午前二時をすぎた頃、ようやく掃除を終え、ダールに確認してもらい、一五分間、休憩をとった。そのあとは戸外にでて、壊れているパレットの選別をした——修理ができそうなものと、損傷がひどくて修理に手間をかける価値がないものを判別するのだ。その夜は霧がたちこめていて星はまったく見えなかった。ノースリーブのシャツを着てきてよかったと思った。午前三時になっても気温が二四度くらいあり、蒸し暑かったのだ。いまにも雨が降りだしそうな気配だった。

その晩、とくに変わった出来事は起こらなかった。私は午前四時に食事をとり、大型ゴミ容器の下も掃除して、夜勤を終えた。

一九八五年七月二七日、バーミングハム

武装強盗事件、複数の殺人事件と関連の可能性

警察は金曜の朝ベッセマーのレストランの店長が強盗に銃で撃たれた事件と、今年の二月と今月二日にバーミングハムのレストランの店長らが殺害された事件との関連性を捜査している。

店長らは三人とも、深夜、レストランで強盗に頭部を撃たれた。しかし、〈クインシーズ・ファミリー・ステーキ・ハウス〉(ベッセマー、ナインス・アヴェニューSW一〇九〇番地)の副店長は一命をとりとめ、警察から事情を聞かれている。

シドニー・スマザーマンさん(ハイエタウン、ベリー・ドライヴ三三四一番地)は、バーミングハムのキャラウェイ・メソジスト医療センターで治療を受け、予後は良好であると、金曜夜、病院のスポークスマンが発表した。警察によれば、スマザーマンさんは頭部と片手を撃たれた。

ベッセマー警察署のJ・R・ペイス警部の話によると、警察は金曜日、スマザーマンさんが一発の銃弾により「すべての損傷を負った」と見ていたが、じつは二発、被弾した可能性もある。

スマザーマンさんは胸部も負傷しているというが、その原因は不明。

三件の強盗事件はどれもレストランが閉店したあとに起こっており、どの被害者も店の奥へと連れていかれ、そこで撃たれた。

二月以降、警察は〈ミセス・ウィナーズ・チキン&ビスケッツ〉（セント・サウス二九丁目七三七番地）でジョン・デヴィッドソンさん（49歳）が頭部を二度撃たれ、店内で死亡した事件の捜査にあたってきた。レストラン裏手に血痕があたったため、副店長のデヴィッドソンさんが冷蔵室に押し込められ、そこで撃たれたものと、警察は考えている。

七月二日には、〈キャプテン・D〉（ファースト・アヴェニュー五九〇一番地）の夜勤店長、トマス・ウェイン・ヴェイソンさん（25歳）がレストランの冷蔵室で死亡しているのを、開店の準備にきた従業員が発見した。

ペイス警部は今回の事件の詳細を明らかにしていないが、警察でのスマザーマンさんの供述を読みあげた。その供述と、ベッセマー警察の説明によれば、金曜朝の〈クインシーズ〉における強盗と銃撃事件は次のとおり。

午前零時半頃、スマザーマンさんと〈クインシーズ〉の四人の従業員は、店を閉めたあと、各人がそれぞれの乗り物で帰宅した。スマザーマンさんはひとりで一九八五年型のポンティアック・フィエロに乗り、途中で食料品店に寄ったが、その店をでたあと、ナインス・アヴェニューとメモリアル・ドライヴの交差点で車を停めたところ、黒いシボレーかビュイックに追突された。

車の損傷具合を確認しようと、スマザーマンさんが車から降りると、追突してきたセダンを運転していた男から銃を突きつけられ、フィエロに乗れと言われ、男と一緒に乗り込んだ。

武装した男はスマザーマンさんに、フォース・アヴェニューとメモリアル・ドライヴの交差点まで運転しろと言った。スマザーマンさんは言われたとおりに運転し、交差点でフィエロを路肩に停め、車から降り、男のセダンのところまで二人で歩いて戻った。

男はスマザーマンさんを車に乗せ、〈クインシーズ〉に戻ると、店のドアをあけ、なかに入るよう強要した。

店内に入ると、男はスマザーマンさんに金庫を開け、屑入《くずいれ》からゴミ収集用のビニール袋をはずし、そこに現金をいれろと命じた。

スマザーマンさんが言われたとおりにすると、次に冷蔵室に入れと命じられた。スマザーマンさんが、それは無理だ、冷蔵室は寒すぎると反論すると、男は、それなら食糧貯蔵室に入れと言い、スマザーマンさんが食糧貯蔵室のほうを向こうとしたところ、頭部を撃たれた。

スマザーマンさんは倒れ、強盗がでていくまで、わざと動かずに床にたおれていた。そして男の姿が見えなくなると、隣のレストラン〈モーテル6〉まで這うようにして移動し、助けを求めた。

スマザーマンさんは警察に、強盗の身長は一八〇センチほど、体重は八五キロくらい、口髭を生やし、ブルージーンズと赤いチェック柄のシャツを着ていたと話した。

ペイス警部によれば、その金曜日、署はこの強盗事件についてバーミングハム署の刑事たちに報告し、意見を交換した。「とはいえ、われわれはあくまでも、われわれの管轄の事件を捜査している」と、彼は言った。

今月二日に〈キャプテン・D〉で起こったヴェイソンさんの殺人事件の捜査を担当してい

るバーミングハム署殺人捜査課のハワード・ミラー刑事は、金曜の朝、ベッセマー署の刑事と話し、「われわれはベッセマーの事件も視野に入れている」と語った。

アトランタ在住の娘、マーティー・ハミルトン夫人によると、父親のスマザーマンさんは〈クインシーズ〉に店長見習いとして働きはじめて三年ほどになるという。

その金曜の夜、父親は「心身ともに、きわめて健康でした」と、ハミルトン夫人は語った。「父は幸運だったと、みんな思っています。命を落としてもおかしくなかったのですから。私たちはみな、男（武装強盗）が捕まることを願っています。こんなことが、もうだれの身にも起こらないように[*3]」

一九八五年七月三一日、バーンウェル

アラバマの七月は、曇りの日でも暑い。だから母さんから芝刈りを頼まれたとき、気が進まなかった。というより、芝刈りだけは勘弁してほしかった。シルヴィアとあとでデートするつもりだったし、教会の伝道集会にも参加するつもりだったから、猛暑のなか、芝刈りで汗だくになりたくなかったのだ。洗車はもうすませていた。愛車の赤いニッサンは、シルヴィアの名義だ。まだ若い頃に台無しにした信用を取り戻している最中で、自分の名義では車のリースができなかったからだ。じっとりとした暑さがのしかかる。リビングルームの日陰でただ冷たい飲み物を飲んでいたかった。

「芝刈りはあしたにするよ」。そう言うと、私は母さんのすりきれた寝椅子に寝ころんだ。

するると母さんは例の淡々とした、でも断固とした表情でこちらを見た。「いま芝刈りを頼んでるのに、なんだって『あしたにするよ』って言うんだろうね」

用事を先延ばしにしていたら、ひとりで一〇人の子どもなど育てられるはずがない。私たち兄弟はみな、母さんから用事を言いつけられたら、まず逃げられないと叩き込まれて大きくなった。でも、私だけは母さんに甘えるすべを心得ていた。きょうは通用しそうになかったけれど。

私は古い芝刈り機のエンジンをかけ、聖書の数節を思いだしながら作業を始めた。このあと教会の集会で暗唱する節を選ばなくちゃならなかったし、神にもシルヴィアにもいいところを見せたかった。前庭を行ったり来たりして芝を刈っていると、その日にぴったりの節が頭に浮かんだ――「フィリピの信徒への手紙」二章一四節から一五節。ここを暗唱すれば、きっと母さんがにっこりと微笑むだろう。〝何事も、不平や理屈を言わずに行いなさい〟

そのとき、どうして身を起こして顔をあげたのかわからないが、白人の男二人が裏のポーチに立っているのが見えた。二人は私のほうを見ていて、どちらの顔にも笑みは浮かんでいない。私は芝刈り機の電源を切ったが、頭のなかではまだ聖書の残りの節が再生されていた。〝そうすれば、とがめられるところのない清い者となり、よこしまな曲がった時代の中で、非のうちどころ

＊3　一九八五年七月二七日、バーミングハム・ニューズ紙、「武装強盗事件、複数の殺人事件と関連の可能性」。ペギー・スタンフォード、ケイ・ディッキー記者。

のない神の子として、世にあって星のように輝き……〟

「アンソニー・レイ・ヒントンか?」と、ひとりの男が一歩こちらに近づき、私の名前を大声で呼んだ。そのとき、二人とも腰に銃を携帯しているのが見えた。「警察だ!」

どうして刑事が二人も母さんのポーチにいるのかわからなかったが、こわくはなかった。なにも悪いことをしていないのなら、おそれたり走って逃げたりするいわれはない、そう教えられてきた。だいいち、仮出所してからというもの、いっさい悪事をはたらいていなかったし、定期的に指導監督も受けていた。おそれることはなにもない。

そのままポーチへ向かって歩いていった。

「話がある」。そう言うと、二人の刑事が両側から私を挟んだ。私はかれらの車へと私道を歩かされた。ふいに肩甲骨のあたりに刺すような痛みを覚え、猛スピードで山の頂上へと車で突っ走っているときのように胃が縮みあがった。

「投獄されるんですか?」

二人は私の身体検査をしたあと、背中に両手を回し、手錠をかけた。

「私はなにもしていません」。そう言った声は少しうわずっていたし、思っていたよりもこわばっていた。刑事のひとりが車の後部ドアをあけた。「いったい、なんなんですか?」

「話はベッセマー署に着いてからだ」

「家に戻って、ちょっと外出してくると、母さんに伝えてもいいですか?」。なんの騒ぎかわからなかったが、すぐに嫌疑が晴れることはわかっていた。なんにも悪いことはしていないのだから。

　二人に車のほうに連れていかれながら、母さん、母さん、と声をあげた。母さんが家のドアをあけたけれど、私たちはそのまま歩を進めた。

「逮捕された。警察に行くらしい。心配しないで。なにも悪いことはしてないから。心配しないで」。私は口早に言った。母さんが困惑したような表情を浮かべていたからだ。刑事に向かってわめいたり、泣いたりしてほしくなかった。刑事たちが私を小突き、車のほうに歩かせた。ひとりの刑事がコールと名乗ってから、私の権利を読みあげはじめた。

「おまえの車か？」。もうひとりの刑事が私の赤いニッサンを指さした。

「はい。恋人が私のためにリースしてくれているんです。彼女の名義で借りていますが、私の車です」

「車内を調べてもいいか？　おまえの寝室も調べたいんだが」

　かまわなかった。そうすれば私への疑いが晴れ、なんの理由もないのに投獄されずにすむかもしれない。「ええ。ぜひ、そうしてください。車も寝室も、調べてもらってかまいません」。調べを終えたら、この二人はすぐにここを立ち去るだろう。そうすれば芝刈りをすませ、伝道集会に行き、シルヴィアとデートできる。私の寝室の捜索は、母さんが案内してくれるだろう。私が手錠をかけられ、警察の車の後部座席に座らされるなどという誤解がどうして生じたのであれ、その誤解を正すためなら、母さんは警察に協力するだろう。

　私が車内にコール刑事と座っているあいだに、アンバーソン刑事が私の寝室と車を捜索した。

アンバーソンが家の外にでてきたとき、その手にはなにも握られていなかった。なにも見つけられなかったのだ。これでもう解放してもらえるだろうと、私は思った。アンバーソンのあとを追い、母さんが裏口のドアからでてきた。

「行くぞ！」

アンバーソンが車に戻ってきたかと思うと、大きな音を立ててドアが閉められ、イグニッションが回った。車の正面に母さんが歩いてくるのが見えた。まるで私の野球の試合に応援にきたかのように、母さんが大声で叫びはじめた。

「あたしのベイビー！　あたしのベイビーなのよ！」

試合と違っていたのは、母さんが応援してるんじゃなく涙を流している、いや、すでに泣きじゃくっていることだった。背中側で手錠をかけられていたので、私道の端から車が急発進するなか、私は声を張りあげた。

「大丈夫だよ、母さん！　大丈夫だから」

二人の刑事は前方の道路を見ていた。私はせいいっぱい首をひねって振り返った。母さんが私道の端に立ち、両腕をこちらに伸ばしている。母さんの泣き声に、近所の人が玄関のドアをあけるのが見えた。だれかがきっと母さんのもとに駆けつけてくれるだろう。

心臓が真っ二つに割れてしまうような気がした。

「大丈夫だよ」と、私はまた低くつぶやいた。「大丈夫だから」

木々がうしろに流れていく。通りの突き当りで線路を渡ると、車がガタガタと揺れた。いずれ真実が明るみにでるだろう。なにも悪いことはしていない。それは事実であり、事実が私を自由にするだろう。私は帰宅し、母さんを抱きしめるだろう。母さんは夜、ひとりですごすのが好きじゃないから、この騒ぎがなんであれ、数時間でケリがつくことを願った。

私は目を閉じた。車はそのままベッセマーを目指して走りつづけた。刑事たちはなにも言わなかったし、これがいったいなんの騒ぎなのか、だれかが説明してくれるまで、私も口をひらくつもりはなかった。この騒動のなりゆきを説明されたら、きちんと事実を説明しよう。そうすれば手錠をはずされ、家に戻れるだろう。

わが家に。

ただただ、帰りたかった。

一九八五年八月二日、バーミングハム

強盗容疑者、殺人罪で起訴される

バーミングハムのファストフード店の店長ら二人が殺害された事件で、死刑を科しうる殺人を犯したとして、ベッセマーの強盗銃撃事件の容疑者が起訴された。

アンソニー・レイ・ヒントン（29歳、ウォーカー郡ドラ近郊バーンウェル在住）は、昨日、保釈金を支払えず勾留された。二月二三日にジョン・デヴィッドソンさん、七月二日にトマ

ス・ウェイン・ヴェイソンさんを殺害した罪で起訴されている。どちらの被害者も頭部を撃たれたあと、勤務先のレストランの冷蔵室のなかに放置され、死亡した……

ヒントンはまた〈クインシーズ・ファミリー・ステーキハウス〉で起こった強盗事件でも容疑者として逮捕されている……

この強盗事件で撃たれた被害者スマザーマンさんは、強盗の人相を警察に証言し、のちに、自分に発砲したのがヒントンであることを確認した……

当局はまた、ヒントンの自宅から三八口径の銃を押収し、ヴェイソンさんとデヴィッドソンさんを射殺し、スマザーマンさんを負傷させた銃であることを確認した。バーミンガム署殺人捜査課のC・M・クイン刑事は次のように話した。

「すべての事件で使用された銃弾が一致していた。ただ、銃弾が発射された凶器だけが見つからない状態だった。そして、昨日、その凶器を押収し、すぐに銃器の専門家に鑑定を依頼した。複数の専門家が夜を徹して鑑定し、凶器であるという結論をだした」

ヒントンはベッセマー市の留置場からジェファーソン郡の刑務所に移送された。[*4]

＊4　一九八五年八月三日、バーミングハム・ポスト・ヘラルド紙、「強盗容疑者、殺人罪で起訴される」。ニック・パターソン記者。

5

事前に計画した犯行

地位や信条にかかわらず、
すべての人々に
平等かつ厳密な正義を。
——ジェファーソン郡裁判所の
建物に刻印されている言葉

ベッセマー警察署に到着し、車から降りると、フラッシュが一斉に光り、まぶしい光のほかはなにも見えなかった。思わず首をすくめ、目を閉じようとした。ライトと騒音と叫び声のせいで方向感覚がなくなり、混乱した。だれがマスコミを呼んだのか、どんな情報を流したのかわからなかったが、犯人を連行する場面を警察がマスコミに撮影させていることくらいはわかった。そして、その犯人とは私なのだ。そう思うと、憤然とした。というより、苛立ちと猛烈な立腹との中間ぐらいの気分を覚えていた。〈なんという醜態〉。私自身も恥ずかしいが、警察だってじきに誤認逮捕だったと認めなければならないのだ。

私は警察署の一室に連れていかれた。そこには新たに三人の刑事――ヴァッサー、ミラー、アッカー――が、ひとりの男と一緒に待っていた。彼はまったく口をひらかなかったが、のちにその男がバーミングハムの地区検事、デヴィッド・バーバーであることがわかった。アッカーは私の前に一枚の白い紙を差しだし、ここにサインしろと言った。

「これはなんです?」と、私は尋ねた。

「いいからサインしろ。あとでこの紙にミランダ権利［訳注：身柄を拘束された被疑者に与えられる黙秘権などの権利］をタイプする。そうすりゃ、おまえには黙秘権やらなんやらがあると、おれたちが読みあげたってことになる」

「いいですか、私は正直な人間です。ですから、読みあげてください。そうすれば、裁判官だろうと警官だろうと、だれからでも、質問されたら、あなたが私の権利を読みあげてくれたと言いますよ」

その刑事が紙の上のほうにペンを置いた。「これから手錠をはずしてやる。おまえさんはこの紙にサインすれば、一息つける。そうすりゃ、手続きがトントン拍子で進むんだよ」

私はなにも悪いことをしていない。それに、馬鹿でもない。真っ白な紙にサインするなんて冗談じゃない。周囲の男たちのほうを見あげた。かれらはじつに嬉しそうで、気分が高揚しているようだった。もしかすると、言いたくて仕方がない大きな秘密を隠しているときのように、少々びくついていたのかもしれない。そう思った瞬間、初めて本物の恐怖が刺すような痛みとなって全身を駆けめぐった。この男たちは、どうしてこの真っ白な紙にサインさせたがっているのだろう？　これは正しいことじゃない。どこにも正しいところなんかない。

「この紙にサインするつもりはありません」

私は断固とした口調で言った。すると、男たちが互いの顔を見た。ひとりの刑事が紙をとりあげた。だれがだれだか、よくわからなかった。かれらは次から次へと質問を浴びせはじめた。

「二月二三日の夜、どこにいた？」

「わかりません。そんなこと、覚えているはずがありません」

「じゃあ、七月二日の夜はどうだ？　七月二日の夜はどこにいた？」

思い起こしてみた。三日の夜はシルヴィアと一緒に、アトランタまで姪《めい》を送りにいった。だが、必死になって記憶をたどっても、その前日、なにをしていたのかまったく思いだせなかった。

「二日の夜は、たぶん家にいたはずです。ほかのことをしていた記憶がありませんから。二月の夜も自宅にいたと思います。あまり外出するほうじゃないので」と、私は言った。「どちらの日の夜も、母と家にいたはずです」

「証明できるか？」と、ひとりの刑事に低い声で言われ、背筋がぞくっとした。

「証明はできません。二月のある晩にどこにいたか、あなたは正確に覚えているって言うんですか？　ありえない」

「あのな、逮捕されてるのは、おれじゃないんだよ」

「いいですか、私だって逮捕されるべきではないんです。間違ったことはいっさいしていません。なんの事件だか知りませんが、あなたがたは間違った人間を逮捕している」。そう言うと、胸の前で腕を組み、冷静沈着に見えるよう努めたが、じつのところ、心臓が激しく音を立てているのを腕に感じた。

「七月二五日の夜はどこにいた？」

私は懸命に考えた――一週間前のことなら説明できるはずだ。この一週間の記憶を、一日ずつ、さかのぼった。そして、はっとした。二五日、自分がどこにいたか正確に思いだしたのだ。

「自宅から数キロ離れたところにある、友人の家にいました。木曜の夜の話ですよね?」

刑事のひとりがメモ帳になにやら書き留めた。

「その友人の名前は?」

私は彼女の名前を伝えた。

「彼女の家に何時に着いた?」。私はあの夜のことを思い起こした。母さんと夕食をとってから、友人の家を訪ねたのだ。

「午後八時頃だったはずです。その家をでたのは一一時一五分頃でした」

「一一時一五分のあとは、どこにいた?」

「エンズリーの職場に車で出社しました。そして、職場で一晩中、働きました。夜勤だったんです。深夜から午前八時まで、〈ブルーノズ〉の倉庫にいました。仕事が終われば、早めにあがることもあります。あの日は午前六時頃、仕事を終えたような気がします。二六日の朝のことです」

そのあとは沈黙が続いた。

それから私は留置場に入れられた。ここで一晩すごすことになるのだと観念した。ベッドは私のような大男向きにつくられていなかったので、寝心地が悪く、あまりよく眠れなかった。翌日、私はバーミングハムのジェファーソン郡刑務所に移送され、アッカー警部補が一緒に車に乗った。

「正確に言えば、私はなんの罪で逮捕されたんです? 強盗だと聞きましたが。私はなんの強盗をしたんです?」

「逮捕された理由を知りたいのか?」

「はい」

「第一級誘拐罪、第一級強盗罪、第一級謀殺未遂だ」

「冗談じゃない、人違いですよ」

「冗談じゃないさ。おまえにはもっと余罪があると踏んでるんだ。これから追起訴されるだろう」。そう言うと、アッカーがこちらを向き、二五日は職場で働いていたと私が話してから初めて、こちらの目を見て話しはじめた。「いいか、おまえがなにをしていようが、なにをしていなかろうが、関係ない。正直なところ、おれはな、おまえの仕業《しわざ》じゃないと思ってる。だが、そんなことはどうでもいいんだ。おまえがやってないのなら、おまえの兄弟のだれかがやったことになる。おまえは自分の責任じゃないのに罰を受けるんだよ」

私はただ首を横に振った。

「おまえが有罪判決を受ける理由を五つ、説明できるぞ。知りたいか?」

いやだと私は首を横に振ったけれど、彼はそのまま話しつづけた。

「その一、おまえが黒人だから。その二、ある白人がおまえに撃たれたと証言するはずだから。その三、この事件の担当が白人の地区検事だから。その四、裁判官も白人だから。その五、陪審員も全員、白人になるだろうから」

アッカーが言葉をとめ、にやりと笑った。

「で、どういう結末になるか、わかるか?」

私は首を横に振ったが、彼の言わんとしていることはわかっていた。南部で育った人間に、彼の言っていることがわからないはずがない。まるで真冬に氷のように冷たいシャワーを浴びたみたいに、全身が麻痺した。

「有罪。有罪。有罪。有罪。有罪」。アッカーは左手の指を一本ずつ上げ、五本の指を広げると、てのひらを私のほうに向けた。

私はシートに頭を預け、目を閉じた。四歳のときから、母さんに言われてきたことを思いだした。お役所の言うことは聞かなくちゃダメだよと、母さんはいつも子どもたちに言い聞かせていた。母さんは役所を尊敬していた——やみくもに。母さんはいつだって「真実を話せば、なんにもおそれることはない」と言った。私が以前トラブルに巻き込まれたときにも、こう言った。「たとえ、それでおまえが傷つくことになっても、真実を話しなさい。暗闇でしたことは、かならず明るみにでる」

母さんの世界には灰色の領域など存在しなかった。おまえがトラブルに巻き込まれたのなら、警察がかならず駆けつけてくれる——自分が逃げる側になることなど、ありえないのだ。警察はいつだって、こちらに力を貸すために存在した。だから私だって、自分の車や寝室を警察に捜索させ、母さんが銃をもっていると正直に答えたのだ。警察は市民の力になるために存在する。なにもおそれることはない。

高校を卒業したあと、話があると言われ、母さんの前に腰を下ろしたことを思いだした。「いいかい、肌の色だけを理由に、おまえを嫌う人がいるだろう。おまえが黒人だからと、嫌う人もいるだろう。おまえの肌の色があまり黒くないからと、嫌う人もいるだろうね。なんにせよ、嫌う理由を見つけちゃあ、おまえを嫌う人がいるだろう。それが世間というものさ。たしかに、ほかの人とどう接するかは自分の責任だって肝に銘じなくちゃいけないが、ほかの人がおまえとどう接するかは、おまえの責任じゃない。わかるかい？　おまえのことを世間がなんと言おうと、あたしゃ気にしない――相手のレベルまで自分を落とすことはないからね。おまえはいつだって、相手がおまえと接する態度よりも、いい態度で相手と接するんだよ。いつだって」

ひとりぼっちで家にいる母さんのことを思った。きっとおびえているだろう。どうか、近所の人が母さんと一緒にいてくれますように。レスターのママ――フィービーおばさん――は一目散に母さんのもとに駆けつけてくれるだろう。レスターはいまごろ、炭坑から帰宅しているだろう。もう、私のことを耳にしただろうか。レスターはきっと、母さんのことを気にかけてくれる。私が彼のママのためならそうするように。

そう考えることだけが、なぐさめとなった。この騒動はじきに落ち着くだろう。第一級の強盗と謀殺未遂と誘拐？　まったく、こっちのほうが誘拐された気分だ。事件の夜、私は職場で働いていたことが、じきにかれらにもわかるだろう。私の友人に話を聞くだろう。ほかの夜については、自分がなにをしていたのか、記憶になかった。まったく思いだせなかったのだ。

でも、私の話を信じてもらえると、信じなければ。私はなにも悪いことはしていない。取り調べに応じ、協力していれば、すぐに家に戻れるだろう。アッカーから言われたことについては、気にしないようにした。してもいないことに対して、有罪判決をくだせるはずがない。私は無実なのだから、あしたの午前中には事実が整理されるだろう。

バーミングハムの郡刑務所の正門前ではマスコミが待ちかまえていて、私を取り囲み、追ってきた。私はまた自分の権利を読みあげられ、指紋を採取され、顔写真を撮られ、謀殺でも起訴したと言われた。容疑は二件の謀殺。証拠もある、と。自宅から押収した銃から発射された銃弾が、犯行現場に残された銃弾だという。つまり、凶器が発見されたのだ。そのうえ何者かが私のことを見ていた。一件落着。私は自白すべきだという。むちゃくちゃだ。

私は話をするのを拒否した。ただ頭のなかを整理して、考えをまとめたかった。なんとしても母さんと話をしなければ。緑と白の縞模様の囚人服を渡された。そのまま七階に連れていかれるまで、なにもかもがぼんやりとしていた。到着したのはCブロックだった。そこで厚さ二センチ程度の薄っぺらいマットレス、プラスチックのかみそり、プラスチックのコップ、歯ブラシ、そして私専用のトイレットペーパーを渡された。私は荷物をすべてベッドに置いた。そのベッドに横たわり、一週間、ただひたすら眠りつづけたかった。だが、そうはいかなかった。

「独房の外に立ち、背中を壁に向けろ」

私はほかの受刑者と一緒に並び、看守が点呼するようすを眺めた。彼が大声で名前を呼ぶたびに、その数を数えた。全員で二四人。周囲を見ると、大半が黒人だ。白人は数人だけ。

看守が点呼を終えた。自分の独房に戻ろうとしたが、

「ヒントン!」と呼ばれた。

私は看守のほうを向いた。

「昼のあいだは、独房には戻れない。全員が公共エリアにいなくちゃならん」

公共エリアには金属製の椅子とテーブルが床に据えつけてあり、どのテーブルからでも壁に取り付けられた小型テレビが見えるようになっていた。ただ母さんとレスターに電話をかけ、この窮地からどうにか助けだしてくれと頼みたかった。それから目を閉じ、ぐっすりと眠り、目覚めたときには自分の寝室のベッドにいたかった。そして、この二四時間に起こったことはすべて悪夢だったのだと思いたかった。

仕方なく、ひんやりとした丸椅子に座り、目の前に座っている白人の男に会釈した。彼は目が覚めるような赤毛の持ち主で、私を見ると大きな笑みを浮かべた。半分は親しみをこめて、半分は道化姿の不気味な連続殺人鬼のように。

「Cブロックへ、ようこそ」と、男は言った。「ここは極刑になる連中の遊び場さ」

6

嘘いつわりのない真実

嘘発見器による検査のあいだ、
被験者は真実を述べていた
というのが検査官の見解です。
――クライド・A・ウルフ
（嘘発見器検査官）

逮捕されたとき、私の仮釈放満了まで残すところ数週間となっていた。そこでかれらは、その数週間を終わらせるべく、私をキルビー刑務所に送り込んだ。おそらく、そうやって時間稼ぎをして、準備万端ととのえたかったのだろう。母さんやレスターと話す時間はほとんどなかった。電話は有料で、コレクトコール代は高くついた。

「なにもかも間違いなんだ」。ついに母さんやレスターと連絡がとれたとき、私はそう言った。「なんとかして、この間違いを正さないと。弁護士がついてくれたら、なにもかも説明する。人違いだったことがわかり、釈放されるはずだよ」。そう言って二人を安心させ、自分をも安心させた。とにかく、この誤解さえ解ければ自由になれる。もう仮釈放なんかじゃない。仮釈放中だからといって、毎月いちいち所在を確認される必要もない。自宅にいるところを急に訪ねられ、連れだされることもない。

その後、私はキルビー刑務所で数週間をすごし、ジェファーソン郡刑務所に戻され、裁判所に連れていかれるまでの時間をすごした。

そして一九八五年一一月八日、大陪審によって正式に起訴されることが決定した。私の顔写真はすべての地元紙に掲載された。私を絞首刑にしたがっている人も多かった。すぐに射殺すれば税金の無駄遣いをせずにすむという論調もあった。こうした議論は、私が法廷に足を踏みいれる前から、裁判所が指名した弁護人が私につく前から始まっていた。罪状認否で、私が「無罪です」と言えるようになる前でさえあった。

一一月一三日、私の事件を担当する裁判長が決まった——名前はジェームズ・S・ギャレット。裁判所は私の弁護人としてシェルドン・パーハクスという弁護士を指名した。実際に会った彼は私よりわずかに背が低く一八〇センチほど、細身で筋肉質、髪はまるでイタリアのマフィアかボクサーのようにオールバックにしていた。私は映画『ロッキー』のシリーズ三本をすべて観ていて、ちょうどその頃、じきにシリーズ四作目が公開されるところだった。罪状認否の際、彼は私のほうを見ようともしなかった。それどころか、ぼそっとこうつぶやくのを、私は聞き逃さなかった。「ボランティアをするために、ロー・スクールに行ったわけじゃないんだよ」

私が咳払いをすると、パーハクスは初めてこちらを見た。私は手錠をかけられ、足枷もつけられていたが、握手をするために手を差しだした。

「私は無実ですと言ったら、結果は変わってくるのでしょうか？」

「まったく、きみらときたら、悪さをしでかしておいて無実だと言い張る」

私は手を落とした。そういうことか。彼の言う〝きみら〟は、前科者、元炭坑労働者、双子座の人間、〝死刑を科しうる犯罪〟を問われている人間を指しているわけじゃない。

それでも、私には彼が必要だった。だから、なにを言われても聞き流すしかなかった。私のことを信じてくれると、信じるしかなかった。彼はロッキーで、私はその敵役《かたきやく》のアポロ・クリードだ。シリーズ後半で二人は同志となり、盟友にもなった。『ロッキー4』はまだ予告編しか観ていなかったが、こう考えたかった。パーハクスは早朝トレーニングに励み、裁判所の前の階段を駆けあがり、生卵を飲み干し、そのいっぽうで山積みとなった事件ファイルに目を通し、事実を詳細に調べあげている。そんなふうに想像するとなぐさめられた――私の命を勝ちとるために、彼は自分の命を賭して闘っていると思い込もうとしたのだ。ちなみに、ついに『ロッキー4』を観たのは、その一〇年後だった。アポロ・クリードがロッキーに見守られながら死ぬことを、当時の私が知らなくてよかったと思ったものだ。

裁判長は、翌一九八六年三月六日に公判を開始すると決定した。

Cブロックへと連れ戻される前に、私はパーハクスのほうを向いた。「私を嘘発見器にかけてください。自白薬を与えてください。催眠術をかけてください。どんな検査や試験でも、私が真実を述べていることがわかるはずです。どんなものであろうと受けます。この件はなにもかもが間違いなのです。それを証明するためなら、どんなテストでも受けます」

彼はただ私をじっと見つめ、蠅を払うようにして手を振ってから言った。「刑務所に接見に行きますよ。事件について相談しましょう。約束します」

私はその約束にしがみついた。溺れかけている男が、これが命綱だと信じたものに死にもの狂いでしがみつくように。

㊙

実施日：86／5／13
被験者：アンソニー・レイ・ヒントン
社会保障番号《SSN》：XXX-XX-XXXX

ミスター・シェルドン・パーハクス
弁護士
訴訟番号一四一四
郵便番号三五二〇三
アラバマ州バーミングハム
セカンドアヴェニュー二〇二六、N、シティ・フェデラル・ビル

貴殿の要望に応じ、アンソニー・レイ・ヒントンを嘘発見器にかけ、誘拐、謀殺未遂、謀殺における供述の信憑性を確認するべく、標準的なテストを実施した。

【結果】

テスト前の尋問で、アンソニー・レイ・ヒントンは、住所はアラバマ州バーンウェルXXXXX-XXXX、生年月日は一九五六年六月一日、出生地はアラバマ州ジェファーソン郡であると述べた。二九歳男性、身長一八九センチ、体重一〇〇キロ、黒髪、茶色の目。

本人の話によれば、高校卒業、独身、扶養家族なし。一九八二年にアラバマ州ベッセマーにて、窃盗罪で有罪の判決を受けた。また一九八二年、アラバマ州ベッセマーで自動車の窃盗罪により二度、有罪判決を受け、上記三件の有罪判決のため一五カ月の実刑を言い渡され、一年半の保護観察に置かれた。またアラバマ州ベッセマーで数回、振りだした小切手を不渡りにして有罪判決を受け、罰金を支払った。

さらに、本人の話によれば、これまでだれにも発砲したことはなく、〈クインシーズ〉、〈キャプテン・D〉、〈ミセス・ウィナーズ〉、いずれの店でも強盗をはたらいたことはない。問題となっている犯罪に自分はいっさい関わっていないし、真犯人にも心当たりはない。

その後、被験者に対し事件に関する以下の質問をした。

テスト1

Q　あなたはこれから尋ねる質問に嘘をつくつもりですか？

——いいえ。

Q　本件に関して、あなたはこれまで嘘いつわりのない真実を述べましたか？

——はい。

Q　あなたはこれまで武装強盗をはたらいたことがありますか？

――いいえ。

Q　あなたはこれまで銃でだれかを撃ったことがありますか？

――いいえ。

Q　本件に関して、なにか情報を隠そうとしていますか？

――いいえ。

テスト2

Q　あなたは〈ミセス・ウィナーズ〉で強盗事件が起こることを知っていましたか？

――いいえ。

Q　あなたは〈ミセス・ウィナーズ〉で強盗をはたらく計画を立てましたか？

――いいえ。

Q　あなたは〈ミセス・ウィナーズ〉でだれかに銃口を向けましたか？

――いいえ。

Q　これまでずっと、嘘いつわりのない真実を話してきましたか？

――はい。

Q　これまでの質問に対して、故意に嘘をつこうとしましたか？

――いいえ。

テスト3

Q　あなたは〈ミセス・ウィナーズ〉で強盗事件が起こることを知っていましたか？
――いいえ。
Q　あなたは〈ミセス・ウィナーズ〉で強盗をはたらく計画を立てましたか？
――いいえ。
Q　あなたは〈ミセス・ウィナーズ〉でだれかに銃口を向けましたか？
――いいえ。
Q　あなたは〈ミセス・ウィナーズ〉でだれかに発砲しましたか？
――いいえ。
Q　これまでずっと、嘘いつわりのない真実を述べてきましたか？
――はい。
Q　これまでの質問に対して、故意に嘘をつこうとしましたか？
――いいえ。

テスト4

Q　あなたは〈クインシーズ〉で強盗をはたらく計画を立てましたか？
――いいえ。
Q　あなたはミスター・スマザーマンに金庫をあけろと言いましたか？
――いいえ。
Q　あなたはミスター・スマザーマンに銃口を向けましたか？

――いいえ。

Q　あなたは〈クインシーズ〉でだれかに発砲しましたか？

――いいえ。

Q　これまでずっと、嘘いつわりのない真実を話してきましたか？

――はい。

Q　これまでの質問に対して、故意に嘘をつこうとしましたか？

――いいえ。

テスト5

Q　あなたは〈クインシーズ〉で強盗をはたらく計画を立てましたか？

――いいえ。

Q　あなたはミスター・スマザーマンに金庫をあけろと言いましたか？

――いいえ。

Q　あなたはミスター・スマザーマンに銃口を向けましたか？

――いいえ。

Q　あなたは〈クインシーズ〉でだれかに発砲しましたか？

――いいえ。

Q　これまでずっと、嘘いつわりのない真実を話してきましたか？

――はい。

Q　これまでの質問に対して、故意に嘘をつこうとしましたか？
――いいえ。

テスト6

Q　あなたは〈キャプテン・D〉で強盗事件が起こることを知っていましたか？
――いいえ。
Q　あなたは〈キャプテン・D〉でだれかに銃口を向けましたか？
――いいえ。
Q　あなたは〈キャプテン・D〉で強盗をはたらきましたか？
――いいえ。
Q　あなたは〈キャプテン・D〉でだれかに発砲しましたか？
――いいえ。
Q　これまでずっと、嘘いつわりのない真実を話してきましたか？
――はい。
Q　これまでの質問に対して、故意に嘘をつこうとしましたか？
――いいえ。

テスト7

Q　あなたは〈キャプテン・D〉で強盗事件が起こることを知っていましたか？
――いいえ。

Q　あなたは〈キャプテン・D〉でだれかに銃口を向けましたか？
――いいえ。
Q　あなたは〈キャプテン・D〉で強盗をはたらきましたか？
――いいえ。
Q　あなたは〈ミセス・ウィナーズ〉でだれかに発砲しましたか？
――いいえ。
Q　これまでずっと、嘘いつわりのない真実を述べてきましたか？
――はい。
Q　これまでの質問に対して、故意に嘘をつこうとしましたか？
――いいえ。

【結論】
本検査官は、被験者が嘘発見器によるテストのあいだ真実を述べていたと見なす。

嘘発見器検査官　クライド・A・ウルフ

嘘発見器のテストに合格したことは知っていた。Cブロックへと戻されるのを待っていたとき、女性の看守が検査官に話しかける声が聞こえてきたのだ。

「どうだった？」

検査官は私にはほとんど口をきかなかったが、看守にはこう応じた。「このテスト結果だけで判断するなら、彼はいますぐ、ここからでていけるよ。ごまかしはいっさい見られなかった。ぺてんもない。一連の殺人事件については、彼はなにも知らない。それが事実だと断言できる」

彼女は同意するように低い声をだした。「あたしはここでもう二七年、働いてきた。殺人犯も大勢見てきた。あの人は殺人犯じゃない」

その夜、私は新たな希望を胸に眠りに落ちた。嘘発見器のテストを受ける費用の三五〇ドルを、母さんはいったいどうやって工面してくれたのだろう？　ここをでたらすぐに働きにでて、代金を返さなくては。毎日、悪夢を見ているような気がしていた。かれらはきっと真犯人を逮捕するだろうと、ずっと考えていた。なんだか警察と裁判官と検事、それに私の弁護士までがぐるになって、質《たち》の悪い冗談を私に仕掛けているような気がして、いや、きみをかついでいたんだよと、かれらが言ってくれるのをひたすら待った。

その次に看守から、接見があると呼ばれたとき、ついに釈放が決まりましたとパーハクスが伝えにきてくれたのだと思った。「ヨハネによる福音書」の八章三二節――〝あなたたちは真理を知り、真理はあなたを自由にする〟がそのまま実現すると思ったのだ。パーハクスがこれまで刑務所を訪ねてきたのは二回だけだったが、彼は私に電話番号を書いたメモを渡し、いつでも電話をくれてかまわないと言った。裁判所から指定された弁護士のなかで、Cブロックの受刑者にそんなふうに言ってくれる弁護士はめったにいない。

パーハクスとボブ・マクレガー検事は、嘘発見器のテスト結果がどうであれ、その結果を裁判に利用できると同意していた。私がテストに合格しなければ、マクレガー検事がその結果を利用して、私に対する有罪判決を得ることができる。反対にテストに合格すれば、パーハクスがその結果を利用して、私の無実と、かれらがまったくの別人を逮捕したことを証明できるというわけだ。だから私としては大船に乗ったつもりでいた——テスト結果をすでに知っていたのだから。

ところが、パーハクスはこう言った。「検察が嘘発見器のテスト結果を認めようとしないんだ。同意に達していたのに、ボブ・マクレガーが裏切った」

私は彼の口が動くようすを眺めていたが、頭のなかに蜂の群れが集まってきたような音しか聞こえなかった。その冷酷な裏切り行為が皮膚の下で氷となり、全身に広がっていった。寒気を覚え、身体の感覚がなくなった。やがて頭のなかの蜂の群れが全身のいたるところを刺しはじめたような気がした。これこそ、本物の恐怖というやつだった。

私はレスターのことを思いだした。歩いて自宅に帰る途中、側溝のなかに一緒に飛び込んだことを。あのとき、恐怖とはなにかを思い知った——心臓がばくばくし、呼吸が速くなる。でも、今回の恐怖はまったくの別物だった。氷が、鋼《はがね》が、無数の刃《やいば》が、これでもかと切り刻んでくる。いったい、これはどういうことなのだろう？　私が犯人ではないことを、かれらは知っている。それなのに、私を裁判にかけようというのか？　本物の殺人犯を野放しにしたまま、私にその罪を着せようというのか？

私はパーハクスにもう一度、ことのなりゆきをゆっくりと話してもらった。

「二件の殺人事件で使用された銃弾と、〈クインシーズ〉の強盗事件で使用された銃弾が、きみのお母さんの拳銃から発射されたものだという鑑定がでた」。そんなことはありえない。だって、あの拳銃は二五年間、一度も使われていないのだから。警察がわが家に戻っていき、母さんの部屋から銃を押収したとき、近所の人がそのようすを見ていた。そしてある刑事が銃口のなかに布を差し込むようすを、母さんが見ていた。彼は布を引っ張りだすと、銃口のなかは埃だらけで、長いあいだ発砲されていないと断言したのだ。

「スマザーマンが、写真による犯人面割りで、自分に強盗をはたらき、発砲したのはこの男だと、きみの写真を指したんだ」。そんなはずはない。その事件が起こったとき、私は職場にいた。出社記録を記録して職場に入った。かれらがどうしてこの事実を無視するのか、理解できなかった。夜勤に就いてから職場を離れ、強盗をはたらくことなど不可能だ。私はほかの従業員たちと一緒にいたのだから。監督官が一晩中、私に仕事を与えていたのだから。

「どうすれば同時刻に、ふたつの場所にいられるんです?」と、私はパーハクスに尋ねた。「かれらはなにを考えているんです? 不可能なんですよ。守衛がいましたから。出社するときも退社するときも、いちいち記録を残さなくちゃならないんです!」

「こっそりと忍びでたと言うだろうね。〈クインシーズ〉まで車を運転していって、強盗をはたらいたと」。そう言うと、パーハクスが髪を撫でた。

「そんなの不可能です。法廷で、裁判官に頼めないんでしょうか? 陪審員のだれかに、真夜中に正確にそのルートを運転してもらえれば、時間的に無理だってことがわかるはずです。同時にふたつの場所にはいられない。あなたは、ご自分であのルートを運転しましたか？　時刻どおりに出社して、仕事をこなし、数分後にベッセマーに車で戻るなんて、できるわけがない。ベッセマーまで、どんなに急いだって二〇分から二五分はかかります。あのルートを自分で運転してみてください。専門家に運転してもらうことはできないんですか？　それで時間を計るんです。そうすれば証明できるはずだ」

私の声は自分が思うよりもどんどん高くなっていた。なんとしても、この件を論理的に考えてもらわなくては。同時にふたつの場所にはいられない。私は職場で出社時刻を記録し、その一〇分後に、だれかが強盗をはたらいた場所から車で三〇分はかかる場所にいたのだ。「それに、周囲には高さ四・五メートルほどのフェンスがあって、そこをよじのぼらなくちゃならないんですよ。おまけに守衛だって見張っている。夜勤を終えたら、また退社時刻の記録を残さなくちゃならない」

「おやおや、どうやら私には有能な弁護士がいるようだな」と、パーハクスが噛んで含めるように言った。彼が言いたいことは、このうえなく明確に伝わった。彼に考えさせるのだ。彼に弁護をさせるのだ。私はただおとなしく椅子に座り、いい子にして、トラブルを起こさなければいい。

ほかにどんな選択肢がある？

私は彼のジョークに笑ったようなふりをしたけれど、もうひとつだけ、言っておきたいことがあった。「ここのところ、新聞記事を読んできました。ほかにも強盗事件が頻発していますよね？　閉店時に強盗にあった店長がいますよね？　私はここに閉じ込められていたんですから、ぜったいにそんな真似はできません」

「まあ、調べてみよう。裁判所はね、この事件の弁護費用に一〇〇〇ドルしかださない。まったく、一〇〇〇ドルで朝食でも食うとするか」。彼は笑ったが、私はちっともおかしくなかった。

もうひとつ大きく立ちはだかっていた壁は、線条痕鑑定〔訳注：弾丸についた銃身の内側の溝を調べ、使われた銃を特定する〕の専門家を見つけることだった。州側が銃弾と母さんの拳銃に関して嘘をついていることはわかっていたが、裁判官や陪審員が私の話を信じてくれるとは思えなかった。拳銃と銃弾を調べ、証言台に立ち、証言してくれる人間が必要だった。カネさえあればいい弁護ができるんだがねと、パーハクスは言っていた。一万五〇〇〇ドルの弁護費用を支払ってくれる知り合いはいないのかね、そうすれば私もいい弁護ができるんだが、と言ったのだ。そんな大金をもっている知り合いなどいるはずがない。母さんが嘘発見器のテスト代金を工面してくれたことにさえショックを受けていたのだから。私はその件について彼に説明し、懇願した。

「私の無実を証明してくだされば、釈放後、かならず報酬をお支払いします。約束はぜったいに守ります。夜も昼も祝日も週末も働くことになっても、かならずお支払います。お願いです」。ひれふすように懇願したが、無駄だった。

「アンソニー、それは無理というものだ。きみが私にあとで支払うと、どうやって証明できる？きみには私を雇うカネがない。それに、そもそも私は裁判所に指名されて、きみの弁護を担当している。きみは私にカネを支払えないんだよ」

彼はずっと、銃器の専門家を見つけるのに手こずっていた。死刑を科しうる犯罪を裁く裁判では、専門家を雇うのに一件あたり五〇〇ドルの支給しか認められていないうえ、いまのところ一〇〇〇ドルの報酬でも引き受けてくれる専門家がいなかったのだ。八月までに専門家を見つける必要があるのに、見つかりそうな気配はなかった。

結局、有能な専門家を雇うには一万五〇〇〇ドルの報酬が必要なことがわかった。私に不利な証拠はほかになにもないため、成否はその銃弾の鑑定にかかっていた。指紋なし。DNAなし。目撃者なし。ただ殺人事件が起こったどちらの夜についても、私にアリバイがなかった(自分がどこにいたのか説明できなかった)だけで、有罪になったのだ。それと銃弾が一致したという証拠で。スマザーマンの事件では、検察は私を起訴する構えさえなかったのに、犯行の計画と手口が似ているからという理由で、先の二件の事件とともに私が犯人だと無理に結論づけた。それはまるで呪文だった。しかし私は毎日、新聞を読んでいた。同様の計画と手口の強盗事件は、バーミングハムで毎週、起こっていた。

パーハクスは、きみの唯一の勝ち目は州側の銃の専門家に対抗できるだけの専門家を連れてくることだ、と明言した。私はそんな真似はしたくなかったが、いちばん上の兄、クリーヴランド在住のウィリーにしぶしぶ電話をかけ、カネを無心した。

「専門家を雇ったら、おまえの弁護士はかならず無罪にしてくれるのか?」

「百パーセントの断言はしていない」

「そうか。とにかく、その弁護士と話してみないとな。カネをだせば一件落着という保証が欲しい。その弁護士が保証してくれないことには、カネが無駄になる」

兄はイエスと言わなかったが、ノーとも言わなかった。だから可能性は残っていた。私はあまり悪くとらないようにした。もしこれが逆の立場で、私にカネがあれば、そりゃ、なんの質問もせず、兄さんにぽんとカネをだしただろうが……。

だが、パーハクスは兄にいっさい保証しなかった。正気の人間が、そんな保証をするわけがない。兄も私と同じように、警察、検察、弁護士、裁判官を信用するように育てられてきた。兄はまっとうな市民で、これまでトラブルを起こしたことはなかったし、トラブルに巻き込まれたいとも思っていなかった。私としては、兄が私の無実を信じてはいたものの、同時に、私が必要なものはすべて法廷が提供してくれると信じていたのだと考えたかった。だが、お兄さんはきみにはカネをださないそうだ、とパーハクスから告げられたときは、地の底に落ちたような気がした。私なら、同じような状況におちいっている兄弟を助けるために全力を尽くすだろうに。家族ならそうするはずだ。そうあるべきだ、と。

あれから三〇年が経過し――兄とはあれ以来会っていないし、噂も耳にしていない――私もようやく真実を受けとめられるようになった。兄さんはきっと自分のなかの狭い世界に暮らしていて、私が殺人を犯したと思っていたのだろう。世の中には罪人の家族と聖人の家族がいる。その全員に、愛情と助けを得るにふさわしい価値がある。罪人のほうが聖人よりも、それにふさわしいはずだ。

兄の助けが得られないとわかると、胸が押し潰された。善きものがすべて、少しずつ奪われていくような気がした。信仰。家族。真実。信頼。正義。この件がすべて終わったとき、自分はどんな人間になっているだろう――同じ人間でいられるだろうか？　この裁判のあと、なにが残るのだろう？　ほんとうに有罪にされてしまったら？　そのときはどうなる？　だれも私を信じちゃいない。全世界が私を信じていないように思えるときもあれば、レスターと母さん以外の全員がぐるになり、共謀して悪事をたくらんでいるように思えるときもあった。

ときどき、夜遅くベッドに横になったまま、きたるべき裁判について考え、陪審員のことを想像した。陪審員も私に不利な評決をくだすのだろうか？　陪審員はほんとうに公平に、偏見をもたずに判断してくれるだろうか？　いつのまにか頭のなかに被害妄想がじわじわと広がった。排気口から侵入してくる毒ガスを防ごうとするように、私は必死で抵抗した。なんとかしてほかのことを考えようとしたものの、希望など潰してやるとばかりに暗闇が広がるばかりだった。

私の最後の、唯一の、そしてもっとも見込みのある頼みの綱《つな》が弁護人であることはわかっていた。私の命は、彼の手にゆだねられている。というのも、当局が人違いをしたわけではないことが、だんだんわかってきたからだ。当局はミスをしたのではない。無実の男を死刑監房に送る準備を始めたのだ。となれば、連中は嘘をつくのも辞さない。

私はその週の後半パーハクスに、仕事ぶりに謝意をあらわすためだけに電話をかけた。彼は私の唯一の声だった。私としては、なんとしても彼の声を法廷に響きわたらせたかった。陪審員に真実を示してほしかった。アンソニー・レイ・ヒントンという男がどんな人間かを示してほしかった――ママを愛している青年、周囲の人に愛されて育ち、人生で一度も暴力をふるったことがない人間であることを。私は愛情あふれる男だ。冗談好きな男だ。助けを必要としている人がいれば、だれにでもかならず手を差しのべる男だ。
けっして夜陰に乗じ、人さまのカネと命を奪う男ではない。
冷血な殺人犯でもない。
私はそんな男ではない。
ぜったいに。

7

有罪、有罪、有罪

彼は無実を装っています。
とはいえ、一連の起訴において
申し立てられている事実について、
アラバマ州が合理的な疑いを
差し挟む余地がないと
立証するまでは、
彼を無罪と見なさなければ
なりません。
――ボブ・マクレガー検事

一九八六年九月一二日、ジェファーソン郡裁判所

カネと復讐心《ふくしゅうしん》には人を一変させる力があることに、私は驚愕していた――まさに人が変わってしまったように思えたからだ。醜悪な光を発散させているそのようすは、神をもいたたまれない気持ちにさせるだろう。

私はレジーが証言台に立つのを見ていた。ひとりの女性にフラれたからといって、よくもこれほど卑劣で底意地の悪い真似ができるものだ。ああ、時計の針を巻き戻せるのなら、一度に姉妹の両方とデートすることなど、ぜったいにしないのに。そのせいでレジーがこれほど嫉妬の炎を燃やし、怒りに駆られ、平然と嘘をつき、私を殺人犯に仕立てあげる――平気で私を死にいたらしめる――ことがわかっていたら、カネを払ってでも二人にデートにでかけてもらっただろう。

事件が起こったとき、レジーは〈クインシーズ〉で働いていて、被害者のスマザーマン氏にこう告げたという。あなたに強盗をはたらいた犯人の人相にあてはまる男を知っています、と。こ

れで、私の名前が被疑者として浮上した理由はわかった。そしてまた私の生命が、レジーことレジナルド・ペイン・ホワイトにとっては五〇〇〇ドルの価値しかないこともわかった。事件の解明に一役買い、犯人逮捕に貢献した報酬として、レジーは五〇〇〇ドルを受けとったからだ。彼にとってみれば、ちょっとした余興にすぎないのだろう。積年の恨みを晴らすチャンスがついに訪れたというわけだ。

レストラン殺人事件公判、検察側証人の証言始まる

ヒントンが強盗犯であると証言した最初の証人は〈クインシーズ〉の従業員レジナルド・ホワイトだった。証人はヒントンと一九七九年からの知り合いで、強盗事件が起こる二週間前にヒントンから〈クインシーズ〉は繁盛しているかと訊かれたうえ、レストランの閉店時刻まで尋ねられたという。[*1]

陪審員団が法廷からでていくと、裁判官、検事、弁護人たちはレジーの証言の信憑性について議論をかわした。私の弁護人の主張は通らなかった。私はこう考えようとした。レジーが証言を

*1　一九八六年九月一五日、バーミングハム・ニュース紙、「レストラン殺人事件公判、検察側証人の証言始まる」。ニック・パターソン記者。

しているあいだ私のほうを見ようとしなかったのは、彼に良心があり、私の目をまともに見たまま嘘をつけなかったせいだ、と。当局が私を殺したがっていることを、彼は知っていたのだろうか？　自分がなにを言っているのか、きちんと理解していたのだろうか？　今回の件は、若い頃にデートしたかった女の子と私との三角関係とは比べものにならないほど重大な問題であることを把握できていたのだろうか？　それともジェファーソン郡在住の貧しい黒人の若者の例に漏れず、少しばかり目立ちたくて、ひっかきまわしてやろうと思ったのだろうか？

ひとりの人間の命がこれほど粗末に扱われることが、私にはまったく理解できなかった。レジーとは友人でこそなかったものの、この公判当日までは、よもや天敵になるとは思ってもいなかった。証言台に立っているレジーは、ひとかどの人物になった気分を味わっているようだった。おそらく、彼の人生で初めてのことだろう。

「名前を述べてください、ミスター・ホワイト」

「レジナルド・ペイン・ホワイトです」

「住まいはどちらですか？　郡は？」

「ベッセマー、ジェファーソン郡です」

「職場はどちらですか？」

「〈クインシーズ・ファミリー・ステーキ・ハウス〉です」

「そちらに勤務して、どのくらいですか？」

「九年です」

＊＊＊

野球の試合のあと、〈クインシーズ〉でレジーを見かけたことがあった。その昔、母さんと私はときどきその店を訪れていた。お目当てはサラダバーだった。私がデートしていた姉妹の兄もまた〈クインシーズ〉で働いていた。だが、姉妹の両方とデートしていたことがバレてからは、もう何年も〈クインシーズ〉には立ち寄っていなかった。姉妹の兄も母親も、私に会いたがらなかった。私のせいで、あの家族はしばらく引き裂かれたのだ。自分が一家に与えた傷の大きさを思い、後悔した。

とはいえ、自分のなかではすべてもう過去のことになっていたし、あの一家も同様だったはずだ。だが、レジーの頭のなかではまだ生々しい記憶だったのだろう。彼とは七月初旬、すなわち私が逮捕される数週間前に、ばったり顔をあわせていた。二人でどうということのない会話をしたが、レジーはその会話の内容をねじ曲げ、とんでもない筋書きに仕立てあげていた。胃が縮んだ。公判で被告人になった人は、みんなこんな思いを味わったのだろうか。

「一九八五年七月のことを思い起こしてください。七月に、あなたはアンソニー・レイ・ヒントンという名前の男性と話をしましたか？」

「はい」

「あなたは本法廷で、そのアンソニー・レイ・ヒントンを見ていますか？」

「はい」

「彼はどこにいますか？」

「そこです」。彼は私を指さしたものの、その視線は私の頭頂部のはるか上のほうに向けられていた。

「ベンチの端に座っている、あの被告人のことですか？」

「はい」

「アンソニー・レイ・ヒントンのことを、どのくらい前から知っていますか？」

「六年ほど前からだと思います」

私とばったり出会ったときのことを聞かれると、レジーは落ち着かないようすでもじもじと身体を動かした。その七月初旬の日、私はシルヴィアが仕事を終えるのを待っていた。そこにレジーが車で近づいてきて、私のそばに車を停めた。私たちは挨拶をして、近況報告をした。彼はまだ〈クインシーズ〉で働いていると言い、私はあの姉妹のお兄さんや顔見知りである店長はまだ働いているのかと尋ねた。そして、私たちは別れた。ただの偶然の出会いだった。真夏の暑い一日の終わりのちょっとした雑談。

それなのにいま、私がそこで彼を待ち伏せていたと、レジーは話している。まるで彼がくることを知っていたかのように待ち伏せていたので、私の姿を見たときにはこわくてたまらなくなり、車内に置いてあった拳銃に思わず手を伸ばした、と。彼の証言を聞いているうちに、両脚がぶるぶると震えはじめた。レジーは話をでっちあげている。法廷で宣誓をしたうえで、大嘘をついているのだ。

「わかりました。ほかに彼はなにか言っていましたか？」

「店は繁盛しているのか、と尋ねられました。まあまあだと、私は応じました。すると、いままで以前と同じ時刻にレストランは閉店しているのか、と尋ねられました。うん、そうだよ、平日は午後一〇時に、週末は一一時に閉店している、と言いました」

「彼は〈クインシーズ〉の閉店時刻を尋ねてきたんですね？」

「はい」

「彼に〈クインシーズ〉の従業員の話をなにかしましたか？」

「シドのことを話しました――ミスター・スマザーマンの話を。べつに悪口を言ったわけじゃありません。とてもいい店長がいると言いました。その人はフィエロの新車を買ったばかりなんだ、と」

「どんなふうに伝えたんですか？」

「とてもいい店長がいて、フィエロの新車を買ったばかりだと言いました」

「車種まで伝えたんですね？」

「はい」

でっちあげもいいところだ。私がレジーを利用して、店の閉店時刻と店長の車の車種まで聞きだしたというのだから。私はパーハクスのほうを見た。彼はこの話の意味を把握しているのだろうか？

たとえ、この作り話が真実だったとしても、店は午後一一時に閉まるとレジーから教えてもらっていながら、犯行日として深夜から夜勤が始まる日を選ぶわけがない。守衛が目を光らせ、上がギザギザに尖った防御フェンスに囲まれた倉庫で、鍵をかけられた状態で働いていたのに、私がそこからこっそり抜けだし、男に発砲し、それからまったこっそり戻ってきたとでもいうのか？　私がターミネーターだとでも思っているのか？　強盗をはたらくなら、勤務が休みの日を選ぶに決まっている。そりゃ、アリバイはつくれないだろう。なにしろほかの二件の殺人事件が起こったときに、きちんとアリバイをつくっておくほどの知恵さえ私にはないのだから。

そんな問答が頭のなかで渦巻き、いますぐ法廷で立ちあがり、みずから弁護人役を務めたくてたまらなくなった。陪審員に細かく説明したかった。連中がでっちあげている筋書きには論理性のかけらもない。それはまるで、かれらが私を殺人犯として選び、自分たちがでっちあげた筋書きに沿うように現実をねじ曲げているようだった。

そもそも、なぜ私は早めに犯行現場に向かい、以前の二件の殺人事件と同様にスマザーマン氏が店からでてくるのを待たなかったのか？　なぜ私は食料品店まで彼の車を追い、それに乗りこんだのか？　それからまた自分の車まで歩いて戻るような真似をしたのだから、私が頭の切れる冷酷な殺人犯じゃないことはたしかだ――というより、これほど間抜けな犯人がいるだろうか。至近距離からスマザーマン氏を射殺しそこねるほどの間抜けであるにもかかわらず、高い金網のフェンスを見事に乗り越え、車を奪い、超音速で運転し、フェンスをまた乗り越え、守衛の目を盗み、鍵のかかったドアを抜けて倉庫に戻り、猛スピードでトイレの床からすべてのガムをはがしたとでもいうのか？

それに、強奪したカネはどこにある？　私の血まみれの服は？　四・五メートルもの高さの金網フェンスを乗り越えたのなら、服に鉤裂《かぎざ》きが残っただろうに。私がシド・スマザーマン氏をつけていたときに乗っていた黒っぽい大型のセダンはどこにある？　そのセダンをどこから入手して、私の赤い小型のニッサンにいつ乗り換えたんだ？　私がスーパーヒーローだとでも？　ジェームズ・ボンドだとでも？　このすべてのミッションを完了したあと、監督官の命令どおり、大型ゴミ容器の下を掃除したとでもいうのか？

頭のなかで渦を巻くこうした疑問が、顔にでていたかどうかはわからない。とにかくパーハクスは咳払いをすると私の肩に手を置き、立ちあがってレジーに尋ねた。

「ミスター・ホワイト、はじめまして」

「はじめまして」

「ミスター・ホワイト、あなたは私の依頼人をご存じです。彼とは一緒にソフトボールをしていましたね？」

「はい」

「だが、同じチームではなかった」

「はい」

「それに、クイントン・リースさんという男性のこともご存じですね？」

「はい」

「クイントンには……大勢の姉妹がいますね？」

「はい」

「被告人はそのなかのひとりとデートしていて、あなたはほかの姉妹とときどき会っていましたね？」

「はい」

「それは、一九七九年から八〇年にかけての話ですか？」

「はい」

「そして、あなたは被告人と、数年に一度顔をあわせれば挨拶をする仲でしたか？」

「はい」

「顔をあわせたとき、あなたは彼と好意的に接しましたか？」

「はい」

「そして彼のほうも、あなたに礼儀正しく接しましたか？」

「はい」

こんなやりとりをじっと座って聞いているのは、我慢がならなかった。パーハクスは例の姉妹のことを話題にあげておきながら、すぐに次の話題に移ってしまった。それもこれも、彼が私の説明をきちんと理解していなかったからだ。レジーとのなりゆきについては、なにもかも説明したというのに。実際に起こったこと、彼が私について触れまわっていたこと、レジーには嘘をつく動機があることをあれほど説明したのに、パーハクスはまるで天候について尋ねるような口調で尋問している。

「さて、フーヴァーで彼とばったり会ったとき、あなたは職場で一緒に働いている従業員に関する話をしたんですね？」

「はい」

「彼はべつにメモなどをとっていたわけではありませんね？」

「はい」

　そのあとパーハクスは、あなたは結婚していますか、それとも結婚の予定はありますかと、レジーに尋ねた。いったい、なんの話をしているんだ？　事件とはなんの関係もないじゃないか。

「わかりました。ではそれが彼とかわした会話のすべてだったんですね？」

「はい」

「話を終えると、あなたは彼と別れた」

「はい」

「彼は立ち去ったのですか？」

「はい」

「弁護人からは以上です」

　尋問はそれで終わりだった。報奨金のことも尋ねない。彼の嘘の矛盾を衝《つ》くこともない。長年、私に恨みをもっていたことにも触れやしない。まるで実家のポーチに座って、午後のお茶を飲みながら世間話でもしているようだった。

公判が終わると、夜、私は毎日独房に戻り、一日の出来事を頭のなかで再生した。被害者が被弾した銃弾について、当局は病院、警察、科学捜査研究所に鑑定を依頼していた。警察は私の逮捕について証言をおこなった。かれらは私にサインさせようとした真っ白い紙の話には触れなかったし、母さんの拳銃は長年発砲されていないと刑事が言ったことにも触れなかった。私を殺人犯に仕立てあげるうえで邪魔になる真実は打ち捨てられ、真っ赤な嘘だけが残った。

私に唯一残された希望は、銃器の専門家の証言だった。パーハクスが雇ったその専門家は鑑定の結果、事件で使われた銃弾は母さんの拳銃から発射された銃弾ではないという結論をだしていた。一致するはずがないことが、私にはわかっていたものの、州側の専門家たちは一致すると証言したのである。その専門家たちは仕事ができないのか、嘘をついているかのどちらかだった。私の命を奪う、ただそれだけのために、この人たちは嘘をついているという事実に、私は打ちのめされた。私がかれらになにをした？　なぜ、私にこんな真似を？

その疑問は一晩中、頭のなかで渦巻き、一睡もできなかった。逮捕されたときのことを思いだした。あの日、自宅ですごした最後の午後のことを、何度も何度も頭のなかで再現した。これからなにが起こるかわかっていたら、私はポーチに歩いていっただろうか？　逃げだしていただろうか？　無実の人間は逃げないものだが、無実の人間にだって逃げだすしかない場合がある。これがアラバマ州の現実だし、その現実はどこでだって起こりうる。あなたが貧しい黒人なら、走って逃げるのが最善かつ唯一のチャンスだという場合があるのだ。

うちの裏手に広がる森へと走って逃げるところを想像した。さもなきゃ、ハイウェイに向かって通りを走っていくのもいい。でも、どこを目指せばいい？　私が愛し、大切に思っているものは、すべて自宅から数キロの範囲にあった。逃げだした私に向かって、かれらは発砲するだろうか？　たぶん。ときには頭のなかで映画を上映することもあった――走って逃げる私に向かって、銃弾が撃ち込まれ、母さんが悲鳴をあげ、レスターが駆けつけ、それからシルヴィアもやってきて、倒れた私の身体を近所の人たちが囲む。そして私は息を引きとる。頭のなかで逃げだす場面をいくら想像したところで、ぜったいにハッピーエンドにはならなかった。それでも路上で倒れて死ぬほうが、法廷で無実を証明するより簡単に思える夜もあった。私はあの法廷で、自分が無実であることを証明すべきではなかったのだろう――かれらは私が有罪であることを証明するために、万全の態勢をととのえていたのだから。

母さんに、レスターに、会いたかった。でも、二人が法廷に座り、嘘の数々を聞かされなければならないことが我慢ならなかった。一年ほど前にシルヴィアとは別れていた――あとどのくらい収監されることになるかわからないから、おれのことは忘れて、前を向いて進んでほしいと告げたのだ。シルヴィアはほんとうにいい娘だった。でも、汚名をそそぐまではうちの娘と縁を切ってほしいと、彼女の家族が思っていることもわかっていた。それに私自身、この悪夢がいつ終わるかわからないのに、いつまでも彼女を待たせておきたくなかった。私はすでに郡の刑務所に、永遠とも思える期間、収監されていたし、有罪判決を受けたらそのあとどうなるのか、考えることもできなかった。そのことについて考えようとすると、頭が動かなくなるのだ。

奇跡が起こると信じなければ。神はけっしてお見捨てにならない。物心つく頃から、母さんはそう言ってたじゃないか。神はけっしてお見捨てにならない。なんとしても真犯人を逮捕してもらわなければ。銃器の専門家に証言台に立ってもらい、母さんの古い拳銃が凶器であることなどありえないと証明してもらわなければ。

銃器の専門家だけが、私に残された頼みの綱だった。

一九八六年九月一七日、水曜日

地区検事、銃弾はヒントン家の拳銃から発射されたものではないという証言に反論

一九八五年、レストラン店長ら二人が殺害された事件と、三人目の副店長が撃たれた事件で使用された銃弾は、ドラ近郊のアンソニー・レイ・ヒントン被疑者の自宅で発見された拳銃から発射されたものではない、という被告人側証人の証言に対して、検察はきょう異議を申し立てた。

「彼は自分がなにを話しているのか、まるで理解していなかった」と、きょう午前、スティーヴ・マホーン検事補は論告で述べた。

被告人側の専門家証人、アンドリュー・ペイン元陸軍大佐は、法廷でどんな分野のことでも証言する人物だと、マホーン検事補は非難した。

> ペイン氏本人の話によれば、彼はコンサルティング・エンジニアで、約一〇〇〇件もの事件について法廷で証言をおこなっているが、そのうち銃器の鑑識に関わるものは二件のみ。
> マホーン検事補は、ペイン氏の報告は「無責任のきわみ」であると述べた。
> 銃器の証拠は、検察側が謀殺の根拠としているおもな証拠である。*2

アンドリュー・ペインに勝ち目はなかった。

彼はパーハクスと協力し、すばらしい仕事をした。問題となっている銃弾が、母さんの拳銃から発射されたものではないことを、順を追って説明したのだ。彼はれっきとした専門家ではあったが、少々引っ込み思案なところがあり、オタクっぽい雰囲気も漂わせていて、陪審員が親しみを覚えにくいタイプだった。それでも、彼はきちんと仕事をした。そして彼の検査結果は、私が無実であることを示していた。ほんの一瞬、私の胸から重い錘《おもり》がとりのぞかれたような気がした。私は振り返り、母さんとレスターにさっと笑みを送った。

だが、すぐに検察側の反対尋問が始まった。マホーン検事補はじつに感じのいい、気楽な調子でペインに話しかけたが、しょっぱなから罠を仕掛けようとした。

「あなたは証言のなかで、一〇〇〇回以上、比較顕微鏡を使用なさってきたとおっしゃいました

*2　一九八六年九月一七日、バーミングハム・ニュース紙、「地区検事、銃弾はヒントン家の拳銃から発射されたものではないという証言に反論」。キャシー・ロウ記者。

ね」

「ええ、そうです。一〇〇〇回ほどは使ってきました」

「するとあなたは、ミスター・イェイツが所有する比較顕微鏡に精通しているわけですね？」

「いえ、精通しているわけではありません。〈アメリカン・オプティカル〉を使うのは初めてでしたから」

「〈アメリカン・オプティカル〉はめずらしい機種ですか？」

「まあ、めずらしい機種とはいえないでしょうが、以前に使ったことはありませんでした」

「科学捜査研究所でスマザーマン氏が被弾した銃弾を調べたとき、あなたはイェイツ氏に比較顕微鏡の光源の切り方について、質問したそうですね？」

「ありえます。いや、実際、質問しましたね、はい」

「そして光源の切り方を教えてもらったあと、あなたはすぐ右側に手を伸ばし、顕微鏡の隣に置いてある刻印用の電気ペンの電源をつけたそうですね？」

「ありえます。ええ、そうでした」

「顕微鏡の横に置いてある器具の電源をつけた、そうですね？」

状況は悪くなるばかりだった。彼は光源の電源を入れたものの、こんどは顕微鏡そのものの使い方がわからなかった。そのうえ、スライドガラスを上下させる調整の仕方もレンズの倍率の変え方もわからなかった。あなたは州側の専門家に力を借りようとしましたか？　あなたは銃弾を落としましたか？　私はパーハクスのほうを見た――こんな事態を招いたのは、弁護人の責任だ。

ペインがどういう人物なのか、まったく知らなかったのだろうか？　パーハクスはこの展開に驚いているようだった。ペインは科学捜査研究所でなにがあったのか、パーハクスになにも説明しなかったのだろうか？

「では、お尋ねします。あなたは『どういうわけか、銃弾が見えなくてね。ミラーは見えるし、自分の指もよく見えるんだが』と、おっしゃいましたか？」

「ありえます。倍率の高いレンズで焦点をあわせるのは、むずかしいんですよ。それで助言を求めたんですがね」

私は深々と溜息《ためいき》をついた。私の専門家は証言台で、ほかの専門家が力を貸そうとしなかったと愚痴をこぼしている。その後検察側は、ペインが使用した数枚のスライドに写っていた内容が、一九五六年に刊行された本のページのコピーであると指摘した。そしてマホーン検事補がペインに、その本の六ページをひらいてくださいと言った。

「六ページ？　六ページとおっしゃいましたか？」

「はい」

「はい、ひらきました」

「そのページのいちばん下に〝ペテン師〟というタイトルで始まるパラグラフがあるはずです」

マホーン検事補はその箇所の音読を始めた。「〝写真技術とプラスチック成形の発明により、次から次へとペテン師があらわれた。銃器に関する知識をもつ裁判官はごくわずかだ。いっぽう、銃器技術の日進月歩についてはだれもが耳にしていた。よって専門用語で言われたことは、なんでも真《ま》に受け……〟」

「いえ、いまのは〝専門用語〟ではなく〝科学用語〟だと思いますが」と、ペインが言った。

いまやペインは、正確に文章を読みあげようとする検事補に助け船をだしていた――彼のことを〝ペテン師〟呼ばわりしようとしている文章を。法廷にいるだれかが息を飲む音が聞こえたような気がした。

「はい、おっしゃるとおり、〝科学用語〟でした。申し訳ありません。〝専門家として法廷で証言することを、どんな人間でも許可されるようになった。ほとんど知識がない者も多かったが、かれらは押しだしが強く、ずうずうしさのかたまりだった。一日に五〇ドルという報酬は、当時としては大金であり、かれらはよろこび勇んで法廷に入ってきて、どんな分野のことであろうと証言した。外寸を測定する測径器の外観、標準的な拡大鏡、そしてスチール製計器……〟」

「そこは〝スチール製定規〟だと思います。もっと正確に読んでください」

「あなたは七月二九日に使用した定規を、本日、持参なさっていますね？」

「はい。持参しています」

「その定規を陪審員のみなさんのほうに掲げていただけますか」

ペテン師が好んで利用する用具のひとつだと、たったいま検事補が読みあげた定規を、ペインが高々と掲げた。自分が嘲《あざけ》られているという自覚がないのだろうか？　法廷にいる全員が理解していることが、彼にだけわかっていないのだろうか？

「はい、こちらです。私はなにもふざけているわけではありませんし、軽率な真似をしているわけでもありません。私が使用している定規は、あの本で説明されている定規の二倍は正確なのです。なにしろ、目盛りが六四もあるのですから」

マホーン検事補は、ペインがユーモアをまじえて応じようとした試みを無視し、音読を続けた。

「〝かれらは無実の男の命を奪うためであろうと、釈放するためであろうと、よろこんで証言するだろう。社会に対する略奪行為、もっとも質《たち》の悪い犯罪をはたらいた者が野放しになろうとも〟」

「あっています」

「ミスター・ペイン、あなたの視力には問題がありますか？」

「ええ、あります」

「両眼が見えますか？」

「いえ、片方の眼だけです」

「以上です」

私は両腕で頭を抱え、泣くことしかできなかった。そのとき、自分が謀殺罪で有罪となることを悟ったのだ。私は無実だった。そして私の片眼しか見えない専門家は、たったいま、検察側に有罪の評決を手渡したのだ。

もう、望みはないだろう。

陪審は二時間をかけ、私に有罪の評決をくだした。

それから四五分をかけ、私の量刑を決定した。

死刑。

その瞬間、私の全人生がこなごなに砕け散り、周囲に散らばったような気がした。世界は割れ、散り散りになり、私のなかのすべての善が同時に壊れた。

二カ月後、ギャレット裁判長が正式に死刑宣告を読みあげる直前、私は真実であってほしいと願っていることをかれらに伝えた。「神は審理のやり直しをなさるでしょうし、そうなさらないのであれば、あなたがたは私の命を奪うでしょうが、けっして、けっして、私の魂に触れることはできないのです」

8

だんまりを続ける

死人に口なし。
——ボブ・マクレガー検事
（論告・求刑にて）

一九八六年一二月一七日、バーミングハム

人生がこれほどめまぐるしく展開していくのと同時に、のろのろとしか進展しないのがふしぎだった。裁判長が私に死刑を言い渡してから、かれらが迎えにくるまでの二四時間、自分がどうすごしていたのか、よく覚えていない。

私は正式に死刑囚となった。看守やほかの受刑者たちは、私と目をあわせようとしなかった。まるで死刑宣告が伝染病で、うつされてはたまらないというように。私はまだショック状態にあり、表面にこそまだ浮かびあがっていなかったものの、胸の奥底では怒りがふつふつと煮えたぎっていた。私はいま、悪人のなかでも最悪の極悪人になったのだ。生きていることがふさわしくない人間。死刑を宣告された神の子。どう考えてもわからなかった。なんだってこの私が突如として、この刑務所でいちばんの危険人物になったんだ？

この郡刑務所の独房は、ここ一年半、私の自宅だった。Cブロックのカネがある男たちは、私

のような貧乏人より早く出所していった。だが、裁判所に任命されたパーハクスのような弁護人がついていると、裁判はたいがい延期され、いったん期日が決まってもまた先延ばしになり、審問も延期された。私のあとに入所してきた男たちのなかには、すでに裁判にかけられ、ホールマン刑務所の死刑囚監房に送られた者もいたし、終身刑を言い渡された者もいた。無罪になった者はまずいなかった。

囚人を死刑囚監房に移送するバンは月曜から木曜のあいだにくるので、木曜日まで何事も起こらなければ、私がここをでるのは来週の月曜日以降になるのだと、よく考えたものだ。母さんやレスターと話したかった。だが死刑を宣告されてからというもの、電話の使用を認められていなかった。おれは大丈夫だから心配しなくていいんだよと、母さんに伝えたかった。

もちろん、私は大丈夫なんかじゃなかった。法廷をでてから三六時間というもの、頭のなかで公判と刑の宣告の一言一句をずっと思いだしていた。一睡もできなかったし、食事もとっていなかったし、だれとも口をきいていなかった。パーハクスは裁判官と検事たちに、真犯人と名乗る男から事務所や自宅に電話がかかってきたと伝えていたのに、その声の主のことなど、だれも気にとめなかった。法廷の外で陪審員たちにもその件について話しあってもらったものの、やはりだれも一顧《いっこ》だにしなかった。だれひとり、その男の正体を突きとめようとはしなかった。

マクレガー検事は陪審に、私が被害者たちを殺害したのは、自分には窃盗犯の前科があり、こんど逮捕されればもう仮釈放なしの終身刑になることがわかっていたからだと説明した。私は悪人ではない。冷酷非情な殺人犯でもない。マクレガー検事がでっちあげた人物像に私はまったくあてはまらない。彼のことを考えるたびに黒い憎悪が湧きあがり、煮えたぎった。どうして彼は私のことを不当に扱うのだろう？　こんな真似をしておいて、夜、ぐっすり眠れるんだろうか？彼がほかの地区検事たちや裁判官とハイタッチしている光景を想像した――いや、ことによると、私の弁護士ともよろこびを分かちあっているのかもしれない。「よかったな、またひとり黒んぼ《ニガー》を町から消して、死刑にしてやったぜ！」

みんな、ぐるなのだろうか？　どうやって関係者に嘘をつかせたのだろう？　裁判所の職員は嘘をついた。レジーも嘘をついた。私が顔も知らない食料品店の店員、クラーク・ヘイズは、〈フードワールド〉のあたりで私がスマザーマンのあとを追っていたのを目撃したと言った。州側が召喚した銃器の専門家、ヒギンズとイェイツも嘘をついた――あるいは、まったくの勘違いをしていた。母さんの拳銃から発射された銃弾などあるはずがないのに。それに、ペインの気の毒なことといったら――彼はあの証言台でさんざん恥をかかされ、馬鹿にされ、嘘つきのように扱われたのだから。

私の頭のなかでは、そうした法廷でのシーンが延々と再生されていた。どうしてパーハクスは母さんやレスターや近所の人や教会のメンバーを証言台に立たせて、私の人柄やふだんのふるまいを証言させなかったのだろう？　彼はなんの議論も証言もさせずに、ただ陪審員たちが死刑という評決をだすにまかせた。まったく理解できない。上訴したときには、パーハクスにはもう少しましな弁護をしてもらいたいものだ。私は無実であり、彼もそれを承知しているのだから。嘘発見器のテスト結果がそれを証明している。もしかすると、べつの刑務所に移送される前に、レスターと母さんが面会にきてくれるかもしれない。そうしたら、一緒に今後の計画を練ろう。

死刑囚監房のことはまだうまく想像できなかった――そこがどんなところなのか考えるのを、脳が拒否していたのだ。家に帰りたい。母さんのために芝刈りをして、一緒に夕焼けを眺めながらポーチに座っていたい。釣りに連れていってあげたい。ああ、母さんは釣りが大好きなのに、もう連れていってあげられない。母さんはこれからどうやって外出するんだろう？　だれが家事を手伝ってくれるんだろう？　レスターは手伝ってくれるだろうが、あいつは母さんの息子じゃない。私は自分で母さんの手伝いがしたかった。それは私の仕事だ。それにシルヴィアが恋しかった。甘いキスと、雨上がりの春の花のように匂いたつ肌が恋しかった。

この一年半、いい匂いのものはなにひとつ嗅いでいない。一週間、ずっと同じ服を着せられた男たちの汗の臭いだけ。首筋に雨を、顔に陽射しを感じたかった。朝焼けのなか、散歩をしたかった。野球やバスケットボールをしたかった。アイスティーを飲み、母さんのグリッツを食べたかった。それに、ああ、母さんのコブラーパイが食べたかった。長いあいだ、本物の食べ物など口にしていない。自分のシンプルな生活を取り戻したい。自分のベッドに横たわり、お湯のでるシャワーを浴び、やわらかい枕に顔をうずめたい。足の裏に絨毯《じゅうたん》や草の感触を感じたい。やわらかいものなら、なんだっていい。心地よく感じられるものが恋しかった。甘い香り、やわらかいもの。

それに車を運転したかった。あの小さい車に乗り、いつか行ってみたいと夢見ていたあらゆる場所にドライブしたかった。アラバマ州の外の風景を見たかった。自宅から数時間以上離れたところにはまだ行ったことがなかった。ウェストコーストの風景を見て、ハワイに飛ぼう。イギリスにも行ってみたいし、南米にも足を伸ばしたい。結婚して、子どもをつくり、幼い頃に自分が愛されたように、子どもたちを愛したい。また笑えるような精神状態になって、ジョークを飛ばしたい。人生を取り戻したい。プラコに戻りたい。自由を取り戻したい。ケージに閉じ込められたウサギよろしく、ずっと監禁されていたくない。なにをいつ食べるのか、強制されたくない。シャワーを浴びたり用を足したりするところを、他人に監視されたくない。威厳を取り戻したい。自由が欲しい。突然やってきた警官に邪魔をされずに、裏庭の芝を全部刈ってしまいたい。正義がおこなわれてほしい。

マクレガーの野郎を殺してやりたい。

そう思ったとたん、みぞおちに不意にパンチを食らったかのように、頭のなかを駆けめぐっていた思考が急停止した。ぞっとした。まさかこの自分が、殺したいとまで人を憎悪するようになるとは。マクレガーが私の命を奪わせたように、私は彼の命を奪いたかった。私は殺人犯ではないが、彼が私の独房にやってくるようなことがあったら、その場で首を絞め、死んでいくようすを嬉々として眺めるだろう——あの、いつも人を睥睨《へいげい》する、嘘つき野郎の瞳から命の炎が消えていくようすを。

私はその光景を想像した。夜の闇へと両手を伸ばし、自分の指が彼の首に食い込むところを想像した。やつはなんと言うだろう？　おいおいと泣き、命だけは助けてくれと懇願するだろうか？　やつは私が泣き、命乞いをすることを望んでいたのだから、自業自得《じごうじとく》だ。これまで嘘をついてきましたと白状し、罪を認め、お慈悲をと懇願するだろうか？　本人には慈悲のかけらもないくせに。

両手に彼の首があたるのを感じた。暗闇のなか、私はじわじわとその首を絞めはじめた。首の骨が砕け、私の肌にあたり、ぼきっと音を立てた。やつの目が飛びだし、口から舌が飛びだし、顔が蒼白になるまで渾身《こんしん》の力をこめて首を絞めつづけた。絞めて、絞めて、絞めつづけ、ついに最後の息が漏れ、嘘ばかりつく、憎悪に満ちた、人種差別主義者の身体は動かなくなった。これでもう、やつは抵抗しない。これでもう、二度とほかの人を傷つけることはない。彼のなかに充満していた最後の嘘が息絶えるまで、私は首を絞めつづけた。

この刑務所にくるはめになったのは、私が殺人犯だからではない。だが、私のことを殺人犯だと決めつけるのなら、そうなってやろうじゃないか。

＊＊＊

「ヒントン、オール・ザ・ウェイ！　ヒントン、オール・ザ・ウェイ！」

インターホンの声に、はっと身を起こし、あわてて床に足を置いた。独房のドアのオートロックがカチッとあく音が聞こえた。〝オール・ザ・ウェイ〟とは、すべての荷物をまとめろ、という意味だ。これほど早く移送されるとは。時刻は午前四時をすぎたあたりのはずだ。まだホールマン刑務所に行く準備ができていなかった。それに、まだ母さんとも話していない。だが、インターホンの声ががなった。

「ヒントン、オール・ザ・ウェイ！　さっさとしろ！」

あわてて裁判関係の書類と数枚の写真をまとめた。ほかになにをもっていっていいのかわからず、売店で買った日用品は置いていくことにした。だれかが欲しがるかもしれない。ほかの男たちが起きたら、ハゲタカのように私の独房に入ってきて、残された物があればなんだってもっていくだろう。好きにすればいい。くれてやる。

「行くぞ、ヒントン」

私は談話室を通りぬけ、スタッフと一緒にドアの外に立った。ほんとうはマットレスを丸めておくべきだったし、シーツと毛布をもってくるべきだったが、かまわなかった。もうルールに従うつもりはない。これまでは、ちゃんとルールに従ってきた。その結果が、このざまだ。私は悪人のなかでも最悪の極悪人なのだから、それなりの行動をとってもいい頃だ。

かれらは私を待機房にいれると、ゆで卵とハードビスケットとゼリーの朝食をもってきた。それらを口にいれたが、味はしなかった。いったいどんな手を使えば、食べ物からいっさいの味をなくせるのだろう？　その後、服を脱がされ、所持品検査を受けた。身をかがめ、肛門を広げさせられているあいだ、看守たちは笑って冗談を言っていた。それから私の腰にとんでもなく重い鎖を巻き、金属製の手錠と足枷につなげた。そのせいで、まともに歩くこともできなくなった。思うに、ぐだぐだと座ったまま、こんなことをほざいた男がいたにちがいない。〈人間を動物のように鎖につなげる器具を発明してみるのも一興だな。どうせなら鎖をずっしりと重くして、腕も上げられず、足も動かせないようにしようじゃないか〉。そんなことを考えやがったのはどこのどいつだ。そう思うと、その男への憎悪も湧きあがってきた。

看守たちは私を外のバンへと連れていき、雑談をしようとしたが、私はひと言も口をきかなかった。かれらは落ち着かないようすだった。私は入所してからずっと看守たちに礼儀正しく接してきたし、言われたことには協力してきた。でも、もうたくさんだ。どうしてこいつらの仕事が楽に進むようにしてやらなくちゃいけないんだ？　かれらはバンに乗せるべく、私を押しあげようとしたけれど、私は身体の力を抜いた。私の体重は九〇キロ以上ある。よし、押しあげてもらおうじゃないか。死刑囚監房へと私を運ぶあいだ、その重みを感じるがいい。私は人間だ。ひとかどの人間なのだ。その重みを感じさせてやる。

かれらはひどく手こずっていたが、だからといって、嬉しくもなんともなかった。そこでついにみずからバンに乗り込み、少しずつ後部座席へと移動していった。ひと言も発しなかった。もう二度と、かれらに話しかけるつもりはなかったし、だれとも話すつもりはなかった。なにを言っても信じてもらえないのなら、話すのをやめてしまうのがいちばんだ。

それから三時間以上、車に乗った。ここまで南にきたのは初めてだった。世界の果てに向かって車を走らせているような気がした。出発前に電話をかけるのは認めてもらえなかった。脱出計画を練られては困ると思われたのだろう。母さんとレスターにさよならを言いたかったのに、そんな機会さえ与えてくれないかれらを、私はいっそう憎んだ。

二人の看守が私の正面に座っていて、私たちのあいだには金網の仕切りがあった。窓にも金網が張られていたが、外を眺めることはできた。看守たちは冗談を飛ばしては笑っていたが、私はただ窓の外をすぎゆく田園風景を眺めていた。また草の感触を味わうことができるだろうか？これまでずっと、ここは神の国だと言っていたけれど、いったい神はいまどこにおいでなのだろう？　私はいま、競売に連れていかれる奴隷のように鎖でつながれている。たんなる積み荷だ。人間以下だ。

母さんは近所の人にいいことがあると、大喜びしたものだ。「あの家族のことを、神が祝福してくださったんだよ。神はご近所を祝福してくださった。ありがたや、神はあの家族をさがしてくださった！」と。神が人々を祝福するのなら、罰することもあるのだろうか？　なぜ、神は私を罰するのだろう？　なぜ、ほかの人のことは祝福するのに、私を鎖につなげ、バンの後部座席に押し込むのだろう？　いったい、私がなにをしたというんだ？

バンが衝突し、何度も横転し、その勢いで鎖が切れ、外にでたところを想像した。死にもの狂いで走りつづける――死刑にならずにすむまで、死刑囚でなくなるまで。私はアラバマ州の外にでるまで走りつづけ、どこかの新天地で本物の自由を手にいれ、もう二度と何者かに人生を奪われることはない……。

その後の一時間は、ひたすら窓の外の風景を眺めてすごした。たくさんの車や人たち、延々と続く道や広々とした空を眺めるのは、じつに久しぶりだった。目の前の光景を頭に焼きつけようとした。ステーションワゴンの後部座席に座っている退屈そうな顔の少年。ブルーの車を運転している可愛い女の子。準備中の看板がかかっているレストラン。車内で笑いあっている家族。赤い車の助手席でこれ見よがしに長い脚をだしているミニスカートの女性。窓の外には、なんの恐怖も覚えずに水曜日の朝をのびやかに楽しんでいる人たちの世界が広がっていた。かれらはしたいことを自由にしていた。その重みが、かれらにはわかっているのだろうか。

やがてビュイックを運転している、私と同じくらいの年齢の黒人の男の姿が目に入った。「気をつけろ」と、私は声にだしてつぶやいた。「連中は、あんたのところにもやってくるぞ」

「すみません！」と、私は看守に向かって叫んだ。

「なんだ？」

「トイレに行きたいんだが」

ひとりの看守がなにやら低い声で言い、私には聞きとれなかったが、もうひとりの看守が笑った。

正面にガソリンスタンドがある店にバンが停まった。ひとりの看守が私をトイレに連れていき、もうひとりの看守がガソリンを補給した。店の外にいた黒人の少年が数人、じっとこちらを見ていた——まるで私が動物園にいるめずらしい動物であるかのように。とっくりと眺めるがいい。爪先から頭まで鎖でつながれているような黒人の姿を。そして、脳裏に焼きつけておけ。

＊＊＊

ホールマン刑務所にバンが入っていくと、受刑者たちが建物の外にいるのが見えた。高いフェンスが駐車場とその先に続く道路と受刑者たちを隔てている。二人の看守が大きな門をあけ、バンが進入していった。看守が重そうなドアをあけ、私をなかにいれると鎖をはずした。だが、手錠ははずさなかった。

「あとはまかせたよ」と郡刑務所の看守が言い、私を刑務官に引き渡した。刑務官は小柄なずんぐりとした男で、長いもみあげをきちんと櫛《くし》で梳《す》いていた。私は椅子に座らされ、名前を尋ねられたが、なにも言わなかった。

「社会保障番号は?」

ただ肩をすくめた。

看守が書類に記してある番号を読みあげた。「これが、おまえの社会保障番号か?」

こんどはうなずいた。かれらと話すつもりはない。これ以上、簡単に事を運ばせてたまるか。

「これからおまえは医務室に行き、身体測定を受ける。正式な身体検査はまた後日だ。そのあとはこの白い囚人服を着て、独房に案内される」

私はなにも言わなかった。

白い囚人服のつなぎに着替えた。背中に〝アラバマ州矯正局〟と記してある。このとき囚人番号を与えられた――Z四六八。医務室では体重を計測した。そして、薬を飲んでいるか、ドラッグを使用しているか、と尋ねられた。なんらかの医療的問題があれば知る必要があるというのだ。首を横に振った。なにを尋ねられても、ひと言も発しなかった。

医務室の用がすむと、通路を歩かされた。通路にはほかにも数人の受刑者がいたが、顔を壁のほうに向け、鼻を壁につけろと命じられていた。ほかの受刑者のそばを歩いていくと、看守たちのあいだに緊張が走るのがわかった。どうして受刑者に背中を向けさせなければならないのか、わけがわからなかった。すると、ひとりの男が壁から顔を離し、こちらを向いた。男の目には恐怖の色が宿っていた。

看守がその受刑者に怒鳴りはじめた。「こっちを見るな！ 見るんじゃない！ 膝をつけ！ 膝をついて、両手をうしろで組み、壁に鼻をつけろ！ 全員だ！」

いったいどういうことなのか、なぜ看守が怒鳴りつけるのか、見当がつかなかった。その男は私と同じくらいの年齢で、白人だった。そしてふいに合点《がてん》がいった。かれらはみな、私が攻撃してくるかもしれないと考えていたのだ。一般の受刑者は死刑監房の囚人から保護されていた。私はその刑務所でもっともおそろしい人間だった。

続いて、看守長のところに連れていかれた。おれが死刑囚監房の責任者だと、彼が自己紹介をした。

「ここにきてほしいと、おまえに頼んだわけじゃないが、おれには仕事がある。おまえをここで預かることだ。ホールマン刑務所にいるかぎり、おまえはこの青い制服の看守を目にするし、敬意を払うことになる。おまえは規則を遵守《じゅんしゅ》し、青い制服の言うことにはなんでも従うんだ。わかったか？」

私はうなずいた。

「さて、おまえにはふたつの選択肢がある。こっちに面倒をかけるか、協力するか、だ。だが、いずれにしろ、おまえは九〇日間の保護観察中だ。だから独房をでるときにはつねに手錠をかけられる。いっさいトラブルを起こさなければ、シャワーと散歩のときには手錠をはずしてやる。一日に一五分間、庭のケージのなかを歩けるが、ほかの時間はずっと独房ですごす。トラブルを起こすんじゃないぞ、いいな？」

視線を落としたまま、うなずいた。

「よし、独房に連れていけ」

長い通路を歩くと、やがて〝死刑囚監房〟という標識が上に見えてきて、私はその下の入口を入っていった。それから何階か階段をあがり、看守が独房の番号を大声で読みあげはじめた。そしてついに、独房番号八の前で足をとめた。

「八番！」と、彼は叫んだ。

その番号を繰り返す声が聞こえ、番号八のドアが大きく音を立ててひらいた。なかには狭いベッドがあり、薄いビニールのマットレスが載っていた。すると、ほかの看守が先に入り、シーツ、毛布、タオル、小ぶりのタオルをベッドに置いた。それから、郡の刑務所からもってきた私物をいれた茶色の袋を置いた。袋のなかには私の聖書と手紙と裁判関係の書類が入っていた。男たちの叫び声が聞こえ、ほかの独房からいくつもの手鏡が突きだされた。看守が連れてきた男のようすを少しでも見たいのだろう。どこか遠くのほうから男の罵声《ばせい》が聞こえた。だれかが笑った。

「ヘイ！　ヘイ！　ヘイ！」と何度も繰り返す男の声も聞こえた。

私が独房に入っていくと、看守たちは外にでた。

「ドアを閉めたら、ここから両手を突きだせ。手錠をはずしてやる」。私はなにも言わなかった。ひとりの看守が、こいつ馬鹿なのかという表情でこちらを見た。「もう今年のクリスマス・パッケージの注文には間に合わないから、また来年な」

クリスマス？　クリスマスのことなんて、頭をよぎりもしなかった。クリスマス・パッケージなるものなど注文したくなかったし、キリストの誕生日を祝う気分でもなかった。

大きな音を立ててドアが閉まると、その音が頭のなかで鳴りはじめた。口のなかに金属のような味が広がり、吐きそうになった。胃が縮み、がくがくと膝が震えた。ドアの小窓から両手を差しだすと、看守が手錠をはずした。私は手首を動かしながら振り向き、独房のなかを見た。縦二メートル、横一・五メートルといったところか。金属製のトイレには蓋《ふた》がついていて、棚がひとつ、ベッドが一台。それだけ。

私はベッドの端に腰を下ろし、私物が入った袋を見やった。そして欽定訳《きんてい》聖書をとりだした。もはや、神は存在しない。私の神は私を見捨てた。私の神は過酷な神だ。神は私をお見捨てになり、死なせるのだ。神にとって、私はなんの価値もないのだ。聖書をベッドの下に放りなげ、こう思った。〝赦して、母さん。おれにはもう聖書が役に立たない。あそこに書いてあるのは、全部嘘っぱちだ〟

ベッドをととのえようともしなかった。ただ横になり、目を閉じた。看守がドアの小窓から夕食を差しだそうとしたときにも、起きあがらなかった。もうだれとも話すつもりはなかったし、なにも受けとるつもりはなかった。

私は完全にひとりぼっちだった。

憎悪が膨れあがり、その狭苦しい独房のなかで爆発しそうだった。

なんとかして脱出する方法を見つけてやる。なんとしても間違いを正してやる。ぜったいに無実を証明してみせる。この恨みを晴らさずにおくものか。

そのまま何時間も横になっていた。おそらく、少しうとうとしたのだろう、目覚めたときには闇に包まれ、独房の外からわずかに電灯の光が漏れていた。

唯一、聞こえる音は、死刑囚監房のだれかが闇のなかであげる悲鳴だった。

「やめろ、やめろ、やめろ、やめてくれ、やめるんだーーー！」

耳に枕を押しあてたが、悲鳴がやむことはなかった。

9

上訴

死刑囚の代理人を務める際には、
ほかの案件とはまったく異なる
心がまえが必要となる。
依頼人の命運は文字どおり
弁護人の手に
ゆだねられているからだ。
死刑判決がでたあとの裁判では
弁護人の技量が求められ、
弁護人はもてる力を存分に
発揮しなければならない。
弁護人は細心の注意を払い、
誠意をもち、
献身的に努力しなければならない。
——アラバマ州死刑判決後の
手引書、第四版

有罪判決を受けると、〝上訴へようこそ〟などというパンフレットをもらえるわけじゃない。だれかがあなたを座らせ、懇切丁寧に上訴の申請手続きを説明し、どのくらいの時間がかかるかを教えてくれるわけでもない。有罪判決を受けた者には、州の上訴裁判所——刑事控訴裁判所とアラバマ州最高裁判所——に直訴する権利が保証されてはいるものの、それはただ保証されているにすぎない。アラバマ州は簡単に上訴させたいとは思っていないし、死刑囚に手取り足取り上訴のやり方を教えてくれるわけじゃない。

裁判では不当に有罪判決を受けたそうだね？　審理で偏見もあったそうだね？　そのうえ自白を強要された？　憲法上の権利を侵害された？　おまけに弁護人が最低だった？　それはそれは、ご愁傷さま。いったん有罪判決をくだされたら、支援の手は途絶える。あなたは自力で行動を起こすしかないが、出訴期間は一年に限られている。それに、出訴期間法を定めた州の司法長官が、のちに連邦の審査を受ける危険を避けるために、わざわざ複雑でわかりにくい無数の手続きを定めている。そう、訴えが困難になるように。さらにアラバマ州の裁判官は、無罪放免にした被告人の数ではなく、死刑囚監房に送り込んだ人数を基準にして選ばれていた。

　私はいつでもパーハクスのオフィスに電話をすることができたが、いつ電話をかけても、「先生はあなたの上訴に取り組んでおいでです、お電話があったことを先生にお伝えします」と秘書が応じるだけだった。いっぽう新聞記事を読むと、バーミングハムではあいかわらず毎週のように強盗事件が発生していたし、〈クインシーズ〉や〈ミセス・ウィナーズ〉や〈キャプテン・D〉で起こった事件と手口もよく似ていた。この〝冷蔵室の殺し屋《クーラー・キラー》〟はまったくペースを落としておらず、容疑者の人相はいつだってスマザーマン氏が述べた人相と一緒だった――黒人男性、身長一八〇センチ、体重八〇キロくらい。当時の私は身長が一八八センチ、体重は一〇〇キロを超えていたことも、私が刑務所に監禁されてからも同様の犯行が連続して起こっていることも、だれも気にかけていないようだった。

　私は被害者のご家族のことを考えた。かれらも新聞を読んでいるだろうか。事件の類似点に気づいただろうか。州がまったくの人違いをして有罪判決をくだしたとは思わないだろうか。新聞に似たような犯罪事件の記事を見つけるたびに、パーハクスにメモを送った。「力を貸してください」と書いた。「感謝しています！」とも。

　その結果、彼が夜、眠れない夜をすごしたことが、はたしてあったのだろうか。無実の私が死刑囚監房で眠っていることを、彼はどう思っていたのだろう？　なにも感じやしないのだろうか。当時の私は知らなかったけれど、母さんもパーハクスに手紙を書き、息子の命を救ってくださいと懇願していたそうだ。法廷で私に関する証言を聞き、母さんは胸を痛めていた。当然の話だ。

私は母さんのベイビーなのだから。そのうえ数々の嘘を聞かされて、どれほどの心労だったことだろう。九〇日間の保護観察期間を終え、ようやく面会が認められるようになると、近所のミス・ウェスリー・メイが母さんを車でホールマン刑務所に連れてきてくれた。二人の老女はこんなに遠くまで運転したことがなかったので、アトモアへの道が途中でわからなくなり、迷ってしまった。そのため、金曜の夜に姿を見せたときには、刑務所の面会時間は二時間前に終わっていた。でも一張羅を着て、はるばる刑務所までやってきた二人に刑務所長が同情し、二〇分ほど面会させてくれた。

私は思う存分、母さんを抱きしめた（それもまた、ふだんの面会では認められないことだった）。母さんは洗濯石鹸とバラ水の香りがしたけれど、見るからに疲れきっていた。目の下には黒ずんだ隈《くま》ができていて、口元には数カ月前にはなかった皺が寄っていた。「神が間違いを正してくださる」と、母さんは繰り返した。「神はなんだっておできになるし、けっしてお見捨てにならないからね、ベイビー。神はおまえのために、かならず間違いを正してくださる」

「そうだね、母さん」と、私は応じた。私がふつうに会話をしたので、看守が驚いたような顔をした。もう神との関係は断《た》ったのだと、とてもじゃないが母さんには言えなかったが、神はここには暮らしていない。まだ生きている私が地獄で暮らしているのを見て見ぬふりをしているのなら、そんなのは私の神じゃない。もうたくさんだ。二度と信じるものか。

「こんどはレスターときてくれる？　二人きりで長い道のりを運転するのは心配だからさ。頼むよ」

「おまえは大丈夫なの、ベイビー?」。そう言うと、母さんが手を伸ばし、私の頬に触れた。顔に皺が増え、目の下に隈ができているのは、母さんだけじゃない。母さんの目に涙が浮かんだ。「大丈夫だよ、母さん。おれのことは心配しないで。ここはいいところだ。みんな、きちんと接してくれる」。嘘をつくのはよくないが、相手の心痛をやわらげ、傷つかないようにするなら、嘘も方便《ほうべん》だ。母さんは私と引き離された。アラバマ州がこのまま好きなようにするのなら、母さんは私の死も乗り越えて生きていかなくちゃならない。できるだけ母さんの苦悩を軽くしてあげたかった——たとえそのために無数の嘘をつくことになろうとも。「面会時間はあと数分しかない。だから、泣いてすごしちゃもったいない。おれは元気だけど、母さんの手料理を食べたいな。肉汁がしたたる、あの美味しいハンバーガーをいますぐ食べたい」

母さんが笑い、私はその笑い声を覚えておこうとした。その笑い声にしがみついていたかった。来る日も来る日も朝から晩まで死刑囚監房に響きわたるうめき声じゃなく、母さんの笑い声を聞いていたかった。

「弁護士さんが二通、手紙をくださってね。おまえをここからだしてくださるそうだよ。ほんとうに一所懸命、やってくださってる」

そう言うと、母さんは二通の手紙をとりだし、そっとひらいた。どちらも母さんに宛てられた手紙だった。私のほうにはパーハクスからまだなんの連絡もなかったが、彼の事務所に電話をかけたときに、再審の申立てをしたと秘書から言われていた。

一通目の手紙を見た。日付は、私に有罪判決がくだった日の数週間前だった。

「母さん、こっちの手紙は、おれがここにくる前の手紙だよ」

「ああ、あたしは何度も手紙を書いてきたから、弁護士の先生はおまえのことをよくわかっておいでだ。とにかく先生に、法廷でおまえが言われたことは嘘ばっかりだとわかってほしくてね。みんな、おまえのことを悪く言って、嘘をついた。うちの息子は殺人犯なんかじゃないのに」。

そう言うと、母さんは目頭に白いハンカチをあてた。

「大丈夫、大丈夫だよ」。私は母さんの手をさすった。「ちょっと見せてくれる?」。封筒の上のほうに〝シェルダン・パーハクス法律事務所〟と書いてあり、その下に母さんの家の住所が記されていた。

一九八六年一一月二五日
拝復
親愛なるミズ・ヒントン
一九八六年一一月一七日付のお手紙、ありがとうございました。ご子息をお守りするためにできることはすべて継続いたします。本件は上訴することになるでしょうし、上訴で勝てると思っております。上訴にはおそらく二年ほどかかるでしょう。その後、再審理となるはずです。こんどはまた新たな戦法をとるつもりです。そうすれば、ご子息が無罪を勝ちとる可能性は充分にあるはずです。
今後とも、できるかぎりの努力を続ける所存です。

敬具

シェルドン・パーハクス

──

あと二年も死刑囚監房に座っているなんて、冗談じゃない。いますぐ外にだしてほしかったが、私にできることはなにもなかった。こんどは新たな戦法をとるだと？　こんどは両眼が見える専門家を雇うとでも？　証言台で酷評された専門家のことを考えると、いまでも気が滅入った。再審理のときには、もっとましな専門家に鑑定を依頼できるよう、資金を援助してもらえるのだろうか？　これではまるで、貧乏人は有罪とはじめから決まっているようなものじゃないか。

私は二通目の手紙を手にとった。そこには、たった一カ月前の日付が記されていた。

──

一九八七年三月二日

ご子息の件について

親愛なるミズ・ヒントン

ご子息を守るためにできるかぎりのことを継続しております。本件は目下、上訴の申立て手続きをとっているところです。これにはかなりの時間がかかります。上訴が認められる確率は高いと、私自身は考えています。上訴が認められれば、再審理がおこなわれます。再審理ではべつの専門家を雇い、銃弾に関して証言してもらう所存です。

ご子息はだれも殺害していないと、私自身は考えています。ご子息を守るためにあらゆる努力を継続します。先日、お電話をくださったときには不在で失礼いたしました。その件についてお手紙をくださいましたことに、感謝いたします。どうぞ今後も、必要とあらばいつでもご連絡ください。

敬具

シェルドン・パーハクス

行間から伝わってきた事実に、胸が痛んだ――母さんは彼に電話をかけ、手紙を書き、私を守ってほしいと頼んだのだ。当時は知らなかったのだが、母さんは手紙を送るたびに二五ドルを同封し、どうか息子を助けてくださいと懇願していたという。これがせいいっぱいのお金です――どうか、息子を救ってください、、、、、、、、、、、、。そんな端金《はしたがね》を送りつけられて、あの弁護士は鼻で笑っただろうか？　朝食に一〇〇〇ドル使うような男にとっちゃ、二五ドルなんぞ端金だろう。でも母さんにとって二五ドルは、一〇万ドルもの価値があった。

貧困とはどういうものかが、パーハクスにはわかっていない。限られた生活費で一カ月を乗り切るには一セントも無駄にはできないのだ。一〇ドルの臨時出費があれば、一カ月、水や電気を使えなくなる。いや、一カ月以上使えなくなるかもしれない。水や電気をふたたび使えるように追加料金を払う必要があるからだ。

弁護士にカネを送金していたことを、母さんがけっして言わなかった理由はわかっている――そんな真似はやめてくれと私に言われるからだし、母さんが送金しなくては気がすまない理由を、私が理解していなかったからだ。息子の命を救うためにできることはすべてしたと納得し、それをせめてものなぐさめにしたかったのだ。だが、私にバレようものなら、そんななぐさめも奪われてしまう。

母さんが無力感を覚えていることが、ひしひしと伝わってきた。

私たちはみんな、無力感を覚えていた。

当時の私は、弁護士がそうした無力感を利用しているとは考えたくなかった。そんなことは、考えもつかなかった。弁護士は唯一の頼みの綱だった。だが、その弁護士が上訴の申立てをすませたら、この件から手を引くと言っていたことを、母さんには伝えなかった。それではまるで、敗訴することを前提に話しているように思えたからだ。どうか、彼が気持ちを変えてくれますように。私の公判の最中に、自分が真犯人だと名乗った男が、どうかまた電話をかけてくれますように。私はそんな奇跡を願いつつ、同時に、どうにかしてここから脱走できないものかと考えていた。

私は母さんとミス・メイを抱きしめ、さよならを言った。母さんは、こんどはレスターとくると約束してくれた。ミス・メイはほっとしたにちがいない。死刑囚監房の面会日は当初、月に一度だった。しかも平日のみ。死刑囚にはできるだけ家族や友人と会わせたくなかったのだろう。

レスターは月に一度、面会のために仕事を休まなければならなかったが、それが認められると、金曜日に往復七時間もかけて会いにきてくれた。木曜の夜勤あけに運転してくることもあった。運転中に眠ってしまうのではないかと、心配でならなかった。レスターはいつだって刑務所にいちばん最初にやってきて、面会時刻がくるのを待っていた。母さんや彼の母親を連れてきてくれることもあった。三人は私にとって暗闇に射す一筋の光だった。

入所直後の面会のことは、あまりよく覚えていない。頭のなかに憎悪と怒りが渦巻き、ただ笑みを浮かべ、雑談をするのがせいいっぱいだったからだ。私のようすがおかしいと気づいたとしても、みんな、なにも言わなかった。それでもときどき、レスターがこちらをじっと見つめていることがあった。彼はだれよりも私のことを知っていたが、その彼でさえ、私が考えていることまではわからなかっただろう。自分のなかにあれほどの闇を感じたことはない。

あの頃は、思考をコントロールできなかった。そして四六時中、頭のなかで想像していた。ここから脱獄して、なんとしてもマクレガー検事を殺してやる、と。脱獄法を思案するべく、昼も夜も観察を怠らなかった。それに耳も澄ました。面会中でさえ、看守の日課や動きを覚えておこうとした。かならずどこかから脱獄できるはずだ。フェンスによじのぼり、車の後部座席に身を潜め、それから走って逃げよう。論理的に考えれば無理な話だったし、綿密な計画を立てていたわけでもなかった——それでもどこかに隙《すき》があるはずだと、観察し、チャンスをうかがった。どこかにかならず、チャンスがあるはずだ。看守たちにとっても、椅子に縛りつけて私を殺すよりは、脱獄しようと逃げる私を射殺するほうがよほど簡単なはずだ。

とはいえ、どうしても実行に踏み切れない理由がひとつだけあった。あいつは有罪だから逃亡したんだと、誤解されたくなかったのだ。なんとしても無実を証明したかった。私は殺人犯ではなかったが、殺人を犯したかった。世間が私にもっている印象のとおり、私は頭のなかでモンスターと化していた。そしてレスターと母さんに、頭のなかを見通されてしまうのではとおびえていた。だから嘘をついた。「食べ物は美味しいよ。看守も、みんないい人ばかりだ。ほかの囚人たちは静かだし、他人のことは放っておいてくれる」。毎週、私はかれらに嘘をついた。「よく眠れてるよ。必要なものは全部、揃ってる」。嘘をつき、嘘をつき、また嘘をついた。

現実には、朝食を午前三時に、昼食を午前一〇時に、夕食を午後二時に食べなければならなかった。そして毎晩、腹をすかせていた。毎日、ひもじくてたまらなかった。郡刑務所に入ったとき、体重は一〇〇キロあった。ところがそこで五キロも体重が減り、減らしたいと思っていた体重よりも軽くなっていた。この州刑務所ではさらに体重が減った。朝食は粉末卵、硬くて床に落とすと跳ね返るビスケット、小さじ一杯ほどのゼリーもどきの代物。受刑者全員に同じ餌《えさ》を与えるため、死刑囚監房の囚人は早朝に食べなければならなかった。

午前二時四五分、看守たちが大声でがなりはじめる。「朝食！　朝食！　朝食！」。幸運にも眠りに落ち、熟睡していたとしても、闇のなかでさっと上半身を起こし、すわ攻撃を受けたかと警戒する。昼食は正体不明の材料からなる味のないハンバーグ。馬肉だという噂も聞いたが、ただの悪い冗談であることを願った。夕食も形のととのっていないハンバーグだったが、夜はカツレツと呼ばれていた。金曜日は、べとべとした魚のカツレツ。缶詰の豆や野菜が水っぽい液体に浮かんでいることもあった。ブリキと黴《かび》の臭い、それに金属の味がして苦かった。インスタントのマッシュポテトは、口のなかでぱさぱさの粉と化した。

私は毎日、腹をすかせていた。それは肉体的な飢えだったが、同時に精神的な飢えでもあった。

空っぽで虚《うつ》ろだった。わが家に飢え、自分のベッドと家族と教会と友人に飢え、一緒に腰を下ろして笑いあえる友人に飢えていた。一日中、ひとりぼっちで腹をすかせていると、虚無《きょむ》の穴に吸い込まれ、つかめるものがないまま虚空《こくう》を落ちつづけているような気がした。椅子の背を倒してのけぞりすぎると、倒れそうになってあわてて身を起こすことがあるけれど、そんな気持ちになることも多かった。

毎日、床に全身を打ちつけられるような気がしてパニックを起こした。私は自由に飢えていた。尊厳にも飢えていた。人間の尊厳を取り戻したかった。死刑囚Z四六八として認識されたくなかった。私はアンソニー・レイ・ヒントンだ。みんなからはレイと呼ばれている。私は笑うのが好きだ。私には名前と人生とわが家がある。

こんなところで生き延びるつもりはない。ついに、自分が完全な虚無になったような気がした。私は無と化して消えてしまうのだ。連中は私を殺そうとしている。それなら、脱獄するしかない。ほかに選択肢はなかった。

＊＊＊

再審の申立てをしてから半年以上、パーハクスからは音沙汰がなかった。そして一九八七年七月三一日、再審理の申立ては棄却された。私が逮捕されてから、丸二年が経過していた。

当時のアラバマ州では、上訴の申立ては四二日後までに、上訴趣意書はその二八日後までに提出しなければならなかった。私がそうしたルールを知ったのは、パーハクスが死刑囚監房に接見にきて、私の上訴の戦略について話したからだとお思いだろう。だが、違う。ほかの死刑囚が上訴について話していたのを、偶然、耳にしたからだ。

死刑囚監房では一日中、法律の授業が続けられているようなもので、まだだれとも口をきいていなかったときでさえ、私はほかの死刑囚たちの会話に耳を傾けていた。

「やっぱり、ブライアン・スティーヴンソンに連絡しなくちゃダメだ。彼ならおまえのために弁護士をここに寄こしてくれる」

「ブライアン・スティーヴンソンが、わざわざオハイオ州から弁護士を呼んでくれたんだよ。ワシントンDCからきてくれた弁護士もいたぜ」

「審理記録を読んでください、と頼んでみろ。陪審員に偏見がないかどうか、確認してもらえ」

「嘘をついているやつの名前を、かならず伝えるんだぞ」

そんな調子で、朝から晩まで会話が続いた。判例法に関する論議が聞こえてくることもあったし、上訴に関する説明が聞こえてくることもあった。そうした会話を通じて、私はアラバマ州が一八年間の中断を経て、一九八三年に電気椅子による処刑を再開したことを知った。だから囚人たちは、死刑囚監房にきてまだ日が浅い者も含め、弁護士を雇っていない者全員に死刑執行日が通達されるのではないかとおそれていた。

「あいつをここからだすために、彼は大勢の弁護士を雇った。あらゆる情報を入手して、万全を期したって話だ」

「彼は死刑囚一人ひとりを観察してるらしいぜ——全員の行動を把握してるのさ。まるでサンタクロースだよな。いい子か悪い子か、見わけてるんだから」

〝ブライアン・スティーヴンソン〟という名前を耳にしない日はなかったが、そんな男のことなどどうでもよかった。パーハクスが本気で取り組んでくれているかどうかが、気になって仕方がなかったのだ。私には弁護士がいた。その点では感謝していた。周囲の男たちは、スティーヴンソンという名前の弁護士が魔法をかけたかのように姿をあらわし、こころよく依頼を引き受けてくれるのを待ちわびているようだった。

公判で痛い目にあった私は、もう神の存在を信じていなかったし、サンタクロースの存在も信じていなかった。だから、周囲の男たちにいっさい質問はしなかった。私がなにか言おうものなら、人々はその発言をねじまげ、平気で嘘をつく。私はほかの死刑囚を信用していなかった。看守たちも信用していなかった。パーハクスのことも信用していなかったが、弁護士がいない状態よりはましだった。看守になにか頼み事があるときには、用件を囚人用の便箋《びんせん》に書きだし、看守に渡した。当初、看守たちは私に発話障がいがあると思っていたのかもしれない。面会日には口をきくので、話せることはわかっていたはずだが、私が口をきかないほうが、看守たちには都合がいいようだった——話しかけられるたびに相手にしなければならない囚人がひとり減るのだから。

看守たちは、一日おきに私をシャワーに連れていった。午後六時頃のこともあれば、深夜になることもあった。スケジュールなど決まっていなかった。ひとりの看守が私の前を歩き、もうひとりの看守がうしろを歩く。最初の三カ月間は手錠をかけられていたが、その後は手錠なしで行けるようになった。シャワー中もプライバシーなどない。二人の囚人が一度にシャワーを浴び、二人の看守に監視された。シャワーの湯はやけどするほど熱いか、氷のように冷たいかで、その日によって温度が違った。看守たちが面白がって温度を変えていたのかもしれない。シャワーを浴びるとはいえ、石鹸で身体を洗い、あわてて流すだけだ。それも二分未満で終えなければならない。そのあいだずっと看守に監視される——女性の看守に監視されることもあった。全裸の姿を女性に見られても、嬉しくもなんともなかった。ただひたすら、恥ずかしかった。納屋の外のホースで洗われている農場の家畜のような気がした。

一日に一度、独房の檻から中庭にだされ、運動したり、のろのろと歩いたりした。看守たちはそれを〝散歩〟と呼んでいたが、義務ではなかったので、独房にとどまる男たちも多かった。かれらは着替えもしたがらず、シャワーも浴びたがらず、運動もしたがらなかった。私はその一五分から二〇分という時間を戸外ですごした。脱獄できる場所をさがしていたのだ。中庭からは、駐車場とホールマン刑務所の外へと伸びる道が見えた。なんとかしてそこに行きたかった。

毎日、毎秒、私は設備の弱点をさがしていた——検事たちがどう言おうと、私には四・五メートルもの高さのギザギザのついた金網をよじのぼることはできない。ましてや看守がいて、いざとなれば銃口を向けられる。じゃあ、トンネルを掘るのはどうだろうかと思案した。独房の天井近くに小さな通気孔があり、そこをネズミやゴキブリが出入りしていた。ネズミやゴキブリが通れるのなら、私が脱出することだってできるかもしれない。毎日、その通気孔を眺めた。いつだって、そこにはなにかが潜んでいた——触覚やひげがちらりと見えるのだ。毎日、夜になるとネズミが床を引っ掻いたり、ちょこちょこと走りまわったりする音が聞こえた。ゴキブリが夜になると壁を埋めつくすほどの群れをなし、昼間は通気孔に身を隠し、こちらを監視している光景も想像した。私は罠でとらわれの身となった昆虫だった。ゴキブリのほうが私よりよほど自由だった。

夜、ネズミやゴキブリが立てる音を聞いていると、ホラー映画のなかに入り込んだような気がした——得体の知れない生き物が周囲を這いまわり、人間がうめき、悲鳴をあげ、泣いている。夜はつねにだれかが泣いていた。ひとりの囚人が泣きやむと、ほかの囚人が泣きはじめる。人知れず、こっそりと泣けるのは夜だけだった。私はその音を遮断した。ほかの男の涙や悲鳴などどうでもよかった。ときには笑い声も聞こえ、気が触れたようなその笑い声のほうがよほどおそろしかった。

死刑囚監房には本物の笑い声などない。まるで追われているかのように、夢のなかで悲鳴をあげる者もいた。悪態をつく者もいた。最初の数カ月、いや数年は、連続して一五分以上眠れたことがなかったように思う。眠れないと、人間の頭はおかしくなる。すると、なんの光も、希望も、夢も、救いもなくなる。影、悪魔、死、報復しか見えなくなり、自分が殺される前にだれかを殺すことを考えるようになるのだ。

いたるところに死と幽霊の姿があった。死刑囚監房には、電気椅子による処刑で死んだ男たちの幽霊が出没していた。殺されるよりも自殺することを選んだ男たちの幽霊も出没していた。かれらの血がじわじわと床のコンクリートの裂け目に流れ込み、渇いたあと、夜、そこを這いまわる動物たちの重みで割れた。ゴキブリたちがその血をつけ、独房から独房へと運んでいった。ネズミは乾いた血を齧《かじ》り、壁や通気孔のなかにもちかえり、黒ずんだ埃のように空中に撒き散らし、私たちに浴びせかけた。

死刑囚監房で首を吊るのはむずかしいが、コンクリートの壁に頭をぶつけるのは簡単で、何度も何度も打ちつけるうちに頭が割れ、独房に鮮血が飛び散り、床のひびにやわらかい肉が埋まり、しっくいのように固まり、けっして拭きとれない汚れとなって残った。この監房には、罪を背負って死んでいった男たちの良心の呵責《かしゃく》と後悔の念と死が幽霊となって出没していた。無実が証明されないまま、正義を求め、真の殺人犯が見つかることを望んでいた男たちの姿もあった。

死刑囚は手に入らない自由にとらわれていたが、時計の針を巻き戻して変えることができない過去にもとらわれていた。喪失、悲嘆、冷酷な狂気が、周囲に満ちる不潔な汚れを言葉にすることを拒んだ。地獄は現実であり、その地獄には番地も名前もあった。

ホールマン刑務所、死刑囚監房。愛と希望が死に絶える場所。

＊＊＊

一九八八年、刑事控訴裁判所は私の上訴の申立てを棄却した。パーハクスからはなんの連絡もなかったが、私の上訴の申立書とそれに対する裁判所の書面のコピーが送られてきた。上訴の理由として、パーハクスは五つの点を挙げていた。まず、ギャレット裁判長は二件の死刑に科する罪とむすびつけて考えているが、二件の事件とは切り離して考えていただきたいというこちらの申立てを認めなかった、と指摘していた。また証拠として挙げられた銃弾の再鑑定が実施されなかったなど、二点の間違いを指摘していた。さらに、私が二件の殺人事件と関係していることを法廷は立証しておらず、私が犯罪現場にいたという直接的な証拠もないこと、嘘発見器のテスト結果を証拠として認めるべきであることを指摘していた。

だが、刑事控訴裁判所は、この訴えのすべてを棄却した。一九八九年四月、パーハクスは私に一通の手紙を寄こした。彼は次の手として、こんどはアラバマ州最高裁判所に上訴していた。私はすでに二年以上を死刑囚監房ですごしていた。

一九八九年四月一一日

郵便番号三六五〇三　アラバマ州アトモア三七〇〇
ホールマン州立刑務所＃三七
＃Z四六八、アンソニー・レイ・ヒントン殿

あなたの件について
親愛なるアンソニー

私は昨日、アラバマ州最高裁であなたのために口頭による申立てをおこないました。かれらは私の主張に関心をもったようですから、再審理の場を設けてもらい、有罪判決をくつがえせる確率は高いと思います。裁判所は追加の上訴趣意書の提出を求めており、この作成に二週間ほどかかるでしょう。その後、かれらは趣意書の内容について審議するはずです。かれらがどんな意見をもつのか、正確なところはわかりませんが、私自身はいい感触を得ています。再審が認められた場合、私たちはふたたび弁護の準備をしなければなりません。また〈クインシーズ〉の事件の弁護を準備する必要があります。それぞれの事件に関して新たな方策を実施するアイディアは多々あります。これらの事件にはきわめて重要な法律上の問題があり、私としてはどんなチャンスも逃さずに利用していくつもりです。

まず、ほかの専門家を雇わなければなりません。前回の専門家も力を貸すと言ってくれていますが、彼は陪審員に対して説得力があったとは思えません。ミスター・ペインの陪審への説明は見事でしたが、反対尋問ではこてんぱんにやられました。新たな専門家への依頼以外にも、方策は多々あります。

アラバマ州最高裁があなたの審理のやり直しを認めなくても、連邦最高裁に上訴するチャンスがまだあると考えています。ただし連邦最高裁への上訴の場合、だれからも資金援助を得られません。ですから、あなたのご家族のどなたかに弁護費用を支払っていただかなければなりません。あなたの事件は独特なので、連邦最高裁は上訴を認めるはずです。遅かれ早かれ、私たちは勝訴できると信じています。

なにかご質問があれば連絡をください。

敬具

シェルドン・パーハクス

少なくとも五分間、私はその手紙を読みなおした。頭のなかに、疑問が浮かびあがった。どうして彼は〝ほかの方策〟を一審で試さなかったのだろう？　私の無実についていっさい触れていないのはどうしてだ？　どうして上訴の申立書では、検察が人違いをして私を逮捕したという事実に触れていないんだ？　連邦最高裁だって？　冗談じゃない。どうかしている。そもそも私の家族にはカネがなく、弁護費用など渡せないことを、彼はよく知っているじゃないか。こうなったら、アラバマ州最高裁がすぐに審理のやり直しを認めてくれることを願うしかない。あいかわらず脱獄する方法は見つかっていないし、みずから命を絶つ心の準備もできていないのだから。

自分が無実であることを証明したい。

でも、あとどのくらい耐えればいいのか。

なんとしても、ここからでなければ。

なんとしてでも。

10

〈死の部隊〉

私はここにいない
かもしれませんが、
みなさんはこの言葉を
思いだすでしょう。
「私が犯人ではないことを、
神は示される」
——アンソニー・レイ・ヒントン

肉が焦げる臭いを嗅いだとき初めて、ウェイン・リッターが処刑されたことがわかった。リッターのことは知らなかった——その頃はまだ、ほかの死刑囚のことを知らなかったのだ——が、一九八七年八月二八日の深夜、突然、発電機が動きはじめた音が聞こえた。シューッ、ポンッという音が続き、独房の外の通路の電灯がちらちらと点滅した。そして一晩中、その臭いは消えなかった。

死の臭いとはどんなものかを説明するのはむずかしいが、それは私の鼻を焦がし、喉をひりつかせ、目をうるませ、胃をむかつかせた。翌日もずっと吐きつづけたけれど、胃が空っぽで、もうなにもでてこなかった。それでも吐き気はおさまらず、胃がキリキリと痛んだ。この監房のあちこちから、少しでも悪臭を追っぱらおうと男たちが鼻をかむ音が聞こえてきた。死刑囚監房にはまともな換気設備がなく、全体に空気を循環させる構造にもなっていなかったので、死の臭い——大便と腐った生ゴミと嘔吐物が一体化し、消えない煙となって充満しているような悪臭——が髪に、喉に、口のなかに居座った。目をこすりすぎて、しまいに両眼が赤く充血し、ごろごろするようになった。

　悪臭について、ほかの死刑囚たちが看守に不満を漏らす声が聞こえた。「じきに慣れるさ」と、看守が笑った。「来年か、いつだかわからんが、おまえらのだれかもおんなじような悪臭を漂わせることになる。おまえだって、これと大差ない悪臭を放つことになるんだぜ。ご愁傷さま」

　看守がふたたび笑った。また胃がひっくり返り、私はあわててトイレに駆け込んだ。息を吸うたびに、ウェイン・リッターを呑み込んでいるような気がした。死刑囚監房での悪夢は、おぞましくなるばかりだった。

　リッターはどのくらいの期間、ここに収監されていたのだろう？　連中は毎週、死刑を執行するのだろうか？　それとも月に一度？　きょう、自分が殺されることをリッターは知っていたのだろうか？　だれかに尋ねてみたかったが、私はまだだれにも話しかけたことがなかった。

　いつ、自分の番がくるのだろう？　上訴の申立てをしていても、処刑されることがあるのだろうか？　上訴が認められなければ、連中は私のところにすぐさまやってくるのだろうか——真夜中に私を独房から引っ張りだし、椅子に縛りつけ、感電死させるのだろうか？　そのとき私は便を垂れ流し、心臓が停止し、焼けた肉と焦げた臓器の悪臭が死刑囚監房の上へ下へと充満し、おまえの身にも起こる事態なんだぞと死刑囚たちに思い知らせるのだろうか？　電気椅子《イエロー・ママ》に座らされるのはどんな感じなのだろう？

　こうした想像をやめることができず、頭のなかがその光景でいっぱいになり、恐怖が大量のレンガとなってのしかかり、胸を押し潰し、息ができなくなったような気がした。全身が悲鳴をあげ、ここから逃げだしたいと絶叫していたが、どこにも行くところはなかった。まるで、悪夢を見ている最中に悲鳴をあげようと口をあけても、まったく声がでず、なすすべもなく突っ立ったまま、危険が忍び寄ってくるのを待っているようだった。シャワーを浴びにいく途中で看守から銃を奪い、発砲し、逃げられないだろうか。言われるがままに黄色い椅子に座らされて殺されたあげく、形見《かたみ》として悪臭を残すよりも、抵抗するほうがましかもしれない。

その後の数カ月は、リッターのことを考えてすごした。彼は泣いただろうか。命だけは助けてくれと懇願しただろうか。ほんとうに罪を犯していたのか、それとも無実だったのか。死刑囚監房にくるまで、死刑について深く考えたことなどなかった。以前の暮らしでは、そんな問題が頭をよぎることはなかった。公判で、マクレガー検事から尋ねられたことがある。あなたが告発されている罪と同じ罪を犯した人間がいたら、どんな量刑がふさわしいと思いますか？　死刑がふさわしいでしょうと、私は応じた。

だが、ほんとうにそうなのだろうか。ある人間には生きる価値があり、ある人間には死ぬ価値しかないなどと、判断できるものだろうか。そもそも、だれが有罪でだれか無罪かが、どうすればわかる？　リッターの身に起こったことは、殺人のように思えてならなかった。だれかを殺したからといって、その人間を殺してかまわないのだろうか？

死刑が執行されたあと、男たちが話しているのを耳にしたことがあった。死刑にされた者の死亡診断書に死因として記されるのは〝殺人行為〟だ、と。それがほんとうなのかどうか、わからなかった。そんなことがありうるのだろうか？　その疑問は一日中、昼夜を問わず、私の頭のなかで渦巻いていた——そうやって私は、次に看守が迎えにくるのはだれだろうと、身がまえてすごした。

＊＊＊

次の死刑執行の二カ月ほど前には、予行練習がおこなわれた。かれらは〝処刑チーム〟と自称していたが、だれもがその正体を知っていた——〈死の部隊〉だ。総勢一二名の〈死の部隊〉は整列し、死刑囚監房の通路を厳粛に行進した。ひとりの看守が死刑囚役を演じ、処刑までの時間をすごす待機房へと連れていかれた。私の独房は死刑囚監房の上階の8U、死刑執行室はそこからたった九メートルほどのところにあった。8Uとは「8番の上階」という意味だ。真下の独房には、私より少し若い男がいた。彼と話したことはなかったが、マイケル・リンジーという名前であることは知っていたし、その男が次に処刑される予定であることも知っていた。

処刑予定日の一カ月前あたりから、リンジーは毎日、泣いていた。中庭でも泣いていた。あんなふうに人が泣くのを聞いたことがなかったが、私は沈黙を続けていた。彼の独房の前を〈死の部隊〉が練習のために行進し、死刑を執行する電気椅子をテストするために発電機に電源をいれたときにも泣いていた。電灯が明滅すると泣き、夜、消灯時刻になるとまた泣いた。看守たちは彼を殺す儀式の練習を終えると、身体の調子はどうか、なにか必要なものはないかと尋ねた——まるで彼を殺す下稽古などしていないかのように。その光景を眺めていると、心底ぞっとした。

マイケル・リンジーはいっそうおびえた。月曜日、死刑執行の直前、彼がジェシーという名の男に懇願している声が聞こえてきた。ジェシーはホールマン刑務所内で死刑と闘う〈プロジェクト・ホープ〉なる活動を始めたところだった。だが、なんの権限もなかった。ジェシーもまた死刑囚なのだから。それでもリンジーは、命を救ってくれとジェシーに懇願した。その声を聞いていると、痛ましくて胸が潰れそうだった。

死刑執行日が近くなると、毎日、好きなときに面会人と会うことを認められる。面会人と抱きあい、手を握ることも認められる――ふだんの面会では許されないことだ。死刑囚監房で八年近くすごすあいだ、マイケル・リンジーのもとにはひとりの面会人も訪れなかった。一九八九年五月、ついに〈死の部隊〉が迎えにきたとき、リンジーは二八歳だった。ひとりの女性からクリスマス・プレゼントを盗み、その女性を殺した罪で有罪判決を受けた彼は、処刑日が近づいてくると、毎日、泣きながらだれかに命乞いをしていた――結局、だれも自分を救ってくれないことがわかったら、どんな気分になるだろう？　突然、自分にやさしく接してくれるようになった看守たちが、いずれは自分を電気椅子に縛りつけ、頭髪を剃ることもわかっているのだ。死刑を見物している人間が囚人の目に浮かぶ恐怖の色を見なくてすむよう、顔に黒い袋をかぶせるであろうことも。

リンジーは私の五歳年下だった。健康だった。陪審は彼に終身刑の評決をくだしたが、裁判官がそれをくつがえし、死刑を宣告した。アラバマ州の裁判官にはそんな真似ができる権限が与えられているのだ。リンジーは八年近く、死刑囚監房にいた。みんな、思わず計算をしたはずだ――

どの死刑囚も、だれかの処刑日が決まると数えたはずだ——その男が殺されるまでの期間と、自分がここに収監されている期間を比べるために。死刑執行が決まると、一カ月ほど前に執行日を知らされるようだった。おびえつづける一カ月。命乞いをする一カ月。私は自分の死刑執行日など知りたくなかった。この世で最後の一カ月を泣きあかし、命乞いをしてすごしたくなかった。自分が死ぬまでの残り時間を数えたくなかった。〈死の部隊〉が自分のところにくる日付を知らないですごすのもつらいだろうが、わかっているほうがよほどつらいように思えた。

マイケル・リンジーは今際《いまわ》の言葉を残さなかった。木曜の夜、彼は死刑執行室に連れていかれ、その泣き声が聞こえてきた。死刑囚全員に聞こえたはずだ。処刑の日が近づいても、処刑直前になっても、彼のもとにはひとりの面会人も訪れなかった。彼はほんとうにひとりぼっちだった。深夜になる頃、彼があの椅子に縛りつけられていることを察すると、私たちは音を立てはじめた。死刑囚監房の上階でも下階でも、男たちが独房のドアを叩きはじめた。看守たちにむかって「人殺し！」と叫ぶ者もいた。これまで聞いたことがないような騒音を、死刑囚たちは立てていた。大声でわめく者もいた。リンジーの名を叫ぶ者もいた。ただ野生動物のように吠えたりうなったりする者もいた。私もこぶしを握りしめ、できるだけ大きな音を立てるよう、痛みに我慢できなくなるまで独房のドアを叩きつづけた——手が真っ赤になり、皮膚がはがれるまで。

騒音は激しさを増し、雑居房のほうからも男たちの叫び声が聞こえてきた。私はマイケル・リンジーと面識こそなかったけれど、彼がひとりぼっちではないことを伝えたかった。彼の姿を見たこと、彼を知っていること、彼の人生には意味があったこと、だから死にもまた意味があることを伝えたかった。私たちは電灯が明滅をやめるまで、そして電気椅子に電流を送る発電機の電源が落とされるまで、叫びつづけた。マイケル・リンジーの死の臭いが漂ってくるまで、私もドアを叩きつづけた。それからベッドに横になり、頭の上まで毛布を引っ張りあげ、むせび泣いた。ひとりぼっちで死なざるをえなかった男のために泣き、次に死ぬだれかのために泣いた。もうこれ以上、ほかの囚人の死を見たくない。あした、食事を配膳する看守の顔を見て、どの看守がリンジーの死刑を執行したのだろうと考えたくない。死刑執行室の隣にいたくはないが、ほかに行くところはない。釈放されるまで、口などきいてやるものか。そもそも、どうしてリンジーはクリスマス・プレゼントを盗むような真似をしたのだろう？

そこまで考えて、思わず家族のことを思いだした。私はクリスマス・プレゼントをたくさんもらうことはなかったけれど、なにかが足りないと思ったことはなかった。クリスマスはいつだって愛情に包まれていたし、キリストの生誕と家族と美味しい料理と笑いを祝う日だった。わが家に大勢の人が集まれば集まるほど楽しかったし、のびのびできるような気がした。またプラコで暮らす子ども時代に戻りたい。野球をして、丘や森をレスターと歩きまわりたい。広々としたところに行きたい。刈ったばかりの芝生の匂いを嗅ぎたい。なにがあろうと、どこかに陽が輝く場所があるはずだ。深夜、自分のもとに死の迎えがこない場所、頭に袋をかぶせられない場所が。

目を閉じ、眠ろうとしたが、マイケル・リンジーが相手かまわず命乞いをする声だけが、いつまでも頭のなかに響いていた。

＊＊＊

リンジーが殺されてから数週間、こんどはダンキンスという死刑囚に執行日が告げられた。私は死刑囚監房で彼に関する噂を耳にしていた。ダンキンスもまた二八歳だった。彼が少々〝頭の回転が遅い〟ことは周知の事実で、だれも彼を死刑に処すべきだとは思っていなかった。アラバマ州は死刑を中断していた期間の遅れを取り戻そうとしていたとしか思えない。ほかにももうひとり、リチャードソンという男が執行日を告げられていた。ダンキンスの執行日は八九年七月、リチャードソンは八月。一カ月に一度、死刑を執行する計画を立てているとしか思えなかった。

死刑囚監房には緊張が張りつめ、静かだった。リンジーが殺されてすぐ、暑さが厳しくなり、日に日に耐えがたくなった。空調設備はなく、まるで一日中、昼も夜もサウナのなかに座っているようだった。指は水に浸かりすぎたようにふやけ、皺が寄った。それほど湿気がひどいのだ。ひんやりとした水に浸かり、泳ぎたかった。

冷たい小川に腰を下ろしているところを想像していると、看守が私の独房のドアをあけた。

「四六八！」

私はただ看守のほうを見た。

「四六八……郵便だ」

返事はしなかった。口がきけないわけじゃなかったが、看守と話すつもりはなかった。

「まだ話さないのか？　おまえ、口がきけるんだろ？　この前、面会室ではずっと喋ってたじゃないか」

　私はただ下を向いた。

「この郵便物が欲しいんだろ？　裁判関係の手紙だ」と、看守が言った。「欲しいなら、そう言ってみたらどうだ」

　彼の手のなかの封筒に目をやった。〝ジェルドン・パーハクス法律事務所〟というスタンプが押してある。ついにアラバマ州最高裁の裁定がでたのかもしれない。自由になれるのかもしれない！　希望が込みあげてきた。もしかすると、真犯人が逮捕されたのかもしれない。あるいは再審理がおこなわれることになり、もっとましな専門家を雇えるのかもしれない。いや、私が同時に二カ所にはいられないことが、ついに理解してもらえたのかもしれない。さもなければ、レジーが嘘をついたことを認めたとか。希望がむくむくと湧きあがってきて、われながら驚いた。私は看守に微笑んだ。そんな真似をするつもりはなかったのに、つい、微笑んでしまったのだ。

「なるほど、やっぱり、大切な手紙なんだな。まあ、おまえは看守をにらみつけたりしない。だから、ここではおれたちに協力するほうがいいぞ。そうすれば暮らしやすくなる」と、看守が言った。「優遇してほしければ、態度をあらためろ」

　優遇などしてほしくなかった。ただただ、外にでたかった。食事を配膳してくれたと思ったら、翌日には自分を殺すような男たちから逃れたかった。死の悪臭と、一日に二三時間、狭い箱に監禁される暑さから逃れたかった。このままここにいたら、頭がおかしくなっちまう。

　私は深々と溜息をつき、片手を差しだした。裁判関係の手紙は渡さなければならないことが、彼にも私にもわかっていた。看守がその手紙を先に読んではならないことも。

「ほら」。そう言うと、彼は手紙を寄こした。「今夜はシャワーを浴びろ。おまえ、臭うぞ」

看守が独房からでてドアを閉じるまで、私はずっと下を向いていた。彼はドアの小窓から手紙をただ落とすこともできたのに、私をからかいたかったのだろう。私はベッドの端に腰を下ろし、封筒を顔の前にもちあげた。両手が震えた。

一九八九年六月一九日

郵便番号三六五〇六　アラバマ州アトモア
ホールマン刑務所#三七
#Z四六八
アンソニー・レイ・ヒントン殿

アラバマ州最高裁への上訴の件について
親愛なるアンソニー
まだ裁判官から法廷意見は届いていませんが、金曜の午後、幹事務所に最高裁の書記官から電話がありました。上訴の申立ては棄却されたそうです。最高裁判所の裁判官全員が上訴の主張を審議したため、私たちは行動を起こす決断を、即刻、くださなければなりません。

私はまだ上訴が必要だと信じていますし、あなたの公判は公平におこなわれなかったと考えています。まだあなたには上訴するチャンスがあります。連邦最高裁に申立てをすることができるのです。その場合、規則第二〇条により、連邦最高裁への裁量上訴《サーシオレイライ》［訳注：上訴を認めるかどうかを最高裁の裁量（裁判官の多数決）によって決めること］の申立ては、判決登録後六〇日以内におこなう必要があります。充分な理由があれば、三〇日間の延長を獲得できるかもしれません。いずれにしろ、即刻、決断をくだして行動を起こさなければなりません。

ただし、私はこれ以降、あなたの弁護人として活動することはできません。ですから、連邦最高裁に裁量上訴の申立てをするにあたり、あなたはべつの弁護人を雇わねばなりません。その際、私を雇う必要はありませんし、連邦政府からあなたの弁護人として私を指名する必要もありません。引き続きあなたの弁護人を務めることにやぶさかではありませんが、そのためには一万五〇〇〇ドルの弁護費用が必要となります。支払いの条件は厳しく、全額を即刻、支払っていただかなければなりません。どうか、ご家族と早急に連絡をとり、今後の方針が決まったら、すぐにご連絡ください。

敬具

シェルドン・パーハクス

その後の二四時間、私は微動だにしなかったように思う。シャワーだぞと看守から声をかけられたが、返事もしなければ、ベッドからでようともしなかった。看守たちはついにあきらめ、次の独房へと移動していった。

やっぱり、問題はカネだ。パーハクスは私を揺すり、カネを巻きあげようとしているのだろうか。くそっ、殺人罪で死刑囚監房にいる人間なのだから、どこかでカネぐらい盗んだはずだと思っているのだろうか——一万五〇〇〇ドルもの大金をどこに隠してあるっていうんだ？　彼の事務所に電話をかけると、秘書が応対した。「お母さまはご自宅を抵当にいれることはできませんか？」と、秘書が言った。「そうせざるをえないのではと、パーハクスは考えておりますが」

「そうですか。では、これまでありがとうございましたと、お伝えください」と私は言った。

「これでおしまいということでしょうか？」と、彼女が尋ねた。

「そうです。カネがなければ弁護などできないとおっしゃるのなら、もう、それまでです。私にはカネがない。家族にもない。母に自宅を抵当にいれてもらおうとは思いません」

溜息が聞こえたあと、パーハクスにあなたのお返事を伝えておきます、と彼女が言った。その知らせを聞いたら、パーハクスは行動を起こすだろう。刑務所にその事実を伝えるか、私と話し合いをするために面会にやってくるか、だ。

だが、私にはもう二度と彼と会うことはないことがわかっていた。

その週末、母さんとレスターが面会にきてくれた。私はレスターを面会室の隅に引っ張っていき、母さんたちから離れたところでしばらく内緒話をした。

「いいか」と、私は言った。「黙って聞いてくれ。パーハクスは手を引いた。上訴も、ここまでだ。パーハクスがおまえのところに電話をかけてきてなんと言おうが、ぜったいに母さんと連絡をとらせないでくれ。やつは母さんの家を抵当にいれたがっている。おれたちからカネを搾りとるつもりなんだよ。もう、お手あげだ」

レスターが首を横に振った。「まだ、お手あげじゃない。なにか打つ手が――」

「いいか」と、私は話をさえぎった。「日付を告げられたら、それでおしまいだ。おまえにも、だれにも、死ぬところを見られたくない。前日に、母さんたちを面会に連れてきてくれ。そして近所のホテルに部屋をとり、一泊してくれ」

レスターが首をぶんぶんと横に振ったが、二人きりで話せる時間は限られている。まだ、どうしても伝えておかなくてはならないことがあった。

「おれが逝《い》っても――深夜零時を少しすぎたあたりだと思うが――ぜったいに母さんを起こさないでくれ。朝まで待つんだ。それから、母さんに伝えてくれ。『もう逝ってしまった。愛していると言っていたよ』と」

レスターが両手で顔を覆った。「おまえが逝ったなんて、おばさんに言えるかよ。言えるもんか」

「言わなくちゃいけないんだ。すまないと思っている。ほんとうに」。私は深く息をついた。「母さんのお気に入りの台詞を言ってやってくれ。〝生きるべき頃合いと、死ぬべき頃合いがある〟って、思いださせてやってくれ。何度も繰り返し言ってくれ。愛していると、母さんに伝えてくれ。おれはおびえてない。だれだって、いつかはこの世とおさらばしなくちゃならない。おれの場合は、それがいまなんだ、と。母さんがそのときを迎えたら、母さんの好物を揃えて待ってるからね、と。母さんに素敵な場所を用意しておく、母さんのことを待ってるよ、と」

　レスターが涙をこぼし、目をこすった。

「母さんのお気に入りの台詞を何度も何度も言い聞かせてやってくれ。それが母さんの生きるよすがになる。わかったか？　母さんの口癖も言い聞かせてやってくれ。〝神はあやまちを犯さない、すべてのことは理由があって起こる〟。母さんがどれほど泣きわめこうが、何度も言い聞かせてやってくれ。神はご自分のものを招き寄せるし、人には生きるべき頃合いと、死ぬべき頃合いがある。母さんがそう教えてくれたんだ。それを、母さんは覚えておかなくちゃいけない」

「どうして、おれがそんな役を引き受けなくちゃならないんだよ？　姉さんや兄さんに頼めばいいじゃないか」。これまで見たことがないほど、レスターは悲壮な顔をしていた。その原因はこの自分にあると思うと、胸が引き裂かれた。

「おまえはおれの弟だ、レスター。いちばん近い、最高の家族だ。面会日に、ほかの兄弟に会ったことがあるか？　姉さんや兄さんが列をなしておれに会うのを待ってたか？　いつも会いにきてくれたのは、おまえだけだ。母さんはおまえの言うことなら聞く。これまで以上に、母さんにはおまえが必要になる。母さんの世話をすると約束してくれ。母さんをなぐさめると約束してくれ。母さんはつらい思いをするだろうが、神がおれを必要としていて、神のもとに連れていったんだと伝えてくれ。おれたちには生きるべき頃合いと死ぬべき頃合いがあるんだと伝えてくれ。おれにとっては、そのタイミングがいまなんだ、と。おれは歓喜に包まれて死ぬし、ちっともおそれていないと伝えてくれ。神がそばにいてくださる、と」

私はレスターの腕をつかんだ。「母さんに嘘をついてくれ、レスター。母さんの気持ちが落ち着くまで、嘘をつきつづけてくれ。わかったな？」

「あいつらに、おまえを殺させるもんか」

「とにかく約束してくれ」

「おまえをここからだす方法を、どうにかして見つけてやる。おまえを助けてくれる人を、どうにかしてさがしだしてやる。パーハクス以外のだれかを」

「あいつを母さんの家に近づけるな、わかったな？」

レスターはうなずいたが、頑固そうな表情を浮かべていた。子どもの頃から変わらない表情を。

「人には生きるべき頃合いと、死ぬべき頃合いがある」と、私は繰り返した。「それは事実だ」

「まだそうじゃないだろ？」

「いや、レスター。ここじゃ、いつ死ぬかわからないんだよ」

＊＊＊

七月一四日、かれらはホレス・ダンキンスを殺した。私は独房のドアを叩いた。やがて電灯が明滅し、私たちは動きをとめた。その一〇分後、発電機がまた動きはじめ、電灯がまた明滅した。人為的過失《ヒューマンエラー》と、かれらは呼ぶ。看守がケーブルの接続を間違えたせいで、ダンキンスは二回にわたり一九分以上、電気椅子で処刑されるはめにおちいった。その一カ月後、ハーバート・リチャードソンが処刑された。彼はベトナム戦争の帰還兵、国のために軍務に服した男だった。それなのに、われらが国家は彼の命を絶つのが穏当だと考えた。彼は連れていかれる前、目隠しをしてほしいと要望したため、死刑執行室の室内を見ることがなかった。自分が死ぬようすを見物する人たちのことも、なにもかも、見ることがなかった。私たちはダンキンスのために、リチャードソンのために、ドアを叩きつづけた。かれらがひとりぼっちではないことを知らせるために。

処刑のあと、リチャードソンがひとりぼっちではなかったことがわかった。ブライアン・スティーヴンソンという名前の若手の弁護士が、一日中、彼と一緒に腰を下ろしていたと聞いたのだ。最後まで彼に寄り添おうと、電気椅子に縛りつけられるときもそばにいようとしたという。ほかの死刑囚たちが、その話をしているのを耳にして、私はまた考え込んだ。そのブライアン・スティーヴンソンとは、どんな男なのだろう？　依頼人が死んでいく光景を眺めるのは、どんな気持ちなのだろう？

日中は、死刑執行日が告げられるのを待ちつづけた。そして夜になると、公判のあらゆる場面を頭のなかで再生した。パーハクスに召喚できたはずの証人たちのことも考えた。なぜ彼は私の家族を召喚し、死刑にしてはならないことを証言させなかったのだろう？　どうしてレスターを召喚しなかったのだろう？　教会の人たちを、近所の人たちを。マクレガー検事のことも考えたが、憎悪は以前より鈍り、やがてぼんやりとした無関心へと変わっていった。マクレガーは悪魔だ。だが、いったい悪魔になにができる？　私の聖書はここ三年、ずっとベッドの下に放ってあった。私は刑務所内のだれとも口をきいていなかった。看守やほかの死刑囚たちについては、耳に入ってくる噂話以外、なにひとつ知らなかった。私は完全に孤立していた。卑劣なパーハクスでさえ去っていった。こうなったらもう、無実の男として死ぬしかない。私とレスターと母さんには、私が無実であることがわかっている。

＊＊＊

「ヒントン！」。看守に名前を呼ばれ、ぎょっとしてベッドから身を起こした。

ドアが開く音が聞こえた。なんなんだ？　死刑執行日を告げにきたのか？　待機房に連れていかれるのか？　ついに殺されるときがきたのか？

私はこぶしを握りしめた。みずから処刑室に歩いていくつもりはなかった。私は無実だ。電気椅子で処刑されるいわれはない。だれにだって、そんないわれはない。こんなふうに死ぬいわれはない。私たちはみな神の子だ。ベッドの下に手を伸ばし、聖書を引っ張りだしたかった。どうして神と距離を置いてしまったのだろう？　どうして神のなぐさめに背を向けたのだろう？　私にはいま、神が必要だ。私はこれから髪の毛を剃られ、顔に袋をかけられる。だれの顔を見ることも、その目をのぞき込むこともできなくなる。それでも私が無実の男として死に対峙《たいじ》しているところを、連中に見せてやらなければ。

私は立ちあがった。闘いのときがやってきた。看守から銃を奪いとってやる。そのまま逃げだしてやる。自由の身で死にたかった。自分の思うように死にたかった。頭のなかでさまざまな考えが駆けめぐり、心臓がばくばくした。アドレナリンが全身の血管を駆けめぐる。いま、行動を起こさなければ。いましかない。こんな仕打ちを受けるために、この世に生まれてきたわけじゃない。最後の最後まで、死と闘ってやる。家に帰らなくては。なにがなんでも、わが家に帰らなくては。

「ヒントン！　接見だ！」。看守が立ったまま、腰に差した銃に手を置き、こちらをじっと見ていた。彼は私の顔になにを見ただろう？　なにしろ、彼に突進していく寸前だったのだから。

看守のあとについて、面会室に歩いていった。面会室に囚人はひとりもおらず、ぽつんと白人女性の姿があった。年齢は私と同じくらいだろうか。茶色のショートヘアで、テーブルのところに座っている。私を見ると立ちあがり、にっこりと微笑んだ。そして握手をしようと、手を差しだした。私はただ、彼女をじっと見つめた。

「ミスター・ヒントン、サンサ・ソネンバーグと申します。ワシントンDCからきました。あなたの新しい弁護士です」

私は彼女と握手をしたけれど、まだ疑っているような、混乱した表情を浮かべていたにちがいない。

彼女は首をかしげ、また微笑んだ。

「ミスター・ヒントン、どうぞおかけください」

私は座った。

「私は連邦最高裁に、あなたの裁量上訴をおこなうつもりです」

「私にはおカネがありませんが」

彼女は厳しい表情で私を見た。「おカネを払ってほしいわけではありません。あなたからは一ドルも頂戴するつもりはありません」

「でも、以前の弁護士からは、その手続きをするには一万五〇〇〇ドルが必要だと言われました。母の自宅を抵当にいれろと言われたくらいです。そんな真似はさせませんでした。そんなことをするくらいなら、死んだほうがましです」

サンサは息を吸い、大きく吐いた。「わかりました。ひとつずつ、説明していきましょう。おカネはいっさい必要ありません。一件、書類の送付命令令状の発行を求めますが、正直なところ、連邦最高裁がなにかするとは思えません。最高裁はたいてい、なにもしないのです。裁量上訴とは、基本的に、下級裁判所の判決の見直しを連邦最高裁に申立てることを指しますが、この申立てもめったに認められません。でも、申立てをする手続きの準備には、それほど時間がかかりませんから、期限内に間にあうように申立てをおこないます。それから調査を開始し、ジェファーソン郡の巡回裁判所［訳注：控訴裁判所。歴史的経緯から担当地区が「巡回区」と呼ばれている］に規則第三二条請願なるものを提出するつもりです」

私は呆気にとられて彼女を見ていた。話の内容はほとんど理解できなかったけれど、彼女がわざわざここにきてくれたことだけはわかった。これから調査を開始してくれるのだ。なんだかわからないが、新たな問題について不服を申し立ててくれるのだ。

「私は無実だとわかってほしい。私はだれも殺していません。信じてもらえるといいのですが」

「信じています」。そう言うと、彼女は大きく息を吸った。

「裁判記録をご覧になれば、パーハクスが真犯人と名乗る人物から電話をもらっていることがおわかりになるはずです。うちの母親のところにも、同様の電話がかかってきました。その電話番号をどうにかして調べていただけませんか。だれも、調査してくれなかったのです。その男は偽名を名乗っていました。彼を見つけなければなりません。あなたに、さがしだしていただかなければ」

なにもかも承知しているというように、サンサがうなずいた。「これから、ありとあらゆる問題を調査するつもりです。でも、まず、あなたに山ほど質問することになります――これまでの人生、ご家族、生い立ち、裁判、人間関係など、大切なことについてなにもかも。私はこれから裁判記録やパーハクスの記録を見直します。あらゆる証拠を調べ、なにができるか、一緒に考えていきましょう。いいですね？　どうぞ、気を強くもってください。ここでは、なんとかやっていけていますか？」

「あなたが調査を開始し、上訴したとしても、それでもやはり私が死刑になる可能性はあるのでしょうか？」。そう尋ねると、私は思わず息をとめた。

「いいえ、ミスター・ヒントン。あなたの事件が上訴されているかぎり、死刑になることはありません」

思わず力が抜け、テーブルに頭をつけると、呼吸をととのえた。ふたたび顔を上げたとき、目に涙が浮かんでいるのがわかったが、サンサはなにも言わなかった。

「これから、あなたの協力が必要になります。この件には、一緒に取り組んでいかなければなりません。私があなたの弁護人を務める許可をいただけますか?」。彼女は私を強く見つめた。「ミスター・ヒントン、許可していただけますか?」

私は彼女に微笑んだ。「ええ、許可します。でも、私のことはレイと呼んでください」

「オーケイ、レイ。じゃあ、さっそく仕事にとりかかりましょう」

「あと、ひとつだけ」と、私は尋ねた。「どうして、私の弁護士になってくださるんです? レスターがあなたに連絡したんですか?」

彼女は首を横に振った。「ごめんなさい、レスターという方は存じあげません」

「では、どうしてここに?」。私は尋ねた。「どうして私のことがわかったんです?」

サンサ・ソネンバーグがにこやかに言った。「ブライアン・スティーヴンソンが私をここに寄こしたんです。彼はみなさんのことを知っているんですよ」

11

死ぬのを待つ

おれはもう
だれのことも
悪く思っちゃいないし、
反感ももっちゃいない。
——ハーバート・リチャードソン、
今際の言葉

一九八九年一一月一三日、連邦最高裁は私の申立てを棄却した。裁判所の法廷意見はなかった。

その四日後、アーサー・ジュリアスが処刑された。

深夜を一〇分ほどすぎた頃、私はほかの死刑囚たちと一緒に独房のドアを叩いた。看守たちがやってきて、静かにしろと怒鳴った。「おまえたちが立てた音は、やつに聞こえたよ」と、看守のひとりが言った。「全員に聞こえたんだから」

アーサー・ジュリアスは、受刑者の教育プログラムで一時的に刑務所の外にでていたときに、いとこを強姦し、謀殺した罪で有罪の判決を受けていた。生前、彼がどんな所業を重ねてきたのかはわからない――女性を強姦し、殺害してもかまわないと思うほど、修復不可能なまでに気持ちがすさんでいたのだろうか。私は彼のことを知らなかったし、彼が真犯人かどうかもわからなかった。おそらく、彼の仕業だったのだろう。私はべつに同じ監房にいた死刑囚全員が無実だという幻想などもっていない。だが、全員が有罪ではないことも知っていた。大勢の白人――そのうち数人は法服を着ていた――によって不正に裁かれ、死刑囚監房に送られた人間は、私だけとは思っていなかった。

サンサが私の事件に取り組んでいることはわかっていたものの、私はあいかわらずだれにも話しかけていなかった。夜中に突然やってきた看守たちに、あの黄色い椅子に縛りつけられるのではないかとおびえることはなくなったが、恐怖と不安はまだ消えなかった。レスターと母さんとの面会以外の時間は、もっぱらベッドに仰向けになり、じっと天井を眺めてすごした。頭上にはつねに黒雲が垂れ込めていて、食べたり話したりする元気がなくなり、独房を掃除する気にもならなかった。掃除などするものか。私は地獄を自分の住まいにしたくなかった。ここに監禁されたことに甘んじたくなかった。

頭のなかでマクレガー検事の顔を思い浮かべ、やつの言葉を再生するのをやめられなかった。あいつは私のことをミスター・こそ泥《スニーク》と呼んだ。ミスター・強盗《ロバー》とも、ミスター・死刑執行人《エクセキューショナー》とも呼んだ。公判を迎えるまで郡刑務所ですごした一年半のことを思い起こした。あの一年半、裁判官を前にした予備審問がおこなわれるたびに、マクレガーのやつは法廷に鎮座し、ほかの検察官が審問を続けるあいだ、ひたすら私のことをにらみつけていた。なんだって私なんだ？　なんだってあいつは私を悪人だと決めつけ、論理も常識も無視して真実をねじ曲げるのが自分の使命だなどと思い込んだんだ？　彼に問いただしたかった。なぜ私を？　それとも、黒人ならだれでもよかったのか？

逮捕された瞬間と公判の一分一秒が頭のなかで延々と回りつづけ、もうコントロールがきかなくなっていた。どうしてもやめられなかったのだ。再審理が認められる前に、私の頭はイカレてしまうかもしれない。マクレガー検事のほうこそ、自分が非難した悪人そのものだった。やつこそ死刑執行人だ。嘘つきで、こそ泥で、強盗だ。だって、あいつは私の人生を奪ったのだから。彼が陪審員に述べた言葉の一言一句が、何度も頭のなかで再生されていた。「どうぞ、じっくりと時間をかけて、証拠をご覧になってください」と、あいつは陪審員に言った。「どうか、真実を見いだしていただきたい。この事件における真実を。証拠をご覧になってください。証言を思いだしてください。そうすれば真実を見いだし、正義をおこなうことができるのです」

終わりのないループとなって、その台詞が延々と再生された——曲が終わるたびに、また最初から再生されるように。その台詞には、私にとってなにか重い意味があるように思えたが、深夜、横になったまま眠れず、死んだも同然の男たちがあげる不快な音が壁に反響するなか、いくら考えても、どんな重い意味があるのかわからなかった。マクレガーのやつこそ、死に値する。私じゃない。有罪なのはあいつだ。あいつこそ、殺人犯だ。シャワーに向かうたびに、殺人犯たちと一緒に中庭にでるたびに、あるいは肉が焦げる臭いを嗅ぐたびに、あいつがおびえるべきなのだ。あいつが死刑囚になるべきなのだ。無実じゃないのは、マクレガー検事のほうだ。

＊＊＊

むせび泣きが初めて聞こえてきたのは、午前零時をだいぶすぎた頃だった。男たちは始終、叫んだり、うめいたり、泣いたりしていた——一夜の例外もなく。でも、ふしぎなことに二〇分ほど静けさが広がっていたので、その音が聞こえたとき、ぎょっとした。死刑囚監房で延々と鳴り響く苦悩の音を無視することに、私はすっかり慣れていた。ただのBGMのようになっていて、知ったことではなかった。

しかし、そのときは、私の耳が最初のむせび泣きをとらえた。

それは低く、耳障《みみざわ》りで、泣き声というよりうなり声に近かった。と、ひとりの看守が私の独房の横を通っていった。通路の電灯に照らされ、看守の両脚の輪郭が見えた。またむせび泣きが聞こえたかと思うと、ふいに途絶えた。まるで、だれかに抑えつけられたかのように。その音は私のすぐそばから聞こえていた。隣の独房か、そのひとつ向こうの独房かもしれない。どちらかは判然としなかった。嗚咽《おえつ》は少し大きくなり、私はその音を聞くまいと、頭のなかにマクレガー検事とレジーとパーハクスとギャレット裁判長を思い浮かべた。

自分が真犯人だとパーハクスに電話をかけてきた男を見つける努力を、なんだってだれもしなかったんだ？　真犯人をさがすのは大変だから、こいつを犯人にしちまおう、そうすれば一件落着、この事件のことなんぞ忘れられるし、被害者の遺族の気分もましになるというわけか？　電話をかけてきた男は何者だったのだろう？　そいつが真犯人なのか、それとも新聞全紙が書き立てている裁判に関わりたいと思った変人だったのか？　その男は母さんのところにも、パーハクスの自宅にも、事務所にも電話をかけていた。そんな労力をかけるのは、その男が真剣だからではないだろうか。違う男を逮捕しているという自分の訴えにだれも耳を貸さないことがわかったとき、そいつはさぞ驚いたことだろう。私のことを気の毒にも思ったはずだ。

そいつが刑務所にやってくるところや、マスコミに情報を伝えるところを想像した――自白し、私の代わりに死刑囚監房に収監されるところを。男は自分の魂を救済したいと思っているはずだ。私は頭のなかで、男が神を見いだし、自白しなければと覚悟を固め、悔悛するというシナリオを思い描いた。もしかすると、こんどは検事や裁判官に電話をかけて自白するかもしれない……。

そのとき、「ああ、神よ……どうか、お助けください。もう耐えられません。これ以上、我慢できません」という声が聞こえ、想像の世界が瞬時にして消えうせた。私は男の泣き声に耳を澄ました。それ以上はなにも言わなかったが、嗚咽は大きく、苦しげになるばかりだ。まったく、この男は神が助けてくれると本気で信じているのだろうか？　ここには神など存在しない。耐えるしかないのだ。さもなければ、耐えきれずにイカレるか、殺されるかだ。神は天上の高いところにいて、下々のほうになど目もくれない。おれたちのことなんぞ、見やしない。

頭のなかでそう男に語りかけたが、男の泣き声をどうしても遮断することができなかった。マクレガー検事のことをまた想像しようと思ったものの、男の嗚咽があまりにも低く、苦しそうだったので、私の胸にまで響いた――だれかがステレオでベース音のバランスを強くしたように。

男がなにを悩んでいようが、知ったことじゃない。死刑囚監房にいる男たちはみな悩みを抱えていたが、だれのことも信用していなかった。私は他人を二度と信用しない。人間は嘘をつく。カネのために人を売る。真実など気にかけちゃいない。だから、私も他人のことにはかまわない。大切なのは、毎週、面会にきてくれる人たちだけだ。

私はベッドから立ちあがり、檻のなかのわずかなスペースを行ったりきたりした。トイレから独房のドアまでほんの数歩の距離を。

一。二。三。四。五。

頭のなかで歩数を数え、回れ右をして、また歩数を数えた。そしてまた回れ右。男が泣くのをやめたら、ベッドに戻ろう。罠に肢《あし》をとられた獣のように嗚咽を漏らす声が聞こえているあいだは、とてもベッドに横になる気になれなかった。

「神よ、お助けください。ああ、神よ、とても耐えられません、無理です。我慢できない。無理なんだ……」。そう言うと、男がまた泣きじゃくった。でも、私にできることはなにもない。私はひたすら歩数を数え、回れ右をして、また歩数を数えた。何度も、何度も。

一。二。三。四。五。

母さんのことを考えた。その日、母さんに電話をかけて、何分かお喋りをしたのだ。母さんはレスターのために料理をこしらえているところだった。今夜はお祝いがあるから、ご馳走を食べるという。

「なんのお祝い？」と尋ねた。

「レスターが結婚するんだよ」

「母さん、冗談はやめてくれ」。私は笑った。レスターが結婚するのなら、自分の口で直接、私に教えてくれるはずだ。さもなければ、このまえ面会にきてくれてからの一週間でその娘と知りあったことになる。だって面会のときには、結婚の〝け〟の字もでなかったのだから。

「ほんとだってば」と、母さんが言った。「レスターはね、シルヴィアと結婚するんだよ――ほら、教会に通っている感じのいい娘さん。ご主人を火事で亡くしてね」

「母さん、噂話はやめてくれ。よく知りもしないくせに」。私は笑った。そんな話、嘘に決まっている。レスターが私に話さないはずがない。

「ほんとなんだよ。レスターとフィービーとシルヴィアが、これから夕食にきてくれるのさ。お祝い事なんかないのにご馳走をつくるほど、あたしゃボケちゃいないよ。おかしな子だね」。そう言うと、母さんが笑った。私は話題を変えようと、次回の面会のときに頼みたいことを話した。「こんど、ここにパイをこっそりもち込んでよ。看守たちのぶんも余計に。ピーチパイの賄賂《わいろ》ってわけだ」。私がそんな話をするたびに、母さんは笑いとばした。母さんはぜったいに法にそむくような真似はしない。それくらいなら、頭をふたつ生《は》やすだろう。「さて、そろそろ切るよ。コレクトコールは高いから。金曜日、楽しみに待ってる。愛してるよ、母さん」

「あたしも愛してるよ、ベイビー」

私は電話を切り、レスターが結婚するという事実を頭から追い払おうとした。でも、なにもすることがないうえ、ただ檻のなかを歩きまわり、悲嘆に暮れる男の泣き声を聞いていると、自分が傷ついたことを認めざるをえなかった。

レスターが自分の口で教えてくれなかったことにも傷ついたが、切りだしにくかったであろうこともよくわかった。私が死刑囚監房に監禁されているというのに、自分が女の子とデートをして、恋に落ちて、結婚することになったなどと、とても話せなかったのだろう。私はもう二度とデートしたり、恋をしたり、結婚したりする機会がもてないまま、ここで死ぬのかもしれない。

そう思うと、ずきずきするほどの痛みを感じた。

私の愛するシルヴィア。置き去りにせざるをえなかった女性《ひと》。そのシルヴィアと、レスターが結婚する。レスターの人生は前進していた。人生とはそうあるべきだ。物事は変わっていくのが当然だ。人生は毎日、判で押したようにまったく同じことの繰り返しであるべきじゃない——午前三時に朝食、午前一〇時に昼食、午後二時に夕食。毎日、狭い箱のなかですごし、きのうとまったく同じことをすべきじゃない。あしたも同じことを繰り返すべきじゃない。レスターの気持ちはよくわかった。私が失ったものを思い知らせてはならないと考えたのだろう。すでにボロボロになっている私のことを、これ以上ボロボロにしたくなかったのだろう。

自由を失うまでは、自由の真の意味などけっしてわからない。自由の喪失とは、毎日、朝から晩まで、拘束服を着せられているようなものだ。いつなにをするかを自分で決めることもできない。ああ、自分で決めることができたら——どんなことでも。〈いまはまだ眠たくないから、散歩にでかけようかな。夕食はチキンにしよう。ちょっとドライブにでかけて、どこまで足を伸ばせるか、試してみるか〉

レスターにはレスターの人生があること、自分で選択できることを、なにも妬《ねた》んでいたわけじゃない。レスターが幸せだと思うと、嬉しかった。レスターにはどうしたって幸せになってほしかった。結婚式に参列できないのも、彼の横に立ち、花婿付添人を務められないのも無念だった。なんとしても、ここからでなければ。死刑囚監房からでなければ、一生、子どもをもつこともできない。

私は息子が欲しかった。いつの日か、息子と野球がしたかった。バスケットボールも。息子をオーバーン大学の試合に連れていき、アラバマ州で重要なチームはひとつしかないと教えてやりたかった。息子に森や川を見せたかった。田園地帯ですごす夜の静謐《せいひつ》な美しさを教えてやりたかった。釣りや運転の仕方を教えたかった。信仰さえもっていれば世の中ではなんだってできると、教えてやりたかった。

息が詰まり、私は足をとめた。

信仰？　信仰のかけらもない人間が、信仰について教えられるものか。

「ああ、神よ、どうかお助けください……神よ」。泣き声にまた邪魔をされたあと、静寂が広がったとき、ふたたび泣き声が聞こえるのを待って自分が息をとめていたことに気づいた。どちらが事態の深刻さを物語っているのだろう――泣き声か、沈黙か。この刑務所では自殺が絶えない。私はまた歩きはじめた。知ったことか。

一。二。三。四。五。

レスターのことを考えると、嬉しかった。嬉しかったけれど、本人の口から直接聞くのを待つことにした。私を傷つけたのではないかと思い悩んでほしくはない。本物の友情とはそういうものだ。人間関係とはそういうものだ。自分が幸福なら、相手にも同じくらいに幸福でいてほしい、いや、もっと幸福になってほしいと思うものだ。レスターには愛し、愛されるだけの価値がある。くそっ、だれにだって愛し、愛される価値があるはずだ。

例の男がまた泣きはじめ、気づいたときには、私も泣いていた。私はベッドの端に腰を下ろし、声をあげずに涙を流した。おそらくは殺人犯なのだろうが、暗闇のなか、ひとり寂しく、アラバマ州アトモアの檻のなかで泣いている男のために。この瞬間、世界のあちこちに、ベッドの端に腰を下ろし、泣いている人たちがいるはずだ。世界には平常心より悲嘆のほうが多いように思えた。私はそこに座ったまま、男の泣き声をしばらく聞いていた。

レスターには選択肢があった。彼がみずから選択したことが嬉しかった。私は自分が選んでこなかった道についてまたぞろ考え、自由について考えた。やがて男は泣くのをやめ、あたりに静寂が広がった。だが、その静寂は、これまでに耳にしたどんな騒音よりも耳を聾《ろう》した。今夜、あの男が自殺して、私がなにも行動を起こさなかったら？　それもまた自分が選択した結果になるのだろうか？

私は自分で選んで死刑囚監房にいるわけではなかったが、この三年間、マクレガー検事を殺すこと、そして自殺することばかり考えてすごしてきたし、間違いなく、それを自分で選んできた。私は絶望を選んだのだ。憎悪を選んだのだ。怒りを選んだのだ。だが、まだほかにも選択肢はあるはずだ。そう思うと、大きく揺さぶられたような気がした。

レスターほどではないけれど、私にもまだ選択肢はある。あきらめることも選べるし、なんとか頑張り抜くことも選べる。希望だって選べる。信仰だって選べる。そしてなにより、愛を選ぶことができる。思いやりを選ぶこともできるのだ。

「よお！」。私は独房のドアのほうに歩いていき、泣いている男に声をかけた。「大丈夫か？」

なにも聞こえず、ただ静寂が広がるだけ。もう、手遅れか。

「おい、大丈夫か?」。もう一度、尋ねた。

「大丈夫じゃない」と、ようやく男が応じた。

「具合でも悪いのか? 刑務官かだれか、呼んでほしいか?」

「いや、いま、帰ったところだ」

「オーケイ、わかった」

私はドアのところに立っていた。なにを言えばいいのか、なにをすればいいのか、わからない。自分の声が死刑囚監房に響くのを聞くのは、なんだか変な感じだった。それまで面会のときにしか声を発していなかった。私が話す声を聞いて、男も同じくらい驚いたかもしれない。でも、そんな話もしたくはないのだろう。私はまたベッドのほうに戻りかけたが、男がしゃくりあげながら言っていた言葉がよみがえった。「どうか、お助けください。もう耐えられません」

私はドアのほうに戻った。なにがあったから知らないが、大丈夫だ。大丈夫だって」

そして、待った。五分ほどたった頃だろうか、男が口をひらいた。

「じつは……知らせがあったんだ……おふくろが死んだと」

そう話しながら、男が嗚咽をこらえているようすが伝わってきた。

胸が張り裂けるときのようすを正確に説明することはできないが、そのとき、私の心臓がぱっくりと口をあけ、張り裂けた。私はもう死刑囚監房の殺人者ではなかった。私はプラコのアンソニー・レイ・ヒントンだった。母さんの息子だった。

「残念だ。お悔やみを言うよ」

彼は返事をしなかったが、下の階からべつの男の叫び声が聞こえた。「お悔やみを言うよ」。私の左側の独房からも声が聞こえた。「つらいな。安らかな眠りを」。そのときまで、だれも話してはいなかったのに、みんな耳をそばだてていたのだ。あの男の嗚咽が聞こえないはずがない。なにも世界のあちこちでベッドの端に腰を下ろして泣いている人のことなど考える必要はなかったのだ。私と同様、眠れずに悶々としている男が周囲に二〇〇人はいるのだから。私と同様に、おびえている男たち。私たちと同様に、むせび泣く男たち。孤独にさいなまれ、おびえ、希望を失った男たちが。

その男たちに手を伸ばすことも、闇のなかでひとり孤独を託《かこ》つこともできた。私はベッドのほうに歩いていき、床に腹這《はらば》いになった。そしてベッドの下に腕を伸ばし、埃のなか手探りをして聖書に触れた。聖書はあまりにも長いあいだ、打ち捨てられていた。あの男は母親を亡くした。でも、私にはまだ母さんがいる。母さんは私の聖書が埃のなかに埋もれているのを望まないだろう。こんなところに閉じ込められているとしても、私は自分で物事を選択し、尊厳を保つことができるのだ。

私はドアのほうに戻り、「聞いてくれ!」と叫んだ。「神は高いところにお座りになっているのかもしれないが、低いほうにも目を配っていらっしゃる。こんな穴蔵もご覧になっているんだよ。天上にお座りになっていようが、低いところもすべてご覧になっている。そう信じようぜ」。私自身もそう信じなければならなかった。

死刑囚監房のどこからか「アーメン!」という声が聞こえた。

「お母さんを亡くして、さぞつらいだろう。でも、お母さんはあんたのことをご覧になっているよ」

「そうだな。ありがとう」

あんたのお母さんのことを話してくれないか。私はそう頼み、その後の二時間、男が次から次へと語りつづける母親の思い出話に耳を傾けた。彼の母親は、うちの母さんとよく似ていた。タフだけれど、たっぷりと愛情をそそいでくれる。

テーブルクロスと絹のピローケース二枚でおふくろがドレスをつくってくれたおかげで、うちの妹は学校のダンスパーティに新しいドレスを着ていけたんだ、と男は語った。「きれいだった」とも言った。「妹は、ダンスパーティの会場にいたほかのだれよりもきれいだった。おふくろが知恵をしぼって、ドレスをつくってやったからさ。おふくろはいつだって、知恵をしぼって窮地を脱したもんだ。いつだって、どうにかやりくりしていたよ」

そう言うと、男はまた泣きはじめたが、その泣き声はさきほどよりも穏やかになっていた。

どうしてほかの人間の泣き声は――赤ん坊であろうと、悲嘆に暮れている女性であろうと、苦痛にあえぐ男であろうと――思いもよらないかたちで、人の心を揺さぶるのだろう。その夜の私は、まさか自分の胸が裂けることになるとは思ってもいなかった。三年間の沈黙に終止符を打つことになるとも思っていなかった。それは啓示だった。自分は死刑囚監房にいる唯一の人間ではないと、ついに悟ることができたのだ。私はほかの人たちと同様、神から授かりものを与えられて生まれた――苦しんでいる人がいれば手を差しのべ、その苦しみをやわらげたいと思う衝動をもって生まれたのだ。その授かりものを活用するかしないかは、自分で決めるしかない。

男の生い立ちは知らなかったし、なにをしでかしたのかも知らなかった。それに私とどんなところが違うのかも、まったく知らなかった――なにしろ、男が黒人か白人かも知らなかったのだから。だが、そんなことは死刑囚監房ではどうでもいいのだと、ようやく納得がいった。必死で生き延びようとしている人間には、表面的なことなどどうでもよくなる。ロープの端に懸命にしがみついているとき、助けようと手を差しのべてくれた人の肌の色など気にするはずがない。私にわかっていたのは、私が母さんを愛しているように、男が母親を愛していたことだった。男のつらさが痛いほど伝わってきた。

「お母さんが逝ってしまって本当に残念だな。でも、違う見方もできるぞ。いま、あんたには天国に味方ができた。あんたの事件について、神に訴えてくれる人が」

しばらく沈黙が続いたあと、予想もしていなかったことが起こった。夜の闇のなか、地球上でもっとも悲惨な、人間性を奪われている場所であるはずのところに、ひとりの男の笑い声が響いたのだ。心からの笑い声が。そして、その笑い声とともに、私は悟った。アラバマ州は私の未来と自由を奪うことはできたが、魂と人間性までは奪えないことを。ユーモアもぜったいに奪えないことを。

私は家族に会いたかった。レスターに会いたかった。でも、家族のように思える相手がいる場所で家族をつくるしかないこともある。さもないと、孤独のうちに死ぬしかない。私にはまだ死ぬ準備ができていなかった。簡単に死ぬつもりはなかった。これからは、時間のすごし方を変えていかなければ。あとどのくらいの時間が残されているのか、わからないけれど。
すべては、選択ひとつで変わるのだ。
死ぬのを待って日々をすごすのは、生きる道とはいえなかった。

12

エリザベス女王

私の見解は正確に
ご理解いただけたでしょうから、
今回、合意に達した期日までに
ヒントンの第20条請願が
提出されなかった場合、
アラバマ州最高裁に
死刑執行日の決定を
申請せざるをえません。
――ケネス・S・ナノリー
司法次官補（1990年5月1日）

刑務所では時間の流れ方が違う。スローモーションのようにときが流れ、一時間が三時間に思えることもあるし、一日が一カ月のように思えることも、一カ月が一年のように思えることも、一年が一〇年のように思えることもある。懲役の期間が決まっている受刑者は、釈放までの日にちを数えてすごす。毎日、カレンダーに×印をつけ、きょうも無事に一日が終わったことに感謝し、ここからでられる日まで一日分《いちにちぶん》近づいたことを嬉しく思うのだ。

だが死刑囚監房は違う。数えなければならないのは、自分の死刑執行日までの日数であり、その日にちが決まると、時間の流れは速くなる。まるで早送りのボタンが押されたかのように、毎日が一時間のようにすぎていき、一時間が一分に、一分が一秒に感じられる。刑務所での時間は奇妙なまでに流動的で不安定だが、死刑囚監房の時間の流れはもっとゆがんでいる。

死刑囚監房をでるにはふたつの方法しかないことを、だれもが知っている――ストレッチャーで運ばれてでていくか、法により自由の身になるか、だ。ストレッチャーで運ばれていく覚悟ができていなかったので、私は、夜になると新たな弁護士のために祈り、真実が明らかになりますようにと願った。釈放を願いはしなかった。それでは充分じゃなかったからだ。私は真実を明らかにしたかった。無実であることを世間に知らしめたかった。マクレガー検事に謝罪してほしかった。陪審員には誤解していることを自覚してほしかったし、ほかの陪審員にはそのあやまちから学んでほしかった。それには、私の無実が判明するしかなかった。

　祈りの言葉は慎重に選んだ。神に祈りを捧げて文字どおり願いはかなったが、もっと悪い結果を招いたという例を、子どもの頃からたくさん見聞きしてきたからだ。私が郡の刑務所にいたときも、ある男が毎日、どうかCブロックからでていけますようにと祈っていた。公判まではCブロックからでていけないことは周知の事実だったが、自分はこんなに祈っているのだから、神がかならず願いをかなえてくださると、本人は言い張っていた。その翌日、彼は喫煙している現場を見つかった。そして看守たちが煙草の隠し場所をさがして彼の独房を引っくり返したところ、金属のトレイからはずしたプラスチックの部品でつくった武器を発見した。彼はたしかにCブロックからでていきはしたが、もっと厳しく監禁されるようになった。

　だから私は慎重に祈りを捧げた。レスターと母さんのために祈った。レスターの新妻のために、教会のメンバーのために、近所の人たちのために、兄や姉たちのために、そして姪たちのために祈った。銃で撃たれた被害者のシド・スマザーマン氏のために祈り、ジョン・デヴィッドソン氏とトマス・ヴェイソン氏のご遺族のために祈った。でも、真実が明らかになりますようにと祈ることが多かった。真実という言葉は漠然としていて幅広いが、そこに灰色のエリアなどないことはわかっていたし、私の祈りが誤解されるおそれがないこともわかっていた。私の無実を証明することでも、真犯人を逮捕することでも、レジーが嘘をついていたと白状することでもかまわない、とにかくその真実が私を自由の身にすることがわかっていた。「ヨハネによる福音書」八章三二節に〝あなたたちは真理を知り、真理はあなたを自由にする〟とあるように。

私はまた「マルコによる福音書」一一章二四節も読んだ。〝祈り求めるものはすべて既に得られたと信じなさい。そうすれば、そのとおりになる〟。この節を何度も何度も読み、どこかに抜け穴はないものか、さがそうとした。神がけっしてお見捨てにならないのであれば、真実が明らかにならねばならない。信じていれば、願いはかなう。そうならねばならない。

新しい弁護士のサンサ・ソネンバーグから何通か手紙が届いていたので、彼女が私の事件を調査していることはわかっていた。彼女とローラという女性が母さんや友人のところに電話をかけ、いろいろと話を聞いたことも知っていた。サンサに電話をかけると、面会に行けなくてごめんなさいと謝られた。彼女は私の有罪判決と死刑判決からの救済を求める第二〇条請願の準備に追われていた。ワシントンＤＣで働いている彼女に、どうして調査ができるのかわからなかったが、敢えて尋ねなかった。私が電気椅子送りにならないよう奮闘してくれていることに、ただ感謝した。私は祈り、信じなければならなかった。

アラバマ州司法次官補ケネス・Ｓ・ナノリーは、私の上訴で州側の代理人を務めていた。サンサの話によれば、八月までに私の請願書を提出するよう彼に命じられたという。提出を終えたら、そのコピーを刑務所に送りますと、彼女は言った。私たち四人は週に一度、刑務所内の法律図書室に行くことを認められていたが、私はこの三年間、図書室に行くことを拒否していた。ところがいまでは毎週、通っている。独房に本を借りてくることは禁じられ、所持が認められていたのは聖書など、宗教関係の本のみだったため、毎週、一時間だけ、私は図書室でアラバマ州の法律に関する本を読んだ。そうやって死刑判決について学び、加重事由や軽減事由とはなにかを学んだ。自分の公判がひらかれていたときは、アラバマ州の裁判官には陪審の評決をくつがえし、独自の判断で判決をくだせる職権があるということさえ知らなかった。

こんなふうに裁判官が自分の好きなように判決をくだせるのなら、陪審の評決にいったいなんの意味があるのだろう？　そんなことで、公平な裁きができるというのか？　まったくもって解せなかった。なぜアラバマ州は陪審の評決がどうであれ、断固として人々を死刑にしようとするのだろう？

図書室への小旅行を終え、独房に戻った。一時間で読める量などたかが知れていたが、頭にはいくつもの疑問が浮かんでいた。

「〝評決をくつがえす権利〟って、聞いたことあるか？」と、私は独房から大声で尋ねた。

「裁判官のとんでもない職権だろ」

それがだれの声かは、わからなかった。私はまだ看守やほかの死刑囚たちと話しはじめたばかりで、新入生のような気がした。

ほかからもいくつか、同意する叫び声があがった。

「裁判官が好き放題できるなら、陪審に意味なんてない。もともと、こっちは不利な立場に置かれてるのに」

「説教しろ、兄弟《ブラザー》！」と、ほかの声が叫んだ。

まばらな笑い声があがった。

「来週はもっと、この件について本を読むつもりだ」と、私は言った。「同じことをするほうがいいやつもいるよな」

これまで聞いたことのない声があがった。「おれがここにいるはめになったのは、裁判官が陪審の評決をくつがえしたからだ。陪審は終身刑って評決をだしたのに」

「おれもだ」と、ほかの声が言った。「死刑判決をじゃんじゃんだして厳刑を増やすと、昇進しやすくなるんだとよ。電気椅子に大勢の人間を送るほうが、選挙で票を獲得できるのさ」

私は独房のドアの前に立った。だれの姿も見えないのに、両隣以外は声の主もわからないのに、議論をするのは妙な感じだった。とはいえ、声のようすから、少しは区別がつくようになっていた。アクセントが違うのだ。少し教養がある者、教養がまったく感じられない者、違いがわかるのはその程度だったけれど。

「警察は嘘をついた。おれがある男から一ドル盗んだと」と、最初の声が言った。「それで、おれは死刑を言い渡されたんだ。おれはそんな真似はしていない。そりゃ、多少うしろぐらいところはあるが、とにかくおれが一ドル盗んだと、警察は嘘をついた。一ドルだぜ。それで死刑になったんだ。陪審は〝終身刑〟と言ったのに、裁判官が〝いや……死刑だな〟と言って、それで終わりさ」。胸が詰まったかのように、男の声がかすれるのがわかった。

「あんたの名前は？」と、私は大声で尋ねた。

彼はしばらく返事をせず、死刑囚監房には奇妙な静寂が広がった。彼の名前を知っている男が周囲にいたはずだが、名前を教えるかどうかは本人の一存というわけだろう。死刑囚監房では、他人の代弁をすることはないし、他人の名前を教えることもない。

「おれはレイだ」と私は言った。「アンソニー・レイ・ヒントン。たいがいレイと呼ばれてる」

また沈黙が訪れた。私はドアの金網に左頬を押しつけた。待つのは得意だ。ここでできるのは、待つことだけだから。男の声には胸に響くものがあった。寂しそうな声だった。

「おれはプラコ出身だ」と、私は続けた。「ブーラー・ヒントンの息子であることを誇りに思ってる。神がこの世につかわした最高の母親だ。天使みたいにパイを焼いてくれるけど、お食べなさいって言われるまえに食べようものなら、どえらくはたかれる」

数人の男が笑い声をあげたが、名前を尋ねた男がそこに含まれているかはわからなかった。

「おれのおふくろも、パイを焼くのがじょうずでさ」と、ついに男が言った。「おれはヘンリーだ」

ヘンリーはラストネームを言わなかったし、私も尋ねるような真似はしなかった。囚人同士が尋ねてはならない質問というものがある。この刑務所に入れられることになった理由も、ラストネームも、こちらから尋ねることはないだろう。そもそも、そんな話はどうでもいいことだ。私たちはみんな慎重だった。だれもがわが身を守ると同時に、手を伸ばして助けを求めていたのだから。ほかになにができよう？

「はじめまして、ヘンリー。天気のいい独立記念日に、日除けの下に座って、一緒にアイスティーを飲みたいな。母さんたちが最高のパイを焼くのはどっちか、競争しているあいだにさ。あんたの母さんのことは知らないけど、おれの母さんは張りあうのが好きでね」

ヘンリーが笑った。「そりゃ見物《みもの》だろうな、レイ。どんな結果になることやら。いや、マジで楽しそうだ」

「あんたの成り行きについちゃ、残念だ、ヘンリー」と、私は言った。「腑《ふ》に落ちないよな。まったく納得できない。おれは来週、裁判官が評決をくつがえせる件について、もう少し本を読んでみるつもりだ。あんたも一緒にどうだい？」

彼が返事をしなかったので、話題を変えることにした。

「おれたちが独学で勉強するのが、連中は気にいらないんだよ」と、私は声を張りあげた。「おれたちが読み書きできることだって、南部の連中は気にいらないんだぜ」

「説教しろよ、兄弟《ブラザー》！」

「ジェシー、あんたか？」と、私は叫び返した。

「ああ、どうやらまだ生きてる。ウォレス、おまえもまだ生きてるか？」

「いるぞ！」

そうした呼応が死刑囚監房の上階から下階へと続いていき、男たちが一人ひとり、独房から声をあげた。名前が呼ばれることもあったし、ただ「まだいるか？」と質問が飛ぶこともあった。すると、さきほどとは違う大声が応じた。「いるぞ！」

新たに声があがるたびに、その声は陽気になっていった。私は笑いはじめた。ここにいるぞという男たちの声が聞こえるたびに、おかしくてたまらなくなり、大声で笑った。おれたちはみんな、それぞれ檻のなかに閉じ込められている。おかしいことなどどこにもないのに、おかしくてたまらない。

「おれたちは、まだみんなここにいる！」。私は最後にそう大声で言うと、ベッドに仰向けになった。ほんの少しでも光が射し込むのが見えたら、それはいい一日だ。

その日、ヘンリーの声はもう聞こえなかったが、無理強いする必要はなかった。ヘンリーとは友だちになれるかもしれないし、なれないかもしれない。

ウォレスのことを考えた。ウォレスはずっと大声をあげ、笑いつづけていたが、二週間以内に彼の死刑が執行されることを、知らない者はいなかった。そのことを考えると胃が縮んだ。ウォレスとジェシーは〈プロジェクト・ホープ〉なるものを始めていた——死刑囚の権利擁護団体のようなものだ。そんな活動を始めたからといって事態を変えられるのかどうか、私にはわからなかった。ただ、そうした活動をしていれば、自分はなにか重要なことをしているという気分を味わえるだろう。かれらが少人数で会合をもつ許可を得たことは知っていた。でもまあ、参加メンバーのなかには、短時間でも独房の外にでたいと思っていただけの男もいたはずだ。私たちはまだ一日一時間以上、独房の外にでることを認められていなかった。その会合と、面会と散歩、刑務所内の法律図書室ですごす時間だけが、独房をでられる機会だった。

刑務所長は〈プロジェクト・ホープ〉の会合を少人数で開催することしか認めていなかったので、かれらがなんのトラブルも起こさなければいいがと、私は願っていた。死刑囚監房のだれかがトラブルを起こせば、全員に影響が及ぶ。なにか起ころうものなら、刑務所長は平気で全死刑囚を一日中監禁したり、面会日を取り消しにしたりした。私はだれとでも感じよく接していたが、どこかの間抜けに私の面会日を潰させるつもりはなかった。なにがあろうと、レスターは毎週面会にきてくれた。そして、彼や母さんとすごす六時間以外に、なにかに没頭してすごすすべはほとんどなかった。また聖書を読みはじめてはいたけれど、聖書だけを読んですごすことなどできない。それは夕食にステーキしか食べないようなものだ。どんなにステーキが好物でも、毎日続けば、しまいにうんざりする。

一九九〇年七月一三日、ウォレスの死刑執行日を迎えた。ウォレスは紫色のリボンを身につけていて、そこには〝人に死刑を執行するのではなく、正義を執行せよ〟と記されていた。

私たちはウォレス・ノレル・トマスのためにドアを叩いた。死刑に抗議するために叩いている者もいた。ただ時間潰しのために、あるいは鬱憤《うっぷん》を晴らすために叩いている者もいた。私は、彼が価値のある人間だということを伝えたくてドアを叩いた。ひとりぼっちではないことを伝えたかった。結局のところ、人はみな、だれかにとって、なにかにとって、自分は価値ある存在であると知ることを望むのではなかろうか。私には、自分が母さんとレスターとフィービーおばさんにとって大切な存在であることがわかっていたが、それは周囲の大勢の男たちが経験できないことでもあった。ここにきてから、だれひとり面会人がこない男たちが何人もいた。その大半が、自分を愛してくれる親に恵まれていなかった。

ウォレスが殺された数週間後、サンサから一通の手紙が届いた。その短い手紙はめずらしいことに、手書きで記されていた。

一九九〇年八月六日　月曜日

ミスター・ヒントン

このお知らせをお伝えするのが遅くなったことをお詫びすると同時に、正式の封書をお送りできなかったことをお詫びいたします。以前にお伝えしたように、現在、第二〇条請願を提出する行程の半分くらいのところまできています。けさ、ブライアン・スティーヴンソンと会い、あなたの案件のためにいくつもアイディアをだしあいました。

きょうは接見にうかがえず、申しわけありません。それは、あなたの請願書を書くために私が最善の努力を続けているからだということを、ご理解いただきたく思います。

どうぞ気持ちを強くもち、連絡をとりつづけてください！　来週、請願書のコピーをお送りします。

お元気で。

サンサ

その手紙を何度も何度も読み返した。手紙の右隅には、赤いインクで彼女の自宅の電話番号まで書き添えてあった。私はそれに感謝し、請願書のコピーが届くのを楽しみに待つことにした。そうすれば上訴の手続きが前進していると実感できるし、聖書のほかに読むものができる。私はふだんと違うことを考えて、頭をいっぱいにしたかった。

どうして独房に本を置いてはならないのか、理解できなかった。ウォレスたちのグループのことを考えて、ふと思いついた。それなら、自分で新たにグループを立ちあげてみてはどうだろう？　みんなの孤独を少しでもやわらげられることが、なにかできないだろうか？　男たちがこの場所からほんの少しでも脱けだす手助けになることを、なにかできないだろうか？

炭坑で働いていたときのことを思いだした。あの炭坑でまた働けるなら、なんだってくれてやる。でも、あの頃は炭坑がいやでいやでたまらなかった。だから、頭のなかで空想の旅にでては、みじめな状況から脱けだしたものだ。

私は目を閉じ、死刑囚監房からでられたらどこに行こうかと空想した。

刑務所の門の外へと歩いてでるところを思い描いた。そこでは飛行機が一機、私がでてくるのを待っている。ふたつのフェンスのあいだの駐車場で待機しているプライベートジェット。機体は白くて、機内にはバター色のやわらかい革のシートがある。私が腰を下ろすやいなや、美しい客室乗務員が近づいてくる。彼女の肌の色は浅黒く、唇は赤く、満面の笑みを浮かべていて、私はその場で卒倒しそうになる。

「ミスター・ヒントン、お飲み物をおもちしましょうか？　シャンパンなどいかがでしょう？」

「ああ、ありがとう」

パイロットの声がスピーカーから聞こえてくる。「シートベルトをお締めください。まもなく離陸いたします。約八時間のフライトを予定しております。ミスター・ヒントン、機内後部にベッドがございますので、フライトのあいだ、どうぞお休みになってください」

私は客室乗務員のほうを見た。

「どこに行くんです?」

「ロンドンに向かいます。エリザベス女王がお目にかかりたいと、お待ちになっておられます」

「そうだったね、ありがとう」。私は機体が離陸するのを待ってから、機内の後方に歩いていく。そこにはキングサイズの立派なベッドがあり、ベルベットのカバーがあり、赤ん坊の頃、母さんが私につくってくれた毛布も備えられている。やわらかい枕がいくつも並んでいるベッドに横たわり、布団のなかに潜りこむと、刈ったばかりの芝生の匂いとマグノリアの花の香りに満たされた。

飛行機が着陸すると、私はタラップを降り、待機しているリムジンのほうに歩いていく。バッキンガム宮殿の衛兵たちが車の横に立っていて、ひとりの衛兵が敬礼をし、私のためにドアをあけてくれた。

私のスーツはクリーム色で、ネクタイは濃いロイヤルブルーだ。リムジンが宮殿に到着すると、衛兵の連隊——背の高い、ふさふさとした黒い毛皮の帽子をかぶっている——が直立不動の姿勢で立っていた。私は広々とした廊下へと案内され、しばらく歩くと、二人の使用人が広大な舞踏室の外に立っていた。二人は私にお辞儀をすると、両開きの扉をあけた。部屋のなかに入っていくと、そこに彼女が、エリザベス女王がいた。女王のドレスはブルーで、私のネクタイと完璧にお揃いだった。頭は黄金とルビーの王冠で飾られている。

「ミスター・ヒントン」。そう言うと、女王が片手を差しだした。私は深くお辞儀をして、その手の甲に唇をつけた。

「陛下」

「お茶をいかがですか、ミスター・ヒントン。お目にかかれて光栄ですわ」

「こちらこそ光栄です、陛下。どうぞレイとお呼びください」

女王が笑い、小ぶりのサンドイッチとケーキとタルトをもった使用人が大勢やってきた。使用人がついでくれた紅茶は、ミルクと蜂蜜とわが家のような香りがした。

「なにか、お力になれることはありまして、ミスター・ヒントン、いえ、レイ?」と、女王が尋ねた。「あなたは死刑囚監房にいるような方ではありません。お力にならせてください」

「こうして陛下と同席させていただけるだけで充分です」と、私は応じた。

「では、いつでもお好きなときに遊びにいらしてください。みなで知恵をしぼり、あなたがご自宅に戻れるよう、方策を練りますわ。だれだって、わが家に帰らなければなりません」

「私たちも方策を練ります」と、私は言った。「いつか自宅に戻れることが、私にはわかっています。ただ、わかるのです。私は祈っていますし、信じています。ですから、そうなるべくしてなるのです」

「もちろん、そうなるでしょう」と、女王が言った。「さあ、宮殿のなかをご案内しましょう。

庭もすべてお日にかけますし、宮殿内の秘密の部屋にもご案内いたします」

私はエリザベス女王のあとを何時間もついていく。一緒にクロッケーに興じ、またお茶をご馳走になり、歴代の国王の寝室に案内してもらう。そして国を統治するのがいかに困難か、国民全員に対してどれほど重い責任を感じているかといったことまで、女王に胸のうちを明かされる。

尊敬の念をもって接してもらい、じつにいい気分だった。ただの〝ヒントン〟ではなく〝ミスター・ヒントン〟と呼ばれるだけで、これほど気分がいいとは。

「ヒントン。ヒントン！」

突然、名前を呼び捨てにされ、私と同じくらい、女王も驚かれたはずだ。無視しようとしたものの、その声はどんどん大きくなり、まるで攻撃を受けたかのように、衛兵たちがいっせいに女王のほうに駆けよった。

「そろそろ失礼しなければなりません、陛下。でも、また、かならずやお目にかかります」と、私は言った。

「ヒントン、ぐずぐずするな！　ヒントン、さっさとしろ！」

私は目をしばたたき、目の焦点があうのを待った。看守が怒鳴っている。私はベッドのなかで身を起こした。

「面会人に会いにいかないのか？」

頭が混乱した。面会日は金曜だ。きょうはまだ水曜のはず。

「なんの話だ？　弁護士が接見にきたのか？」

「そうじゃない、いつもの家族の面会だよ。会いたいんだろ？　おまえさん、ここ数日、ようすがおかしいぞ」

「もちろん、行くよ。着替えるからちょっと待ってくれ、頼む」

「一分だけだぞ」

私はまごついていた。看守が週に一度の面会日を増やしてくれるというのなら、不平を言うつもりはなかったが。白い囚人服を脱いだ。囚人服は二着もらっていて、そのうちの一着は面会日のためにとってあるのだ。面会日以外は、予備の一着をきちんとたたみ、マットレスの下で寝押ししておく。そうすればズボンの折り目がぴしっと決まる。

面会室に歩いていくと、レスター、フィービーおばさん、母さん、それにシルヴィア――レスターの新妻――の顔が見え、私はにっこりと微笑んだ。

「どうやって面会日を増やしてもらったの？」と、私は尋ねた。会えて嬉しかったが、まだ混乱していた。

「なんの話だ？」と、レスターが笑った。

「いつもの面会日よ。どうかしたの？」。そう言うと、母さんが眉をひそめ、私のことをじろじろと見た。

私は腰を下ろし、四人全員の顔を見た。

「きょうは何曜日？」と尋ねた。

「金曜日よ。具合でも悪いの？」

あたりを見まわした。ほかの囚人たちも面会人と会っている。たしかに金曜日の午前中だ。水曜日だと思っていたのに、もう金曜日だとは。私の記憶のなかから、木曜日のことがすっぽりと抜け落ちていた。

「腹が減った。自動販売機で買い物をしたいな。小銭、あるかい?」

レスターが私の顔を見て、立ちあがった。そして自動販売機のほうに歩きかけたが、立ちどまり、私のほうに振り返った。「いままで、どこにいたんだ?」

「話したって信じてくれないよ」

レスターが肩をすくめ、微笑んだ。

なにが起こったのか、自分でもよくわからなかった。

死刑囚監房をでるにはふたつしか方法がない。でも、たったいま、第三の方法を見つけた。数年ぶりに、いい気分になっていた。私は勢いよく立ちあがり、母さんを抱きしめ、座れと看守に怒鳴られたのに、そのまましばらく抱きしめた。そして、声をあげて笑いはじめた。

時間というのは奇妙で流動的なものだ。私はそれをゆがめ、形を変え、自分の敵ではなく味方にするつもりだった。いつの日か、ここから歩いてでていってみせる。でもそれまでは、頭のなかで世界中を旅しよう。行きたいところはたくさんあるし、会いたい人も大勢いるし、学びたいことも山ほどある。

「おまえ、ほんとうに大丈夫?」。母さんがまだ心配そうな顔をしていた。

「もちろん」と、私は応じた。

「ならいいけど。おまえ、いつうちに戻ってくるの、ベイビー？　あの人たちは、いつになったら、ここからだしてくれるの？」。母さんはいつもこの質問を投げかける。そのたびに私は悲しくなったが、この日は違った。

「すぐだよ、母さん」と、私は言った。「すぐに家に帰るから」

面会を終えると、看守にともなわれ、独房に歩いて戻った。いつもの白い囚人服に着替えた。そして一張羅のほうの囚人服をきちんとたたみ、また寝押しするようマットレスの下に置き、ベッドの端に腰を下ろすと目を閉じた。

自宅の前で、母さんが新しい花の苗を植えていた。紫と白とピンク色の花。私はその花弁《はなびら》にそっと指を這わせた。それから家のまわりをぐるりと歩いた。芝生を刈らないといけないな。物置き小屋のドアをあけ、芝刈り機を引っ張りだした。母さんのために芝刈りをしよう。芝刈りを終えたら家のなかに入り、紅茶を飲み、教会や町の人たちのゴシップを存分に聞かせてもらおう。

「おまえなの、ベイビー？」。母さんが網戸を開け、顔をのぞかせた。

「おれだよ、母さん。おれだ」。母さんがにっこりと笑い、嬉しそうに手を叩いた。

「すぐに帰るって言っただろ。そう言ったじゃないか」

13

モンスターじゃない

ミスター・ヒントンは、
有罪／無罪の判決を受ける審理で
弁護人の有効な支援を
得られなかったうえ、
上訴の段階では
アラバマ州の州法と憲法、さらに
アメリカ合衆国憲法修正第6条、
修正第8条、修正第14条で
保証されている権利を侵害された。
――サンサ・ソネンバーグ
（1990年、救済を求める請願書）

サンサは期日前日に私の請願書を提出した。そこには、次にあげるように、私が再審理を認められるべき三一の理由が書き連ねてあった。検察の違法行為と人種差別、弁護人の能力不足、有能な専門家を雇うことを認められなかった……。私はこのリストを何度も何度も読み返し、希望が湧きあがってくるのを感じた。ほかの死刑囚にも読んでもらった。みんな、独房から独房へと、この書類を回していった。

①新たな証拠が発見された。
②有罪／無罪の判決を受ける審理で弁護人の有効な支援を得られなかったうえ、上訴の段階ではアラバマ州の州法と憲法、さらにアメリカ合衆国憲法修正第六条、修正第八条、修正第一四条で保証されている権利を侵害された。
③第一審は死刑を科しうる犯罪の二件の正式起訴を、誤って被告人に起こした。
④第一審は正式事実審理で有罪／無罪の判決をくだす際にも、刑罰をくだす際にも、氏が死刑に

科する罪への関わりを否定して、嘘発見器の検査に合格したにもかかわらず、そのテスト結果を証拠として提出させないよう妨害した。

⑤州側は死刑を科しうる二件の犯罪とヒントン氏を結びつけたいがために、氏のアリバイを隠匿《いんとく》した。これは氏の人権に対する侵害であり、これらの事件における氏への判決は違憲である。

⑥第一審はヒントン氏の警察での供述の採用を誤って認めた。

⑦罪名や余罪を公表された結果、ヒントン氏はジェファーソン郡で偏見のない陪審によって公正な審理を受けられなくなり、アメリカ合衆国憲法の修正第五条、第六条、第八条、第一四条で保証されている権利を侵害された。

⑧有罪／無罪の判決を受ける審理における検事の職権濫用と主張により、ヒントン氏の権利が侵害された。

⑨正式事実審理における手続きがすべて記録に残されなかったため、ヒントン氏が上訴し、死刑判決と有罪判決の法的に認められた見直しを求める機会を奪われた。

⑩検事のきわめて人種的偏見に満ちた姿勢による独断的な陪審員忌避により、ヒントン氏は公平な審理を受ける機会を奪われた。

⑪ヒントン氏は、アメリカ合衆国憲法の修正第六条、第八条、第一四条に違反する不適切な陪審員を除外し、偏見をもたない陪審をもつ機会を奪われた。

⑫ヒントン氏は偏見をもたない陪審員によって偏見をもたない審判をされる機会を奪われ、アメリカ合衆国憲法の修正第五条、第六条、第一四条で保証されている権利を侵害された。

⑬陪審員への予備尋問と、陪審員選出への第一審の干渉により、ヒントン氏は偏見のない陪審によって公正な審理を受ける権利を侵害された。
⑭ヒントン氏は公平な審理を受け、公平な判決を受ける権利が侵害された結果、信頼の置けない不充分な証拠をもとに、有罪判決を受け、死刑を言い渡された。
⑮州のために証言した二人の専門家に反論するだけの知識がある銃器の専門家を雇うための費用の負担を検察側に認めるよう、法廷が要求しなかったため、ヒントン氏は弁護される権利を侵害された。
⑯ヒントン氏の母親の自宅からの銃の押収には法的効力がなく、よって、その銃の押収や銃そのものに関する証言はすべて不適切であった。
⑰ヒントン氏の権利を侵害する違反を犯さないよう、第一審は陪審員に指導できなかったうえ、公平な審理を受ける機会を奪い、氏に有罪判決をくだし、死刑を言い渡した。
⑱ヒントン氏が死刑を科しうる犯罪を犯した証拠はいっさいないにもかかわらず、スマザーマン事件に関する証拠が認められた結果、氏は公平な審理を受ける権利を侵害された。
⑲レジナルド・ペイン・ホワイトの証言の承認により、ヒントン氏が公平な審理を受ける権利と、公平な判決を受ける権利が侵害された。
⑳ヒントン氏の審理における州側の偏見に満ちた、またきわめて煽情的な写真や書類の証拠は、氏の権利を侵害した。
㉑ヒントン氏の量刑審理における検事の職権濫用と主張はきわめて不適切であり、ヒントン氏が

公平な審理を受け、公平な量刑を言い渡される機会を奪い、法の適正手続き《デュープロセス》の実現を阻んだ。
㉒ヒントン氏の起訴手続きへの遺族の参加はきわめて不適切であり、ヒントン氏が公平な審理を受け、公平な量刑を言い渡される機会を奪い、法の適正手続きの実現を阻んだ。
㉓有罪／無罪の判決を受ける審理においてヒントン氏に不利な法的推定が、刑罰を定める段階で合理的に疑うことなく認められるのは違憲であり、そのためヒントン氏にくだされた死刑判決は、残酷かつ異常な刑罰を禁じる法の適正手続きを侵害する。
㉔公判におけるヒントン氏の権利は、母親と姉が法廷をでていくようにと要請された時点で侵害された。
㉕ヒントン氏が犯行当時、働いていた場所からスマザーマン事件の現場であるエンズリーまで移動したというシミュレーションによる証拠は、審理で不適切であることが認められた。
㉖ヒントン氏のアリバイに反論する証拠は、彼の弁護を支援するいかなる証拠も認められないうちに、不適切に認められた。
㉗法廷外でおこなわれた犯人識別の証拠が、ヒントン氏の審理で不適切に認められた。
㉘公正な審理を受け、公正な刑の言い渡しをされるヒントン氏の権利が侵害された結果、不当な審理と刑の宣告手続きがおこなわれた。
㉙専門家証人が不適切に認められ、審理で認められていない証拠に基づく証言がおこなわれた。
㉚法廷はヒントン氏の刑の量刑手続きにおいて、法廷職員の不適切な証言を認め、その結果、氏は公平な量刑を受ける権利を侵害された。

㉛アラバマ州の死刑は、独断的かつ差別的に宣告されており、アメリカ合衆国憲法の修正第八条と第一四条で保証されている権利を侵害している。

しばらくすると、囚人たちが口々に私の事件について感想を言いはじめた。リストにあげられている内容には、その意味が把握しきれないものもあったが、私は法律図書室ですごせる時間を利用して、自分でも調べてみた。高校で合衆国憲法の修正条項については教わっていたけれど、再教育講座を受講する必要が間違いなくあった。新たに読むべきものができたのは嬉しかったし、囚人たちとのあいだに新たに話題ができたのは胸躍ることだった。なかでもヘンリーは、私の事件に関心を見せた。

「すごいじゃないか、レイ」と、ヘンリーが言った。「この人に任せておけば安心だ。おまえには勝ち目がある。なにしろ、ほんとうに無実だって言うんだから」

私は笑った。「みんな、そう言うけどさ、おれは実際、無実なんだよ。いつか、ほんとうにここをでていってやる。まあ見てろって」

じつのところ、自分が毎日、死刑囚監房の外にでていることは、ヘンリーには話さなかった。というより、だれにも話していなかった。もちろん食事の時間帯や、用事があって看守がくるときには独房にいなければならなかったが、死刑囚監房の判で押したような毎日に煩《わずら》わされずにすむときには、いつだって旅に飛び立った。私のプライベートジェットはかならず待機していたし、どんどん手軽に空想の旅にでられるようになっていた。ときどき、ヘンリーに尋ねられた。おい、いま呼びかけたのに、返事もしないでなに考えてたんだよ、と。だから私はこんなふうに応じたものだ。「いま、スペインにいたんだよ、ヘンリー。もう戻ってきたけどさ。なんの用だい？」。あいつは少しばかり頭のネジがゆるんでると、みんな思っていたはずだ。

でも、たとえ空想の世界であろうと、ここから脱出していると、自由という解放感を味わえた。うめき声、ゴキブリ、死の臭い、無味無臭の食べ物といったものを遮断することができたし、あの椅子で次に焼かれるのはだれだろうと延々と悩まずにすんだ。のろのろとしかすぎない一分一秒に悶々として、ようやく一時間をやりすごさずにすむのは、じつにありがたかった。きょうは前日と同じで、翌日もまた同じ。おまけに、出来事らしい出来事がなにひとつない日も多かった。ただ静寂が広がっているか、男たちのうめき声や罵声が聞こえるだけ。なにも起こらないのだ。

男たちはみな、独自の方法で日々をすごしていた。ある男は紙きれにひたすら、らせん模様を描いていた――朝から晩まで、来る日も来る日も。らせんのなかにらせんがあって、そのなかにまたらせんがあって、終わりが見えないし、始まりも見えない。たしかに、そんな日々だった。なかには、頭がイカレてしまわないようにと、食事と食事の空き時間に必死で工夫している者もいた――ハミングをしたり、身体を揺らしたり、詠唱するようにうめき声をだしたりするのだ。

人間は檻のなかに閉じ込められるようにつくられてはいない。箱のなかでは生きていけない。それは残酷そのものだった。大勢の男たちが精神を病んでいたし、生まれつき頭の回転が遅い者もいた。ヒマさえあれば素手で顔をかきむしっている者もいた。もちろん、全員が無実なわけじゃなかったし、犠牲者でもなかった。私と一緒に笑い声をあげている男たちの多くが女性を強姦したり、子どもを殺したり、無実の人間をナイフで切り刻んで悦楽を得ていた。ドラッグでハイになり、あるいはカネのために自暴自棄となり、後先のことなど考えなかった者もいた。外の世界の人たちは、この男たちを化け物《モンスター》と呼んだ。私たちのことを十把一絡《じっぱひとから》げにしてモンスター呼ばわりした。

でも私の知るかぎり、死刑囚監房にモンスターはひとりもいなかった。そこにいたのは、ラリー、ヘンリー、ヴィクター、ジェシーという名前の男たちだ。ヴァーノン、ウィリー、ジミーもいた。みんなモンスターなんかじゃない。名前こそあれど、自分を愛してくれる母親を知らない男、愛情に近いやさしささえ、だれからも示されたことのない男だ。生まれたときからどこかが壊れていた男、あるいは生きている途中で壊された男だ。子どもの頃に虐待された男、そして裁判官や陪審の前に立たされる前から、残酷な行為と暴力と孤立によってすっかり心がゆがんでしまった男だった。

私はこうした男たちと一緒にしばしのときをすごしたが、残りの時間はまったくべつの場所に飛び立った。想像の世界で大学フットボールの試合を観戦し、ヘリコプターの操縦法を身に着けた。ボートやキャデラックを所有し、あまりにも大勢の女性たちと交際し、しまいには収拾がつかなくなった。最高級のレストランで食事をし、最上級の服を身にまとい、世界でもっとも美しく驚異の念に打たれる地を訪れた。こうした空想の旅は、おもしろい本を読んでいるときに別世界に運ばれていくときの感覚と似ていた。でも大勢の男たちが苦しんでいる環境で、私だけがこうして別世界を堪能していることに、少し罪の意識を覚えるようにもなっていた。

＊＊＊

私の請願書に対して、州側は基本的に請願のすべてを却下した。そして請願書に連なっている項目がすべて公判かパーハクスの直訴か私の直訴ですでに審理されているため、これ以上の審理は〝手続き上、禁じられている〟と切って捨てた。でも、実際には審理などされていなかった。まったく解せなかった。

私が無実であるという事実にも、複数の人間が嘘をついたという事実にも、なんの意味もないのだろうか。審理にはたしかに問題があったのに、州側はなんとしてもそれを認めたくなかったのだ。それが間違っていることがわかっていても、わかっているべきであっても、わかることができたとしても、州が認めないかぎり、こちらには反論できないのだ。ヘンリーがこう説明してくれた。「あんたの弁護士が一審や最初の上訴でその話題をとりあげることができたのに、実際には問題にしなかったのであれば、州側がその問題を審理するのは禁止されている。一審や最初の上訴でその問題がとりあげられていたとしても、あんたが有罪判決を受けていれば、やっぱり州側が同じ問題を審理するのは禁止されているんだよ」

「でも、それはすべてに適用されるわけじゃないんだろ？」と、私は尋ねた。「上訴する内容すべてに適用されるってことかい？」

「たいがいはね」

それほど私の分《ぶ》が悪いのは、公平でも正しくもないように思えた――つまりは、私たち全員の分が悪いのだ。一審や上訴で有能な弁護士を雇う金銭的余裕がなければ、自分の無実をけっして証明できないことになるからだ。

審問は一九九一年四月二三日に予定されていたが、四月上旬、サンサが短い手紙で延期されたと伝えてきた。あわせて、彼女が私の代理人を辞める旨を法廷に申請した通知書のコピーも送ってきた。ワシントンDCで新しい仕事についたため、もうあなたの代理人を務めることはできませんが、ほかの弁護士に引き継いでもらいます、ブライアン・スティーヴンソンの事務所がだれか弁護士をそちらに向かわせるでしょうと、手紙には記してあった。「これから請願書の内容を修正し、審問の日程を変更し、こんどは規則第三二条請願審問と呼ぶことにします。というのもアラバマ州が上訴の規則を変更したからなのですが、ご心配にはおよびません」

ご心配にはおよびません。

私はその手紙の内容をあまり重く受けとめないように努めた。そしてレスターに電話をかけ、モンゴメリーの情報センターで調べものをしてほしいと頼んだ。「このブライアン・スティーヴンソンという人の連絡先を調べて、新しい弁護士のことをなにか知っているかどうか、尋ねてくれ。おれは無実だと、伝えてほしい。おれの請願に対する審問がひらかれる予定があることも伝えてほしい」

レスターはいつだって私のために骨を折ってくれていた。毎週、ホールマン刑務所まで車を運転して面会にきてくれて、何度か、追い返されたこともあったほどだ（刑務所が封鎖されたり、その日の看守の数が足りないときがあったからだ)。

私が請願書を提出してから、周囲の囚人たちもまた自分の上訴についてあれこれ話しはじめた。死刑囚監房のこちら側の列で、活発な法律談義が始まったのだ。でも互いに大声をあげての会話だったから、いまだれが話しているのか、自分がいまだれに話しかけているのか、わかりにくかった。「聞いてくれ!」と、私は独房から声をあげ、請願書を朗々と音読した。「〝刑事被告人が所持している金銭の多寡《たか》によって決まるような裁判〟」

死刑囚監房のこちら側では上階でも下階でも、男たちがこの問題について日がな一日、討論を続けた。

カネがすべてを決める。そして私たちは例外なく、一文無しだった。

その夜、シャワーを浴びていると、隣でやはりシャワーを浴びていたジミーという男が口をひらいた。「ヘイズはカネをもってる。ここからでられるやつがいるなら、それはヘイズだ」

「ヘイズってだれだ?」と、私は尋ねた。

「ヘンリーだよ。ヘンリー・ヘイズ。KKKの男さ。KKKには資金があるだろ。あいつはじきにでていくね」

私はショックを受け、更衣室に戻った。ヘンリー・ヘイズがなにをしでかした男かは知っていた。アラバマ州の人間ならだれだって知っている。一九八一年、モービルという町で彼と数人の白人たちが、一九歳の黒人青年マイケル・ドナルドを私刑《リンチ》に処し、殺害したのだ。それはアメリカ合衆国で最後のリンチといわれていた。その少し前、白人の警官を殺害した疑いをもたれた黒人が裁判にかけられたものの、無罪放免となるという出来事があった。ＫＫＫは激怒した。たしかあれは誤判のはずだったが、私もよくは覚えていなかった。とにかく、ドナルド青年をリンチにかけた主犯のヘンリー・ヘイズの父親は、ＫＫＫだかなんだかのリーダーだという噂だった。かわいそうなドナルド青年は、行きあたりばったりに標的にされてつかまり、殴られ、ナイフで刺され、木から吊るされた。母親が発見したときには、遺体が肉片のようになっていたという。その後、母親はＫＫＫを訴えるなど、なにか法的手段をとった。正確な内容は覚えていなかったが、あの殺人事件にはひたすら気が滅入った。マイケル・ドナルドは当時の私とそれほど年齢が違わず、五歳か六歳、年下という程度だった。増えつづける爆弾投下事件、黒人に犬を放つ少年たち、そして教会で殺害された少女たちのことが頭をよぎった。リンチがおこなわれたというニュースを聞くたび、私は怒りに震えた。

ここで友だちになったヘンリーが、まさか、あのヘンリー・ヘイズだとは。

その夜、私は独房に戻り、天井をじっと見つめた。私はヘンリーの友だちだ。私が黒人であることを、あいつは知っている。彼と話したかった。理解したかった。

「ヘンリー！」と、私は声をあげた。

「なんだい、レイ？」

「ついさっき、あんたの正体を知った。いままで、知らなかったんだよ」。すぐには返事が返ってこなかった。いったい、なにを考えているんだろう。

「母さんと父さんが教えてくれたことは、なにもかも、すべて嘘だったんだ、レイ。黒人に対する考え方はすべて、なにもかも嘘っぱちだった」

なんと返事をすればいいのか、わからない。「おれは、人間に関する考え方は全部、母さんから学んだ」

「じゃあ、おれの言ってること、わかるだろ」と、ヘンリーが言った。

「ああ、わかる。人を愛しなさいと母さんが教えてくれたんだから、おれはラッキーだった。なにがあろうと、人を愛しなさいと言われた。赦すことも教えてくれた」

「あんたはラッキーだ、レイ。マジでラッキーだ」

「だれに対しても思いやりをもちなさいと、母さんは教えてくれたのさ、ヘンリー。だから、あんたのことも思いやってる。あんたの両親があんたに同じことを教えてくれなくて、残念だったな。ほんとに残念に思うよ」

「おれもだ」

その後はあまり話が続かず、その晩、死刑囚監房はとても静かだった。私たちはモンスターなんかじゃない。できるかぎりのことをして生き延びようとしている、ただの男にすぎない。ときには、身を置かざるをえない場所で家族をつくらなければならないこともある。ここで生き延びるために男たちと家族にならなければならず、男たちも私を家族にしなければならないことが、私にはわかっていた。黒人であろうが白人であろうが関係ない——電気椅子からほんの数メートルのところで暮らしていれば、表面的なものはすべてはがれ落ちる。いまの私たちには共通点のほうが多かったし、全員が死刑に直面していた。そして全員がなんとかして生き延びようと躍起になっていた。

モンスターなんかじゃない。

どんな極悪非道な真似をしたにせよ、それだけの存在じゃない。

たしかにいまは死刑囚監房にいるが、それだけの存在とは違う――狭苦しい檻のなかに監禁されるような存在じゃない。

次の面会日には、ヘンリーのところにも面会人がきていた。私はレスターとシルヴィアと面会室で腰を下ろし、しきりに喋り、笑い声をあげていた。すると、ヘンリーが私の名前を呼ぶ声が聞こえた。

「レイ！　レイ、ちょっとこっちにきてくれないか」。そう言うと、ヘンリーが私を手招きした。

年配の男女と座っている。おそらくご両親だろう。

看守がこちらにまったく関心を払っていなかったので、私はヘンリーのテーブルのほうに歩いていった。

「レイ、父を紹介するよ。父のバーニーだ。父さん、こちらはレイ・ヒントン。友だちなんだ」

私はヘンリーの父親に手を差しだした。父親はただ私をしばらく見たあと、テーブルに視線を落とした。挨拶はしなかったし、私と握手しようともしなかった。

「友だちなんだよ。親友なんだ」。そう言うヘンリーの声は、わずかに震えていた。

母親がかすかに私に微笑みかけたが、そのとき、席に座れという看守の怒鳴り声が聞こえた。

「はじめまして」。そう挨拶すると、私は自分のテーブルに戻った。

「なんなんだ、ありゃ？」と、レスターから尋ねられた。

「少しは進展があったってことさ。死刑囚監房にも、クレイジーな進展があったんだよ」

＊＊＊

ヘンリーが父親に敢然と立ち向かえるようになるまでには、相当の時間がかかったはずだ。あそこにいる大柄の黒人が自分の親友だと、父親に伝えられるようになるまでにも。ヘンリーの父親が私と握手しようとしなかったことについて、私たちはいっさい話をしなかった。ただ隣りあった独房に暮らし、最善を尽くして生き延びつづけた。

その数カ月後、新しい弁護士が接見にやってきた。名前はアラン・ブラック。ボストン出身だという。ボストンといえばレッドソックスだが、私はその宿敵ヤンキースの筋金入りのファンだ。

「これからブライアン・スティーヴンソンに、銃器の専門家を何人か雇う資金の提供を頼むつもりです。新たな専門家が必要ですからね。お母さまの銃が二人の男性の殺害に利用された凶器ではないことを証明しなければ」

私はうなずいた。その点については長いあいだ、ずっと考えてきていた。ペインは証言台でこてんぱんにされ、真実を述べたにもかかわらず、だれにも信じてもらえなかった。顕微鏡の操作さえできず、顕微鏡のライトを見つけられなかったのだから、信じてもらえないのも仕方ない。

「一流のなかでも超一流の専門家を雇ってもらわなくてはなりません」と、私は言った。

アラン・ブラックがうなずいた。そして少し心配そうに笑った。彼は私の目を見ようとしなかった。私ならまともにこちらを見ようともしない人物を自分の弁護人として選びはしない。だが、とにかく、ここにきてくれたことを感謝した。

「どんな手を打てるのか、よく検討してみます」と、彼は言った。「ニュージャージーに、ひとり、心当たりがいます。ブライアンに相談してみますよ」

「お願いします。ただ、南部の専門家をさがしていただけるほうがいいように思います。このあたりの裁判官は、よそ者を好まないんですよ」。私としては、彼に指図をしたくなかった。パーハクスにあれこれ指図をして、うまくいかなかったからだ。

弁護士との接見を終え、独房に戻ると、どんな具合だったかとヘンリーに訊かれた。

「まあ、こういうことさ、ヘンリー。あんたが昔、KKKの一員だったという事実を、おれは受けいれた。だけど、自分の命運がレッドソックス・ファンに握られてるって事実を受けいれられるかどうかは、自信ないよ」

ヘンリーとほかの数人の男たちが、声をあげて笑った。

私もにっこりと微笑んだ。人を笑わせているあいだは、まだ生きているという実感がもてた。とはいえ、ドアの狭い金網越しに声を張りあげて会話をするのに、もううんざりしていた。ほかの人間と話したいときには、毎回、立ったまま薄汚れた金網に口を押しつけなくちゃならないことにもうんざりしていた。

ウォレスと彼の〈プロジェクト・ホープ〉について考えた。それに死刑囚監房の上階から下階へと三一個の請願理由が記されたリストを回覧したときのことも考えた。

「ヘンリー！」と、私は叫んだ。

「なんだ？」

「読書クラブを始めようか」

「なにを？」

「読書クラブだよ。一カ月に一度、図書室に集まれないかどうか、かけあってみるつもりだ。図書室に集まって、おれたちの読書会を開催するんだよ。あんたも参加するかい？」

しばらく沈黙が続いたあと、「参加する」と言うヘンリーの声が聞こえた。

「おれも参加するぞ！」。ラリーという男が叫んだ。

「おれもだ！」

「だれだ？」と、私は尋ねた。

「ヴィクターだ。おれも参加したい。だけど、いったいなにを読むんだ？　あんたの読書クラブじゃ、ただ聖書のお勉強をするんじゃないのか？」

「いや。本物の本を何冊か、ここに運んでもらうよう交渉してみる。刑務所長にかけあってみるよ。うまくいけば、本物の本が読めるようになる」と、私は言った。「そうすれば、ささやかな読書クラブを始められる」

私は目を閉じた。頭のなかでなら、この独房の外にでていくことは可能だということを、周囲の男たちにも教えてやりたかった。ふと、学生時代のことを思いだした。カリフォルニアに関する本を読んで没頭したあまり、太平洋の潮の香りを間違いなく嗅いだことも思いだした。

とりあえず、何冊か本が必要だ。

そうすればみんなと一緒に、ここから脱出できる。

14

愛を
知らない
者たち

本件の準備にあたり、
規則第 32 条請願の
審問の準備において、
また請願者が憲法上の権利を
侵害されてきたか否かを
判断するうえで、
経費の請求が
被告人の大きな支援となると
弁護人は判断した。
——アラン・ブラック
（経費を請求した当事者の
一方的な申立てにおいて）

アラン・ブラックはまず、私の件で鑑定をおこなう専門家にかかる経費の負担をギャレット裁判長に求めた。すると、裁判長はこの申立てを認めた。一審では私に費用をだそうとしなかったくせに、どうして上訴になったら認めたのだろう？　一審のときにカネさえあれば、パーハクスはペインよりもっと有能な専門家を雇うことができただろうに。カネさえあれば、私が職場から〈クインシーズ〉まであれほどのスピードで車を運転できなかったことを、専門家たちが証明してくれただろうに。カネさえあれば、きちんと仕事をする弁護士を雇うことができただろうに。結局のところ、カネさえあればそもそも逮捕などされていなかっただろうに。結局のところ、カネさえあれば問題は片づいていたとしか思えなかった。

私のもとに、法的な記録文書のコピー一式が送られてきた。裁判関係の書類は看守が開封できないため、中身をいじられることのない唯一の郵便物だった。こちらから手紙をだすときには、どんな内容であろうと封をするのは禁じられていたから、刑務所の職員は郵送する前に中身に目を通すことができた。郵送されてくる郵便物もまた、すべて職員によって読まれていた。すべての通話も記録されていた。

ここから送る手紙の内容を、なぜ職員が読まなければならないのだろうと、私は釈然としなかった。だが、やがてその理由がわかった。私たち囚人が刑務所でどのような取り扱いを受けているか、その実態について手紙に不平を連ねてほしくなかったのだ。弁護士に告げ口されたくなかったのだ。ホールマン刑務所はつねに人手不足で、死刑囚監房も同様だった。私たちは実験用のネズミよろしく、反乱を起こす兆しがないかどうか、つねに監視されていた。かれらは私たちをできるだけ檻のなかに監禁し、トラブルが起こらないようにしていた。そのほうが楽だったからだ。

とりわけ夏は最悪だった。独房には扇風機の設置さえ認められていなかった。壊されて、分解されて、武器をつくられるおそれがあるというのが理由だった。換気の役目をかろうじて果しているのは、ドアの小窓の細かい目の金網だけ。換気装置はいっさいなかったし、空気も循環していなかった。夏の気温は数カ月にわたって三七度を越えていたから、独房のなかは四三度から四八度ほどになっていただろう。まるでサウナのなかにいるようで、時間をかけてあぶり焼きにされているような気がした。

刑務所の職員にとって、暑さは郵便物に目を通したり会話を録音したりするのと同様、囚人を支配下に置く手段のひとつだったが、なかには暑さのあまり頭がイカレてしまう囚人もいた。そうした男たちはいっそう暴力的になった。刑務所長が平和を維持したいと思うのは当然だ。とりわけ死刑囚監房では。死刑囚たちは失うものなどないから隙あらば殺しあいかねない、とかれらは思っているはずだ。だが、それは見当違いというものだ。耐えがたい暑さは、囚人たちにまったくの逆効果を及ぼしていた。

「ヒントン、昼食!」。そう声をかけてきた看守は、私と同様、暑くてぐったりしていた。死刑囚監房にひんやりとした空気が流れてきたら、彼だって嬉しいだろうに。

「ちょっと質問があるんだが」と、私は言った。

「なんだ、ヒントン?」。その声は苛立っていて、疲れているようだった。

「あんたのトラック、貸してくれないか」

「なんだと?」

「トラックを借りたいんだよ。ほんの少しでいいから。ガソリンは満タンにして返すからさ、心配無用だ」

「いったい、なんの話だ?」

「近くに、ひんやりとした泉があって、そこで泳げるんだよ。ジェファーソン郡郊外の木陰にひっそりとした泉があるんだ。舗装されていない古い道があって、標識はないけど、泉に続いてる。知る人ぞ知る泉なのさ。そこまでは森のなかを少しばかり歩かなくちゃならない。泉は木陰にあって、水が透明だから、底まではっきり見える。地下から水が湧いているんだろうな。ひんやりしていて、飲むことだってできる。だからトラックを借りたいんだよ。今夜、返すからさ。約束する。あの冷たい泉に浸かって、どうしても身体を浮かせたい。少しばかり身体を冷やさないと、やっていけないよ。わかるだろ?」

看守が私の顔をまじまじと見た。とうとうこいつ、頭がイカレちまったというように。

「一緒に行かないか？　ここをでて、少し涼みにいこう。さもなきゃ、おたくのキーをちょっとばかり拝借してもいい。おたくはここで働いていりゃいいからさ。勤務交替の時刻までには戻ってくる。新しいトラックを買ったそうじゃないか。大切に乗るって、約束する」

看守が笑いはじめ、頭を振った。「そりゃ無理だ、ヒントン。だが、ほら、昼食があるぞ」

そして、そのままの表情で私に微笑んだ。

「ところで、刑務所長に少し話があるんだ」と、私は微笑み返した。「刑務所長にメモを渡してくれないか。伝言を伝えてくれるだけでもいいんだが」

「なにか紙をもってくるから、そこに書けばいい。おれが渡してやる」

「ありがとう」

看守は私に向かって頭を振った。そのまま昼食を配りながら通路を歩いているあいだ、ずっと微笑んでいた。

「看守どもをうまく抱き込んだな、レイ?」。ウォルター・ヒルの嘲るような声が聞こえた。ウォルターはホールマン刑務所にくる前、べつの刑務所に収監されているあいだに受刑者を殺していた。そしていまは、三件の謀殺で有罪判決を受け、死刑囚監房に収監されている。つまり彼は、失うものはなにもないと刑務所長が見なしている男たちのひとりだった。ウォルターは四六時中、怒っていた。

「よお、ウォルター!」と、私は叫んだ。「おふくろの口癖、教えてやろうか?」

ウォルターは質問には返事をせず、こう言った。「あいつらはおまえの友だちじゃねえんだぞ、レイ。連中はおれたちを殺そうとしてる。看守にゴマをするやつは気に食わねえ。わかるよな?」

よくわかっていた。刑務所で看守と親しくしていると、密告屋と見なされる。密告屋はホールマン刑務所ではうまくやっていけない。あいつは密告屋だとだれかに言われようものなら、いつ喉を掻《か》っ切られてもおかしくない。だが、私にはウォルターが雑居房でどんな受刑者をなぜ殺したのかといったことはどうでもよかった。ウォルターであろうとだれであろうと、私はだれかをおそれて萎縮するつもりはなかった。

死刑囚監房の反対側の列の男たちにも聞こえるよう、私は声を張りあげた。「おふくろはいつもこう言ってた。酢より蜂蜜を使うほうがハエをたくさんつかまえられる」

「聞いたことある」と、ヴィクターが言った。「ああ、聞いたことある」

「少しばかり蜂蜜を垂らしたからといって、自分がハエになるわけじゃない。聞こえるか、ウォルター? ハエはそうやってつかまえるのさ。蜂蜜をうまく利用したから、おれたちは前より一五分も長く中庭ですごせるようになったんじゃないか。あんたは酢を使っていればいい。だがおれは、これからも蜂蜜を使う」

そう言ったきり、私は口をつぐんだ。看守たちがそれぞれ、自分の仕事をしていることはわかっていた。私だって炭坑で働くことを夢見ていたわけじゃなかったし、炭坑での一分一秒はつらくてたまらなかった。きっと看守たちだって、まさか自分が死刑囚監房で働くことになろうとは夢にも思っていなかっただろう。私たちはだれもがそれぞれベストを尽くして生きてきて、たまたまこの死刑囚監房でその人生を交錯させた。だから、次になにが起こるかは、自分次第で変わってくるのだ。

たしかに死刑囚監房は——毎日、毎分が——地獄そのものだが、その地獄を日々、悪化させることもできれば、少しずつ改善することもできた。私は自分の一部を、どれほどわずかであろうと、少しずつ改善していこうと腹を決めた。蜂蜜でハエをつかまえるほうがいいと、母さんは教えてくれた。そして、そうした体制のなかで働かなくてはならないことも教えてくれた。南部で黒人としておとなになろうと思ったら、体制のなかでうまくやることを覚えなくちゃならない。

死刑囚監房でも、それは同じだった——一握りの人間がすべての権力をもってはいるものの、それに抗《あらが》う手段はいくらでもある。私自身は、望みのものを手にいれる方法が暴力だと考えたことは一度もない。そんなものは世間でも通用しないし、死刑囚監房でも通用しない。ウォルターのようすを見ていればそれがよくわかったが、本人はまったくわかっちゃいなかった。

看守たちに協力してほしいと思ったら、まず、こちらから協力しなくちゃならない。それが取引というものだ。ウォルターのような囚人が私の協調性を誤解するだろうことは、よくわかっていた。でも生き延びるには、協力が必要不可欠だった——私のためだけではなく、私たち全員が生き延びるために。私には愛してくれる人が、毎週、面会にきてくれる人がいる。レスターからは本を買うカネをもらっていた。私は無条件の愛に包まれて成長してきた。死刑囚監房にいる大半の男たちよりも恵まれていた。だれもが死と直面していたけれど、私は周囲からの愛に包まれた状態で、死と直面していた。私は自分の人生が盗まれてしまったという事実よりも、自分は愛されているという事実に目を向けようとしていた。

ほかの死刑囚のうち、じつは無実なのはだれなのか、見当もつかなかった。もしかすると独房という檻に閉じ込められている男たちは全員、無実なのかもしれない。ありえない話じゃない。あるいは、せせこましい檻に監禁されている男たちはひとりおきに殺人を犯しているのかもしれない。いずれにしても、私たちは全員がじわじわと死にむかってあぶり焼きにされていて、報復を企《くわだ》てたからといって状況がよくなるわけじゃない。そんなことをすれば、自分がよけい傷つくだけだ。そのときどきで、自分にできることをできる範囲でするしかないのだ。

いままでは、死刑囚監房のなかに少しずつ、やさしさのかけらのようなものが浸透していた。ここではやさしさなど、まず期待できない。罵声が響きわたるなかで大声をあげたところで、その声はだれにも届かない。ところが静寂のなかで叫べば、大きく反響する。私は死刑囚監房に響きわたるやさしい声をあげ、男たちのこわばった心を少しでもほぐしたかった。ウォルターにも、その声を届けたかった。私たちはここではみな同じだ。だれもが生ゴミのように破棄され、生きる価値などないと見なされたのだから。

でも、そんな見方が間違っていることを、私は証明するつもりだった。

＊＊＊

チャーリー・ジョーンズは、南部の貧しい白人が刑務所長になったらこうなるだろうと想像する人物そのものだった。拍車《スパー》のついたカウボーイブーツ、白くて肉付きのいい穏やかな顔。彼はタフな仕事をこなしている――この郡でもっとも暴力的な囚人たちを管理しているのだ。毎日、職員たちに対して責任を負っているし、隙あらば暴動を起こそうとする雑居房の受刑者たちの手綱も締めなければならない。彼との会話を通じて、私は彼が背負っている責任の重さを察した。

「おまえはよく喋るそうだな、ヒントン。それに、囚人たちもおまえの話には耳を傾けるそうじゃないか。それなのに、なんだってジェラルドがここにきたときには、カメラに向かって頑として話そうとしなかったんだ？」

ジェラルド・リベラ［訳注：アメリカの弁護士。ニュース番組のコメンテーターも務めた］は、白い囚人服を着て、囚人であるかのようなふりをした。この死刑囚監房で一夜をすごし、カメラをもち込み、独房で一晩眠りはした。だが、それはあくまでもジョークだった。翌日、彼がそこをでるまでの囚人ごっこにすぎなかった。無実でありながら檻に閉じ込められるのがどういうものか、彼にはまるでわかっていなかったし、わかるはずもない。彼は実状などなにも知らず、ただ囚人ごっこに興じていた。なにもかも、自分のエゴを満足させるための芝居だったのだ。

私たちはその番組を観た。たしかに彼は私物をもち込んではいなかったが、看守は彼に食事のトレイを渡すとき、ほかのトレイを蓋代わりにかぶせて、埃《ほこり》やネズミの毛やゴキブリのかけらが入らないようにしていた。私たちは食事のトレイに蓋なんぞしてもらったことはない――その小さな違いが万事を物語っていた。

「そりゃ、番組収録のためにニューヨークに送り込んでくれるんなら、私だって話しましたよ。

初めて飛行機にも乗れるし、うまいって評判の小さなピーナッツだって食えるんだから。機内食のピーナッツを味見させてもらえるんなら、番組に出演してもかまいません」

刑務所長が笑った。「さて、その、クラブとかなんとかいう話を聞かせてもらおうか」

「読書クラブを立ちあげたいと考えているんです。一カ月に一度、図書室に集らせてもらえませんか。ただし、読書会をひらくわけですから、聖書以外に読める本が必要です。私たちのように、聖書を大切に思っている人間ばかりじゃありませんから。おわかりですよね？」

「ああ、まったく恥ずべき話だが」と、刑務所長が応じた。

「私には親友のレスターという男がいて、彼がここに何冊か本を送ってくれると言うんです。そうすれば、みんなでその本を読んで、感想を言いあえる」

刑務所長が下を向いた。私の提案について思案しているようすが伝わってきた。

「いいですか」と、私は言った。「ここの男たちには、看守が自分のためにあれはしてくるが、これはしてくれないといったことのほかに、なにか考えることが必要なんです。暑さ以外のことを。食事が泥みたいな味がするって以外のことを。おわかりでしょう？　読書クラブの開催は、平和を維持する手段のひとつなんです。読書クラブができれば、囚人はもっと穏やかな気持ちで日々をすごせるようになる」

刑務所長がうなずいた。

「ひとりの人間に一日に二三時間、死について考えさせておくわけにはいきません。頭がおかしくなっちまう。おまけに人間は頭がイカレると、なにをしでかすかわかったもんじゃない」。ちょっと言いすぎたかもしれないが、それは真実だった。死刑囚監房に本があれば、かならず囚人を静かにさせる役に立つとわかってほしかった。でも、私が知っていたのは、読書によって男たちが自由になることだった。本があれば、世界を旅できる。もっと賢くなるし、もっと自由になれる。奴隷制度があった時代、大農園《プランテーション》のオーナーたちが奴隷に読み書きを教えようとしなかったのは、確固とした理由があってのことだ。刑務所長のチャーリー・ジョーンズの家族は、かつて私の家族を奴隷として所有していたかもしれないが、その話を蒸し返すつもりはなかった。私としてはとにかく、読書クラブが平穏な日々の継続に一役買うことをわかってもらいたかった。

「考えさせてくれ、ヒントン。おまえの言い分にも一理あるが、看守たちと相談させてくれ。現場にいるのは、看守たちだからな。死刑囚監房でトラブルが起こってほしくないんだよ。私の言っていることはわかるな？　私はおまえの要望を聞きいれ、中庭ですごす時間を長くした。いまのところ、それでうまくいっている。でも死刑囚監房でトラブルが起こったら、二四時間、独房に監禁することになるぞ、わかったか？　なにか問題が起こったら、面会も中止だ。こっちはな、大勢の囚人を管理しなくてはならんのだから」

「はい、わかりました」と、私は言った。「時間を割いてくださり、ありがとうございます。読書クラブができれば、看守のみなさんも仕事をしやすくなるはずです。提案に耳を傾けてくださって、感謝します」

丁寧な物言いに、刑務所長は戸惑ったようだった。礼儀正しいふるまいに慣れていないのだろう。首をかしげ、一度ならずこちらを見た。私が冗談を言っているのか真剣なのか判然としないとでもいうように。

「連中はおまえの話なら聞くんだよ、ヒントン。おまえは死刑囚監房の平和に貢献している。私になにができるか、考えてみよう。ただし、一度に大勢の人間を図書室に入れるわけにはいかない。職員の数が足りないからな。せいぜい、四人から六人ってとこか。考えておくよ」

「ありがとうございます」

「それに、本を買う予算もない。本は刑務所に郵送してもらい、まず、こちらで検閲させてもらう。一度に二冊までだぞ。その程度なら死刑囚監房で回し読みをしても大丈夫だろう」

「わかりました」

「ほかになにかあるか、ヒントン？　ここはひとつ、腹を割って話そうじゃないか。ほかになにか知っておくべきことはあるかね？」。つまり、こういうことだ。刑務所長は私に密告屋になってほしいのだ。でも、私はそんな誘いに乗るつもりはなかった。

「そういえば、ジェラルドがここに撮影にきたときに、食事が汚れないよう、もう一枚のトレイを引っくり返してかぶせていたんですよ。トレイを蓋代わりにしたわけで、あれは名案だという話が、囚人のあいだで広まっています。あなたのアイディアですか？」。そこで間を置くと、彼がうなずき、微笑んだ。「じつに名案でした。囚人全員にあのアイディアを活用していただけると、大変、助かります。蓋をすれば、食べ物に埃がつかずにすみますから。なにしろ埃だらけですからね」

「そうか、なるほど、わかったよ。厨房に知らせておこう」

「ありがとうございます」

独房に戻るあいだ、私はずっとにこにこしていた。そして、しばらくすると看守長から、読書クラブの開催が認められた。人数は私以外に六名まで。そこで私は面会日に、レスターに頼んだ。

「刑務所に二冊、本を送ってくれないか？　刑務所長宛てに送ってもらえると助かる」

「こんどはなにを目論《もくろ》んでる？」と、レスターが尋ねた。

「読書クラブを始めるんだ」

「はあ？」

「読書クラブだよ。これからみんなで本を読んで、月に一度集まって、読んだ本について語りあうのさ」

その日は、レスターの新妻シルヴィアが一緒に面会にきてくれていた。ニックネームは〝シア〟だ。

「なに笑ってるんだい、シア？」と、私は尋ねた。「読書クラブなんて、聞いたこともないとか？」

「もちろん、聞いたことはあるわ。でも、あなたたちが車座になって読書会をするところを想像すると、おかしくって。どんな本を読むつもり？」

「さあ、どうしたもんかなあ。どんな本がいいと思う？」

レスターが肩をすくめた。彼はあまり本を読まない。すると、シアが急に真剣な表情になって「思いついた」と言った。「ジェームズ・ボールドウィン、ハーパー・リー、マヤ・アンジェロウがぴったりじゃないかしら。私、ちょうどアンジェロウの自伝、『歌え、翔べない鳥たちよ』を読んでるところなの。あれは読まなきゃダメ。それにハーパー・リーの『アラバマ物語』と、ボールドウィンの『山にのぼりて告げよ』」

シアはだんだんワクワクしてきたようだった。「オーケイ」と、私は言った。「じゃあ、そのお薦めの本を送ってくれないか。出所できたら、本代は返すから。約束する。刑務所長チャーリー・ジョーンズ気付で、本を二冊、送ってくれるだけでいい。読んだら、みんなで順に回していくよ。とにかく、おれたちが最初に読むのにぴったりだと思う本を送ってくれ。次の面会日に、本の感想を話せれば嬉しいし、読書クラブでどんな話をすればいいか、ヒントを教えてくれると助かる。どうだろう?」

シアがうなずいた。「じゃあ、ジェームズ・ボールドウィンから始めましょう」

「よし、ジェームズ・ボールドウィンで決まりだ。これでみんな、死刑囚監房から外に連れだしてもらえる!」

「どういう意味だ?」と、レスターが困惑したように言った。

「みんながみんな、おれみたいな想像力に恵まれてるわけじゃないってことさ。来る日も来る日も、日がな一日、みんな恐怖と死の海で溺れかけてるんだよ。自分が死ぬ日がわかってたら、ほかのことなんか考えられるもんか。だからさ、おれたちはみんな、人生についてほかの面から考えなくちゃならないんだよ」

そのとき、面会室の奥のほうで叫び声があがり、看守たちが奥のテーブルのほうに駆けだしていった。ヘンリーが急に立ちあがって、看守に押さえつけられた。サイレンが鳴りだした。それは、囚人がうつぶせになって床に寝なければならないことを意味した。

「心配ない、だいじょうぶだよ」と、私はレスターとシアに言った。二人ともおびえているようだった。きょう、母さんが長時間のドライブに耐えられるほど具合がよくなかったことに感謝した。ここにいたら、さぞおびえたことだろう。私は首をひねり、ヘンリーのほうを見やった。ヘンリーのところにも面会人がきていたが、彼の父親が床に倒れているのが見えた。なにがあったんだろう？ ヘンリーと目があった。おびえているようすがありありと伝わってきた。

「面会、終了！ 囚人は全員、独房に戻れ」

遠くから救急車のサイレンが聞こえてきた。だれかがヘンリーの父親をナイフで刺したのだろうか。私はレスターとシアのほうを振り返り、さよならと手を振ったけれど、二人は連れていかれて、もうこちらを見ていなかった。ヘンリーが私のうしろに並び、点呼されるのを待った。

「なにがあった？」

「もうすぐ親父の公判がひらかれるんだ。そのことで、親父が怒りはじめたら、急に倒れちまって。心臓のせいかもしれない。顔が青ざめてたから。ってか、真っ青だった」

ヘンリーの声が震えているのがわかった、彼の父親は人間のクズだ――人種差別主義者で、殺人者のクソ野郎だ――が、それでもヘンリーの父親であることに変わりはなかった。

「気の毒に。さぞ、心配だろう。快復を祈るよ」

「親父は心臓のせいで、前の裁判では審理無効になったんだ」

「そうだったな」と、私は言った。ベニー・ヘイズの公判は新聞紙面をにぎわせていて、知らない者はいなかった。たとえ、ヘンリー自身はそれについてひと言も喋らなくても。

「早く治るといいな、ヘンリー。ほんとうに」

「ありがとう、レイ。なにもかも、ありがとう」

ヘンリーはうなだれ、それ以上、いっさい話をしなかった。

翌日の土曜日、父親は亡くなった。看守がヘンリーのところきて、訃報を告げた。私はベニー・ヘイズのために祈りを捧げた。彼が生前より多くのことを学びますように、と。何者かがベニー・ヘイズに人を憎むことを教えた。そしてベニー・ヘイズは息子のヘンリーに人を憎むことを教えた。だがいまヘンリーは、人を憎んだ結果、どのような結末を迎えるかを身をもって学んでいる。

アラバマ州には、だれかが亡くなると遺族のもとに食べ物を持参する習わしがある。朝から晩まで、友人や近所の人たちが次から次へとキャセロール、パイ、自家製のグリッツをもって弔問《ちょうもん》に訪れる。親愛の情と支援の気持ちを、そうやって相手に示すのだ。喪の初日が終わる頃、遺族の家の冷蔵庫とテーブルとカウンターは食べ物でいっぱいになる。食べ物は愛情であり、生活であり、なぐさめであり、悲嘆に暮れている人に栄養をとってもらいたい、滋養を得てもらいたいという願いを示すささやかなすべなのだ。

看守がヘンリーの独房から離れたとたんに、私はヘンリーの独房に回してもらおうとコーヒーをとりだし、隣の房の男に渡した。隣の男は小窓から手を伸ばし、そのまた隣の男へとコーヒーを手渡した。路上で目があおうものなら互いに殺しかねない男たちが、貴重な食べ物をヘンリーの独房へと手渡しで回していった――キャンディバー、スープ、コーヒー、少量のチョコレート。なかには果物まであった。売店で注文した貴重な飲食物や食事の残り物を次から次へと受け渡し、ヘンリーの独房に届けたのだ。途中でちょろまかすような真似はする者はいなかったし、このなぐさめの輪を分断しようとする者もいなかった。すべての食べ物が独房から独房へと受け渡され、ついにヘンリーのもとに届いた。

私たちはみな、心痛とはなにかを知っていた。

私たちはみな、悲嘆とはなにかを知っていた。

私たちはみな、孤独とはどんなものかを知っていた。

そして私たちはみな、だれとでも家族になれることを学びつつあった。

看守たちでさえ、目の前でヘンリーの父親が卒倒したせいなのか、自分のなかの人間性がよみがえったせいなのか、ヘンリーに食べ物を回すのを手伝った。

ゆがんだ形ではあったけれど、看守たちもまた死刑囚監房のこの奇妙な大家族の一員だった。かれらは毎日、私たちの世話をする責任を負っていた――私たちの具合が悪くなれば支援の手を差しのべる責務をまっとうするいっぽうで、私たちを死刑執行室へと歩かせ、電気椅子に縛りつけたら背を向け、刑務所長がスイッチを入れ、私たちの命に終止符を打つのを待った。

とどのつまり、私たちはみなそれぞれが、自分の進む道を見つけようと苦闘しているにすぎなかった。

15

山に
のぼりて
告げよ

その重荷は、
どんな大きな山よりも重く、
彼は自分の心の中に
それを担っていたのだ。
——ボールドウィン
(『山にのぼりて告げよ』)

本の登場は一大事だった。それまで死刑囚監房には、ふつうの本が一冊もなかったからだ。囚人は本の所有を禁じられていたので、まるでだれかが密輸してもち込んだような気がした。読書クラブへの参加を認められたのは、私のほかに六人だけだったけれど、いまでは死刑囚全員が独房に聖書以外に二冊の本を所有することを認められていた。なかには関心を示さない者もいたが、大半の男たちが家族や友人に連絡をとり、二冊まで送ってもらえるようになったと伝えた――書店から刑務所に直接送られてくる新品の本に限るという条件がついてはいたが。

好きな本を読めるとわかると、死刑囚監房にはまるで新たな世界の扉が開いたような雰囲気が広がり、口々に好きな本の話を始めた。なかには文字が読めない者、子どものように本を読むのが遅い者、学校にはほんの数年しか通っていない者もいた。こうした男たちは、そもそも自分がなぜ死刑囚監房にいるのか、その理由さえ理解していなかった。かれらは病院で治療を受けるか、物事の善悪の判断がつくだけの知恵がないことを認められるべきだった。なのに、どうして世間はかれらをただ処刑したがるのだろう？　そう考えると、やりきれなかった。

記念すべき読書クラブの第一回のメンバーは、ジェシー・モリソン、ヴィクター・ケネディ、ラリー・ヒース、ブライアン・ボールドウィン、エド・ホースリー、ヘンリー・ヘイズ、そして私の七人だった。法律図書室で読書会をひらくことを認められたとはいえ、一人ひとり、違うテーブルに座らされた。おまけに、立ちあがってはならなかった。そのため、一度に全員と話したいと思ったら、座ったたままぐるりと身体を回転させ、だれかを仲間はずれにしないようにしなければならなかった。だれかが本の一節を音読したいと思ったら、本をそばのメンバーにひょいと放り投げ、相手が本をキャッチするか、相手の座っている椅子のすぐそばに落ちることを願うしかない。なにしろ、椅子の座面から少しでも腰を上げることが禁じられていたからだ。

私たちを図書室に連れていくとき、看守たちは少しばかり緊張しているようだったが、だれも暴動を起こしたいとは思っていなかったし、脱獄計画を練りたいとも思っていなかった。ただ五人の黒人と二人の白人のグループで、ジェームズ・ボールドウィンの一冊の本についてお喋りをするだけ。ごくふつうのことだ。警戒する必要などどこにもない。

届けられた本を看守が私の独房にもってきて、手渡してくれた。ボールドウィンの『山にのぼりて告げよ』の新品が二冊。高校時代に読んではいたものの、もう一度読み返してから、ほかのメンバーに回すことにした。ひとりが一冊本を読み終えるのに一週間ほどかかるとして、二冊の本を順に回覧すれば、一カ月後には七人全員が本を読み終える計算になる。そこで、読書クラブは一カ月後に開催することにした。

その後、本が送られてくるたびに、このペースで読書会が開催されることになった。読書会のメンバーではない男たちのなかにも、『山にのぼりて告げよ』を家族に頼んで送ってもらう者がでてきて、死刑囚監房のこちら側では——上階に一四人、下階に一四人——ほぼ全員が同じ本についてお喋りしている状態になった。

なかには、こうした会話を嫌がる者もいた。この本には神に関する話がよくでてくるからだ。そのいっぽうで、神がとりあげられているからこそ、お喋りに参加したがる者もいた。少しばかり性描写があるから気にいっている二人組もいた。

その月、死刑囚監房はまったくべつの場所に変貌したように思えた。私たちは主人公のジョンになり、一四歳になり、世界を把握しようとすると同時に、自分の感情を理解しようとしていた。私たちはニューヨークのハーレムにいた。私たちの親には複雑で卑しむべき過去があったが、そうした過去は無関係のように思えた。私たちは教会にいて、救済されるのを待ち、神の栄光に浴して身体に痙攣《けいれん》を起こすほどの衝撃を感じたいと願っていた。私たちは暴力の犠牲者だった。一族は奇妙な力に支配されていて、父親がだれなのかも、なぜ父親が私たちのことを憎んでいるのかもわからなかった。

私たちはそれぞれがジョンと自分を重ねたものの、もちろん一人ひとり異なる人間だったので、昼も夜も、本はみなに新たな時間のすごし方をもたらした。もう法律問題について議論することはなくなった。弁護士になったようなふりをして、その半分は意味をなさない司法制度を理解しようとすることもなくなった。私たちはろくでもない人間でも、底辺のそのまた最底辺のごろつきでも、忘れられ、見捨てられ、電気椅子へと歩いていく順番がくるのを地獄の暗い片隅でひたすら待つだけの男でもなくなった。私たちは別世界へと運ばれていった——ちょうど私が世界旅行にでかけてエリザベス女王とお茶を飲んだように。私は男たちがほんのひととき、頭のなかで別世界へと向かうようすを眺めていた。それは死刑囚監房からの休暇旅行だった——七人で最初の読書会をひらく前からもう、本を読んでいた男たち全員が読書クラブの一員となっていた。

ついに第一回の読書会を迎えると、私たちは別々のテーブルに座り、落ち着かない気分になった。独房の金網越しに叫びあっていたときとは雰囲気が違ったからだ。白人はラリーとヘンリーだけで、とりわけ居心地が悪そうだった。図書室に入ると、看守が鍵をかけ、室内には私たちだけになった。規則違反があってはならないし、ケンカを起こしてもならない。どんな馬鹿な真似もしてはならない。長年、まったく同じすごし方をしてきたため、こうした小さな変化でさえ、じつに奇妙に感じられた。シャワーに連れていかれるとき以外、物事は毎日、まったく同じ時刻に起こった。だから突然、新しいことが起こると、なかでもここに一〇年以上収監されているブライアンやラリーやエドたちは神経に触《さわ》り、落ち着かないようだった。

「で、どう思う？」と、私は全員に尋ねた。

「どんなふうに進める？　進行はどうしようか？」。ジェシー・モリソンは〈プロジェクト・ホープ〉にいたので、グループのまとめ方を心得ていた。

みんなが私を見た。「なんでもいいから、読んだ内容について、話したいことを話そう。この本が好きか嫌いかでもいい。好きなところや、嫌いなところ。どんな感想をもったか。そんな感じでどうだろう？」。そう言って全員の顔を見ると、みんながうなずいた。ヘンリーは真剣な表情を浮かべていた。「おれが気にいったのは」と、私が口火を切った。「ここの文章だ。〝なぜなら魂の再生は永続し、毎時の再生のみがサタンの手を差し控えさせるからだ〟」〔訳注：以下、引用はすべて『山にのぼりて告げよ』（早川書房）より〕

「そこのどこが好きなんだ？」と、ラリーが尋ねた。

「希望に関する話だと思うからさ」と、私は応じた。「魂は再生できるってことだろう？　過去にどんな真似をしようと、人は新たに生まれ変われる。なんだか希望を感じるんだよ」

「ああ。だが悪魔はすぐそこにいて、いつだって圧力をかけてきやがる」と、ヴィクターが言った。ふだんは無口な男だ。高齢の女性を強姦し、殺害した罪で死刑を宣告されている。「酒を呑むと、悪魔が乗り移ってきやがる。おれは身をもって知ったよ」

沈黙が広がった。グレイソンと一緒にその罪を犯したとき、ヴィクターが酔っていたのは周知の事実だった。グレイソンも死刑囚監房にいたが、二人の男が知り合いであるそぶりを見せたことは一度もない。いっぽう、ブライアンとエドは共犯として一緒に有罪となり、同じ死刑囚監房にいた。エドは自分ひとりの犯罪で、ブライアンは無関係だと検察に説明した。だが、エドの説明は聞きいれられなかった。ブライアンは弱い電流を通した牛追い棒で何度もショックを与えられ、ついに自白を強いられた。ブライアンだけではなく、エドも同様に拷問にかけられた。エドはことあるごとに、ブライアンは犯行現場にいなかったと訴えたが、だれも耳を貸そうとしなかった。陪審は全員白人だった。そして、二人とも死刑を宣告された。アラバマ州の路上から、また二人の黒人の男が姿を消しただけの話だった。

ラリーはふだん、説教師のような口調で話す男だ。だからボールドウィンの本に登場する教会の人間について、なにか感想を話してくれるのではないかと期待していた。ところが妙なことに、彼は口をひらかなかった。

「この本では、どいつもこいつも、救済について語ってるだろ」と、ヘンリーが言った。「でも、床に倒れた人間が救われるという教会には行ったことがないよ」

私は笑った。「あんたは黒人の教会に行ったことがないからだよ、ヘンリー。ここからでられたら、教会に連れていってやろう。聖霊が降りてきて、人間の身体に乗り移るんだ。人間の身体がまっすぐ上に飛んでいって、教会の窓から飛んでいくように見えるんだぞ！」。そう言うと、私は笑いはじめた。「黒人の教会の信者たちのようすを見たら、腰を抜かすかもしれないな。ただ困るのは、一日中続いて、夜になっても終わらないことだ。だから教会に行く前には食事の支度をすませておくほうがいい。あとは教会で腰を下ろして、聖霊に乗り移られるのを待てばいい。これまでとはまったく違うやり方で歌を歌い、神を讃えることになるよ！」

ヘンリーが全員の顔をぐるりと見まわした。「そんなところに行って、歓迎してもらえるかな――だって、みんながみんな、あんたみたいじゃないだろ」

「まあ、連中に見せてやろうじゃないか。人間は変われるってことを、ひとつ、見せてやろうじゃないか」

ヘンリーが私に微笑んだ。そしてわずかに頭を振り、ひょいと肩をすくめた。私たちはみな、この死刑囚監房には種々雑多な男がいることを承知していた。ヘンリーは白人で、黒人の十代の青年をリンチにした。私はたかが数百ドルのために男の脳を吹き飛ばしたと言われている男だ。ブライアンとエドは一六歳の少女を誘拐し、殺したとされている。ラリーは妊娠している妻を殺した。ヴィクターは八六歳の女性を強姦し、強盗をはたらいたと言われている。裁判記録によれば、ジェシーはたった五ドルのために女性を射殺したそうだ。この図書室に閉じ込められている、まったく共通点のないグループの面々を、私は順に見ていった。このなかの数人は無実で、数人は無実ではない。でも、そんなことは関係なかった。

「おれが好きなのは」と、ブライアンが言った。「ジョンが家のなかを掃除しなくちゃならない場面だ。覚えてるかい？　最初のほうだよ」。そう言うと、ブライアンが持参した紙を広げた。「読みながら、書き留めておいたんだ」。彼は紙の皺を伸ばし、咳払いをした。

ジョンはそれ（カーペット）を掃除するのが大嫌いだった。埃りがもうもうと舞い上って、鼻がつまり、汗ばんだ肌をちくちく刺し、掃いても掃いても埃りの雲は消えず、到底きれいになりそうもなかった。ちょうど彼がどこかで読んだことのある、あの呪われた男——険しい丘を大石を押し上げるのだが、上には巨人が待ち構えていて転がして戻す、彼は永久にそれを繰り返す——その男のように、出来そうにもない、つらい、一生の仕事のように思えるのだった。

ブライアンが音読を終えると、室内は静まり返った。彼は低い声で丁寧に読んでいた。これまでずっと練習をしてきて、読み間違いをしたくないというように。

「巨石を丘の上へ押していく男が好きなのか?」と、ヴィクターが尋ねた。

「ああ、好きだ」。そう応じると、ブライアンが咳払いをした。「おれたちはみんな、巨石を押してるんじゃないか? 毎日、朝から晩まで、毎週毎週、おれたちは巨石を押しあげてる。でも、巨人が押し戻してくる。しまいには巨人が巨石でおれたちを押し潰す。さもなきゃ、ついに丘のてっぺんに登頂しただれかが、こっちに手を差しのべてくれる。そうしたら、巨人に言ってやるのさ。そこをどけ、と。おれたちは巨石をずんずん押しあげて、丘を乗り越え、腰を下ろし、ようやく休憩する。そういうことなんだろ?」

数人の男が笑ったが、私はブライアンに向かってうなずいた。エドはただ下を向いている。私自身、これまでずっと巨石を押しあげていた。パーハクス、サンサ、さもなければ今度の新しい弁護士アラン・ブラックが、この巨石を道からどけてくれないものかと期待しながら。せめて巨石を押さえていてくれれば、そのあいだに山頂まで行けるはずだと思っていた。私にはブライアンの言いたいことがよくわかった。彼がどれほど無力感にさいなまれているかもわかった。私も同じように感じていたからだ。

「いい引用だった、ブライアン」と、私は言った。「おれたち全員にあてはまることだ」

ほかのメンバーがうなずいた。

エドが挙手をして発言を求め、みんながまた笑った。「発言をどうぞ、エド」と、私は言った。

「あんたの人間の見方が、おれは好きだ。どんな人間にも独自の生い立ちがあって、歴史があって、なぜそんな人間になったのかという理由を見てとれる。たしかに、主人公の父親はクソ野郎だが、彼自身も喪失を経験していて、その生い立ちを知るほど、しでかしたことを赦せるようになる。そうだろ？　ここのやつらと似てるよな？　おれたちにはみんな、それぞれの生い立ちがあって、それが原因でひとつの行動が生まれて、選択をして、とんでもないあやまちを犯す。この小説にでてくる登場人物はみんな、間違いを犯す。完璧な人生を生きてるやつなんていない」

ラリーがうなだれたが、ほかの男たちは同意のしるしに低い声をあげた。そしてまた室内は静かになった。自分のあやまちについて考えているのはだれだろう？　もちろん、私だって数々のあやまちを犯してきた。そこに疑問の余地はない。でも、当時わからなかったことがわかるようになったら、だれもがやり直せるのではないだろうか。べつの選択肢が用意されていればそちらを選んだはずだと思っている男たちしか、この図書室にはいないのだから。

「ほかにだれか、なにか重要な意味がありそうな一節を読んだ人は？」と、私は尋ねた。ほかの読書会ではどんなふうに進行しているのか知らなかったし、手元には読書会の手引きもなかった。先日の面会日に、読書会はどんなふうに進行すればいいのかなと、シアとレスターに相談すると、シアは、心を動かされたことについて参加者に自由に話してもらえばいいのよ、と言った。「同じ文章を読んでも、それぞれ、違う感想をもつはずだもの。あなたはただ、その人がどんなことに心を動かされたのかを察して、それについて話してもらえばいい」と。「教師役を務めようとしちゃダメ。ただ、みんなに話したいことをのびのびと話してもらえばいいの」

そう言われながら、私はずっとうなずいていた。肝心なのは、この暗くて汚くて暑い死刑囚監房という地獄以外のことを、なんでもいいから考えてもらうことだ。現実からしばし逃れ、頭のなかで違う時間をすごすことができるのは、まさしく僥倖《ぎょうこう》だった。私はプライベートジェットで世界中どこにでも飛んでいけた。次の面会日を待つあいだに、世界でいちばんの美女たちと夕食をとった。すでにウィンブルドンでは五回、優勝していた。今週はニューヨーク・ヤンキースから勧誘を受けたところだった。私は独房のなかで忙しくすごしていて、こっちが懸命に押しあげる巨石を押し戻してくる丘の上の巨人について考える暇などなかった。それこそ、ここにいるみんなに体験してほしいことだった。

自由と脱出の一時間。ネズミとゴキブリと死にゆく臭いと腐臭から逃れる一時間。私たちは自分の恐怖心に首を絞められ、じわじわと窒息しつつあった――アラバマ州による死刑執行より早く、自分の思考でみずからを殺しつつあったのだ。一晩、自分の頭のなかの思考とすごさずにすむのであれば、ここの男たちはどんなにイカレたことだってするだろう。本の所有を認めさえすれば、男たちは一週間、休暇旅行にでかけられる。本という世界のなかへ。頭のなかを解放できれば心もあとに続くことが、私にはわかっていた。それは実際、ヘンリーの身にも起こっていた。あのヘンリーが、もう失うものなどなにもない五人の黒人の男たちと一緒に、鍵をかけられた部屋に腰を下ろしているのだから。

ヘンリーは幼い頃からずっと、黒人を憎めと教えられてきた。そして黒人をおそれるあまり、たまたま見かけた十代の黒人の青年を殴り、刺し、リンチにする権利が自分にはあると思い込んだ。ただ肌の色が違うという、それだけの理由で。私自身はもうヘンリーに怒りを感じていなかった。彼は黒人には気をつけろと教育されてきたのだ。黒人を憎むように訓練されてきたのだ。死刑囚監房はヘンリーにとっていい場所だった。死刑囚監房が彼の魂を救ったのだから。きみの憎悪は間違っているよと、死刑囚監房が彼に教えたのだ。

「あんたはどう思う、レイ？」

私は男たちの顔を見まわして答えた。「主人公がニューヨーク市内を歩いている描写があるだろ。五番街だったような気がするけど。ここは自分に向いている場所じゃないって、主人公にはわかるんだよ」

「何章だっけ？」と、ヴィクターが言った。

「正確には覚えてない。とにかく主人公は、白人は自分のことが好きじゃないと教えられてきた。でも具合が悪かったとき、白人の先生が親切にしてくれたことを思いだす。そしていつの日か、白人たちも自分を尊重してくれるかもしれない、尊敬してくれるかもしれないと考えるんだ。そんな描写があっただろう？」と、私は言った。

ヘンリーが咳払いをした。「そこの部分、覚えてる。だって、おれが教わってきたことと、正反対だったからさ。でも、言ってることは同じだよね」。彼は少し緊張した面持ちでメンバーの顔を見ていった。「書き留めておいたんだ」。そう言うと、ヘンリーが一枚の紙をとりだした――囚人用の便箋だった。頭の悪い囚人にはまっすぐ字が書けないだろうと言わんばかりに、あらかじめ線が引いてある便箋だ。「読んでもいいかな？」と、ヘンリーが尋ねると、全員がうなずいた。「親父のことを思いだすんだ。親父のことを思いだしたから、書き留めておいたんだ」

「なら、読みあげてくれ」と、私は言った。「みんなで聞こう」
ヘンリーが読みはじめた。

しかし父の意見はちがう。父にいわせると、白人はすべて悪いやつらで、神は彼らを亡ぼそうとなさっているという。父はいう。やつらは絶対に信用がおけないし、いうことは一つ残らず嘘だし、一人として黒んぼを愛したりするものはいやしないと。ジョンだって黒んぼなんだから、もう少し大人になれば、たちまち白人がどんな悪漢か思い知るはずだと。ジョンは白人が黒人にどんなことをしたか本で読んだことがある。彼の両親の故郷の南部で、どんな風にして白人が黒人の賃銀をだましとり、黒人を火焙《ひあぶ》りにしたり、射殺したり――いやもっとひどいことをしているが、それをいうのははばかると、父はいった。ジョンは読んだことがある。黒人が無実の罪をきせられて電気椅子で焼かれたり、暴徒に棍棒で殴打されたり、獄中でどのような責苦にあわせられたか、傭《やと》われるときは殿《しんが》りで、首にされるときは真先きなのが黒人なんだ。今ジョンが歩いているこうした通りには、黒人は住んでいない。禁じられているのだ。しかもジョンが今ここを歩いていても、彼に後指をさす白人は一人もいない。しかし、その彼に、ちょうど今一人の婦人が大きな丸い箱を抱えて偶然に出てきたある店に、果して入って行く勇気があるだろうか？　そしてまた、輝く制服を着た白人がドア番をしている。あのアパートへ入って行くだけの勇気があるか？　ジョンは、自分が入って行けない、今日は入って行けないことが分っていた。彼の耳に父の嘲笑が伝わってきた。いや、明日だ

って駄目さ！　彼には裏口と、暗い階段と、台所と、地下室がある。眼前の世界は彼のためにあるのではない。彼がそれを信じまいとしたって、彼が首根っ子をへし折られてもかまわないほどやってみたって、太陽が照り輝くのをやめるまでたとえがんばってみたって、彼らは彼をその世界に入れてくれないだろう。ジョンの心の中で、かくてこの街路と人々は様相を一変する。彼は彼らを恐れ、神が彼の気持を変えて下さらない限り、いつかは、彼が彼らを憎むようになるのだろうと思った。

ヘンリーが読み終えると、室内はしんと静まり返った。ヘンリーがどうしてその一節を引用したのか、私たちみんなにわかっていた。彼の家族はＫＫＫだった。ＫＫＫでは父親がまったく同じことを、正反対の内容ではあるけれど、子どもに教えるのだ。

「恥ずべきことだ」と、ヘンリーが言った。「父親が息子にこんなことを教えるとは。憎むのは罪だ。それに正しくない。そうだろ、伝道者?」。そう言うと、ヘンリーがラリーのほうを見やった。「そのとおりだ。憎むのは罪だ。でも、神はわれわれの罪を赦してくださる。父親の罪も」

「いい引用だった、ヘンリー」と、ヴィクターが言った。エドとブライアンもうなずいた。みんな、ヘンリーが自分を恥じていることを知っていた。そしていま、南部の五人の黒人の男たちが、〝黒人青年を最後のリンチにかけた白人〟として永遠に名を残すであろう人間をなぐさめようとしている。

「この世界が主人公のためにあるわけじゃないとは、思わない」と、私は言った。「世界は全員のためのものだ。おれたちはみな神の子で、この世界はおれたち全員のものだ。太陽は輝くことをけっして拒否しない。おれたちの目には見えなくても、太陽はつねにそこにある。おれは自分の胸に憎悪を宿すつもりはない。おれはこれまで、胸のなかに憎悪しかない闇の歳月をここですごしてきた。もう二度と、あんなふうに生きるのはごめんだ」

「あんたは人を憎むようなやつじゃないよ、レイ」と、ジェシーが言った。

「たしかに、うちの母さんは人を憎むような人間におれを育てなかった。愛するのではなく憎め、助けるのではなく闘えと教えられてきた人がいるのなら、気の毒に思う。それは残念なことだし、自分が教えられてきたことを恥ずかしく思っている人間がこの部屋にいるのなら、気の毒に思う」。私はヘンリーを見た。「一人ひとりの胸のうちを、神はご存じだ。その人間がなにをしたにせよ、しなかったにせよ、それは当人と神のあいだの問題で、他人には関係のないことだ」

全員がうなずいた。ドアの鍵をあけようと、看守が近づいてくるのが見えた。読書クラブは成功した。私たちは大切なことについて話しあい、一時間をすごしたのだ。

「いつか、ここをでられたら、おれ、なにをするつもりだと思う?」と、私は尋ねた。

「なにするつもりだ、レイ?」

「世間に伝えるつもりだ。ほんとうに大切な男たちがここにいたってことを。互いのことを、世界のことを、気にかけていた男たち。そして物事を違う角度で見るすべを学んでいた男たちが」

「山にのぼりて告げるつもりか、レイ?」と、ジェシーが言った。

ほかの男たちが笑った。

「ああ、世界中の山に片っ端からのぼって、それぞれの頂上で告げるつもりだ。巨石を山の上まで押しあげて、巨人の上にまでも押しあげて、山頂に立ってみせる。そして目に入った山のすべての頂上に立ち、告げてみせる。自分の物語を、あんたたちの物語を。そうだな、いっそ本でもだして、そんなことも書くとするか」

「全員、起立。独房に戻れ。もう終わりだ」。ひとりの看守がドアのところに立ち、もうひとりが図書室に入ってきて、私たちを立たせ、独房に連れていった。ヘンリーが本の一ページを丁寧に書き写した紙をもち、また畳みはじめた。小説の一節が彼にとってこれほど重い意味をもつことになろうとは、まったく、だれが想像しただろう？

読書クラブのメンバーで最初に死ぬことになったのは、ラリー・ヒースだった。彼は最期の夕食さえ食べず、刑務所長から今際の言葉はあるかと尋ねられると、こう応じた。「これがかれらの人生の癒しとなるのであれば、そうなりますように。神よ、私の罪をお赦しください」

一九九二年三月二〇日、深夜を少しすぎた頃、看守たちがラリーの頭に黒い袋をかぶせた。そして一冊の本を読み、ほかの六人のメンバーと読書会に出席し、その本が自分にとってどんな意味があるかを語りあう特権を彼に与えた刑務所長が、スイッチを入れ、ラリーが死ぬまでその身体に一分間、二〇〇〇ボルトの電流を流しつづけた。

次回の読書クラブで、私たちはラリーの椅子を空席にした。

16

裸にされる

愛してる。
——ヘンリー・ヘイズ、
　　最期の言葉

日曜日に、ハル・ベリーと結婚した。それはそれは美しい結婚式で、彼女はパリの一〇〇人ものお針子が縫いあげた最高級のレース素材の白いスリムなドレスを身にまとっていた。ドレスの裾《すそ》は一〇メートル近くあって、最上級の小さな本真珠がびっしりとついている。こちらを見あげる茶色の瞳は濡れて輝き、いまにも大粒の涙がこぼれそうだ。私はその美しい顔をじっと見つめた。彼女への愛はあまりにも深く、言葉で説明できない。

健《すこ》やかなるときも、病めるときも、よろこびのときも、悲しみのときも、富めるときも、貧しいときも、その命あるかぎり、愛することを誓い、私の胸は幸福と歓喜のあまりはちきれそうになった。「ああ、レイ」と、彼女が囁いた。「心から愛してる。あなたなしでは、もう生きていけない」

「ハル、愛するハル」。私はそう言うと、そのなめらかな茶色の肌とふっくらとした赤い唇を見やった。「きみのそばをけっして離れない。誓うよ。きみのことを大切にする」。牧師が私たちを夫婦として認めると宣言し、みんながこちらに向かって米を撒くなか、私はレスターや母さんに微笑みかけた。そして、二人で細長くて白いリムジン目指して走りはじめた。

「行ってきます」と、私は言った。「二人で世界旅行にでかけますが、一年後には戻ってきます。みなさん、また、そのときに」

「行ってらっしゃい、ベイビー」。母さんが言い、私を強く抱きしめた。「孫を連れて戻ってくるのよ。双子の孫がいいわ。男の子と女の子の」

「頑張ってみるよ」。そう言うと、私は笑いながら母さんの頬にキスをした。

それからレスターと握手をした。彼がこちらの背中を軽く叩いた。「でかした。よくぞ、おまえにぴったりの女性を見つけたな。幸運なやつだ。それに、ハルも幸運な女性だ」

レスターが心から私の幸せをよろこんでくれていることがわかった。べつに二人で張りあっていたわけではなかったが、彼がついにシアという愛する女性を見つけたように、私も生涯の伴侶を見つけたのだ。人生はすばらしい。ハルを抱きあげると、彼女が腕を回してきた。私はゆっくりと顔を下げ、あと一センチで唇に触れるというところで、彼女が身体を押しつけてきた。吐息が頬にかかり……

「ヒントン！　立て！　ヒントン！　さっさとしろ！」

ドアが大きな音を立ててひらき、四人の看守が独房になだれこんできて、ハル・ベリーを抱いていた私の両腕をつかんだ。気づいたときには壁に身体を押しつけられ、首を右側に向けられていた。頬骨が冷たいコンクリートにあたる。ひとりの看守にそのまま背中を押さえつけられた。

四人とも暴徒鎮圧用の武装をして、ベストを着用している。

四人とも見覚えのない看守だった。かれらは私の本を乱暴にめくり、下着や靴下を外の通路に放り投げた。そしてマットレスに乗り、私がここ数日、きちんと折り目をつけるべく寝押ししていた白い囚人服を地面に放り投げ、黒いブーツで踏みつけた。母さんや姪たちの写真まで通路に放りだされるようすを、私はなすすべもなく眺めていた。

「気に食わないんだろ？」と、看守が言った。

私は答えなかった。

「ここにはテレビまであるんだな。至れり尽くせりじゃねえか。ホールマンの死刑囚監房は、じつに快適ときたもんだ」

テレビまで壊され、通路に放りだされるのではないかと身がまえた。だが、看守たちはただテレビの下を確認し、コードの下になにか隠されていないか、電気部品がどれも緩んでいないかを確認しただけだった。

「服の数が多すぎる。半分は没収するぞ。こんなに下着や靴下をもってちゃいけない。サマーキャンプじゃねえんだから」

そう言うと、かれらはまた衣類を通路に投げはじめた。

「気に食わないんだろ？」と、さきほどの看守が尋ねた。

「ええ」と、私は応じた。

「五分後に戻ってきて、また同じことをしてやろうか。きょう、おれたちはこの刑務所に一二時間いる。ここの職員は、おれたちの勤務先のドナルドソン刑務所に行って、いまごろ同じ所持品検査をやってるだろう。ふだんと違う場所に行くと、悪いところが目につくんだよ。きょうは一時間に一度、検査を繰り返してやってもいいんだぜ」

背中に彼の肘《ひじ》が食い込み、私はいっそう壁に押さえつけられた。

「そんなに検査が好きなら、ここに越してくればいいじゃないですか。一日中、物を投げられますよ。私は外にでていきますから、あなたはここに残り、好きなようにすればいい」。私は礼儀正しいまでに低い声でそう言った。すると三人の看守が私の所持品を乱暴に扱う手をとめ、こちらを見た。

ひとりの看守が笑った。ほかの二人が首を横に振り、私を壁に押しつけていた男がいっそう手に力を込めた。

「検身。全部脱げ」

私は視線を下に向け、首を横に振った。所持品検査は何度も受けてきたが、これほど手荒《てあら》にやられたのは初めてだった。死刑囚監房ではめったに検身はおこなわれなかった――実施されるのは、正当な理由があるときだけだ。どこかで武器が見つかったとか、雑居房で麻薬が押収されたとか。ふだんは私たちを放っておいてくれたので、死刑囚監房は平穏だった。刑務所長がいちばん神経を尖らせているのは、平穏な日常の維持だ。だから、私たちは刑務所長と交渉した。死刑囚監房の左右それぞれの列に収監されている囚人の代表者が看守長と会い、互いに要求を言った。たいてい、どこかで折り合いがついた。私たちはトラブルを起こしたくなかったし、刑務所は人手不足で、やはりトラブルを望んではいなかった。

だが、ほかの刑務所から遠征してきた看守たちは、いつもとは違う刑務所で筋肉をほぐすのが楽しくて仕方がないようだった。こうしていれば自分たちが大きな存在に感じられ、権力を握っているような気がするのだろう。私にはこの手の男たちのことがよくわかっていた。高校にも、えらく短気だとか、スポーツが不得手だとか、なんの取柄《とりえ》もないとかいう連中がいた。そうした連中は、閉ざされた小さな世界でささやかな権力を手中にしたとたんに、暴力をふるいはじめるのだ。

「脱げ！」

私は囚人服と靴下を脱ぎ、全裸で立った。左側に二人の看守、背後に二人の看守が立っている。

「舌をだせ」

口をあけ、舌の下や頬になにも隠していないことを証明した。

「足の裏を見せろ」

片方ずつ足を上げ、足の裏を見せた。

「脚を広げろ」

脚を大きく広げ、その姿勢を維持した。

「金玉をもちあげろ」

睾丸をもちあげると、かれらが睾丸の下を確認した。そんなところになにかを隠しているはずがなかったし、かれらもそれを承知していた。

「かがんで、ケツの穴を見せろ」

私は回れ右して、前にかがんだ。それから両の尻をつかみ、大きく広げた。

「咳をしろ」

私は咳をした。その勢いで肛門が大きくひらいた。看守たちはそこになにも隠していないかどうか、確認したのだろう。この一連の行為はなにもかも、私に恥をかかせるためにおこなわれていた。〈ほかの男にこんなことをさせて、いったいなにが楽しいんだ？　順番に独房を回っていき、男たちをかがませ、ケツの穴を広げさせる行為のどこが楽しいんだ？〉

かがんだまま、肛門を大きくひらいた姿勢をしばらく維持させられた。それはゲームだった。看守たちにとって、私は一人前の男ではない——人間だと思っているのかどうかさえ怪しかった。

「服を着ていいぞ。後片づけをしておけ。おれたちはシフトを組んでるんだ。また戻ってくるかもな」

看守たちが独房からでていくあいだ、私は背を向けていた。それから、のろのろとパンツをはいた。なにもかもめちゃくちゃで、無残な状態になっていた。シーツは床の上で汚れていた。私のきれいな服にはブーツの靴跡が残っていた。トイレの片隅に置いてあった歯ブラシまで、踏みにじられたようだった。

看守たちがこちら側の監房からでていくのを、私はじっと待った。それからヘンリーの名前を呼んだ。

「ヘンリー！」

「レイ？」

「大丈夫か？」と、私は尋ねた。「室内をめちゃくちゃにされたか？」

「それほどでもない」と、ヘンリーが応じた。「マットレスをもちあげられただけだ」

「こっちは睾丸とマットレスをもちあげられたよ」。そう言うとヘンリーが笑ったので、私は微笑んだ。

「いま、ハル・ベリーと新婚旅行にでかけるところだったんだ。これからいいところが始まるってところで、邪魔された」

「『クイーン』［訳注：ハル・ベリーが主演したテレビドラマ］、観てたんだろ？」

「あたり。いまじゃ、ハルがおれのクイーンだ」

ほかの男たちが数人、笑い声をあげた。「なにも日曜日に、所持品検査することねえじゃねえか！」と、だれかが叫んだ。

私はベッドに座り、うなだれ、頭を抱えた。あしたになれば、いつもの看守が戻ってきて、こうした事態が起こったことに驚いたようなふりをするのだろう。そして、自分たちもアラバマ州のほかの刑務所に出張して、囚人の部屋をめちゃくちゃにしてきたことには触れないのだろう。そうやって看守たちは説明責任を逃れるのだ。「連中がおまえのママの写真を投げたって？　まさか、嘘だろ？」

こうして所持品検査はおこなわれる。いつくるのかわからないし、だれも責任をとらない。

＊＊＊

一九九四年、アラン・ブラックが修正した規則第三二条請願書を提出した。

一九九七年五月、ヘンリーの死刑執行日が確定した。六月六日。私たちはどうにかしてヘンリーの気持ちを前向きにさせようと努力した。

「毅然としていろよ、ヘンリー」

「まだなにが起こるか、わからないぞ」

「知事が死刑の執行停止を命じることだってある」

「前向きに考えようぜ」

男たちは中庭やシャワーに行く途中で、そんなふうにヘンリーに声をかけつづけた。思いやりには肌の色など関係ない。ヘンリーは父親や母親と一緒に暮らしていた頃やＫＫＫの集会に出席していたときよりも、自分が愛されていることをこの死刑囚監房で実感したように思う――大勢の黒人の男たちから愛されていることを。

私たちは読書クラブで何度か会い、『山にのぼりて告げよ』、*"Your Blues Ain't Like Mine"*（あなたのブルースは私のじゃない）、『アラバマ物語』、『アンクル・トムの小屋』を読んだ。どの作品も南部の人種問題を扱っていて、ヘンリーは最初、その内容に尻込みしていた。そしてこちらから発言をうながすまで、黒人が不平等に扱われていた歴史のことなど知らないふりをした。彼は自分の育てられ方を恥じており、みずからを死刑囚監房に送り込む原因となった考え方に慙愧《ざんき》の念を覚えていた。「どんなおとなに成長するかなんて、だれにもわからない」と、ヘンリーは言った。

「おまえは看護師になんかなれないと女に言ったり、医者や弁護士になんぞなれるはずがないと男に言ったりするのは、どうしてなんだろう？　ただ黒人だからという、それだけの理由でさ。将来はエイズやがんの治療法を発見するかもしれないのに。将来のことなんて、だれにもわからないのに」

ヘンリーがマイケル・ドナルドのことを考えているのがわかった。彼が殺害したあの青年のことを。あの青年が生きていたらどんなおとなになっていただろうと、想像しているにちがいない。この八五年間でヘンリーは、黒人を殺した罪で死刑を言い渡された初めての白人だった。ヘンリーの死は、死刑囚監房の外の人たちにとって重い意味があった。これまで読書会で読んできた本のテーマとして扱われていた、人種差別や正義や公平といった主張が正しいことを示していたからだ。でも私たちにとってヘンリーの死は、家族の一員が殺されることだった。死刑囚監房にもはや人種差別はなかった。

看守たちは、死刑囚を殺す一週間前からきわめてやさしい態度で接する。気分はどうか、なにか欲しいものはないかと尋ねる。死刑囚は面倒な書類や手続きをすっ飛ばし、いつでも好きなときに面会人と会えるようになる。自動販売機で食べ物や冷たい飲み物を買えるし、厨房で好きな食べ物をつくってもらえるようになる。

いよいよヘンリーが死刑執行を待つ待機房に向かう直前、私たちは最後の会話をかわした。

「すまない、レイ。自分がしたことを後悔している」

「わかってる。神はご存じだ」

「前にも話したことがあるかもしれないけど、おれにはレイっていう名前の弟がいるんだ。あいつもおれの兄弟なんだよ」

ヘンリーが泣いているのがわかり、私の胸は潰れそうになった。最後の最後になれば、なにひとつ関係ない。自分が何者で、肌の色が何色であろうと、過去になにをしていようと、死ぬ直前に被害者に思いやりを示そうと――なにも関係ないのだ。死刑囚監房には過去も未来もない。ただ、いまという瞬間があり、一瞬一瞬を生き延びようとしているときに、物事の善悪を判断するなどという贅沢な余裕なんてない。

ヘンリーは私の友人だ。それは複雑な話じゃない。私が彼に思いやりを示したのは、私がそうするように育てられてきたからだ。この世の地獄で、私は夜になると頭《こうべ》を垂れ、また一日、生き延びられたことを実感した。あちこちから笑い声が聞こえる。力になろうとする手が差しのべられる。友情。苦しんでいる他者への思いやり。私は人間性を失うつもりはない。なにがあろうと、私から人間性を奪い去ることはできない。

六月五日の深夜を迎える数分前、私は独房のドアのところに立った。そして靴を脱ぎ、ドアや金網を叩きはじめた。ヘンリーにこの音を聞いてほしかった。ひとりぼっちではないことをわかってほしかった。ヘンリーの頭髪が剃られるタイミングがわかったし、発電機のスイッチが入った音も聞こえた。私はいっそう激しくドアを叩いた。死刑囚監房のこちら側の上階と下階、すべての独房から同じ音が聞こえてきた。私たちはヘンリー・ヘイズのためにドアを叩いた。黒人。白人。そんなことは関係ない。

ヘンリーはおびえているはずだ。そして孤独感にさいなまれているはずだ。自分の所業のせいで、死刑囚監房の奥で待ちかまえている地獄に送られることが、こわくてたまらないはずだ。私たちはドアを叩き、声をあげ、できるだけ大きな声で叫んだ。一五分間、私は喉が枯れるまで叫びつづけた。こうして叫んでいれば、自分の人生にも意味があったことがヘンリーに伝わるだろう。アラバマ州の名のもとに殺人を犯す現場を眺めている連中に、私たちが生身の人間であり、いくら黒い頭巾をかぶせたところで当人が痛みを感じていないようなふりなどできないことを思い知らせてやりたかった。

私は叫んだ。これまで大勢の無実の人間が、あのおそろしい黄色い椅子に縛りつけられてきたことがわかっていたからだ。悪い犬のように毛を剃られ、威厳を損《そこ》なわれ、人間としての価値を電線でゆわえられ、生ゴミのように捨てられるのだ。無実の男たちがあの椅子で死んできた。罪を犯した男たちもあの椅子で死んできた。屈強な男たちが赤ん坊のように泣き、弱い男たちが死と向きあいながら必死に冷静を保とうとしてきた。

私は叫んだ。ヘンリーに声が届くように、彼が神のもとにひとりぼっちで行かずにすむように。そして死刑執行室で彼が死ぬようすを冷ややかに見物している連中を、私たちの叫びの熱が打ち負かすように。私たちは抵抗の雄叫《おたけ》びをあげ、声をあわせて叫びつづけた――私たちには叫ぶほかにすべがなかったのだ。

＊＊＊

囚人仲間が死にゆくところを目の当たりにすることはない——ある日そこにいたのに、翌日には逝《い》ってしまう。だからこそ、自分の死について考えずにはいられない。アラン・ブラックはなかなか接見にきてくれなかったが、私の請願書を再度提出したとき、書類を送ってくれた。それがよい知らせであることを願った。

彼はもう七年以上、私の事件に取り組んでいた。だから、彼に感謝はしていた。

「レイ、いい知らせです」。その日の接見で、彼が言った。

「なんです？」と、私は尋ねた。

「取引をもちかけていましてね。仮釈放なしの終身刑を州側が考慮するところまでこぎつけたんです。そうなれば、まず間違いなく、あなたは死刑囚監房からでられる」

そう言いながら、アランは私に微笑んだ。私が彼の背中を叩き、労をねぎらうのが当然だといわんばかりに。

「でも私は、仮釈放なしの終身刑など望んでいません。私は無実です。仮釈放なしの終身刑など、受けいれることはできない。それでは、してもいないことをしたと認めるようなものだ」。私は首を横に振った。アランは私を信じてくれている、私が無実であることがわかっていると、これまで本気で信じていたのに。

「そうすれば、あなたの命を救えるんですよ、レイ。すばらしい解決策だ」

ゆうに五分間、私は彼の顔をまじまじと眺めた。

「いやです」と、私は低い声で言った。

「なんですって？」と、彼が言った。「なにが、いやなんです？」

「その案には同意できません。仮釈放なしの終身刑になれば、自由に歩くことができなくなる。無実も証明できない。私は一生、刑務所ですごすつもりはありません」

「レイ、このままでは殺されますよ。かれらにはあなたを釈放するつもりなどない。あなたが無実だろうがなんだろうが、かれらにとっちゃどうだっていいんです。あなたが専門家を雇う費用をいまになって裁判官が認めたのは、以前に上訴できた問題については、今後の上訴を禁じているからです。こちらの主張を、かれらはすべて認めていません。仮釈放なしの終身刑は、いい選択なんですよ」

「専門家の件はどうなったんです？　銃弾の件は？」

おまえは馬鹿かというように、アラン・ブラックがこちらを見た。

「そのためには、カネが必要です」と、彼が言った。「一万ドルが」

「私は一文無しです」。またこの話に戻ったのが信じられなかった。「私がここに入れられたのは、強盗をはたらいたからですよ。どうしてあなたがた弁護士は、私にカネがあると思うんです？カネが要るなら、ブライアン・スティーヴンソンに頼んでください。カネをだしてくれるのは彼しかいません。私はすっからかんです。母さんも同様だ。それに母さんはずっと具合が悪い。母さんにカネの話はしないでください」

「では、教会に用立ててもらってください。一万ドルあれば、仮釈放なしの終身刑を得られます。

教会に募金を頼む必要があるでしょうね。みなさん、いい人たちばかりですから、あなたの命を救うために募金してくれるはずだ。あなたが死ぬところを見たくはありませんからね、レイ。お母さまも、私も、ブライアン・スティーヴンソンも、ご友人も、ご家族も、教会も、あなたの身にそんなことが起こってほしくない」。まるで事件の弁護をするように、アランが熱弁をふるった。

私は立ちあがり、彼を見おろした。カネの問題じゃない。私の無実の問題だ。

「貴重な時間を割いてご尽力くださったことに感謝します。でも、もうこれ以上、お骨折りくださらなくて結構です」

アランがあんぐりと口をあけた。そして、口の端で笑った。「なんの話です、レイ?」

「もうあなたに弁護人を務めてもらう必要はない。あなたは私の弁護人ではない。あなたを解任します」

「私を解任する?」

「ええ、解任します。これまでほんとうにありがとうございました。でも、嘘をついて長生きするくらいなら、真実のために死ぬほうがましだ。仮釈放なしの終身刑には同意できない。そんな真似をするくらいなら、私はここで腐って死ぬ。でも、ご尽力には感謝します」

私は看守に手を振って合図をすると、面会室の外にでた。アラン・ブラックのほうを振り返らなかったので、彼がまだ座ったままあんぐりと口をあけているのか、私を追いかけようと腰を浮かしているのか、わからなかった。もう、どうだっていい。彼は私のことを信じていなかったし、私も彼のことをもう信じていなかった。

看守に強要されれば、私は前屈し、尻を見せる。そうするしか、ほかに選択肢がないからだ。

でも、ほかのだれにも、身ぐるみはがされるつもりはない。

まだ人生をあきらめるわけにはいかない。無実の人間として、ここから歩いてでていってやる。

さもなければ、最後まであがきつづけて死ぬまでだ。それだけの話だ。

17

神が
つかわした
最高の弁護士

どちらでも選ぶことはできる。
自分たちの人間性を
大事にすること、
つまり私たちは本質的に
傷ついた存在であると認め、
それを癒そうと願う思いやりを
大事にするか。
あるいは、自分は傷ついてなどいない
と否定し、思いやりを拒み、
その結果、
自分自身の人間性を否定するか。
——ブライアン・スティーヴンソン
（著書『黒い司法』）

アラン・ブラックを解任したあと、また孤独感にさいなまれるようになった——それは有罪判決を受けて以来、感じたことのない孤独感だった。自分はいま、なにをすればいいんだろう？どこを頼ればいいんだろう？

死刑囚監房には、ことあるごとに男たちが繰り返すジョークがあった。

「死　刑《キャピタル・パニッシュメント》ってどういう意味だ？」

「資本《キャピタル》がない男が罰せられるってことさ」

それはおかしくもなんともない、紛《まご》うことなき真実だった。自分の上訴に取り組んでくれる弁護士がいなくなったいま、その事実はいっそう切実に感じられた。私に弁護人がいない事実を、法廷はいつごろ知ることになるのだろう？

私はほかのなによりも、死刑執行日が決定することをおそれていた。そこで、監房を巡回していた看守に、電話番号を調べてもらえないかと頼んだ。

「だれの番号が知りたいんだ？」と、看守が尋ねた。

「あんたの奥さんと話したいんだ。奥さん、見るからに怪しいランチョンミートを弁当にもたせてるだろ？　なんだって旦那を殺そうとしているのか、理由を尋ねてみたくてさ。あんたの命を救ってやりたいんだ」

看守が笑った。

「だれに電話をかけたいんだ？　事務所に電話帳があるから調べてやろう」

「恩に着るよ。モンゴメリーの〈司法の公正構想〉の住所と電話番号を調べてもらえるとありがたい」

看守が首を傾げ、しばらくじっとこちらを見た。「ブライアン・スティーヴンソンと連絡をとりたいんだな？」

私はうなずいた。

看守がにっこりと笑った。「うまくいくといいな、レイ。本気でそう思ってるよ。おまえさんは、ここにいるほかの連中とは違う」

「おれたちはみんな、ここでは同じさ」

「そうは思わんけどな。やつの電話番号ならわかる。あとで知らせるよ」。そう言うと、看守はまた歩きだした。私はベッドに腰を下ろすと、手紙を書きはじめた。

ミスター・スティーヴンソン

はじめまして。アンソニー・レイ・ヒントンと申します。いま、アラバマ州の死刑囚監房にいます。ボストンから弁護士を派遣してくださり、ありがとうございました。もうご存じでしょうが、あの先生ではうまくいきませんでした。もしかすると、新たな弁護士の派遣をお考えになっているかもしれませんが、私としては、ぜひあなたに担当していただきたいのです。どうか、これまでの裁判記録のコピーに目を通してください。もし、私が有罪であることを示す点がひとつでもあるとお考えになった場合は、私の弁護士になることなどお忘れください。そのときには、アラバマ州が求める刑罰を受けます。あなたにお時間を割いていただく費用はいっさい支払うことができません。でも、会いにきてくだされば、ガソリン代はお支払いいたします。私は無実です。けっして人を殺すような真似はしません。近いうちにご連絡いただけることを願っています。神のご加護がありますように。

敬具

レイ・ヒントン、Z四六八

看守がその夜、ブライアンの住所と電話番号を書いた紙をもってきてくれたので、封筒に手紙を入れ、丁寧に宛名を書いた。それから封をしないまま、宛名の横に〝法的書簡〟と記した。看守たちはそれでも中身を読むだろう。例外なく、すべての手紙に目を通すのだから。

翌日、中庭にでる時間になったとき、私は中庭に行かずに電話をかけにいった。そして〈司法の公正構想〉にコレクトコールで電話をかけた。この通話がホールマン刑務所からのコレクトコールであることを録音音声が告げると、電話にでた女性は課金を承諾した。

「ミスター・ブライアン・スティーヴンソンはいらっしゃいますか」と、私は言った。「アンソニー・レイ・ヒントンと申します。ホールマン刑務所の死刑囚監房にいます」

相手の女性は微笑みを含ませたような声をだした。「ああ、お電話ありがとうございます、ミスター・ヒントン。少々お待ちいただけますか。ミスター・スティーヴンソンの電話におつなぎいたします」

よくある保留中の音楽が聞こえてきた。こうして待っているあいだにも、〈司法の公正構想〉が負担するコレクトコールの課金はいくら増えるのだろうと考えた。数分後、男の声が聞こえてきた。

「ブライアン・スティーヴンソンです」と、あわてた口調で相手が言った。

「はじめまして、ミスター・スティーヴンソン。アンソニー・レイ・ヒントンと申します。ホールマン刑務所の死刑囚監房から電話をかけています」

「はじめまして？」。それは、挨拶というより質問の口調だった。

「アラン・ブラックを派遣してくださり、ありがとうございました。でも、彼を解任せざるをえなくなりまして」

沈黙。それは、数分にも及ぶ沈黙に思えた。

「彼を解任なさった？」

「はい。解任せざるをえなかったのです。彼は私に一万ドルを要求してきました。そして教会に募金を頼んでくれと言ったのです。そんな大金、私にはありませんから」

「すみません、ミスター・ヒントン。彼と連絡をとり、話してみます」

「あなたに手紙をお送りしました。ぜひ、その手紙を読んでください。アラン・ブラックにはもう、私の代理人になってほしくありません。私を仮釈放なしの終身刑にしようとしたのです。私にはそんな真似はできません。おわかりですか？　私の手紙を読んでいただけますか？　電話を切られるまで、あと少ししか時間がないので、急いで話しています」

「彼と話してみます。それからまた、ご連絡いたします。なんとか手を打ちましょう。どうにかして策を見つけましょう」。そう言う彼の声には誠意がこもっているように思えたけれど、私はこれまでの数人の弁護士にも同様の誠意を感じていた。

「どうか約束してください、私の手紙を読み、検討すると」

「もちろんです。約束します」

数カ月後、弁護士が接見にきたと伝えられた。私はゆっくりと面会室に歩いていった。テーブルには、頭がつるりとした、私より少し若そうな黒人男性が座っていた。スーツ姿で、ネクタイを締めている。私が歩いていくと、彼は立ちあがり、満面の笑みを浮かべた。

「ミスター・ヒントン、はじめまして。ブライアン・スティーヴンソンです」。握手をしようと、彼が手を差しだした。私も手を差しだしたけれど、まるでスローモーションで動いているような感じがした。

「ミスター・スティーヴンソン、はじめまして」

彼が私の手をしっかりと握り、握手をした。その瞬間、力強さと思いやりと希望が強烈に伝わってきて、彼の手に撃ち抜かれたような気がした。それは電気ショックのような握手だった。私もせいいっぱいの力をこめ、彼の手を握った。

椅子に腰を下ろし、彼の目をじっと見つめた。私はこの一二年間で初めて、深呼吸をしたような気分を味わっていた。出会ったとたんに、この人は自分の人生を永遠に変えることになると察するときがある。ブライアンとの出会いがまさしくそうだった。私は彼の顔に思いやりとやさしさを見てとった。じつに頭がよさそうだった。そして、疲れているようだった。目の周りには皺が寄り、その一本一本に悲しみのようなものがにじんでいた。

「調子はどうですか?」と、私は尋ねた。

「ああ、元気です、どうも。そちらはいかがです、ミスター・ヒントン? ここでの生活は順調ですか? なにか問題は?」

「レイと呼んでください」

「わかりました。では、私のことはブライアンと呼んでください」

「きょうはわざわざお越しくださり、ありがとうございます。私にとっては、特別な意味があります。このあたりの死刑囚のためにご尽力くださっているとうかがいました」

彼がうなずいた。

「アラン・ブラックと話をしました。彼のことでは、申しわけありませんでした」

「私の代理人になっていただけますか?」と、私は尋ねた。「そのために、わざわざ足を運んでくださったんでしょうか?」

「いまのところ、ここにうかがったのは、あなたとお目にかかり、あなたのことを知るためです。そして少しばかりお話をうかがうためです。あなたの事件と裁判とご家族について、お話をうかがいたいのです」

そう言うと、彼がにっこりと笑った。私の胸にあの希望が芽生えたのがわかった。神がこの男性をつかわしてくださったことがわかったのだ。

「ご存じのように、私は有罪判決を受けました。私は法廷で、いつの日か、神が私の再審理をなさるはずだと言いました」

「法廷で、そうおっしゃったのですか？」

「はい。でも、これほど長く時間がかかるとは思ってもいませんでした。私はここにもう一二年近くいます。これほど長くいること自体が信じられません。地獄でした。どんな地獄か、口では説明できないほどです」

ブライアンが私の目をじっとのぞき込んだ。すると、彼がその地獄のようすを把握していることが伝わってきた。この人にはわかっている。この人はここの処刑室に行ったことがあるのだ。亡くしてきた人がいるのだ。

「でも、きょうはいい日です。だってきょうは、神が最高の弁護士を私につかわしてくださったのですから。きょうは、神が私の再審理をはじめる日です」

ブライアンが笑った。それから静かな口調で言った。「なにがあったのか、教えてください」

「私は無実です。これまでの人生で、一度も暴力をふるったことはありません」。私は大きく息を吐き、続けた。私にはこの人が必要だ。この弁護士には、なにがなんでも味方についてもらわなければ。これほど強くなにかを痛感したことはなかった。私のことを信じてもらわなければ。私が無実だと、信じてもらわなければ。

「私はこれまで、いくつか間違いを犯しました。自分の物ではない車を運転し、そのまま逃げました。きちんと自分の名前を書いてはいましたが、小切手を振りだして不渡りにしたことが何度かあります。たしかに、私は何度か間違いを犯しました。こうしたあやまちを犯したため、神が私を罰しておいでなのかと思うときもあります。でも、神には私に関してほかにも計画がおありで、だからこそ、いまここにいるような気もするのです。私には、心から愛してくれる母親がいます。母は、これ以上ないほど深い愛を捧げてくれます。無条件の愛を。それがどういうことか、わかりますか？　無条件の愛。ここにいる男たちの大半は、そうした愛情を知りません。そうした愛情をいっさいそそがれることなく育ってきたのです。そんな生い立ちは、人を傷つけます。人間を壊します。あってはならないやり方で、人間を破壊するのです。私の言っていることが、おわかりになりますか？」

「わかります」。ブライアンが悲しそうな表情を浮かべ、私にうなずいた。

「犯行があったとき、私は職場にいました。強盗をはたらこうとか、だれかを殺そうとかしたことなどありません。警備員がいる職場で缶詰になって働いていて、出社と退社の記録も残していました。でも、犯人が私ではないことなど、どうでもいいと言われました。犯人は私だと白人が言うことになるだろう、それでもう終わりだ、と言われたのです。私が有罪になるのは、白人の陪審員と白人の裁判官と白人の検事がいるからだとも言われました。私の弁護人はいっさい費用をだしてもらえませんでした。ですから専門家を雇うだけのカネがありませんでした。警察は母の銃を押収したあげく、これが二人の被害者の命を奪った凶器だと言いました。母の銃は二五年間、一度も発砲されていないというのに。おまけに私の証人となった専門家は、片方の眼しか見えませんでした。彼が証言台を降りたとき、私は泣きました。これで有罪になることが決まったと、わかったからです。でも、私は犯人ではありません。姉妹の両方とデートをしたせいで、証人に嘘をつかれましたが、これまでの人生でだれかにケガをさせたことなど一度もありません。公判の最中にひとりの男が電話をかけてきて、自分が真犯人だと名乗りましたが、私の弁護人は寝ていたところを電話で邪魔されたと言い、腹を立てただけでした。あの電話をかけてきた男が真犯人です。私ではありません。私はだれにも暴力をふるったことなどありません。ぜったいに。私は無実なのに、ここに閉じ込められ、外にでられません。ここにいると息が詰まりそうです。かれらはいまも囚人を殺しつづけています。私のすぐそばの独房の男たちを殺しつづけているのです。ここでは友人が焼かれる臭いを嗅がなくてはなりません。わかりますか？　友人たちの死の臭いのなかで呼吸をすると、その臭いはいつまでも消えないのです。看守たちは私に笑いかけるけれど、いつの日か、私のところにもやってくるでしょう。無実なのに。私は母のために家に戻らなければならないんです。母は具合が悪いので。母はもう面会にこられないから、私が自宅に戻るしかないのです。なにがなんでも、家に戻らなければ。私は無実です。ここからでられませんが、それでも無実なのです」

一気に言葉がほとばしった。ブライアンはただそこに座り、一言一句にじっと耳を傾けていた。彼のふるまいには疑問を挟む余地がなかった。彼はずっと私の目をしっかりと見ていた。彼は母親やほかの家族について質問をした。私はレスターが一二年間、一回も欠かさず面会日にきてくれたことを話した。それは真の友情だった。だれにでもレスターのような親友がいるといいんですがと、私はブライアンに話した。彼は私の裁判について尋ね、だれが証言をしたのかと尋ねた。パーハクスがレスターや母さんや教会のメンバーをだれも証言台に立たせなかったと聞き、驚いたようだった。それから私の仕事について尋ね、スマザーマン氏の事件が起こった夜のことについて詳しく話を聞いた。

そうやって二時間以上、話をした。彼と一緒にいると居心地がよかった。私はこう言った。先生はオーバーン大学のフットボールのファンですか？　アラン・ブロックはレッドソックスのファンだから、最初から馬があうはずがなかったんですよ。ここからだしてくれたら一緒にヤンキースの試合を観にいきましょう。

ブライアンが笑った。私は彼の仕事やご家族のことを尋ねた。それから、ここの看守に関する愉快な話や読書クラブの話をした。刑務所長が読書クラブの開催を禁じたことも話した。ほかの死刑囚のあいだから、読書会のメンバーだけが会のたびに独房からでられるのは公平じゃないという声があがったからだ。全員が外にでられるか、だれも外にでられないかのどちらかにすべきだ、と。

死刑囚監房には扇風機が必要だという話もした。夏は暑くて、まともに息もできないんですよ。

彼は私が言ったことをすべて書き留めた。急いで接見を終えようとしているようには見えなかった。彼は私の話の腰を折らなかった。ただじっと耳を傾けていた。そんなふうに話を聞いてもらえるのは、じつに心強かった。

「事件のことで、ちょっと提案があるんですが」と、私は言った。

「なんです？」と、彼が尋ねた。そして、本気で関心をもっているように身を乗りだした。

「その、弁護士のなかには、依頼人から提案されるのを好まない先生もおいででしょうが――」。私は彼を怒らせたり、不快にさせたりしたくなかった。

「レイ」と、ブライアンが私の話をさえぎった。「なにかお考えがあれば、なんでも提案してください。われわれはチームです。〈司法の公正構想〉のスタッフと一緒に、打てる手はすべて打っていきましょう。あなたがどんなふうに考えているのか、すべて把握しつつ、手を打っていきたいのです。これから、あなたの裁判記録のコピーをじっくり読み返すつもりです。あなたのご提案は、私にとって重い意味があります。なんでもおっしゃってください」

私はにっこりと笑った。これこそ、ずっと聞きたかった台詞だ。「銃器の専門家を雇っていただきたい」

「わかりました、そうしましょう。アランがすでにだれか雇ったのかと思っていました」

「最高の専門家を雇っていただきたいのです。ここの裁判官は全員、強い偏見をもっています。女性はダメです。北部出身者もまずい。ぜったいに男でなければならず、南部の白人であることが好ましい。そして死刑制度の支持者でなければならない。また、一流のなかでも超一流の専門家でなければならない。州側の専門家に教える立場にいるような専門家が必要です。私が有罪であるなら死刑にしたいと望む理由がいくらでもある人物がいいですね。ただし、正直でなければならない。正直であるかぎり、その専門家が人種差別主義者であろうが、南部出身であろうが、白人であろうが、私はかまいません」

ブライアンが笑った。「おっしゃりたいことは、よくわかりました。それはいいご提案です。さっそく調べてみましょう。FBIの専門家を何人か知っていますから。専門家は二人以上いるほうがいいでしょうが、まず、あなたのファイルを再読させてください。州側の専門家の報告書にも目を通してみます。あなたが雇った専門家がなにを言い、なにをしたのか、調べてみます。万事にスピードをあげて取り組まなくてはなりません。それが終わったら、すぐにまたこちらにうかがいます。よろしいですか？」

私たちはふたたび握手をした。そして別れの挨拶をかわしながら、互いの目をしっかりと見た。あなたをぜったいにここからだしてみせますと約束こそしなかったけれど、彼の目にその決意が読みとれた。あとでそう約束してくれるであろうことが、彼の目を見てわかったのだ。それはこれから続く長く暗い夜に、私がしがみつくことになる約束だった。

＊＊＊

看守に付き添われて独房に戻り、背後でドアが閉まると、私はすぐに膝をついた。手をあわせ、頭を垂れて祈った。〈神よ、ありがとうございます。ブライアン・スティーヴンソンをおつかわしくださり、感謝いたします。主の時間の感覚で物事が起こることはわかっていますから、彼をもっと早くおつかわしくださらなかった理由を尋ねるような真似はいたしません。神よ、どうぞブライアン・スティーヴンソンをお見守りください。主のために働いている彼のことを、どうぞ気にかけてください。神よ、死刑囚監房にいる男たちにご加護を。母さんにご加護を。母さんのベイビーは家に戻ってくると、どうか希望をお与えください。主が最高の弁護士をおつかわしくださったと、母さんに伝えるつもりです。どうぞ母さんの健康をお守りください。神よ、どうか真実を明るみにだしてください。最高の弁護士をおつかわしくださったことはわかっていますし、私の事件の再審理が始まることもわかっています〉

祈りを終えると、初めてすすり泣きが漏れた。その後の二時間、私は膝をついたまま、赤ん坊のように泣きじゃくった。

ただ泣くための夜もある。

18

銃弾の鑑定

ヒントン氏の有罪を
証明するには、
本件の証拠は前例がないほど、
まったくの不充分です。
——ブライアン・スティーヴンソン
（2002年、州側から提案された
命令に対する反論で）

母さんはブライアン・スティーヴンソンに手料理をご馳走したがっていた。それが愛情を示す母さんのやり方なのだ。ブライアンのことを話して聞かせると、母さんは自分からも感謝の気持ちを伝えたいと言った。

「いつか、母さんのところにも話を聞きにいくと思うよ」と、私は言った。

「お待ちしてるよ。その方、なにを召しあがりたいだろうねえ。特別なご馳走を用意しなくっちゃ。好物はなにか訊いておくれ。すぐに用意するから。少し、お礼も差しあげたいよ」

「いや、母さん。おカネを渡すことはできないんだ。先生は受けとろうとしないだろう。頼むから、おカネだけは渡さないで」

「そうかい、それで、先生はなんておっしゃってるんだい？　おまえはいつ家に帰ってこられるの、ベイビー？　いつでも帰ってこられるようにしてあるんだよ」

母さんにそう言われるたびに、胸が苦しくなった。母さんはここのところずっと、私に会いにきていなかった。長いドライブが身体にこたえるからだ。母さんが病気を患《わずら》っていることはわかっていた。愛する人のことならわかるものだ。でも母さんもレスターも、詳しいことはいっさい教えてくれなかった。私を心配させたくなかったのだろう。それに、現実を直視しないほうが気持ちのうえでは楽だった。家に戻って母さんの世話をすることはできないのに、そのことばかり考えてすごすのは酷というものだった。

私は死刑囚だ。無実の男が刑務所の外にでるのがこれほど困難をきわめるとは、あってはならない話だが、それが現実だ。肝心なのは、妥協点を見きわめることだ。上流に向かって必死で泳いだところで徒労に終わる。流れに逆らってはいけない。この刑務所から歩いてでていくことをあきらめてはいなかったが、毎日、全力で闘うことなどできない。家に戻るために最善を尽くしながらも、ある時点で、いまいる場所をわが家にするしかないと腹をくくるのだ——そう考え、私は本物のわが家を、外の世界を、せいいっぱい努力して頭のなかから締めだした。

毎日、午前一〇時に外の世界の人たちがなにをしていようと、もう関係ない。いまのわが家では、午前一〇時がランチタイムだ。それを受けいれるしかない。このわが家では、連日、朝から晩まで男たちがわめき、悲鳴をあげ、うめいているのを直視するしかない。ネズミとゴキブリは自由に出入りしているけれど、私はできない。ここにはいつなんどき他人が無断で入ってきて、室内を荒らしていくかわからないが、それも受けいれるしかない。生き延びるために「イエス、サー」、「サンキュー、サー」と言わねばならない。いまのわが家では、死がいつだって戸口に潜んでいる。死は部屋をぐるりと包囲し、監視し、待機し、立ち去ることがない。

私は一週間単位で生き延びている——レスターと面会できる週末を目指して、なんとか一週間を耐え抜くけれど、ときには一分間、一時間をやりすごすのに必死なときもある。ここでは、家族の一員の死ぬ日がわかっている。じつは現実世界でも、心から愛する本物の家族に死が忍び寄っていたのだが、私には知らされていなかった。私自身、そんな現実は直視できなかった。そんな現実世界ではとても生きてはいられない――だから独房のなかに広がる想像の世界に、身を沈めるしかなかった。

「しばらく時間がかかると思うよ、母さん。あの先生はね、ほかの弁護士がしたことをもう一度やり直してくれるんだ。ここからだしてくれると約束してくれた。無実だってわかってるんだよ。先生は信じてくれている。だからそれを証明してくれているんだ」

「もちろん、おまえは無実だよ。あたしの息子が人さまを傷つけるような真似をするものか。以前の先生がおまえの名前を言うときの感じが、あたしゃ、気にいらなかった。あの人はおまえを公平に扱わなかった。おまえのことを信じているようには思えなかったよ」

母さんはマクレガー検事のことを話していた。最近、母さんはとても混乱することがあって、話を聞いているとつらくなった。レスターからはこう聞かされていた。おばさんは元気だけど、すごく疲れやすくなってるから、七時間も車に座っているのはつらい。そうだろう。フィービーおばさんもまだ面会にきてくれてはいたけれど、数カ月おきになっていた。母さんもおばさんも、どんどん年をとっていく。私たちはみんな、確実に年老いていた。

ブライアンからは、接見にきたあと手紙が届いた。

一九九八年一一月一日
郵便番号三六五〇三　アラバマ州アトモア三七〇〇
ホールマン州立刑務所
Z四六八、アンソニー・レイ・ヒントン殿

親愛なるレイ
あなたの事件の公判の記録を読みなおし、われわれはいま、調査チームを編成しています。公判の概略のコピーを同封いたしますので、ご覧ください。公判で検察側が提示した証拠について、何点か、あなたにうかがいたいことがあります。ですから、この概略を見直し、記憶を呼び起こしていただければと思います。
お元気でいらっしゃることを願っています。われわれは現在、あなたの事件を公平に審理するにあたり、検察側に偏見があった可能性のある点を洗いだしています。二週間ほどしたら、またそちらにうかがいます。どうか、あきらめずに踏ん張ってください。

敬具
ブライアン・スティーヴンソン

数週間後、ブライアンがほんとうに会いにきてくれて、その数週間後からは定期的に訪問してくれるようになった。私たちは互いのことを知るようになり、彼は弁護士として接見するだけでなく、ときにはただの友人として接してくれた。一時間以上、事件について話さないこともあった。銃弾の鑑定、マクレガー検事、レジー・ホワイト、私の無実……、そうした話題はいっさいでず、ただアラバマ州の天気や、大学のフットボールの試合や、好きな食べ物や苦手な食べ物の話をしたのだ。

日によっては、ブライアンの疲労の色が濃いこともあった。自分の尽力に多くの人間の命がかかっている日々をすごしていれば、どれほど摩滅《まめつ》することか。彼の肩には私という重荷以外にも、さまざまな重荷がのしかかっていた。それでも彼は公正や寛容の精神について熱く語り、子どもや精神を病んだ者や無実の者を監禁する、腐りきった体制を批判した。「救済できない人間などいません」と、彼はよく言った。充分な行政サービスが届かない人間をつくってはならないし、人生に変化を起こす可能性を潰してはならない。彼は犠牲者にも加害者にもそうした思いやりを示し、権力を濫用する権力者の不寛容に憤慨していた。ブライアンは、マクレガー検事にもパーハクスにも満足していなかった。

彼の話によれば、一流ロー・スクール出身の成績優秀な若手弁護士チームが、彼のためにボランティアで果敢に働いてくれているという。「そのオールAの学生さんたちに無理な場合は」と、私は言ったことがある。「オールCくらいの学生さんを募集したらどうです？　中くらいの成績の学生のほうが体制の揺さぶり方を心得ているかも。だいいち、がむしゃらでしょ？」

私は彼を笑わせるのが好きだった。彼はまさに仕事人間で、仕事への情熱を全身にみなぎらせていたけれど、ときには素に戻って、二人でくだらないことを喋った。そんなときの私は死刑囚ではなかったし、彼も弁護士ではなかった。私たちはただのレイとブライアンで、違うところより似ているところのほうが多かった。彼が私の命運を握っているのは事実だった――でも、ときおり、その重荷を脇に置かなければ、二人ともやっていられなかった。いつもそばで待機しているその重荷を、私たちはまた背負わなければならなかったが、人生の重さに耐えられなくなったときには、くだらないことを言って笑い飛ばすしかない。

私の無実を彼が心から信じてくれていることがわかっているだけで、ほんとうに安心できた。仮釈放なしの終身刑という提案は、その後いっさいでなかった。私が無実であることを、これから彼は大声で主張し、論じ、州側が誤判をしたことを認めるまで闘いつづけるのだ。

その日がすぐに訪れますようにと、私は願った。そして祈った。

刑務所内では口にするのがはばかられる単語、それは〝希望〟だ。希望はすぐそばにあるくせに、手を伸ばすと身を引き、こちらをじらす。それでも、私は希望を捨てなかった。それどころか、山ほどの希望をもっていた。とはいえ、ときには短気を起こすことがあった。人生は私の横をすばやく通りすぎていき、毎年、私は失った一年を惜しんだ。まだ処刑されていないことに感謝はしたが、それは地獄の辺土に暮らしているようなものだった――生と死のあいだを漂流し、どこに着地するのかわからない。

ブライアンが最初にまとめてくれた事件の概要は、二〇〇ページ近くもあった。これを私に読んでほしいと思ってくれたことが、素直に嬉しかった。意見を求めてくれたことが嬉しかった。

本気で私の気持ちを代弁してくれる弁護士が見つかったことが、心底、嬉しかった。

一九九九年五月一八日

郵便番号三六五〇三　アラバマ州アトモア三七〇〇

ホールマン州立刑務所

Z四六八、アンソニー・レイ・ヒントン殿

親愛なるレイ

あなたの事件を調査するのに二日ほど専念しました。〈クインシーズ〉で強盗があった夜にあなたの職場で監督官を務めていたトム・ダールから、日曜日に話を聞きました。ダールは非常に協力的で、あなたのアリバイとなる追加の情報を教えてくれました。われわれはまたマンパワー社から派遣され、犯行があった夜にあなたと一緒に〈ブルーノズ〉で働いていた数名の従業員からも話を聞きました。ほかの従業員に関しては、目下、調査中です。あの晩、一緒に働いていた従業員の名前をほかにも思いだしたら、どうぞお知らせください。

今月の初めに、ご自宅にうかがってお母さまとお目にかかり、とても楽しいひとときをすごしました。それから教会のドナ・ベイカー、ウェスリー・メイ・ウィリアムズ、カルヴィン・パーカー師にも会いました。あの夜、教会にいたはずの方があと二人ほどいるので、連絡先を調べているところです。

アラン・ブラックからも話を聞きました。われわれが修正した請願書を提出し、来週、出廷通知を正式に提出する了解も得ました。あなたの事件の調査のために、来週、ドラとバーミングハムに三日間、滞在するつもりです。最新情報をお伝えしますから、どうか待っていてください。六月二五日に審問が予定されていますが、また二週間ほど延期してほしいと思っています。われわれにとっては今年の八月から一〇月のあいだに審問が実施されるのが最適のタイミングだと考えているので。

なにか必要なものがあれば、お知らせください。そしてどうか、あきらめずに踏ん張ってください。近いうちにまた連絡します。

敬具

ブライアン・スティーヴンソン

彼はしょっちゅう〝踏ん張ってください〟と繰り返していて、それはけっして投げやりな台詞ではなかった。電話を終えるときのお決まりの台詞でもなければ、手紙の末尾に書き添える社交辞令でもない。私たちはこの死刑囚監房で踏ん張れなかった大勢の男たちを知っていた。私がここにきてから、一一人の男たちがみずから命を絶っていた。あきらめるという選択肢は、いつだって私たちを強く誘惑していた。州に命を奪われるよりは、自分の意志で命を断つほうがよほどましだと思えることがあるからだ。

私自身はみずから命を絶つつもりはなかったけれど、ブライアンに〝踏ん張ってください〟と言われるたびに奮起した。あの励ましがあったからこそ、また新たな一日を、また巡ってきた長い夜を乗り越えることができた。彼の手紙や接見は大きななぐさめとなった。彼は私のために働いていて、私は毎晩欠かすことなく、彼のために祈りを捧げた。

彼はテキサス州在住の専門家二人と、もうひとりFBIの専門家を見つけてきた。三人ともわが国で最高の腕をもつ専門家だ。ふだんは検察側の証人にしかならない人たちだ。三人とも白人で、三人とも正直だった。かれらの信用と肩書きに比べれば、州側が銃器の専門家として雇ったヒギンズやイェイツは二流にしか見えなかった。ブライアンは好んでよくこう表現したものだ——かれらには非の打ちどころがない。

「レイ、いい知らせがあります」。ブライアンの声は、クリスマスの子どものように弾んでいた。「なんです？」。ブライアンから電話があったというので、すぐに折り返し電話をかけた。以前、ブライアンが話をつけてくれたおかげで、彼が刑務所に電話をいれたら、折り返しコレクトコールをかけるよう、看守が私に伝えるようになっていた。そんなときには、私と同様、看守たちも私の出所を願っているように思えた。

「銃器の専門家、エマニュエル、クーパー、ディロンから報告がありました。かれらの報告によれば、三カ所の犯行現場に残っていた銃弾は、お母さんの銃の銃弾とはひとつも一致しないそうです。それに修復した銃弾とテスト用の銃弾とも一致しなかった。そのうえ州側の専門家のヒギンズとイェイツは作業記録を作成していたのに、州側はその情報をあなたの弁護士に渡さなかった。その作業記録には疑問点や不明点が多々あった。二人は適切な手続きを踏んでいないうえ、六発の銃弾のいずれに関しても銃の線条痕や銃弾の溝の記録を残していなかったのです。これは証拠となります。あなたに不利な唯一の証拠が虚偽であることを、立証できるんです。犯行に使用された銃弾が、お母さんの銃の銃弾と一致することはありえない」

私は大きく息をした。ついに立証される！「それで、これからどうするんです？ いつ、私はここからでられるんです？」。私はすぐさま荷造りをして、外にでる気満々だった。「迎えにきてください、ブライアン！ 家に帰る準備はできてます！」

「それがですね、相反する結果がでたときには、たいてい専門家が顔をあわせ、鑑定結果を一緒に検討するんです。いうなればそれはプロの礼儀、専門家の倫理規定に従う手続きの一部です。エマニュエル、クーパー、ディロンは、ヒギンズとイェイツと会わなくてはならないでしょう。それがプロセスなんですよ、レイ。でも、それは正しいプロセスです。あなたの事件に問題があることを、かれらにかならず理解させます。州側の根拠は、銃弾の鑑定結果しかないんですから。その証拠がひっくり返ったら、有罪判決は誤判ということになります。あなたの公判で、検察はそう断言しているんです。その事実を認めているんですから」

「ありがとう」と、私は言った。「ブライアン、感謝してもしきれません」。声が詰まった。

「まだ自宅には戻れません。でも、レイ、もう自宅に向かって動きはじめていますからね」

「私はここにいます。家に帰れるときがきたら、教えてください」

「あなたをご自宅に連れて帰ります、レイ。約束します」

二〇〇二年二月一〇日

郵便番号三六五〇三　アラバマ州アトモア三七〇〇

ホールマン州立刑務所

Z四六八、アンソニー・レイ・ヒントン殿

親愛なるレイ

新たな情報をお知らせしたく。ジェファーソン郡地区首席検事補と話し、添付の意見書を提出しました。彼と話したところ、適切に対応してくれましたし、事件に問題があるというこちらの主張に信憑性があることを認めてくれました。彼はマクレガー検事とこれから会う予定だそうです。今週、また検事補と話をするつもりです。ギャレット裁判長に対してあなたの有罪判決と量刑の無効を求める申立てに、かれらが加わるといいのですが。銃の鑑定結果が誤っていた場合、あなたが無実であるとジェファーソン郡が認めれば、われわれは政府機関、おそらくはATF〔訳注：アルコール・タバコ・火器及び爆発物取締局〕かFBIによる銃の鑑定に同意することになるでしょう。この鑑定が正しく実施されれば、われわれは無実を申し立てます。

検察側が同意する確率は高いとはいえませんが、話し合いでは充分に意思の疎通ができていました。ですから、どうか祈りつづけてください。同意が得られれば、いずれ、あなたは釈放されるはずです。まだ長い道のりが残っていますが。

審問は三月一一日から一三日におこなわれる予定です。あなたはジェファーソン郡の刑務所に三月八日に移送されるでしょう。司法長官は証拠にきちんと対処しようとせず、手続き上の問題を論じるばかりで、呆れるしかありません。

二月一八日の週か二月二五日の週に、そちらにうかがう予定です。『60ミニッツ』［訳注：人気ニュース・ドキュメンタリー番組］の敏腕プロデューサーとすでに連絡をとり、水曜日にニューヨークで会うことになっています。対立しない解決策に州側が同意しない場合、われわれは審問が開始される頃に、テレビ局に撮影をはじめてもらうつもりです。

事態はいい方向に向かっています。どうかそれまで毅然としておすごしください。じきに進展が見られるはずです。なにかの足しになるかと思い、少しばかり現金を同封します。ほかに欲しいものがあればお知らせください。では、すぐに再会しましょう、友よ。

敬具

ブライアン・スティーヴンソン

私はその手紙を読み、添えられていた意見書にも目を通した。その意見書の冒頭は、太字でこう記されていた。

アンソニー・レイ・ヒントン事件

アンソニー・レイ・ヒントンは犯していない罪を問われ、一六年間、アラバマ州の死刑囚監房に収監されている。

そのあとには、新たな鑑定結果や、私が〈ブルーノズ〉で働いていたことを裏づけるアリバイなどが詳細に述べられていた。以前の鑑定結果が誤っていた点のリスト。警察が食料品店〈フードワールド〉のほかの店員たちに圧力をかけ、あの晩、私を目撃したと言わせようとしたが、かれらは応じず、私の姿を見ていないと断言したこと。唯一、私を目撃したと証言した店員のクラーク・ヘイズも、ほかの店員と同様、警察から圧力をかけられていたこと。それに、私の嘘発見器のテスト結果。当時、まったく無視されたテスト結果だ。

ブライアンが手紙に同封してくれた現金を手にとり、掲げた。ブライアンの私利私欲のなさに、また胸を打たれた。私の所持品検査をしないどころの話ではない。カードや手紙だけじゃなく、刑務所の売店で買い物ができるように現金まで送ってくれるのだから。私は三月に予定されている審問について考えながらベッドに横になった。審問がひらかれたら、私を釈放せざるをえないだろう。私は無実だ。ＦＢＩの専門家もそう言ったのだから。ブライアンが新たな事実を明るみにだすにつれ、一連の流れは悪意のないミスとは思えなくなった。アラバマ州に、故意に私を死刑囚監房に送ったことを認めさせなければならない。私が〈フードワールド〉にいたと言えと、警察は証人に強要した。刑事は写真で犯人の顔を識別させる前にスマザーマンに私の名前を教えたうえで、写真に私のイニシャルを書いていた。

またもや、ふつふつと怒りが湧きあがってきた――憎悪がたぎって白熱した怒りが燃えさかった。連中は私の人生を盗んだのだ。一六年もの人生を。これほどひどい話があるか。その昔、私が姉妹の両方とデートしていたというそれだけの理由で私に死刑を宣告させておいて、よくもレジーは毎晩ぐっすり眠れるものだ。私は毎日、自分に言い聞かせなければならなかった。自分はまだ価値のある人間なのだ、と。

アラバマ州はあやまちを犯した。私は無実だ。私たちはそれを立証できる。

ブライアンの手紙と意見書を何度も何度も読み返し、その晩はこれまでになく懸命に祈りを捧げた。真実は大きく光を放つ。かれらもその光を無視することはできないだろう。ギャレット裁判長とマクレガー検事のために祈り、ヒギンズとイェイツのためにも祈った。パーハクスのためにも祈った。パーハクスとマクレガー検事は友だち同士だと、ブライアンから聞いていた。それにマクレガー検事は人種差別を繰り返していて、陪審員の選定にあたりアフリカ系アメリカ人を二度、モービルとジェファーソン郡で違法に差別したことも判明していた。

私はそうした事実を知らなかったが、マクレガー検事と友人である事実を伏せていたパーハクスのことを赦した。私は若く愚かだった。だから、最初からこちらに不正をはたらいていた体制を頭から信じ込んでいたのだ。そんな自分のことも赦せますようにと祈りを捧げた。

さらに、ブライアンの声が理性と公正と正義の声になりますようにと祈った。ブライアンが私と同じ黒人であることは、かたときも忘れてはいなかった。私が立ち向かっている無知に、彼もまた立ち向かっている。ブライアンは連中のだれよりも賢い。そして神も、ブライアンの味方についている。

そのくらいのことは、私にもわかっていた。母さんからも、さんざん言い聞かされていた。神には計画がおありで、神はいつだって正義の味方だ。神はけっしてお見捨てにならない。そう信じなければ。一六年という長い歳月が流れた。神がいつ正義をおこなおうと、私にはもう救済される準備ができている。じきに自由になれると思うと、その味がするような気がしたし、それが感じられた。ときには夜になると、七月のあの暑い日の母さんの庭に戻り、草刈りをして、教会にでかけた。そして周囲を見わたし、こう思うのだ。あれはなにもかも悪い夢だったんだ、すべて、ただの夢だったんだ、と。いまは一九八五年、私は二九歳で前途洋々、人生はこれから始まろうとしていた。夢のなかで、私はキッチンに歩いていき、母さんの肩に頭を載せる。すると母さんが背中をさすってくれる。悪夢を見たあとは、そうしてくれたように。

あれは現実じゃなかったんだ。私の人生はいままさに始まろうとしていて、万事うまくいくよと、母さんも言ってくれた。私は大丈夫だ。私を連れ去ろうとしている悪い男たちなどいない。

ただの悪夢だったんだ。

現実なんかじゃない。

こんなことが現実に起こるなんて、あるものか。

19

空いてゆく椅子

私には読むということは、
好きも嫌いもない
ふだんのあたりまえのことで、
それは呼吸をするのが好きだ
などという人がいないのと
おなじことだった。
——ハーパー・リー
(『アラバマ物語』)

二〇〇二年六月、ついに私の規則第三二条請願の審問がおこなわれることになった。

それより前、審問が予定されていた日が近づいた三月、州司法長官事務局が私の請願をすべて却下するよう下級裁判所に強制する職務執行令状を発行した。つまり、下級裁判所に私の無実の証拠の調査をさせないようにしたのだ。あまりにも長い歳月が経過しているうえ、新たな証拠をだすまでもなく、証拠はすでに累積しているという理由で、私の無実の主張に耳を傾け擁護すること、新たに実施された鑑定の結果を提出させることを禁じたのだ。

むちゃくちゃな話だ。そんなものは時間の浪費だと切り捨てたのだから。審問の延期は、審問が予定されていた日の前日に認められた。司法長官は書面で、私に無実を立証する機会を与えてはならない、なぜなら〝納税者が納めた税金を二、三日分、浪費することになる〟からだと述べた。州側は私の話を聞こうともしない。新たな証拠を見ようともしない。一九八六年にパーハクスが提示しなかった証拠に、目もくれようとしないのだ。私はまた奈落の底に突き落とされたような気がした。無実の人間が人生の一六年間を失っているのに、その無実を証明させるのが時間の浪費だというのか？　私の一六年には、司法長官が二、三日を割く価値もないというのか？
　ブライアンが手紙を寄こし、これまでの経緯を説明したうえで励ましてくれた。司法による紆《う》余曲折《よきょくせつ》があると、私が落ち込まないよう、彼はいつも気を配ってくれた。

二〇〇二年三月一二日

郵便番号三六五〇三　アラバマ州アトモア三七〇〇
ホールマン州立刑務所
Z四六八、アンソニー・レイ・ヒントン殿

親愛なるレイ

　奇っ怪な五日間を終え、とにかくあなたにご報告したく、一筆したためます。月曜午前にギャレット裁判長と話し、あなたのバーミングハムへの移送の阻止を試みました。そして、私たちはこの事件を別々にして訴訟を起こすつもりがないことを確認しました。裁判長はアラバマ州側に立腹しています。新たな証拠を提出させないよう、州側が躍起になっているのではないかと疑ってもいます。州側はこんなやり方で法廷を敵に回すことで大きな間違いをしたように思います。かれらは審問の前日まで待って、職務執行令状を発行しました。まったく、無作法以外のなにものでもありません。

われわれは二週間以内に、州側の書面に対する意見書を提出するつもりです。州側の主張は、こちらの証拠が公判で提出されたものと基本的に同じであり、そんなものを提出する権限はわれわれにない、というものでした。これに対してわれわれは、こちらが証拠を提出するまで、州側は証拠の内容を知りえないはずだと主張しています。そもそも、こちらの証拠に説得力がないのであれば、州側はおそれる必要などないはずです。抗議の結果、五月までには審問の日程が決まりそうです。

先週はじつにいい進展が見られ、説得力のある証言を得られそうなこともわかりました。こんどお目にかかるときには、最近の進展や新たな証人について説明します。できるだけ早く、そちらにうかがうつもりです。

こんなふうに審問が延期になり、さぞ腹立だしくお思いのことでしょう。私も土曜日は、一日中、はらわたが煮えくりかえる思いでした。こちらは証人を召喚するため、払い戻しがきかない飛行機のチケット代に大金を費やし、法廷で音声や映像を使用するための機器類をレンタルで借り、大勢のスタッフにこの審問の準備にあたらせてきたのです。でも、なにより間違っているのは、あなたが身に覚えのない罪のために、まだ死刑囚監房ですごさなければならないことです。しかし、願いがかなう日はかならずきます。どうか、あまり気を落とさないでください。最後に勝つのは足の速い者ではなく、忍耐強い者です。われわれが打ち勝ち、あなたがご自宅に戻れると固く信じています。

州側の申立てと、われわれの当初の意見書、そして裁判所の令状のコピーを同封します。

数週間のうちに、あなたとお目にかかる予定を立てるつもりです。あきらめず、なんとか踏ん張ってください、友よ。

敬具
ブライアン・スティーヴンソン

州が全力で私を監禁し、黙らせようとしていると知っても、とくに驚かなかった。最初からずっと、法廷はそうしていたのだ。司法の場でおこなわれていることとはいえ、それはやはり私刑《リンチ》だった。絞首刑の縄を正しく巻くのに、十数年という歳月がかかっているだけだ。だいいち、私はそれほど世間知らずではない。州側は自分たちが間違いを犯したことを認めたくないのだ。アラバマ州は間違いを犯したことを認めるより、間違いを犯したままでいたいのだ。不当な裁判をおこなったことを認めるより、不当を受けいれたいのだ。

無実の人間が殺されるのを阻止しようとするあらゆる主張を足蹴《あしげ》にする、男たちや女たちがのさばっている。その現実はわかっていた。でも、私はかれらを責めなかった。責められなかった。みんな、自分が生き延びるのに必死なのだから。だが、生きる権利はどうなる？　人間には他者の命を奪う権利などない。州にだって他者の命を奪う権利はない。なのに、かれらは州民の代理となり、私たちを殺しつづけている。州民はほんとうのところ、どう思っているのだろう？　そりゃ死刑囚監房には、残忍で罪悪感のかけらもない、冷酷で異常な人間、社会にとって危険な殺人犯が収監されている。それが事実であることは、私も身をもって知っている。中庭でかれらと一緒に歩き、一緒にシャワーを浴び、話をした。その気になれば、私のことを一瞬で殺しかねない男も知っている――べつに私を憎んでいるからではなく、殺人が習性となっているからだ。なかには子どもくらいの知性しかない者もいたし、天才的な知性の持ち主もいた。

　それでも私は、どんな個人にも、どんな組織にも、他者の命を奪う権利はないと思っている――その人間がどんな所業をしたにせよ。〝人民《ピープル》〟とはきわめて漠然とした言葉だ。もし、刑務所から面と向かって「ジョウ・マーティンさん、われわれは本日、あなたの名のもとにアンソニー・レイ・ヒントンを殺す予定です。つまりジョウ・マーティンさんの代理として、われわれはヒントンを殺すのです。それでよろしいですか？」と尋ねられたら、当の〝人民〟はどう感じるだろう？　人民の名前はセーラ・ポールソンでも、アンジェラ・ルイーズでも、ヴィクター・ウィルソンでもかまわない。〝人民〟は生身の人間の集まりだ。そして死刑囚もまた生身の人間なのだ。

　人生はときに残忍で、悲劇的で、耐えがたいまでに非人間的だ。ひとりの人間が他者に与えられる痛みの強さには限りがない。ひとつの命を奪ったら、その事実を取り消すことなどできない。それなのに、ひとつの殺人が生じると、死刑という形でまた新たな殺人を生じさせる。野蛮きわまりない話だ。殺人犯としてこの世に生まれる赤ん坊などいない。いつの日か死刑囚になることを夢見ている幼子《おさなご》もいない。死刑囚監房の殺人犯たちはみんな、殺人犯になるように――親から、体制から、残忍な仕打ちを受けた人間の残忍性から――教えられてきた。でも、生まれながらの殺人犯などいない。

　私の友人のヘンリーは、人間を憎むために生まれてきたわけじゃない。ただ、人を憎めと教えられてきた。心の底から憎んでいい、そのためには殺人も正当化されると教えられてきたのだ。かけがえのない人生を独房で監禁されてすごすために、そして殺されるために生まれた者などいない。私のように無実の者だけではなく、有罪の者にもそれはあてはまる。命は神から賜《たまわ》った贈り物だ。その命を召すべきなのは、また召すことができるのは、やはり神だけだ。その人間がどんな信仰をもっていようがいまいが、関係ない。そんなことはどうでもいい話だ。でも神はけっして看守、刑務所長、裁判官、アラバマ州、連邦政府、あるいは〝人民〟とやらに、命を奪う権利を与えてはいない。

だれにもそんな権利はない。

私は死刑囚監房で日々、おびえてすごした。と同時に、日々によろこびを見いだす方法も発見した。恐怖とよろこびは、どちらも選択肢にすぎない。毎朝、午前三時に目覚めると、独房のなかのコンクリートの壁、金網、悲嘆、そして不潔な物が視野に入ってくる。でも、私には選択肢がある。恐怖を選ぶか、それとも愛を選ぶのか？　刑務所を選ぶのか、それともわが家を選ぶのか？　簡単に選択できたわけじゃない。ここをわが家にしようと決意した日には、看守たちと笑いあい、ほかの男たちの話に耳を傾け、自分たちの事件や本やアイディアについて話し、この地獄から歩いて外にでられたら、なにをしようかと語りあった。それでも、朝、目覚めると恐怖心にとらわれて、独房のどこもかしこもが白黒のホラー映画のように見え、斧を振りあげて待ちかまえるサイコ野郎が飛びかかって私を滅多打ちにするような気になる日もあった。そんなときは目を閉じ、その場を離れて想像の旅にでた。

サンドラ・ブロックと出会った私は、ハル・ベリーと離婚せざるをえなかった。映画『スピード』を観て、この死刑囚監房から脱獄し、刑務所の門を車で突破するには、サンドラに運転してもらうのがいいと思ったのだ。ハルには申し訳なかったけれど、離婚するしかなかった。ハルとは笑いのツボがあわなかったけれど、サンドラとは一緒に笑いあうことができた。

それに、サンドラは社会正義に情熱を燃やしていた。私は独房の小型テレビで、サンドラが出演した映画『評決のとき』を観ていたし、ジョン・グリシャムの原作小説も読んでいた。サンドラが味方についてくれれば、私のために闘ってくれるだろう。正義を求めるだろう。アラバマ州司法長官やギャレット裁判長やマクレガー検事をおそれることなく、一歩も退かないだろう。彼女は全員に立ち向かうだろうし、彼女とブライアンは世間に対する私の声となるだろう。

私は母さんの家からあまり遠くないところに、サンドラと暮らす新居を設けた。隣にはレスターが暮らしていて、ときには一緒にバーベキューを楽しむ。あまり知られてはいないけれど、サンドラ・ブロックは歌がすごくうまい。その美声に鳥たちが集まり、彼女に歌い方を教えてもらおうとするほどだ。彼女はとても悲しい歌を歌う——聞いている男の心が張り裂けるような歌を。彼女は私の目をひたと見つめて、私だけのために歌う。二人は互いに愛しあっていて、これほどすばらしい女性に愛されていることを、私はありがたく思う。彼女がそばにいてくれることが嬉しくてたまらない。

子どもはつくらなかった——ハルとも、サンドラとも。子どもたちと離れて暮らすことは耐えられなかった。というのも、私にはサンドラや母さんと離れて暮らさなくてはならない時期があるからだ。プロ野球選手としての仕事も休み、はるばる死刑囚監房に戻ってきて、しばらく滞在しなければならない。だから、子どもたちに寂しい思いをさせたくなかった。私と離ればなれになり、母さんがつらい思いをしていることが、私には痛いほどわかっていた。そんな思いを子どもたちに味わわせるわけにはいかない。

死刑囚監房にいる男たちのなかで子どもをもつ者は、見ているだけでつらくなるほどの苦悩を味わっていた。かれらは胸を痛め、泣いた。親なら当然体験することのすべてをできずにいた。そして、子どもたちもまたつらい思いをしているであろうことを自覚していた――父親が死刑囚監房にいることを自慢したがる子などいるはずがない。この刑務所から車で二時間ほどのところにあるタットワイラー刑務所には、女性の死刑囚が収監されていた。看守たちが女性を死刑にするところが、私にはどうしても想像できなかった。とくに子どもがいる女性を死刑にすることなど、どう考えてもありえなかった。

ジョージ・シブレーという男と妻のリンダは、ともに死刑囚監房に送られたが、一九九三年に警官を殺害したとき、二人には九歳の息子がいた。リンダはジョージより早く処刑された。ジョージはどんな気持ちだったことだろう。妻が殺されるというのに、自分にはなすすべもなかったのだから。私はジョージとあまり接したことはなかったが、彼の話は聞いていて、奥さんのことまで知っているような気分になっていた。

二〇〇二年五月一〇日、ホールマン刑務所に奥さんが連れてこられた。リンダは死刑囚監房を歩かされた。死刑囚監房を歩く女性。私たちと同じような白い囚人服を着て、頭を上げ、まっすぐに前を向いているようだった。彼女とジョージが会ったのかどうかはわからない。その日のことについて、ジョージはひと言も話さなかった。彼女が処刑されたときも、私たちはドアを叩いた。騒音を立てた。彼女のために。ジョージのために。一八歳になっているはずの息子さんのために。

看守たちは男の死刑囚の頭髪を刈るように、リンダの頭を刈りあげた。そして顔に頭巾をかぶせ、暗闇のなかに置き去りにし、電気椅子で処刑した。ジョージ・シブレーがどれほどの苦痛にあえいだかは、想像にかたくない。自分が彼の立場に置かれたらと思うと、気分が悪くなった。妻が殺されているというのに、自分にはそれを止めることができない。そう自覚したときの無力感たるや、想像を絶した。自分のほうが先にあの世に逝きたいと、ジョージは考えていたのに。

彼女を電気椅子に縛りつけ、遺体をストレッチャーに載せた看守たちは、一連の作業を終えると、数時間後、こんどはその同じ手でジョージに朝食を配膳した。調子はどうだいと尋ねたものの、さすがの看守たちも彼の目をまともに見ることはできなかった。そんな真似ができるはずがない。だれかを処刑したあと、死刑囚の目をまともに見ることなど、できるはずがない。そんな真似をしたら、間違いなく頭がおかしくなってしまう。

電気椅子《イエロー・ママ》で処刑された死刑囚は、リンダが最後となった。彼女の処刑のあと、刑務所は死刑執行室を改装し、私たちを殺す新たな手法を導入した。

それは薬殺刑《やくさつけい》と呼ばれた。

残る死刑囚には全員、致死量の薬物を注射して殺そうという算段だった。

私は規則第三二条請願の審問の場に、希望を胸に歩いていった。パーハクスが証言台に立ち、ペインを専門家として雇ったのは自分の落ち度だったと認めた。そのうえで、充分な弁護をおこない、資格を有する専門家を雇うには弁護人に支給された金額が少なかったと述べた。それから三人の新たな専門家が証言台に立った。三人とも、犯行現場にあった銃弾が母さんの銃の銃弾と一致する証拠はないと証言した。

＊＊＊

面会室以外の場所でレスターの顔を見られたので嬉しかった。母さんの顔もあった。でも母さんはずいぶん弱々しく、いかにも具合が悪そうで、髪はだいぶ薄くなっていた。私を見て微笑んだけれど、それは疲れきった笑みだった。母さんのところに駆け寄り、ぎゅっと抱きしめたかったものの、ただ深く息を吸い、会えたことを感謝するしかなかった。母さんと電話で話す機会は減り、すっかり間遠《まどお》になっていた。それに電話で話している最中に混乱してしまい、自分がだれと話しているのか、わからなくなることさえあった。フィービーおばさんが母さんの横に座っていた。おばさんが温かい笑みを浮かべ、大丈夫だようなずいてくれたので、ほっとした。

審問のあいだ、パーハクスは私のほうを見ようとしなかった。ブライアンとは電話で長々と話したようだが、審問の前にブライアンともうひとりの弁護士が会いにいくと、パーハクスはブライアンを見るなり、「こんなに日焼けした先生だとは知らなかったよ」と、ほざいたという。パーハクスには、ブライアンの話し方が白人の話し方に聞こえたらしい——どんな白人の話し方に聞こえたのかは知らないが。

以前に会ったときより、パーハクスはだいぶ老けていた。私の人生は彼の手中にあったのに、彼は私の人生に価値を認めなかった。私は若く愚かで、パーハクスは私が無実だと心から信じていると思っていた。もちろん、彼には私が無実であることがわかっていた。私のほうをほんの数回見やったとき、その視線が事実を物語っていた。私が無実だと知りながら死刑囚監房に送り込んだ彼は、責任を感じ、眠れぬ夜をすごしたことがあったのだろうか。彼とマクレガー検事は、私のことで話しあったことがあるのだろうか。いいや、まず、ないだろう。私など、なかなか黙ろうとしないただの黒人にすぎない。いくら手で追い払ってもなかなか飛んでいかないハエのようなもので、気にかける価値もないのだ。

マクレガー検事は審問の場にいなかったが、どうでもよかった。彼を憎悪する日々はすでに終わっていた。もう、あの憎悪にまみれる日々を送るのはごめんだ。自分がしたことを、マクレガーは承知していた。私はマクレガーを赦していた。マクレガーの罪は、彼と神との問題だ。ほかの連中のことも赦していた。かれらは恥ずべき悲しい男たちだ。私はかれらの魂のために祈った。

私は無実だった。そして三人の銃器の専門家には、だれも反論のしようがなかった。私は目を閉じ、ギャレット裁判長が小槌を叩き、立ちあがる場面を想像した。「この三人の専門家の意見を鑑み、真の正義の名のもと、ここにヒントン氏の無実を宣言し、即刻、釈放を命ずる！」

しかし、そうはならなかった。それどころか、三人の専門家が証言するあいだ、裁判長はあくびをしていた。

審問にはホウツ、ヘイデン、ディーソンという名の三人の司法次官補も同席していた。かれらはこれまで審問がひらかれないよう、あらゆる策を講じていたが、こうしてひらかれたので、苦虫を嚙みつぶしたような顔をしていた。

「今回、申立人は規則第三二条のなにに異議を唱えているんだね？」と、ギャレット裁判長が尋ねた。彼は一度も私のほうを見ようとしなかった――まるで私など存在しないかのようだ。

ブライアンが立ちあがった。「裁判長、われわれは被告人の無実を証明する新たな証拠を提出し、弁護人の能力不足と検察側の証拠隠蔽を申し立てます。今回の請願では、論告・求刑における検察側の職権濫用を主張しています。この点に関しては記録を見れば明らかですので、証拠の提出はいたしません」

この申立てを聞いたら、マクレガー検事はどう思うだろう？　パーハクスはこの話をマクレガーに伝えるだろうか？

「とはいえ、法的な問題点もいくつか含まれています」と、ブライアンが続けた。「これに関連する新たな証拠も揃っています。たとえば、複数の訴訟をひとつの訴訟にまとめた手法は法的に問題があります。これに関する証拠はありませんが、被告人の母親が所持していた武器が凶器と一致しないのであれば、複数の訴訟で有罪となった判決とは矛盾が生じます。われわれの主張をご理解いただくには、新たな証拠の提出が必須となります。証拠の提出が認められれば、被告人が無実であることがおわかりいただけるはずです」

ギャレット裁判長はその件について、ブライアンと少し議論した。きみたちは同じ証拠を提出して、違う理由をくっつけようとしているのかね？　すでに法廷で審理された証拠であるのなら、同じものを証拠として認めることはできんのだよ。だが、ブライアンは一歩も退かなかった。

「われわれがもっとも訴えたいのは、被告人が無実であること、弁護人が能力不足であったこと、そして被告人の無罪を証明する証拠を隠匿し、検察側が法の適正手続きを踏まなかったことです。これらの問題点は、規則第三二条のプロセスに従って審理されるべきであり、よって本法廷でも審理されるべきなのです」

ブライアン、一点獲得、と私は思った。

続いてブライアンはギャレット裁判長に、専門家の証言を提出するつもりだと述べた。

「当時の証拠はどちらも証拠にはならないと言うのかね？　公判での検察官と被告人、両者の専門家による証言は？」。そう尋ねながら、ギャレット裁判長が気どった態度でブライアンを見た。裁判長が証拠についてとぼけてみせたので、私は驚いた。ブライアンたちは長年、法廷と州に新たな専門家による鑑定結果を確認してもらおうと努力を重ねてきたのだから。

「はい、裁判長、われわれは二点の推測に達しました。州側の専門家は鑑定を間違えたと考えていますし、ペイン氏には銃器の鑑定をおこなうだけの資質がそなわっていなかったと考えていいます」

「だが、その問題は本件の公判ですでに審理されているのだから、もう議論の余地はないのでは？」

私は溜息をついた。どうして、ただ証拠を見てくれないんだ？

ブライアンの声が少し大きくなった。「いいえ。われわれは州側が間違っていたことを示す証拠を提出できます」

「では、この点に関して、被告人側の専門家はどんな証言をするのかね？」

ブライアンはほんの数秒、裁判長を見て、大きく息を吸った。私は胸のうちで声援を送った。やっつけてやれ、ブライアン。

「簡単に言うと、修復した銃弾を顕微鏡で比較したところ、これらの銃弾がひとつの銃から発射されたという鑑定結果とは一致しない結果がでたのです。裁判長も覚えていらっしゃると思いますが、公判における州側の主張において、凶器は同一の銃であるという論理は欠かせませんでした。本法廷は、三件の犯罪で使用された銃弾を修復した結果、それはすべて同一の銃から発射されたものであることが判明したという前提に基づき、ヒントン氏に有罪判決をくだし、死刑を宣告したのです。しかし、この前提は明らかに誤っていました。証拠をご覧いただければ、それは明らかです。第二に――」

ギャレット裁判長が話をさえぎった。「それは専門家の見解の相違にすぎないのでは？　ひとりの専門家がほかの専門家に同意していないだけだろう？　もちろん、本法廷では当時も専門家の見解の相違があったはずだが」

「いいえ、裁判長、たんなる見解の相違ではありません」

「ほう、そうすると、これから証言するのは世界一有能な専門家だとでも言うのかね？」

「はい。そう考えております」

「あとになって、もっと有能だと評判の究極の専門家がでてきたら、どうするのかね？　そんなことになれば堂々巡りだ――専門家が持論を闘わせるだけだろうが」

そのとき私は悟った。たとえいま、自分が犯行を犯している写真を掲げて真犯人がこの法廷に入ってきたところで、裁判長はそれを証拠として認めようとしないことを。そして司法長官も「そんなものは見てくれを変えただけの古い証拠にすぎない」と言い、切って捨てることを。

「裁判長、本件にそれはあてはまりません。われわれはこの八年間、この証拠の再鑑定を州側に率直に要求してきました。たとえばいま、科学捜査研究所のどんな専門家がここにきて鑑定しても、これらの複数の銃弾が同一の銃から発射されたものだとも、ヒントン氏の自宅から押収した銃から発射されたものだとも言わないでしょう。そんなことを言えるはずがないのです。当時の専門家にもそう証言する機会はあったはずですが、敢えてそうは証言しなかったのです。複数の専門家が一九九四年に鑑定した結果、銃弾は一致しないという結論をすでにだしたという情報も入っています。

これは専門家の見解の相違の問題ではありません。州側にどんな専門家を召喚してもらっても、まったくかまいません。証拠を鑑定すれば、われわれの鑑定結果と一致するとわかっているからです。われわれは、それぞれ異なる地域から専門家に足を運んでもらいました。そのほうが、専門家同士の争いではないことを明確にできると考えたからです。この証拠をご覧になれば、訓練を受けた有能な専門家であれば、これらの複数の銃弾は同一の銃から発射されたものではないという同じ結論に達するはずです。それらはまた、ヒントン氏の自宅から押収された銃から発射されたものでもない。それが、われわれの証拠です」

すると司法次官補のホウツが、ペインは有能な専門家だったとブライアンに反論を始めたので、私は呆れはてた。公判の場では、ペインのことをさんざんこきおろしたではないか——有能どころか、無能だと嘲笑したくせに。ブライアンはこれに反論し、新たな証拠は私の無実を示していて、規則第三二条請願の証拠と見なされると主張した。

ホウツ司法次官補が裁判長のほうを向いた。「スティーヴンソン氏が無実を主張するのは憲法で認められていますが、人身保護令状《ヘイビアスコーパス》［訳注：被告人に対する刑事手続きに憲法違反があったことを申し立て、連邦最高裁に最後の救済を求める］を利用して違憲を訴えたところで、連邦最高裁は無実とは認めません」

州のすべての裁判所で敗訴したら、連邦裁判所に救済を求めるしかなくなり、人身保護令状を要求するプロセスを踏むことは私にもわかっていた。でも、まだそこまでは考えたくなかった。連邦に救済を求めるプロセスは困難をきわめると、ブライアンから聞かされていたからだ。

ブライアンが咳払いをした。「ここで、どうしてもはっきり申しあげなければなりません、裁判長。本法廷のみなさんは、私の発言にはかならず耳を傾けてくださると信じています。そして、われわれはこの男性が無実であると考えています。無実なのです。だからこそ、この証拠がきわめて重要だと考えています。そしてまた、本件はいわゆる一般的な規則第三二条請願とは内容を異《こと》にします。一般的な死刑の案件とも異なるのです。

刑事控訴裁判所としては、本証拠を上訴で認めるべきではないというアラバマ州の主張をそのまま受けいれるほうが楽でしょう。しかし、それでは、無実の人間を死刑に処する可能性があるという事実を無視するほうが楽だ、ということと同じです。われわれは当該証拠の提出が必要不可欠だと考えています。当該証拠には説得力があり、本法廷で審理されるべきです。州側にもかならずや納得していただけるはずです。そして、われわれが当該証拠を提出する権利は認められるべきだと考えます」

ギャレット裁判長はしばらく間を置いてから、口をひらいた。「当該証拠が前回とは違う専門家によって説明されるという話だが、それほど内容が違うのかね？」

ブライアンはこう説明した。三人の専門家に鑑定を依頼し、全員が同じ鑑定結果をだしたのは異例であること、そして複数の専門家が鑑定して同じ結果をだしておきながら、それが法廷に証拠として採用されないのは、もっと異例であること。また一九八五年に銃弾が一致するとした鑑定結果を、州側が再度立証する予定がないことも指摘した。

「いいかね」と、ギャレット裁判長が言った。「ペイン氏は専門家として認められていた。それも、全国の民事裁判でも刑事裁判でも証言をしてきた専門家として認められていたはずだが」

「しかしながら、裁判長、ペイン氏は公判で州側からペテン師だと攻撃されました。証言内容に関する専門知識をいっさいもたない素人にすぎないと嘲笑されたのです」

「まあ、どちらの側にもそうした専門家はよくいるものだ」

「とはいえ、裁判長、法律のうえでも片眼が見えず、機械類を扱うこともできず、この種の鑑定やこの種の事件にたずさわる知識がまったくない専門家はきわめてめずらしい。今回、鑑定を依頼した三人の専門家とは雲泥《うんでい》の差があるのです」

ギャレットが返事をしなかったので、ブライアンが先を続けた。

「今回、鑑定を依頼した専門家のみなさんは、銃器と工具痕の鑑定における第一人者ばかりです。ディロン氏はＦＢＩの鑑定チームを長年率いてきましたし、銃器・工具痕鑑定者協会の元会長です。全国で指導にあたり、ＦＢＩやＡＴＦのコンサルタントも務めておいでです。

エマニュエル氏とクーパー氏は、もっぱら検察側の鑑定に協力してきました。お二人はアメリカ陸軍やテキサス州の依頼も受けています。ダラス郡検察からも定期的に依頼を受けています。そしてやはりお二人とも、この分野の第一人者です。法廷でも証言をなさっています。そしてやはりお二人とも、二〇〇〇件を超える事件で鑑定に従事し、法廷でも証言をなさっています。われわれはわが国で最高の専門家に鑑定を依頼するのに、費用を惜しみませんでした。その理由は、ただ異議を唱えるだけではなく、有罪判決の根拠となっている証拠の是非を問う重要な事実を、明らかにしたいからなのです」

ここまで正論を突きつけられれば、さすがのギャレット裁判長にも反論できないはずだ。こちらには非の打ちどころのない一流の専門家たちがいるのだから。だが向こうには、あらゆる理由を並べたてて、私を有罪にしたがった男たちが控えていた。ホウツ司法次官補はずっと州側の肩をもっていた。ギャレット裁判長も州側の味方だった。

それでも、ブライアンは頑として退かなかった。こんな彼を見たことはなかった。神がつかわした最高の弁護士は、まるで連中には一度も法を説かれた経験などないような口調で、切々と法

州側がその正反対のことを主張していたというのに、良心の呵責などいっさい感じないのだろうか。州側裁判長は裁判官席にどっかりと座り、ペインが有能な専門家だったなどうそぶけるものだ。よくもまあギャレット州側が頑として真実を認めようとしないのは、あまりにも不公平だった。正義がこれほど気まぐれで、どなかっただろう。そもそも、公判も受けずにすんだかもしれない。死刑囚監房に送り込まれることなられなかった。あのときブライアンが弁護してくれていたら、死刑囚監房に送り込まれることなを説きつづけた。一九八五年の公判にブライアンがいてくれればよかったのに、と思わずにはい

ブライアンは断じて揺るがなかった。

「われわれが申しあげたいのは、裁判長、州側が間違いを犯したということです。本件は〝間違いがあった〟事件なのです。それに私には、もう手遅れだと州側が言っているとしか思えません。自分たちが間違いを犯したのであれば、それはそれでもう仕方がないとでもいうのでしょうか。無実だろうがなんだろうが、そんなことはどうでもいい、証拠など知ったことか、請願にどれほど堅牢な証拠があろうが関係ないというのでしょうか。ときすでに遅し、ここまできたら粛々と手続きを進めるほかない、だから死刑を執行しようと、そういうことなのでしょうか。私が申しあげたいのは、それは法のあるべき姿ではないということです。そんなことになれば、法の良心は消えてしまいます。州側は間違いを犯した。われわれはそれを証明できると考えています」

法廷では昼食の時刻まで議論の応酬が続けられた。州側は、こちらの主張はいずれも審理されるべきだとは考えていなかった。連中はただブライアンを黙らせたがっていた。そして私にはおとなしく死刑執行室に向かってほしがっていた。しかしブライアンがねばりにねばり、ついに裁

判長が審問の開催を認め、私たちはすべての証拠の提出と証人の召喚を認められた。

ヒギンズとイェイツとが作成した作業記録の存在をマクレガー検事が知りながら、パーハクスに渡さなかったという。ブライアンの主張に対して、州側は抗弁しなかった。ブライアンが入手したその作業記録には、疑問符やハイフンがたくさん記入されていて、この二人の専門家が銃弾の特徴もろくに知らないことがわかったし、被害者が被弾した銃弾が母さんの銃から発射されたものであるとは証明できていなかった。連中は、その事実を隠していた。それなのに、銃弾と銃を再度鑑定する必要があるとは考えていないという。上訴に関する規則をねじまげて解釈し、そんなものはもうとっくに時効だと言い、新たな証拠は認められないなどとごねている。

だが、無実の証拠が無視されていいはずがない。そんなことを許したらどうなる？　無実の人間が殺されても、だれも気にかけない。とにかく人間を手っ取り早く殺せるよう、さまざまな規則が定められているのなら、そんな代物《しろもの》を司法と呼べるのだろうか。それはまるで、なにかのゲームをしているようだった。時間は刻々とすぎていく。残り時間はもう少ない。「さて、急いであなたの無実を証明しなさい。五、四、三、二、一……、もう手遅れだ……首をはねろ」

審問が終わると、私はホールマン刑務所に連れ戻された。ブライアンは法廷ですばらしい弁論を披露したけれど、それは壁に話しているようなものだった。連中は私に死んでほしいと思っている。有罪であろうが無罪であろうが、ただ殺したがっている。審問の場から連れていかれるとき、私は母さんやレスターにひと言も声をかけられなかった。母さんはレスターの肩に頭を載せ、目を閉じていた。母さんは安全だ。レスターが母さんを守ってくれる。ブライアンも二人に話しかけ、励ましの言葉をかけてくれたはずだ。私のために、いつもそうしてくれるように。

私はもっとよろこぶべきだったのかもしれないが、あまり自信がもてなかった。たしかにこちらの証拠には説得力があったが、そもそも私を追放しようとした同じ顔ぶれがあいかわらず権力を握っていて、私にかかずらうことなど時間の浪費にすぎないと一蹴した司法次官補までが、その面々にくわわったのだから。

私は独房に戻り、審問はどうだったかと尋ねてくる男たちの質問には応じなかった。ひょっとするとヒントンは釈放されるかもしれないと考えた看守たちからも、結果を尋ねられた。だが私にだって、ときには静かに祈りを捧げたい夜がある。死刑囚監房には、無理に話を聞きだしてはならないという暗黙の了解があった。ここには気の滅入る昼があり、絶望するような夜がある。そして相手が口をききたくないことを察したら、素直に引きさがる。生き延びるのがやっとの世界では、それぞれのやり方で生き延びられるよう互いが尊重しあうのだ。

＊＊＊

ある日私は、独房に隠しもっている本を回覧して感想を述べあおうという話を耳にした。だが読書クラブのことを考えるだけで、気が滅入った。メンバーがひとりずつ殺されていくたびに増えていく読書室の空席が頭に浮かぶからだ。最初にラリーがいなくなり、それからエドがいなくなった。次にヘンリーとブライアンがいなくなり、ついにヴィクターもいなくなった。

死刑が執行されるたびに、空席の椅子だけが増えていった。読書会の開催を禁じられてからも、私たちは読んだ本や新たに送られてきた本を、独房から独房へと回覧していた。そして独房から大声をあげて読んだ本の感想を伝えあった。その本を自分も読んでいれば、感想や意見を伝えられる。読んだことがなければ、ただ感想に耳を傾けていればいい。するといつだって、私に質問が飛んできた。まるで私が読書クラブの顧問の教師であるかのように。答えがわからない場合は、素直にわからないと言った。読書クラブには、正しい意見もなければ間違っている意見もない。ただ自分の考えがあって、解釈があって、信念や感想があるだけだ。

死刑囚監房のたいていの男たちにとって、それは未知なる体験だった。正直な意見を述べ、耳を傾けてもらい、返答してもらう。心のあり方に関する問題が論じられた。政治に関する問題が論じられた。人種差別や貧困に関する問題が論じられた。暴力についても論じられた。もし、すでに感想を述べあった本であれば、ほかのみんなに心ゆくまで話しあってもらい、深遠な問題についてだけ自分の意見を言えばよかった。

「レイ！　聞いてるか、レイ？」。そう声をあげたのは、ジミー・ディルという男だった。ジミーは薬物依存症だったことがある。看護学校に通ったあと、コカインと現金二〇〇ドル程度を強奪し、ひとりの男を殺した罪で有罪判決を受けていた。額が広く、茶色の目は顔の横のほうにだいぶ離れていた。そのせいか話していても、どこか自信がなさそうに見えた。ジミーは食べるのが大好きで、一日中、好物の話ばかりしていた。オクラ。スコーン。フライドチキン。話を聞いていると、こちらのほうがおかしくなりそうだった。でもジミーにはどこかやさしいところがあって、彼がだれかの後頭部を撃つところなど想像もできなかった。

「なんだい、ジミー?」と、私は応じた。

「『アラバマ物語』を読みたいんだけど、もってる?」

「ああ、あるよ」

「こんど、看守が巡回にきたときに、おれに回してくれないか?」

「了解」

「サンキュ。ジョンソンも読みたがっててさ。読んだら、感想を話すつもりなんだ。いい話だって聞いたから。あの白人に理解できるか怪しいけどさ。お手並み拝見だ」

ほかの男が何人か、笑い声をあげた。こうして本は読まれていき、独房から独房へと受け渡される。そしてある日、なんの打ち合わせもしていないのに突然、だれかが叫ぶのだ。「あのスカウトって女の子〔訳注:『アラバマ物語』の主人公〕のこと、どう思う?」。そこから、議論が始まる。

その夏は暑く、時間はのろのろとすぎていった。私は規則第三二条請願に関するギャレット裁判長の裁定を待っていたが、なしのつぶてだった。あの請願を棄却するかどうかの判断をくだすのに、ひと夏かかるとは思えなかった。だって、もともとギャレット裁判長は第一審を担当したのだから。彼はこの事件の裏も表も知り尽くしている。私はずっと、どうか真実が明るみにでますようにと祈ってきたが、この頃には、どうか真実が聞き届けられますようにと祈るようになっていた。真実はあの審問で証明されていた。私は無実だ。ハメられたのだ。打ち捨てられたのだ。私はギャレット裁判長に正しいことをしてほしかった。高潔な行動を起こしてほしかった。私にはもうとっくに、外にでる準備ができていた。

　八月にレスターが面会にきてくれた日は、その年でいちばん暑い日だったにちがいない。日陰でも四九度くらいあり、室内はむっとしていて、面会室でみんな溶けて水たまりになってしまうような気がした。私は白い囚人服をできるだけ清潔に保とうとしていたけれど、汗をびっしょりかいた。面会をいつもより早めに切りあげることにした。そうすればレスターとシアは、エアコンのきいた車に戻れる。

「レスター、帰る前に、ひとつだけ」と、私は言った。

「なんだ、なにか要るのか？」。レスターはいつだって、こちらが要望する前に必要な物を揃えてくれていた。売店で日用品を買う資金が切れないようにしてくれたし、テレビやラジオも使えるようにしてくれたうえ、予備の靴下や下着にまで気を配ってくれた。

「出生証明書が要るんだ」

「なんだって？」

「出生証明書が必要になるはずなんだよ、ここをでるときに。おれの身分を証明できるのは出生証明書しかないから、必要になるときに備えて、用意しておいてほしいんだ」

　レスターがゆうに一分以上、だまっていた。しばらく床を見ていたが、やがて大きく息をついた。「必要になるだろう」。そう言うと、にっこりと微笑んだ。「どこでもらえるんだろうな。手元にきたらこっちに郵送するけど、どこに行けばいいんだろう」

「あのさ、神には計画がおありで、けっしてお見捨てにならない。そうだよな？」

「ああ、そうだ」

「それなら、神がおれを釈放してくださるか、神さまが嘘つきであることが立証されるかの、どっちかだ」

「どうしてそう思う？」

「〝祈り求めるものはすべて既に得られたと信じなさい、そうすれば、そのとおりになる〟。マルコによる福音書一一章二四節」と、私は言った。

レスターが微笑んだ。私の気に入りの一節だと知っていたし、私はこれまで何度もこの節を暗唱してきた。「神はけっしてお見捨てにならない。そして、この聖書の一節は真実であるはずだ。となると、おれは釈放されなきゃおかしい。さもなきゃ、おれをお見捨てになった神は嘘つきだってことになる」

「理論の穴を見つけて、神を追及するつもりか？」と言って、レスターが笑った。「まったく、おまえは弁護士になるべきだったな」

「なるかもしれないぞ。ここをでたらロー・スクールに通って、ブライアンと一緒に働いて、ここにいる無実の人間を全員、釈放させるんだ。死刑制度に終止符を打ってやる。そうなるかもしれないぞ」。私はすでに四六歳になっていて、たとえブライアンと一緒にここから歩いてでられたとしても、もうロー・スクールに通えないことはお互いよくわかっていた。「さもなきゃ、レストランをひらくのもいい。おれ、料理できるし」

「そりゃいい。レストランはなんて名前にする？」

「〝塀の中〟とか〝グリル死刑囚監房〟とか」。そう言って、私は笑った。

「サイテーだな。死刑囚監房のグリル料理なんか、だれが食うかよ」

「おれのバーベキューなら、どこで焼こうが、みんな食べたがるさ。看守たちでさえ、休憩室でおれに料理させるんだから。ここから歩いてでられたら、すぐにメニューを考えるよ」

「わかった。とにかく出生証明書だな。おまえの姉さんに相談してみる」

「母さんに訊けばいいじゃないか。母さんがもってるかも」

レスターの顔が一瞬、曇った。私が直視したくないこと、あるいは考えたくないことを隠しているのだろう。

「わかった。訊いてみる。まかせてくれ」

私はシルヴィアのほうを見た。これ以上は無理というほど、満面の笑みを浮かべている。「どうしてそんなにニコニコしてるんだい?」

「だって、いつか、ここから歩いてでていくんだもの、レイ。私たちみんな、待ってる。幸せな一日になるでしょうね。輝かしい日に。もうすぐよ。出生証明書を用意しておくわ。ここをでたら、うちに寄って、私たちにも料理をつくってね」

「お安いご用だ」と、私は言った。

＊＊＊

二〇〇二年九月二二日、看守長が私の独房にやってきた。

「レイ、知らせがある」

私はドアの手前に立ち、看守長のほうを見た。心臓が早鐘を打っている。私の釈放の知らせじゃない。これまで死刑囚監房でさんざん人が死ぬのを見てきた。だから相手の顔を見れば、なんの知らせを告げにきたのか、察しがつく。看守長の顔には訃報が浮かんでいた。だから彼がそれを口にだす前に、私の頭のなかで金切り声があがりはじめた。

「お母さんのことだ、レイ。お母さんが、きょう、亡くなったそうだ。たったいま知らせがあった。残念だ。私も、看守一同も、お悔やみを申しあげる」

私は言葉を発しなかった。頭のなかの金切り声があまりにも大きくて、とっとと看守長にでていってほしかった。そうすれば両耳に枕をあてられる。私は彼に背を向け、ほんの数メートル歩き、ベッドの横に立った。それから上半身を折り曲げ、両のてのひらをベッドに置いた。気を失いそうだった。彼が咳払いをした。それから足音が遠ざかっていった。

私は最初、声をあげずに泣いていた。やがて、身体がなにかにとりつかれたように激しくぶるぶると震えはじめ、手で顔を覆うことさえできなくなった。発作を起こしたのだろう。もう、どうでもよかった。胃がひっくり返り、嘔吐しそうになり、トイレに駆けよった。

母さんに会いたい。母さんが死んだ。もう、なにがなんだかわからない。私は無だ。何者でもない。私はブーラー・ヒントンの息子で、ブーラー・ヒントンは死んだ。私は嗚咽をあげはじめた。そしてこれまで経験したことのない慟哭《どうこく》を始めた。身体が裏返しになったような気がした。

母さんが亡くなったというのに、私は看取れなかった。そんな現実を直視して、とても生きていくことはできない。そう考えると息もできない。私は母さんのそばにいられなかった。ここにいて、天に召される母さんの手を握ることもできなかった。もう二度と、母さんを抱きしめることはできない。愛していると言うこともできない。さよならを言うこともできない。

〈いつになったら、あの人たちはおまえを家に帰してくれるんだい、ベイビー？〉

母さんの声が聞こえるようだった。

〈もうすぐだよ、母さん。じきに、家に帰るから〉

私は母さんに嘘をついてきた。私は家に帰らなかった。すぐには。そしてずっと。母さんに嘘をつきつづけて、母さんは私に看取られずに亡くなった。私は枕に顔を押しつけ、涙が滝のようにほとばしるにまかせた。枕がびしょびしょに濡れ、涙腺が決壊してしまったような気がした。もう、なにもかもどうでもいい。ブライアン。審問。自分が生きるのか、死ぬのか。ここからでられるのか。もう、なにもかも、どうだっていい。母さんが亡くなった。私は母さんのもとに帰るつもりだった。なのに母さんのほうが先に故郷に帰ってしまった。無数のかみそりで胸を切られているような気がした。心臓発作を起こしたのかも。このまま、ふいに事切《ことき》れて、すぐに母さんのもとに逝ければいいのに。

〈すぐに家に帰るよ、母さん。約束する〉

どのくらい泣いていただろう。顔をあげると、電灯が消えていた。この知らせは死刑囚監房中に、すでに伝わっているはずだった。でも私は周囲の男たちがコーヒーをくれようとするのも、悔やみの言葉をかけてくれるのも無視していた。もう、なにもかも、どうでもいい。この悲嘆からは立ち直ることなどできない。どこかほかの場所にいるようなふりをすることなどもうできないし、母さんが死んでいないふりをすることもできない。サンドラ・ブロックがそばにいて、なぐさめてくれるわけじゃない。おれはレイ・ヒントン。死刑囚監房にいる死刑囚。無実であることを、だれにも納得させられなかった男。

そのまま何時間も仰向けになっていた。やがて、頭のなかから低い声が聞こえた。「おまえが無実だと心の底から信じていた唯一の人は、逝ってしまった」

私がうなずくと、その声が先を続けた。

「じゃあ、もう闘わなくていいんじゃないか？　そろそろ、連中に処刑させちゃどうだ？　連中の好きにさせろ。もう、生きる目的がないんだから。ブライアン・スティーヴンソンには、ほかの人間を救わせろ。もう、ここにいる意味はない。連中はぜったいにおまえを釈放させやしない。おまえは愚かで貧しいただの黒んぼ《ニガー》だ。おまえが生きようが死のうが、だれも気にしちゃいない。いずれにしろ、連中はおまえを殺すんだから」

その声はいつまでも喋りつづけ、私はじっと耳を傾けていた。そのままずっと聞いているうちに、これまで見たことがないほどの闇が広がる暗黒へと連れていかれた。そこには、死刑囚監房ですごした最初の三年間に経験した暗黒もかなわないほどの漆黒が広がっていた。あの苦悩の日々のなかでさえ、母さんはいつだって明滅する光だった。でもいま、目の前にはもう闇しかない。茫漠とした広がり。すべての光という光が消滅したようだった。もう希望はない。もう愛はない。

ない。私の人生は終わった。真実を悟るときの例に漏れず、私は淡々とその真実を認めた。私は終わったのだ。前進する力は残っていない。生きていたくない。生きる価値などない。生きる力もない。連中が勝った。それでいいじゃないか。もう、潮時《しおどき》だ。

大きく深呼吸した。闇のなか、顔がひんやりと冷たい。目は腫れあがり、ごろごろしている。とりあえず、おさらばする方法を考えなければ。疲労困憊していて、頭を何度も壁にぶつける気力は残っちゃいない。手首を切るための鋭利な物もない。なら、どうにかして首を吊るしかない。じきに朝になる。そうしたら首にシーツを巻きつけて、どこかぶらさがれる場所をさがそう。

「ちょいと、そんな意気地なしに育てた覚えはないよ！」。そう小気味よく言い放つ母さんの声が頭のなかに響きわたり、思わずたじろいだ。その口調で小言を言われたあとには、決まってつむじのあたりをぴしゃりと叩かれたからだ。私はベッドの上で身を起こした。

「そんな腰抜けに育てた覚えはないね。だから、ぜったいにあきらめちゃダメだ」

私は闇のなか、独房のあちこちに目をやった。幽霊の存在を信じてはいなかったけれど、母さんの声がこれ以上ないほど、はっきりと聞こえたのだ。

「おまえはここからでていくんだ。闘いつづけるんだよ」

「もう疲れたよ、母さん。母さんのそばに行きたい」と、私はつぶやいた。「連中はおれを傷つけた。だからこっちも連中を傷つけてやりたい。連中はおれを殺したがってるけど、そんなチャンスを与えたくないんだ」

「人間にはね、生きるべき頃合いと死ぬべき頃合いがある。あたしが死ぬ頃合いは、いまなのさ。

だからね、泣くことはないんだよ。あたしががんを患っていたのは、おまえも知っていただろう？　おまえはその話をしたがらなかったけど、知ってたじゃないか」

私はまた泣きはじめた。母さんの言うとおりだ。

「いまはまだ、死ぬべき頃合いじゃない。おまえの番じゃない。おまえにはまだ仕事が残ってる。あたしのベイビーが殺人犯じゃないことを証明しなくちゃならない。その事実を立証しなくちゃ。おまえは灯台だ。希望の光なんだよ。あきらめろとわめく、あの愚かな悪魔に耳を貸しちゃいけない。つらくなったからといってすぐに音《ね》をあげる子に育てた覚えはないよ。自分の命を自分で奪うことはできない。おまえの命は神のものだ。おまえは仕事をしなくっちゃ。勤勉にね。必要とあらば、あたしは一晩中、おまえに話しつづけるよ。あしたになっても昼夜を問わず、話しつづける。自分が何者かをおまえが理解するまで、やめやしないからね。おまえはこの独房で死ぬために生まれてきたわけじゃない。神はおまえに目的をお与えになった。神はあたしたち一人ひとりに目的をお与えになった。あたしはもう、自分の目的を果たしたんだよ」

母さんが話しているあいだ、私はすすり泣いていた。

「さあ、涙をお拭き、レイ。そして立ちあがって、ほかのだれかのために奉仕しなさい。自分のことでめそめそしている暇なんぞないんだよ。頭のなかで、もうどうでもいいなどとおまえに言いつづける悪魔の声に耳を傾けちゃダメだ。どうでもいいことなんぞ、あるもんか。なにもかも、大切なんだから。おまえは大切な人間だ。おまえはあたしのベイビーで、世界のだれよりも大切な人だ。おまえに話を終えたら、あたしは神さまのところにお話にいくつもりさ。神さまはきっとあたしの話に耳を傾けてくださる。あたしが永久に話しつづけなきゃならないとしてもね。神さまはかならず、おまえをそこからだしてくださる。いまはちょっと、神さまも手を焼いておいでなんだよ」

「わかったよ、母さん」と、私はつぶやいた。

「あたしをがっかりさせないでおくれよ、レイ。世界中のだれひとりとして、おまえのことを信じてくれなくても、自分自身を信じなさいと、あたしは教えたはずだ。おまえは自分を信じているね？　大丈夫だね？」

私は闇のなかでうなずいた。

「そう、なら、首にシーツを巻きつけろと、こんど悪魔から言われたら、言い返しておやり。とっとと地獄に戻れ、とね」

私はかすかに笑った。「わかったよ、母さん」

「神さまにお話してくるからね。神のお力を借りられれば、少しはミスター・ブライアン・スティーヴンソンの力になれるはずだ。わかったね、レイ。生きるべき頃合いと死ぬべき頃合いがあるってこと」

「ああ、母さん」

「その場所では、おまえが死ぬべき頃合いはぜったいに訪れない。断じて」

「そうだね、母さん」

「おまえをからかいにきたわけじゃないんだよ、レイ。だからもう二度と、あたしをここに戻らせないでおくれ」

そう言われたとたんに、私は眠りに落ちた。深い、夢のない眠りに。目を覚ましたときには、朝食の時間はとうにすぎていて、昼食の時間に近くなっていた。

起きあがると、すぐに品々が届きはじめた。コーヒー。チョコレート。各種のお菓子。カード。本。どの死刑囚も、独自のやり方で故人を偲《しの》んでいた。「お母さんはおまえのことを心から愛していたよ、レイ。おまえのお母さんほど、息子を愛していた母親はいない」

「あんたはお母さんの自慢の息子だ」

「安らかな眠りを、レイ」

「残念だよ、レイ」

「お悔やみを申しあげる、レイ」

一日中、そして夜になっても、男たちが悔やみの言葉を叫びつづけた。悲しみは、共有することとやわらいでいく。

やがて、ジミー・ディルの声が聞こえた。「レイ！」と、彼が叫んだ。「ちょっと力を貸してくれないか？」

「なんだい？」

私は大きく吐息をついた。いつでも人さまのお役に立ちなさいと、母さんに言われてたっけ。

「『アラバマ物語』にこう書いてあるんだよ。〝前にもやったし、今夜もやった。そしてまたやるだろうな。やっても――泣くのはこどもだけらしいがね〟。これって、どういう意味だ？」

私は微笑んだ。読書クラブがまた始まったような気がした。「あれだろ、評決がくだされたあとに、アティカス〔訳注：『アラバマ物語』の主人公の父である弁護士〕が言ったせりふだろ？」

「そうだ」

「無実の人間が有罪判決をくだされたときに、泣くのは子どもだけだって意味じゃないか。おとなはみんな、ただそれを受けいれる。以前にもそんなことはあったし、これからもまた起こるだろうって意味じゃないかな。どう思う？」と、私は尋ねた。

「そのとおりだと思うよ、レイ。そのとおりだ。だがね、おれはこう言いたい。連中は前にもやって、これからもやるだろう。だからといって、おまえが闘うのをやめるわけじゃない。そうだろ？　人間にはさ、ぜったいに慣れちゃいけないものがある、そうだろ？」

「不正に慣れるようなことがあってはならないと思う」と、私は言った。

「じゃあ、おれたちがしなけりゃならないことが、おまえにはわかってるよな、レイ？　そうだろ？　おれたちがいつだってしなけりゃならないことが、わかってるよな？」

「それはなんだ？」

「闘わなくちゃダメだ、レイ。おまえはぜったいに闘うのをやめちゃいけないんだよ」

私の頭がもう少しイカレていたら、母さんの声がこんどは死刑囚監房に収監されている殺人犯、ジミー・ディルの口からでてきたと思い込んだだろう。

20

反対意見

これに関して
最終的な解決にいたらず、
これほど長い時間が経過したのは
まことに遺憾である。
その責任の一端は
私が担うことになるだろう。
——ジェームズ・ギャレット裁判長
（2002年1月28日）

母さんが亡くなったあと、フィービーおばさん——レスターのママ——が面会にきてくれた。面会でそうした行為は認められていなかったけれど、抱きしめてくれたおばさんの肩に顔をうずめ、私が泣きじゃくっているあいだ、看守たちはよそを向いていてくれていた。レスターは咳払いをして、目頭を押さえていた。母さんはレスターの母さんでもあった。だからこそ、レスターはこの二〇年間、母さんの世話をしてくれたのだ。私は自分の母親を喪《うしな》い、フィービーおばさんは親友を喪っていた。

「気を強くもつんだよ、レイ」。フィービーおばさんはそう言うと、子どもの頃よくそうしてくれたように、背中をさすってくれた。「あたしたちのだれかが、欠かさずここにくるからね。なにがあろうと、だれかがそばにいる。わかるね?」

私はうなずき、嗚咽をこらえた。レスターやおばさんがそばにいてくれることに心から感謝した。レスターたちがいなければ、これほど長い歳月を生き延びることなどできなかっただろう。

「なにがあろうと、そばにいるからね」。おばさんはまたそう言うと、これを最後にと、私のおでこにキスをした。

　二年後、そのフィービーおばさんが亡くなった。レスターと私は一緒に声をあげて泣き、しばらくしてから、こんどは笑いあったものだ。いまごろ、神さまはほとほと困りはてておいでだろう。さすがの神も、もう天国で心穏やかにぐっすりと眠れなくなってしまっただろうから。あの二人の女傑は、念願かなって私が釈放されるまで、神をせっつきつづけるに決まってる。

　ギャレット裁判長からはなんの音沙汰もなかった。ブライアンは次から次へと手紙を書き、上訴趣意書を何通も提出したが、なんの反応もなかった。一年後、彼はついにマスコミを利用してプレッシャーをかけることにした。私が置かれている状況や、これまでの経緯に関する情報を流しはじめたのだ。そうしなければ、州側に正しい行為をさせることはできないと判断してのことだった。

二〇〇三年一一月一九日
郵便番号三六五〇三　アラバマ州アトモア三七〇〇
ホールマン州立刑務所
Z四六八、アンソニー・レイ・ヒントン殿

親愛なるレイ

お元気ですか。そちらで踏ん張ってくれていることを願います。いくつか、最新情報をお伝えします。ギャレット裁判長は、ご存じのとおり、一一月一日付けで現役を退きました。いくつかの事件に関しては今後も担当するそうですが、ほかの事件に関してはべつの裁判官に引き継ぐそうです。この事件に関して、まだこちらには明確な指示はありませんが、どうやら、ギャレット裁判長はあなたの事件の担当を続ける意向のようです。先日、アラバマ州司法長官のプライヤーと面談した際に、彼の意向について突っ込んだ質問をしましたが、あくまでもギャレット裁判長の裁定を待つのみだという答えが返ってきました。失望を禁じえませんが、そう意外な流れでもありません。

本日、私は地区首席検事補に手紙を送りました。ですから検察側には正しいことをする機会が充分にあったと、われわれはメディアに胸を張って説明できます。こちらの専門家たちも同様に、あなたの審理に州側が召喚した科学捜査研究所の専門家たちに対して、なんらかの行動を起こすようにと圧力をかけています。それでも、だれも自分から責任をとろうとはしないようですから、こちらとしてはメディアを利用して、もっと圧力をかけるしかありません。

ニューヨーク・タイムズ紙の記者とも会っていて、来週、記事を掲載してもらう予定ですし、全国紙の記者にもはたらきかけてみるつもりです。『60ミニッツ』は来週、プライヤー司法長官を呼ぶ予定のようですが、イラク戦争の話ばかりして、現状については漠然とした説明に終始するのではないかと懸念しています。いずれにしろ、金曜日には先方とまた面談する予定です。

一二月の第一週に、そちらにうかがおうと思っています。来月、あなたにはニューヨーク・タイムズ紙や雑誌の記者の取材を受けてもらう予定なので、その打ち合わせをしておきましょう。

こちらは例によって多忙をきわめていますが、仕事に邁進《まいしん》しています。お目にかかるのを楽しみに、友よ。

敬具

ブライアン・A・スティーヴンソン

それから九カ月がすぎたが、規則第三二条請願の審問に対する裁定はでなかった。ブライアンは苛立ちを隠さなかった。彼の肩には大勢の人間の命がかかっている。その重荷たるや、想像を絶した。だから私は、彼にこう言いつづけていた。こちらの望みどおりにいかなくても、あなたが全力を尽くしてくれたことはよくわかっています。

だが、ブライアンはついに、問題の根源である張本人に意向を問いただした。

二〇〇四年九月二三日

郵便番号三五二〇三　バーミングハム

リチャード・アリントン・ジュニア大通り北八〇一
刑事司法センター二〇七
アン＝マリー・アダムズ書記官気付
ジェームズ・ギャレット裁判長殿

ギャレット裁判長

アンソニー・レイ・ヒントンの事件に関する進捗《しんちょく》状況についてお尋ねしたく、一筆したためます。ご存じのとおり、ヒントン氏は現在アラバマ州の死刑囚監房に収監されています。われわれは氏が無実であること、一連の事件とは無関係であることを主張し、証拠を提示してきました。そしてこの二年以上、われわれはヒントン氏の無実を裏づける証拠を提示してきました。貴殿が引退なさっていることは存じていますが、本件の進捗状況について、また貴殿が本件の審査を継続中であるかどうかをご教示いただければ幸甚です。われわれは二〇〇四年二月二三日、新たな請願書を提出いたしました。しかしながら、貴殿がその申立てや裁定を求める請願書を受理なさったのかどうか、そちらの書記官からはいっさいの連絡を得ておりません。

死刑が関わる事件において長い歳月がかかることで、大勢の関係者に多くの問題が生じることは承知しておりますが、われわれがとりわけ本件に懸念を抱いているのは、ヒントン氏の無実を明確に裏付ける証拠があるにもかかわらず、氏がアラバマ州の死刑囚監房に一九年ものあいだ誤って収監されているからにほかなりません。

貴殿が本件の関係者に現況をお知らせくださり、本件の解決に向けなんらかの処置を講じておいでであるなら、その情報をお知らせいただければ幸甚です。このような書状で貴殿のお手をわずらわせるのは本意ではありませんが、私はヒントン氏の無実を固く信じており、本件には重大な間違いがあったと確信しております。

本件についてご一考いただければ幸いです。

敬具

アンソニー・レイ・ヒントン弁護人　ブライアン・A・スティーヴンソン

CC：ジェームズ・ホウツ司法次官補
ジョン・ヘイデン司法次官補
J・スコット・ヴォウェル地裁裁判長

二〇〇五年一月二八日

しかし、その後もなんの進展もないまま、ただ時間だけが流れ、ついに審問から二年半後、ギャレット裁判長が裁定をくだした。一月末、私のもとにブライアンから手紙が届いた。私は周囲の男たちに、その手紙を音読した。通路に立っていた二人の看守も、耳をそばだてていた。

郵便番号三六五〇三　アラバマ州アトモア三七〇〇
ホールマン州立刑務所
Z－四六八、アンソニー・レイ・ヒントン殿

親愛なるレイ
　ギャレットの裁定を見たところ、州側の決定を一言一句なぞっているだけの報告にすぎないことがわかりました。つまり、彼は二年半も時間をかけて、二〇〇二年八月二六日に州側が提案した命令にただサインしたにすぎないのです。ギャレットはただ無駄な時間が流れるにまかせ、そして州側の命令にサインした。一二月末までになんらかの結果をだすと彼は地裁裁判長に報告していましたが、実際のところ、いっさいなにもしていなかったのです。意外な話ではありませんが、これでまた死刑囚制度における司法の不正に、最悪の腐敗例がくわえられたのです。
　救済の件に関して、彼に期待できないことはわかっていましたが、正当な理由もないのに、あなたを二年半ものあいだ死刑囚監房に監禁する必要はなかったはずです。
　ギャレットは州側の命令をただプリントアウトしただけですが、その際、行間を変えています。そうすれば見た目がましになると判断したのでしょう。それでも、その内容は州側の命令を一言一句、写したものにすぎない。二年前に州側の命令のコピーをあなたにお送りし

たとは思いますが、ギャレットの裁定のコピーを同封します。州側の命令に、われわれが長々しい書面で異議を唱えたのを覚えておいででしょう。その書面も念のために同封いたします。

この証拠の問題を上訴までもち越したいがために、ギャレットが州側の命令にサインしたことに、われわれは異議を申し立てるつもりです。来週、その書類を提出する予定です。しかし、この点に関して裁定を待つつもりはありません。一〇日後、この申立ては却下されるでしょうから、その時点で上訴を申し立てます。そして二月末までに提出できるよう、上訴の書類を揃えます。

あなたのご家族とレスター・ベイリーとに連絡をとりました。専門家のみなさんのところにもスタッフを送り込みました。専門家のみなさんも今回の件には立腹されることでしょう。月曜の午後、そちらにうかがい、お話できるのを楽しみにしています。どうかそれまで、踏ん張ってください。

敬具

ブライアン

追伸：ジャーラインに小包を送ってくださって、ありがとう。すごく気にいっているそうです！　お気づかいに感謝。

ブライアンは激怒していた。だがその前に、州側が私に誤判をくだしたことを必死に認めまいとし、嘘をつき、だまし、盗み、事態を行き詰まませることを、私は覚悟しておくべきだった。証拠など問題じゃなかった。どんな強力な証拠があろうと、連中には目を向ける気など端《はな》からなかったのだ。ブライアンはアラバマ州刑事控訴裁判所に上訴した。そして、審問の日程が決まると、アムネスティ・インターナショナル、地元の新聞社、そして全国紙などを巻き込み、賭けに打ってでた。

八月に、連中はジョージ・シブレーを殺した。彼の今際の言葉は「おれをこんな目にあわせたやつらは全員、殺人罪で有罪だ」だった。私は彼のために独房のドアを叩き、彼の息子さんのために祈った。両親が二人ともに死刑に処せられた青年の気持ちを思うと、言葉もなかった。そんなむごい仕打ちに耐えられる人間などいるものか。

二〇〇五年一一月、審問の日が近づいていた。上訴のこの段階で囚人が審問の場にいることは認められていなかった。バーミングハム・ニュース紙に一連の記事が掲載された。私も電話で取材を受けていた。その記事には、死刑に関する賛否両論が紹介されていた。ブライアンが死刑制度に反対を唱える記事を寄稿していたので、私はそれを死刑囚監房で男たちに音読して聞かせた。私はブライアンのことを自分の弁護士だけではなく、友人と呼べることが誇らしかった。

二〇〇五年一一月七日
死刑制度への反論

州司法制度に人を殺す資格なし
ブライアン・スティーヴンソン

先週、私はホールマン刑務所に二時間ほど滞在した。アラバマ州の死刑囚監房に二〇年近く収監されている死刑囚とすごすためだ。

アンソニー・レイ・ヒントンは無実である。彼は粗暴犯罪を犯したことは一度もない。寛容で思慮深い人物で、日々を明るくすごそうと筆舌に尽くしがたい努力を重ねている。つねに看守や死刑囚たちの力となり、けっして規律を破らない。そして手持ちのお金がたまると、手づくりのプレゼントを知人たちに贈っている。

ヒントンは死刑囚監房で二〇年近く、前向きに考えよう、希望をもとうと絶えざる努力を続けてきたが、彼としばらく話をすると、その口調や表情から深い悲しみと耐えがたい懊悩《おうのう》がにじみでてくるのがわかる。ひとつには、自分への誤判が最愛の母親の死の一因となっていると考えているからだ。そしてまた、この死刑囚監房で、三〇回以上、死刑執行に苦しめられてきたからだ。死刑執行室は、彼の独房から〝通路をほんのちょっと行ったところ〟にある。

彼は狭苦しい独房に、くる年もくる年もくる年も、監禁されてきた。そのあいだ滂沱《ぼうだ》の涙を流し、毎日、どうにかして耐えがたい苦痛を鎮めようと努力し、終わりのない悪夢とアメリカの悲劇がもたらす苦悩と闘ってきた。

ヒントンが死刑囚監房に送られたのは、彼が間《ま》が悪いときに間が悪い場所にいたからではない。それどころか、犯行がおこなわれたその時刻、彼は犯人が被害者に発砲した場所から二四キロ離れた場所にいた。それも厳重に鍵をかけられた倉庫で単純労働に従事していたのだ。公判前に実施された嘘発見器による検査に、ヒントンは合格した。そのうえ彼は警官に、自分は無実だと訴えた。それなのに、彼の人生、自由、権利に、だれも真剣にとりあおうとしなかった。

ヒントンが死刑囚監房にいるのは、彼が貧しいからだ。アラバマ州の司法制度は微々たる財源に頼るしかなく、いわば極貧にあえいでいる。彼はその司法制度の被害者だ。裁判所が彼の弁護人として指名した弁護士は、死刑が関わる公判にもかかわらず一〇〇〇ドルしか支給されなかった。アラバマ州の死刑囚の約七割には、そうした弁護士しかいない。母親の自宅で警察が発見した銃が、問題となっている複数の事件で使用された銃ではないことを証明する専門家を雇うのに、ヒントンは五〇〇ドルしか支給されなかった。この微々たる予算のせいで、片眼が見えないうえ、証拠鑑定の際に必要な機器類を使った経験もない専門家にしか、協力を依頼できなかった。

死刑囚の大半と同様、ヒントンは公判の前から有罪と見なされていた。経済力も政治的な力もなく、有名人に知り合いもいない彼は、司法制度によって危険にさらされた無名の黒人だった。この司法制度は驚くほど誤りに寛容で、あなたが金持ちなら、無実の貧しい人間よりも優遇される。

アラバマ州の死刑囚監房に送られた無実の人間は、なにもヒントンだけではない。一九九三年、本人が関わっていない犯罪で有罪判決を受け、ウォルター・マクミリアンが死刑囚監房で六年をすごしたことを、アラバマ州はついに認めた。ゲイリー・ドリンカード、ルイス・グリフィン、ランドール・パジェット、ウェズリー・クイック、ジェームズ・コクラン、チャールズ・バフォードは全員、誤判のため死刑を宣告されたあと、無罪を宣告された。一九七五年以降、死刑が三四回執行されるいっぽうで、無実の罪を晴らした死刑囚の数は七人だった。つまりアラバマ州の死刑囚監房には五人にひとりの割合で、無実の人間がいる計算になる。誤判の割合としては驚くべき数字だ。

アラバマ州の死刑の最たる特徴、それは誤判だ。調査によると、アラバマ州でくだされた一五〇件近い死刑に値する殺人の有罪判決と死刑宣告は、違法かつ違憲にくだされてきた。下級審判決の破棄と死刑執行の比率は五対一で、誤判の割合のほうが多い。州によっては真剣に死刑制度を見直し、改革を進めているが、アラバマ州のリーダーたちは無謀にも、死刑執行のプロセスの簡易化ばかりに汲々《きゅうきゅう》としている。

連邦最高裁は知的障がい者の死刑執行は違憲であると定めたが、アラバマ州はこの制限の立法化を拒否した。また連邦最高裁は陪審の評決を尊重しているが、アラバマ州は、裁判長がなんの規約も基準もない状態で、陪審がだした終身刑の評決をくつがえし、死刑を宣告できる唯一の州だ。一九九〇年以降、アラバマ州でくだされた死刑判決のうち二五％近くは、陪審が仮釈放なしの終身刑という評決をくだしたにもかかわらず、裁判長によってくつがえされたものだった。

私は二〇年近く、アラバマ州の死刑囚たちの代理人を務めてきた。死刑囚の全員が無実ではないことはわかっている。だが同時に、アラバマ州の死刑制度が有罪か無罪かなどまったく問題にしていないこともわかっている。アンソニー・レイ・ヒントンの例は、その事実について痛ましいほど雄弁に物語っている。

アラバマ州の死刑制度は嘘八百だ。それは道理に反する不平等という名の遺物であり、アラバマ州では生命に貴賤《きせん》があることの証明でもある。金持ちを保護し、優遇するいっぽうで、貧しい者を打ち捨て、切り捨てている事実を示す最悪の例だ。それは、人種隔離政策の遺産が投げかける残酷で不穏な影だ。選ばれた公僕が、暴力を断固として許さないというポーズをとりながら、暴力の原因から人々の目をそむけさせているのだ。死刑制度は人間の品格の敵であり、贖罪《しょくざい》の敵であり、すべての人間は、その人が犯した最悪の行為よりもずっと価値があると認識し、人生の価値を認めている万人の敵である。

恐怖や怒りにとらわれ、暴力で解決しようとするならば、死刑はじつに魅力的に思えるかもしれない。粗暴犯罪の被害者は現実に痛みを覚えてもいる。しかしながら、悲劇的なまでに大勢の無実の人たちが誤判の被害を受け、違法に有罪判決をくだされ、死刑を宣告されているのもまた事実である。貧しい人々、人種的なマイノリティへの不平等な扱いが、死刑制度に疑問を投げかけている。実際に罪を犯しているのなら、死刑を受けて当然の人間がいてもおかしくないと思うかもしれない。しかし、問題はそこではない。アラバマ州における死刑とは、州政府がその欠陥のある、不正確な、偏見のある、誤判の多い司法制度で政治色の濃い判断をくだし、被告人を殺すのがふさわしいかどうかを決める制度を指す。

われわれは、そろそろ、この制度が間違っていることを示さなければならない。[*1]

その記事を何度も何度も読み返した。記事の横には、死刑支持派のアラバマ州司法長官トロイ・キングによる正反対の意見が掲載されていた。彼の基本的な主張はとどのつまり〝目には目を〟である。私にもうなずけるところはあった。というのも、私自身、教会でさんざんそう聞かされて育ったからだ。正義は〝命ひとつ〟に〝命ひとつ〟を要求する。天罰がくだる、と。悪事をはたらいた者は、被害者に選択の余地を与えなかったのであれば、生きながらえてはならない。死刑囚たちの居場所は死刑囚監房であり、罪を犯した者の権利を守るために司法制度を無駄遣いしてはならないというわけだ。

でも司法制度には、だれがほんとうに罪を犯したかがわからない。私だって、誘拐と殺人のあいだには倫理的に大きな違いがあることくらいわかっている。それなら、ひとりの人間を〝投獄する〟ことと〝死刑に処する〟ことのあいだにも大きな違いがあるはずだ。人間は死刑にならなくても、いずれは死ぬ。だが、そこには倫理的に大きな違いがある。そもそも死刑制度を導入し

＊1　二〇〇五年一一月七日付バーミングハム・ニュース紙、「死刑制度への反論」。ブライアン・スティーヴンソン。

たところで、殺人の抑止にはならない。そのうえ現行犯でもないかぎり、その人間が有罪であると確証するのはむずかしい。死刑制度を支持したくなる気持ちはわかるが、それでもやはり、この制度には終止符を打たなければならない。人間は間違いを犯すものであり、司法もまた間違いをまぬがれることはないからだ。

少なくとも、無実の人間がぜったいに処刑されることがない方法が編みだされるまでは――法廷、刑務所、刑の宣告に人種差別が入り込む隙がなくなるまでは――死刑は廃止されるべきだ。ためしに、司法長官のトロイ・キングに無実の罪で死刑を宣告したうえで、刑務所で一〇年か二〇年ほどすごしてもらえばいい。そうしたら、新聞にどんな寄稿をすることやら。人間が人間を処刑するのに、苦痛を与えない、思いやりにあふれた手法などない。世の中にどんな法があろうとも、無実の人間を処刑する権利をもつ人間などいないのだ。

この死刑支持派の司法長官が寄せたある一文に、私は大きな衝撃を受けた。〝たしかに死刑宣告は、無実の人間を死に追い込むようなかたちでおこなうべきではない〟。そこには皮肉があった。本気でそう考えているのなら、なぜ彼は私の無実の証拠を客観的に調べるのを拒否するのだろう？　いっぽうブライアンの論説を読んでいると、大きく心を揺さぶられた。看守たちでさえ、その記事を音読したほどだ。審問で何が起こるのかわからなかったが、神が私のもとに最高の弁護士をつかわしたことだけはわかっていた。

審問当日、またべつの記事が私とマクレガー検事の言葉をそれぞれ引用した。私が法廷でにらみつけてから二〇年という歳月が流れたというのに、マクレガー検事はまだ私にえらく腹を立てているらしかった。そして私を釈放しようものなら、社会の脅威になると言い放った。〝彼は門のすぐ外に三八口径の銃をもって立つことだろう。それは例の古い銃ではないはずだ〟と。この新聞記事が、審問で私の無実を証明する証拠になればいいのに。二〇年たっていまなお、いずれにしろ私を刑務所の外にだすつもりはないと彼は発言し、それが記録に残っているのだから。
審問で口頭による申立てを終えたブライアンは、希望をもっているようだった。

二〇〇五年一一月三〇日

郵便番号三六五〇三　アラバマ州アトモア三七〇〇
ホールマン州立刑務所
Z四六八、アンソニー・レイ・ヒントン殿

親愛なるレイ
友よ、お元気ですか。先週、口頭申立てのあと、州側がまたあなたの事件に関して意見書を提出しました。あれほど長年にわたり、なにもかも禁じられていると却下してきたにもかかわらず、急にあなたの事件の証拠について話しあいたいと言いだしたのですから、驚くほかありません。とにかく、州側は書面に補遺《ほい》を追加する申立てをおこないました。銃の証拠があなたの無実を証明すると、私が申立てでさんざん強調したので、州側は懸念しているのでしょう。州側が送ってきた書面のコピーを同封します。昨日、われわれは州側の訴答に対する書面を提出しました。そちらもまた一緒に同封します。

こうした争点について州側が検討せざるをえないと感じているのは、いい傾向だと思います。バーミングハム・ニュース紙に例の記事が掲載されたあと、新聞社に寄せられた手紙はどれもこちらに好意的なものでした。手元に届いたら、すべてコピーしてお送りします。

今年こそ、あなたが死刑囚監房ですごす最後の感謝祭となることを切に願っています。アラバマ州の司法制度を相手にする以上、楽観は禁物ですが、あなたはいますぐ救済されてしかるべき人物なのですから。

クリスマスまでにとにかく仕事を進めるつもりです。先週、以前の事件に関して法廷が山ほどの裁定をくだしたので、こちらはいまてんてこ舞いです。どうぞお元気で、友よ。

敬具

ブライアン・スティーヴンソン

これを読んでも、刑事控訴裁判所の裁定に期待しすぎないよう努力した。できるだけなにかをして気をまぎらわし、看守専用の休憩室で一日の大半をすごさせてくれた看守たちに感謝した。私は看守たちのために料理をしたり、かれらの相談に乗ったりした——金銭問題から、はては夫婦間の問題まで。二〇年以上も独房に閉じ込められ、世間から隔絶されて生きてきた私に、看守たちがアドバイスを求めるのだから皮肉な話だ。私は死刑囚たちへの食事の配膳も手伝った。お

かげで囚人たちと挨拶をし、互いに目を見ることができたし、私たちがいやというほど熟知している例の闇が広がる場所に相手が突き進んでいないかどうか、確認することもできた。

私は他者に奉仕していた。それは母さんが望んでいたことであり、レスターとの最後の面会日を迎えるまでの日々をしのいでいくすべだった。

二〇〇六年六月末、ブライアンに電話をしろと、看守から言われた。電話をかけたところ、アラバマ州刑事控訴裁判所が私の上訴を棄却したと告げられた。そうなったら、こんどはアラバマ州最高裁判所に上訴することになる。私は独房に戻り、ほかの男たちにそう伝えた。みんな怒っていたが、なかでもジミーは憤慨してくれた。私は長年、声を大にして自分の無実を訴えていたけれど、新聞記事のおかげで、みなの胸にもそれが実感として埋め込まれていた。

私の自由は、死刑囚監房の男たちが闘いを挑む大義名分となっていた。もう、私の無実を疑う者はいなかった。ブライアンの記事がでたあと、みんなにこう宣言した。外にでられたら、死刑制度に終止符を打つべく、おれはとことん闘うつもりだ。大学で、教会で、全国各地で、そして世界各地で、この問題について訴えたいという夢が芽生えていたのだ。私自身が、ブライアンのようにひとつの声となってみせる。自分の体験談を語りつづけるのだ。もう二度とだれの身にも、同じことが起こらないように。

そのためにはまず、私が自由にならなければ。

だからこそ、こんどはまたべつの法廷を目指すのだ。一九八九年に一度上訴した法廷に。なんだか私の事件はピンボールのように、州のなかであちこちに飛ばされているような気がした。巡回裁判所。控訴裁判所。アラバマ州最高裁判所。そしてまた戻る。何度も何度も。でも、私は憤慨してはいなかった。それどころか、有頂天になっていた。アラバマ州刑事控訴裁判所の裁定が三対二だったからだ。結果的に上訴は棄却されたものの、二人の裁判官が私の無実を信じてくれたのだ。

反対意見があるとは、なんてすばらしいことだろう。

私に残された希望は、それだけだった。

21

かれらは
木曜日に
われわれを
殺す

その社会の文明の発達レベルは、
刑務所に入ってみればわかる。
——フョードル・ドストエフスキー

私たちはアラバマ州最高裁判所に上訴した。だが、ペインが有能な証人かどうかの判断がくだるまで、州最高裁は裁定をくだすのを拒否した。よって、私たちはまた控訴裁判所の梯子《はしご》をくだり、ジェファーソン郡の裁判所に戻ることになった。この頃には、ギャレットは完全に引退していた――そして私の事件から手を引いた。巡回裁判所の新たな裁判長ローラ・ペトロなら、私の事件に少しは理解を示してくれるかもしれないと、私は期待した。

二〇〇九年三月、ようやくペトロ裁判長が裁定をくだした。

二〇〇九年三月一一日

郵便番号三六五〇三　アラバマ州アトモア三七〇〇
ホールマン州立刑務所
Z四六八、アンソニー・レイ・ヒントン殿

親愛なるレイ

残念ながら、ペトロ裁判長は私たちに力を貸してくれませんでした。彼女はきわめて奇っ怪な決定をくだしたのです。ペインは有能な専門家だと、ギャレット裁判長は見なしていたはずで、その考えに従うまでだというのです。つまり、ペトロ裁判長はペインが有能だとしぶしぶ認めたと表現していいでしょう。まったく、がっかりです。こちらに電話をください。来週はずっと事務所にいる予定なので、次の手段について電話で相談しましょう。この決定は奇っ怪きわまりないですが、ペインが無能かどうかについて新たな調査を実施するよう法廷に命じるよりは、ましな決定といえるでしょう。いずれにしろ、吉報がないかぎり手紙は書きませんと、以前に申しあげましたから、すぐに吉報をお知らせできるようにするつもりです。とにかく来週、電話で相談しましょう。

それまで、どうか踏ん張って。

敬具

ブライアン・スティーヴンソン

死刑囚監房で踏ん張るのはもう無理だ。そうとしか思えない日々が続いた。ジミー・ディルが一カ月以内に処刑されると決まった。この死刑囚監房ですごすのが最後の感謝祭になってほしいと願ったあの日から、私は三七人の男たちが殺されに歩いていくところを眺めてきた。まだ三月だというのに、今年になってからすでに二人が処刑されていた。ギャレット裁判長が私の規則第三二条請願を棄却してから、一〇人の男たちが死ぬのを見てきた。死刑囚監房には重苦しい雰囲気が広がっていた。もう読んだ本の感想を大声で言いあうこともなくなった。私たちはただ生き延びることに必死だったのだ。

新たに入所してきた若い男たちは怒りを隠さず、これまでに見たことがないようなやり方で周囲の男たちを扇動した。そうした男たちは、文学について語りあうことにいっさい関心を示さなかった。だれかの死刑執行日が決まると、囚人と看守のあいだの空気がぴりぴりと張りつめた。電気椅子での処刑から薬殺刑に変わったので、もう発電機の電源を入れる下稽古はしなくなったが、それでも看守たちは死刑執行の予行演習を続けた。

「わかってくれ、おれたちは、あんたを殺すような真似はぜったいにしない」と、ある看守から言われたことがある。「だけど、仕事をするしかないんだよ」

「わかってる。そのときには志願してくれ。〈死の部隊〉に参加すると挙手してくれ。おれにはあんたの気持ちがわかってる。あんたにもわかってる。みんな、わかってるよ」

「それが、おれの仕事なんだ」

私の死刑執行日がきたら、その看守たちが私を殺すことはよくわかっていた。看守たちにもわかっていた。回避するすべはない。私はときどき想像したものだ。看守が全員、私を殺すことを拒否したらどうなるのだろう？　断固として自分たちの意見を表明したら？　具合が悪くなれば医者のところに連れていき、毎日食べさせ、不幸な境遇に同情してきたその相手を死に導くことなどできないと断言したら？　そうした考えが、しばらく頭から離れなかった。看守たちもまた私たちの家族なのだ。私たちはみんな、この暗い、真っ暗な世界の片隅にいて、一週間のうち六日間は一緒に笑いあうという、ひねくれた演技をした。そして木曜日になると、かれらは私たちを殺した。

私の事件は刑事控訴裁判所に戻され、それからまたペトロ裁判長のところに戻された。ブライアンの説明によれば、ペインが有能な専門家であるかどうかを裁定せず、一九八六年のギャレットの判断を支持したにすぎないからだという。二〇一〇年九月、ペトロ裁判長はペインが〝一般の証人よりは銃器の鑑定に関する知識をもっていた〟という理由で、有能な専門家であると認めた。まったく、冗談じゃない。それはまるで心電図検査を受けたことがあるからという理由で、私を有能な心臓外科医として認めるようなものだった。私たちはまた控訴裁判所に戻ったが、控訴裁判所が下級裁判所の裁定を支持したため、またもやアラバマ州最高裁判所に送られた。最高裁は私の事件をボールのようにパスして回し、下級裁判所に送ったあげく、ペインが有能な専門家であると法廷が認めたときには誤った基準で判断されていた、と述べた。

いやはや、めまいがしてくる。

だが、ブライアンはあきらめなかった。彼のようすを見ていると、私の案件が彼にとっていかに重荷であるかが、手にとるようにわかった。彼は肩に全世界を背負っていた。面会日に会う彼の目には緊張とストレスがにじみでていた。私は彼の唯一の依頼人ではなかったし、二人とも年々若くなっているわけでもなかった。私は疲れ、もう真実が明らかになりますようにと祈るのをやめていた。すでに真実は明らかになっていた。アラバマ州は私が無実だと知っているのに、かたくなにそれを認めようとしない。一九八六年、認めようとしなかった。二〇〇二年、認めようとしなかった。二〇〇五年、認めようとしなかった。そして、二〇一三年になっても認めようとしない。

ブライアンは私と話す必要があるときには、刑務所の職員に伝言を頼んだ。この頃、私の事件はマスコミの注目を集めていて、裁定がくだると、地方紙でかならず報道されるようになっていた。たいてい午後二時すぎに州最高裁の裁定が発表され、午後五時には、もうそのニュースをマスコミが報道した。そのためブライアンは、私にニュース番組で裁定結果を知ってほしくないと気を回してくれた。

折り返し電話をくださいという伝言を聞いたとき、あまり期待してはならないと、私は自分を戒めた。

「棄却されました。レイ、すまない」

私は耳から受話器を離した。奇跡が起こると思っていたのに。ついに二人の裁判官が味方についたことがわかっていたので、なにもかもうまくいくだろうと確信していたのに。私はもう二度と、ここからでられないのだろう。あのストレッチャーに縛りつけられ、薬物のカクテルで身体を麻痺させられて、悲鳴をあげることもできなくなる。それからじわじわと、苦悩のうちに息の根をとめられるのだ。狂犬病にかかった野良犬のように眠らされるのだ。私の人生には、その程度の価値しかないのだ――いや、犬以下かもしれない。犬はたぶん死んでやすらぎを得るのだろうから。

だが、私は人生を失う。ブライアンを失うのだ。彼はこれまで、死なせまいとしてきた男たちが死んでいく場に立ち会ってきた。私自身も同じようなことを体験してきた。あのおそろしさときたら、とても言葉では説明できない。男たちが殺されるたびに、胸は裂け、粉々になる。魂の一部が死に、頭の一部が壊れ、心臓が激しく音を立て、その一部に亀裂が走ったように血がどくどくと流れだす。精神、心、魂は、それほどの痛みに耐えられないのだ。

私は涙をぬぐい、深々と息をついてから、耳元に受話器を戻した。ブライアンはまだ話していた。「私の力不足だったのかもしれません。もっと——」

この男のことを思うと、胸が痛んだ。だから話をさえぎった。

「ミスター・スティーヴンソン、こちらはレイ・ヒントンのアシスタントです。もうご自宅にお戻りくださいと、ヒントンが申しております。こちらはレイ・ヒントンのアシスタントです。きょうは金曜日です。どうぞおいしい食事を召しあがり、ワインを飲んで、映画をご覧くださいと……少し気分が明るくなるようなことを、なんでもなさってください。そして週末のあいだ、レイ・ヒントンのことはどうぞお忘れくださいと、そう申しております」

「レイ——」。こんどはブライアンが話をさえぎろうとした。

「こちらはレイ・ヒントンのアシスタントです。ヒントンは週末、外出できるようなら、バスケットボールの試合を観戦し、リラックスして、裁判のことは少し忘れるそうです。あなたも同じようにすべきだと、ヒントンは申しております。そして月曜の朝イチに、こちらからお電話いたします、と」

ブライアンがやさしく笑った。

「週末を丸ごと楽しむ許可をあなたに与えると、ヒントンが申しております。陽射しを浴びてください。森林浴を楽しんでください。そしてレイ・ヒントンのことはお忘れください。レイ・ヒントンも、レイ・ヒントンのことはしばらく忘れるそうです」

「そうですか。では、どうぞ彼に御礼をお伝えください」。そう応じたブライアンの声が、少し明るくなっていた。

「月曜の朝に、どうぞご自分でお気持ちをお伝えください」

そう言うと、私は受話器を置き、独房に戻った。外出して週末を楽しむのに、囚人の許可を必要とする弁護士がどこにいる？　ブライアンは私のことを心から気にかけてくれていて、私は感謝の気持ちを言葉にできなかった。私の命を救うために彼が手を尽くしてくれたことはよくわかっていた。彼にはその重荷を降ろし、のびのびと週末を楽しむ権利がある。ブライアンには太陽のほうを向いて顔をあげてほしかった。法廷で味わわされた失望をしばし忘れ、ここと距離を置いてすごしてほしかったし、彼にはその権利があった。

私の独房は暗かった。四月の午後五時にしては、じつに暗かった。はたして私が自由になり、顔を太陽のほうに向ける機会はめぐってくるのだろうか。この闘いに終わりがくるときがあるのだろうか。

月曜の午前九時きっかりに、私は看守に呼びかけ、電話をかけさせてくれと頼んだ。そしてコレクトコールでブライアンの事務所に電話をかけた。電話にはミズ・リーが応じ、それからすぐにブライアンに変わった。

「レイ、調子はどうです?」

「元気ですよ、ブライアン。週末はいかがでしたか?」

「すばらしい週末でした、レイ。おかげさまで」。彼の口調から、それが嘘ではないことがわかった。私がブライアンにできることなど、ほとんどない。だから彼に週末をプレゼントできて嬉しかった。だが、もう週末は終わった。

「さてと、午前九時だ。朝イチに電話をかけると言いましたよね? そろそろ、私の事件に戻る頃合いですよ!」

ブライアンが笑った。「そちらにうかがいます。相談したいことがあるので」

「次にどんな手を打つかという話ですね?」

「ええ、そうです、レイ」

「わかりました。できるだけ早く会えますように」

さよならを言い、電話を切った。ブライアンがまだあきらめていないことがわかり、嬉しかった。彼があきらめてしまったら、私もあきらめるしかない。

次の面会日にレスターがきてくれたとき、私はこの話を伝えた。シルヴィアの姿はなかった。この前の面会で女性看守に不快な思いをさせられたので、しばらく死刑囚監房への訪問を休むという。そう聞いて、私は猛烈に腹を立てた。看守たちに言っておかなくては。かれらは好きなよない。

うに私をひどい目にあわせる。だが、私の愛する人や面会人が不快な思いをさせられるいわれは

レスターは私の出生証明書を入手してくれた。私が晴れて自由の身になったらどこで暮らそうかと、二人であれこれ話をした。母さんの家はもう一〇年、空き家になっていて、住める状態にするには相当、手を入れなければならないだろう。レスターと私はこの二七年、ここから私が歩いてでることについて話してきた。自由の身でいたときよりも、死刑囚監房ですごした歳月のほうが、じきに長くなる。将来を想像するエネルギーも枯渇しはじめていた。二人とも、着実に年老いていたのだ。

レスターの顔を見ていると、死刑囚監房ですごした歳月が走馬灯のようにふっと浮かびあがった。レスターのいない独房での生活が。一九八五年に私が逮捕されてから、彼は一度も面会を欠かさなかった。そしていま、二〇一三年。世界は大きく変わったけれど、レスターの友情はまったく変わらない。そう思うと、目頭が熱くなった。

「どうした?」

「うちに歩いて帰る途中、道路脇の側溝に飛び込んで、よく身を隠したよな?」と、私は尋ねた。

「ああ、そうだった」

「おれたち、なんであんなにビビッてたんだろう」

レスターはなにも言わず、ただじっとこちらを見つめた。その目には、これまでに見たことのない悲しみの色が浮かんでいた。

「おれ、もう疲れちまった」と、私は言った。「裁判所は請願を棄却した。もうこれ以上、打つ手があるとは思えない。新たな証拠にもまったく目を向けちゃもらえない。手続きのスピードをあげようとする姿勢も見られない。連中はこのまま、おれの死刑執行日を決めるんだろう。さもなきゃ、おれが死ぬまで裁判所をたらい回しにするつもりだ。ここから歩いてでられないような気がする。長いことここにいたけど、こんな気持ちになったのは初めてだ。もう、どうすればいいのかわからないよ」

「闘うのをやめちゃいけない」

「どうしてだ？　どうして闘うのをやめちゃいけないんだ？」。ふざけているわけじゃなかった。ただ、疲れはてていた。「もう、せいいっぱい生きたよ」

　信じられないといった顔で、レスターが低い声をあげた。

「レスター、おれはウィンブルドンで五回優勝した。ヤンキースの三塁も守ったし、一〇年連続でチームの優勝に貢献した。世界旅行もした。世界でいちばんの美女と結婚した。人を愛し、一緒に笑い、神を見失い、ふたたび神を信じ、自分が犯していない罪を背負い死刑囚監房に送り込まれた目的はいったいどこにあるんだろうと、悶々と悩みつづけた。ときには、目的なんぞないような気がした――これは、自分に定められた運命だとしか思えないこともあった。

　おれはここをわが家にすることにした。おまえが会ったこともないような凶悪な男たちを家族にすることにした。そうしているうちに、なにを学んだかわかるか？　おれたちはみんな同じだってことだ。おれたちはみんな、なんらかの罪を犯していて、同時に無実でもあるんだよ。でも残念ながら、神はひとつの計画にあれこれ詰め込みすぎることもある。だから、これがおれに定められた計画なのかもしれない。縦二メートル、横一・五メートルしかないこの狭苦しい独房で人生の大半をすごすために生まれてきたのかもしれない。そのおかげで、頭のなかで世界旅行ができるようになったのかもしれない。死刑囚監房にこなければ、ウィンブルドンで優勝なんぞできないからな。おれの言いたいこと、わかるか、レスター？　わかってくれるか？」

レスターが咳払いをした。「おまえと一緒にうちに歩いて帰る途中、道路脇の側溝に飛び込んだとき、おまえ、こう言っただろ？　慣れるって妙だよな、と。覚えてるか？」

私は首を横に振った。覚えていなかった。

「とにかく、おまえはそう言ったんだよ。おれたちがなんであんなにビビッてたのか、わかるか？　その理由がわかるか、レイ？」

「いや、どうしてだ？」

「こっちに向かってくるものの正体がわからないから、ビビッてたんだ。だから側溝に身を隠した。おれたちの行く手に立ちふさがるものと対峙しないで、隠れたんだ」

私はうなずいた。

「おれたちはもうガキじゃない、レイ。だから、もうビビらない。もう側溝に一緒に隠れるような真似はしない。おれたちはなにがあろうと、立ち向かう。そして、必要とあらば闘う。こんな状況に慣れるような真似はぜったいにしない。おまえは死刑囚監房で死ぬために生まれてきたんじゃない。それが事実だってことが、おれにはわかる」

レスターは雄弁な男ではない。でも今度ばかりは、言わずにはいられないことがあったのだろう。

「わかった」と、私は言った。

「おれたちはまだわが家に向かって歩いているんだぞ、レイ。おれたちはまだ一緒に歩いてる」

＊＊＊

面会室のほうに歩いていくと、ブライアンが待っているのが見えた。真剣な顔をしている。いや、真剣というより、断固とした、これまで見たことがないような不屈の表情を浮かべている。すでに何度も請願を棄却されてきて、ブライアンは電話で何度も、不利な裁定がくだされましたと私に伝えなければならなかった。

ときには、もう裁判の話はしたくないと思うこともあった。だから、ただ二人で笑いあうこともあった。とくに面白いことなどないのに、なにかにつけて笑ったのだ。教師から怒鳴られても笑うのをやめられない十代の少女のように笑いころげたこともあった。私がまだここに監禁されているという現実の異常さを、大声で笑い飛ばすしかないこともあった。そんなふうに笑っていると、気分がよかった。若返ったように思えたし、正気を保てた。

そばに歩いていくと、ブライアンがにっこりと笑った。「調子はどうです、友よ?」

「元気です」

「よかった。じつはひとつ、アイディアが浮かんだんです。腹を決める前に、これから私が話す内容について、じっくり考えていただきたい。われわれは、いよいよ戦略的な決断をくださなければなりません。これまで話しあってきたように、次なる手段は連邦裁判所への人身保護令状の請願です。ただ、この手法には限界があります。時間が限られているので、連邦が保障している権利が侵害されているという主張は、限られた争点でしか訴えられません。つまり連邦の人身保護令状では、あなたの無罪を証明する機会が限られているんですよ、レイ。というのも、連邦は無罪の主張では認めないからです。ですから、なんとしても無罪を勝ちとりたいこちらとしては、検察が作業記録の証拠を隠匿したこと、あなたが有能な弁護士による支援を得られなかったことに争点を絞るしかありません。それで連邦地方裁判所で負けたら、連邦第一一巡回区控訴裁判所に上訴します。州側は準備書面を提出するでしょう。これは規則第三二条請願に似ていますが、争点はもっと限られています。州側は、連邦の人身保護令状に対して州裁判所が裁定をくだすまで、連邦裁判所での審理は延期すべきだと主張するでしょう。ここまでの話の流れはおわかりですか？」

私はうなずき、先を続けるよう、ブライアンに身振りで示した。

「とはいえ、あなたの無実を訴えるただひとつのチャンスがあります。連邦最高裁にもう一度、直接、裁量上訴するのです。さっき言ったように、連邦の人身保護令状では無実を訴えることはできません。ただ連邦で保障されている権利が侵害されていることを訴えるだけです。連邦最高裁にしても、無実の主張だけで救済を認めることはありませんが、なんらかの行動をうながす主張はできるはずです。そこでわれわれの主張が認められれば再審理となりますし。いずれにせよ、あなたの無実は尊重されるはずです、レイ。法廷でこの点が尊重される、これが最後のチャンスとなるはずです」

私はまたうなずいた。自分の無実を尊重してほしかった。永遠に尊重してほしかった。

「ただし、ひとつ問題があります。ここであなたの無実が認められなければ、もう二度と、あなたの無実の主張が聞き入れられることはありません。最高裁にもち込まなければ、この連邦の人身保護令状の手続きの最後でもう一度、無実を主張できなくもありませんが、それには何年もかかるでしょう。それに、連邦最高裁が裁量上訴で精査するのも、人身保護令状でこちらが提示したごくわずかな争点にすぎません。つまり、あなたの無実に関しては審理されない。非常に限られた争点のみを争うことになりますから、あなたが救済されるチャンスはごくわずかしかありません」

「そして連邦の人身保護令状では、またあちこちの法廷をたらい回しにされるんですね？　今回はアラバマ州ではなく、連邦裁判所のなかでたらい回しにされるだけだと、そういうことですね？」

「そうなるでしょう。上訴に対する州側の姿勢はもうよくおわかりですね。州側があの姿勢を変えることはないでしょう。行動を起こすとしても、せいぜい連邦の人身保護令状への不服を申し立てるくらいでしょう。それから連邦最高裁に裁量上訴することもできますが、それまでに何年もかかるでしょうし、どちらに転ぶかもわかりません……それにほかにも問題があるんですよ、レイ。連邦最高裁にもち込んで負けた場合、そのあとの手続きはスピードアップします。そうなれば、連邦の人身保護令状を勝ち取るのはむずかしくなるでしょうし、あなたの処刑をとどめるのはいっそうむずかしくなる」

私はブライアンの話をさえぎった。

「自動販売機で飲み物を買いたいんだけど、小銭、ありますか？」

「もちろん、ありますよ」。ブライアンが二五セント硬貨を数枚渡してくれたので、自販機に歩いていき、コーラを買った。

私はまた椅子に座り、コーラの缶をあけた。「大きな決断をくだすときには、一杯やらないとね」

「レイ――」

私は手をあげ、彼を黙らせると、コーラをぐびぐびと飲みはじめた。生まれて初めて、強い酒を飲みたいと心底思った。私は昔から酒飲みではなかったが、今回ばかりはつくづくと思った。このコーラの缶の中身が全部スコッチならいいのに、と。

「ブライアン、私は無実です。私が無実だと、法廷に認めさせたい。私は無実だと、世界に知らしめたい。仮釈放なしの終身刑など無用です。ここから歩いてでていきたい。残りの人生を自由にすごしたい。それができないのなら、死んだほうがましだ。無実を立証できないのなら、死んだほうがましだ」

「では、どうします、レイ？　裁量上訴の請願書の提出には、また八カ月か九カ月かかります。

それになんの保証も――」

「連邦最高裁にもち込みたい、ブライアン。私が無実であることを、連邦最高裁の人たちに知ってもらいたい。今度こそ、証拠をすべて提出して、私の事件に耳を傾けてほしい。また、あと一〇年も法廷で闘うのはいやだ。もう、自分にそんなことができるとも思えない。七〇歳になったときに、まだここにいて、闘っていられるとは思えないんですよ」

私たちはしばらくだまっていた。私は面会室を見まわした。数十年、ここで長い時間をすごしてきた。自販機でキーライムパイをたくさん買って食べた。そして、正面に座っている男を心から尊敬し、愛するようになった。彼もまた疲弊していた。そのうえ、私は彼が闘いを続けている案件のひとつにすぎない。

もう、勝負に打ってでるしかない。私たちは二人とも、勝利に値する。

勝負に負けたら、私は木曜日に自分の順番が回ってくるのを受けいれるしかないだろう。最後の食事をとり、これ以上は望めない最高の親友でいてくれてありがとうと、レスターに礼を言うだろう。ブライアン・スティーヴンソンには、こう伝えるだろう。あなたに全員の命を救えるわけじゃない。あなたが全力を尽くしてくれたことはわかっている。

そして、私の最期の言葉はこうなるだろう。

私は無実だ。

22

すべての人に正義を

裁量上訴として
認められる争点がないため、
本法廷は本件の申立てを
棄却すべきであります。
——アラバマ州司法長官
ルーサー・ストレンジ
（2013年11月、連邦最高裁）

心にいつまでも焼きつく瞬間というものがある。大半の人にとって、それは結婚したときや最初の子どもが生まれたときだろう。さもなければ初めて就職が決まったとき、夢に見てきたように心から愛せる人とめぐり会ったときかもしれない。だれかに認められたときや、これまでこわくて仕方なかったことに挑戦する勇気がでたときなど、ちょっとしたことが忘れられない場合もあるだろう。

ブライアンが請願書を提出するまでの半年間、私はそうした記憶に残る瞬間を思い起こしながらすごしていた——ただし、いい思い出だけを。悪いことは思いだしたくなかった。母さんの死。逮捕と有罪判決。死刑執行室に歩いていった五四人。私は全員の名前を知っていた。

七月には、死刑囚監房にきてからまだ五年にしかならないアンドリュー・ラッキーという白人が連れていかれた。その前夜、私は頭のなかで五三人の名前をすべてそらんじた。眠る前に羊の数を数える代わりに、死者たちを数えたのだ。ウェイン。マイケル。ホレス。ハーバート。アーサー。ウォレス。ラリー。ニール。ウィリー。ヴァーナル。エドワード。ビリー。ウォルター。

ヘンリー。スティーヴン。ブライアン。ヴィクター。デヴィッド。フレディ。ロバート。パーネル。リンダ。アンソニー。マイケル。ゲイリー。トミー。JB。デヴィッド。マリオ。ジェリー。ジョージ。ジョン。ラリー。アーロン。ダレル。ルーサー。ジェームズ。ダニー。ジミー。ウィリー。ジャック。マックス。トマス。ジョン。マイケル。ホリー。フィリップ。リロイ。ウィリアム。ジェイソン。エディ。デリック。クリストファー。

このリストに、アンドリューの名前をくわえたくなかった。いまはまだ。まだ希望が残っているあいだは。アンドリューの前に処刑された男は、ここに四年しかいなかった。アンドリューもクリストファーも上訴を望まなかった。かれらは若かったけれど、二人とも精神状態がふつうではなかった。二人とも自分がいまどこにいるかを理解しているとは思えなかったし、上訴しない道を選んだことなどまるで把握できていないはずだった。じつにやりきれない話だ。私は五七歳という実年齢より年老いたように感じた。

私はクリストファーのときもアンドリューのときも、ドアを叩いた。ひとりぼっちではないことを伝えるために。自分自身の死と直面している大勢の男たちのために、騒音を立てつづけた。

いい思い出にだけ集中しようと、私は努力した。逮捕される前、夏の暑い夜には、レスターたちとプラコで野球をしたものだ。世界がどれほど危険な場所であるかが、おめでたい私たちにはまったくわかっていなかった。バーミングハムでは爆破事件や抗議運動が起こっていたけれど、プラコという聖域ですごしていると、どこか遠くの場所の出来事のように思えた。あのまま、プラコを離れなければよかった。あのままとどまって炭坑で働いていたら、どうなっていただろう？　その後の人生はどう展開しただろう？　忘れられない大切な瞬間は、どんなものになっていただろう？　機が熟して、あのままシルヴィアと結婚していたらどうなっていただろう？　私は父親となり、いまごろは孫だっていたかもしれない。

あれから、野球の試合をいったい何度、逃してしまったのだろう？　森林浴を何度、逃してしまったのだろう？　人間は一生のうちで何度、日の出と日没を逃せるものだろう？　それでもなお生きているとは、どういうことなのだろう？

あまりにも長いあいだ暗闇ですごしてきたせいで、自由の身となり陽光を浴びるのがどんな気持ちか、もう想像がつかなかった。女性を笑わせることができたら、どんな気持ちがするだろう？　女性が腕を伸ばしてきて、こちらの腕に触れるという、それだけの瞬間。女性を両腕で抱きしめ、じっとその瞳を見つめているときの幸せな気分。また女性にキスすることなどあるのだろうか？　たとえ出所できたとしても、死刑囚監房からでてきた男にキスしたいと思う女性などいるだろうか？　私はそうした思いを振り払い、母さんと釣りにでかけたときのこと、教会で母さんの隣に座り、祈っていたときのことを思いだそうとした。母さんがつくってくれた料理のことを思いだした。噛みしめるたびに、母さんの愛情を感じたものだ。

死刑囚監房に連れてこられたあとのいい思い出をさがすのは、むずかしかった。面会室でレスターやシルヴィアと笑いころげたこと。かれらをにやりとさせるような話を聞かせて、死刑囚監房での生活もそれほど悪くないと思わせようとしたこと。ブライアンと一緒に座り、裁判の相談をして、フットボールの話に興じたこと。彼を笑わせたこと。彼の目から心労の色が三〇分ほど消えたのがわかったこと。死刑囚監房での長く暗い夜を乗り越えられるよう、ほかの囚人たちの力になったこと。暗闇のなか、互いに呼びかけあった男たちの声。囚人の時間のすごし方は、人それぞれだ。

私は頭のなかで空想の旅にでていた。空想のなかでは充実した人生をせいいっぱい生きていたから、失ったものを憂い、胸がかきむしられるような思いに苦しまずにすんだ。囚人のなかには、いっさい口をきかない男もいた。いつも怒りを吐きだしている男もいた。神に祈る男もいれば、人間には耐えられないほど闇を暗くし、その漆黒の闇で暮らしている男もいた。

私は母さんが誇りに思ってくれるような死刑囚監房での時間を思いだそうとした。できるだけ楽観的に考えて、笑おうとしたこと。そのおかげで、なんとか日々を乗り越えることができた。裁判は終わりに近づいていた。それは私にもわかっていた。時間切れとなる日は刻々と近づいている――死刑執行日が決まったら、自分が死ぬ日時を知りながら生きるすべを身につけなければならない。自分の死刑執行日など、知りたくなかった。私の死の準備にいそしむ男たちの顔を見ながら最後の三〇日から六〇日をすごすよりは、不意打ちで執行されるほうがましだ。

違う人生を送りたかったと願わずにすごすのはむずかしかった。それでも、あのときこうしていたら、ああしていたらと振り返るばかりの思考回路におちいらないよう努力した。あのとき、あの車を運転したまま走り去らなかったら？〈ブルーノズ〉以外の職場で働いていたら？最初からブライアンに私の弁護をしてもらっていたら？

私はまだ自由を求めて闘ってはいたものの、運命を甘受する静かな諦念《ていねん》ももちはじめていた。

連中は誤って違う男を死刑囚監房に送り込んだことをけっして認めないだろう。私がここから外に歩いてでることは、けっしてないだろう。

二〇一三年一〇月、ブライアンが連邦最高裁に裁量上訴の請願書を提出し、一一月には州側が書面を提出した。私たちはその一週間後に、それに対する意見書を提出した。それから死刑囚監房で新年を祝い、二〇一四年が夜盗のようにこそこそとやってきた。そもそも、私たちになにを祝えというのだろう——また一年、生きていることを？　それとも、また一年、自分の死に近づくことを？

自由な人たちは、新年をどうやって祝うのだろう？

私にはわからなかったし、思いだすこともできなかった。

＊＊＊

二月も終わろうという頃、ブライアンから電話があった。この一五年間でいったい何回、彼に電話をかけなおしたことだろう。吉報を聞けたのは、そのうち何回あっただろう。

電話にでたとき、ブライアンは息を切らしているようだった。そして興奮していた。希望をもたないように努力したものの、胸の鼓動が速くなるのがわかった。

「レイ、あまり時間がないんだが、知らせておかなくちゃ——」

「なんです、ブライアン？　キム・カーダシアンが私のことを探しているとか？」

つい先日、私はキム・カーダシアンのためにサンドラ・ブラックとの離婚を決意していた。毎晩、相当の修羅場が繰り返されていた。

ブライアンが笑った。

「いや、レイ、違うんです。連邦最高裁の裁定がくだりました」

私は息をとめた。連邦最高裁が裁量上訴を認め、口頭での申立てができますように。かれらの前にでられれば、ブライアンは魔法をかけてくれる——裁量上訴を認められることはめったにないとわかっていたものの、私は法廷の光景を頭に思い浮かべた。ブライアンが連邦最高裁の法廷で私の無実を訴えているところを。ひょっとすると、オバマ大統領の前でも訴えてくれるかもしれない。いまや黒人の大統領が誕生していた。そんなことが実際に起こるとは、だれも予想していなかった。

「レイ、全員一致の決定でした。裁判官たちがあなたの事件に裁定をくだしたんです。審理をやり直すと言ったわけじゃありません。あなたの事件を見直し、裁定をくだしたんです。とにかく、少し読ませてください」

「どういう意味です、ブライアン？」。なにを言っているのか、わからない。

「いいですか、こう裁定したんです。アンソニー・レイ・ヒントン、アラバマ州死刑囚監房の死刑囚は、アラバマ州法廷が彼の事件にストリックランド判決の基準［訳注：有効な弁護の判断基準］**が適用されているか否かの判断を求めた。当法廷は、アラバマ州法廷の審理がその基準を満たしておらず、ヒントンの公判での弁護人は憲法上有効性を認められる弁護をおこなっていないと判**

断した。よって本法廷は下級裁判所の判決を無効にし、無能な弁護人による弁護が不利をもたらしたか否かに関して、本件の審理を下級裁判所に差し戻す」

言葉もなかった。ブライアンの話の内容を自分がきちんと理解しているのかどうか、ただただ知りたかった。

ブライアンが先を続けた。**「裁量上訴の請願と、ヒントンが貧困者の資格を認められたうえで手続きを求める請願を認め、アラバマ州刑事控訴裁判所の判決を無効とし、本件を差し戻し、この意見と一致しない手続きを認めない。上記のとおり命令する」**

「上記のとおり命令する？」

「レイ、上記のとおり命令する、です。連邦最高裁による命令ですよ。連邦最高裁は異議申立てを認めなかった。すぐに裁定をくだしたんです。あなたが有利になるように。かれらは控訴裁判所の判決をくつがえしたんですよ、レイ。これは全員一致の決定です」

私は受話器を落とし、床に座り込み、赤ん坊のように泣きじゃくった。九人の連邦最高裁の裁判官たち。保守派のスカリア判事までが、私を信じてくれたのだ。連邦最高裁の裁判官たちに、だれが反論できよう？　さすがのアラバマ州もこれまでだ。

しばらくしてから、私は受話器をまた手にとり、耳にあてた。ブライアンはまだ電話を切っていないだろうか。

「ブライアン？」

「なんです、レイ？」

「私のかわりに、レスターに電話をかけてくれますか?」

「お安いご用です、レイ。われわれにはまだ片づけなければならない仕事があります。州の法廷にも戻らなくちゃなりません。でも、これは勝利です、レイ。大きな勝利です。アラバマ州は再審理せざるをえないでしょう」

「荷造りはいつすれば?」

「まだです。でも、そう遠くはないはずです。しばらく時間がかかるでしょうし、あなたにはまだ踏ん張ってもらわなくちゃならない。でも、それほど時間はかからないはずです、友よ」

私は独房に戻ったけれど、その知らせをだれにも伝えなかった。まだ道のりは残っていたが、この二九年で初めて、トンネルの先に光がちらちらと点滅していた。連邦最高裁に、きみたちはあやまちを犯したのだと指摘されて、州の控訴裁判所はどんな反応を見せるだろう? パーハクスがもっとましな専門家を雇う経費を州側に要求しなかったから、私は彼の無能な弁護により不利益を受けたのだ。ペインは最低の専門家だった。パーハクスはなんの努力もしなかった。だがいま、連邦最高裁が私の味方についてくれたのだ。

すんげえ。

＊＊＊

刑事控訴裁判所は、私を巡回裁判所に——ペトロ裁判長のところに差し戻した。そして法廷は、パーハクスがもっと有能な専門家を雇う経費をだしてもらえることを知っていたら、もっと有能な専門家を雇ったかどうか、そしてまた有能な専門家を雇っていれば、私の有罪に合理的な疑いがもたらされたかどうかを判断することになった。答えはイエスだった。二〇一四年九月二四日、巡回裁判所は、私が不利益を得たという裁定をくだした。パーハクスは無能だったと認められ、私の規則第三二条請願が認められた。

一二月、私の事件はジェファーソン郡でふたたび訴訟事件一覧に載った。振り出しに戻ったのだ。年末、私は独房で夜中まで起きていて、ひとりぼっちだったけれど、二〇一五年という新年を歓喜のうちに迎えた。まだ自由の身にはなっていなかったものの、ブライアン・スティーヴンソンを私の弁護人に迎え、わが国でも右にでる者がいない最高の銃器の専門家三人に証人となってもらい、再審理を受けることになっていた。

一月、裁判長はホールマン州刑務所に、二月一八日午前九時の審問までに私をジェファーソン郡刑務所に戻すよう命じた。

私はついに、死刑囚監房をでていくことになったのだ。

ストレッチャーの上ではなく。遺体袋のなかでもなく。

テレビとテニスシューズは、ほかの囚人に譲った。売店で買った食べ物、本、予備の衣類はほかの独房に回してもらった。死刑囚監房の私がいるブロックには、明るい雰囲気が広がった。看守に外にだしてもらうと、私は同じ列にいる二八人の男たちに叫んだ。

「ちょっと聞いてくれるか?」

歓声や雄叫びがあがった。

「ようやく、でかける準備ができた。ここをでていく。この瞬間を迎えるのに、三〇年かかった。あんたたちは、三一年、かかるかもしれない。三二年、三三年、三五年、かかるかもしれない。でも、ぜったいにあきらめるな。希望にしがみつけ。希望があれば、大丈夫だ」

男たちが騒音を立てはじめた。死刑執行のときのようにドアを叩いているわけじゃない。それは歓喜に満ちた騒音だった。拍手と笑い声と気勢をあげる声がいりまじった。「ヒン-トン！ヒン-トン！ ヒン-トン！」

一瞬のうちに、高校時代に連れ戻された。私はバスケットボールのコートにいた。観衆が私の名前を呼んでくれていると思ったのに、そうではなかった、あのときに。人生とはなんとおかしなものだろう。悲劇と悲しみと勝利とよろこびが、妙なかたちでいりまじっている。

私は死刑囚監房から歩いてでていった。頭を高く掲げ、手に出生証明書をもって。

ついに、自由だ！

ついに、自由になるんだ！

全能なる神よ、感謝します。ついに、自由になりました！

バンに乗り込むと、三〇年前に私が歩いて向かっていった檻が見えた。かみそりのように先端が尖った金網のフェンス、干あがって埃っぽい中庭。もう二度と、この場所は目にしたくない。

まだ帰宅できてはいなかったものの、私は一歩、わが家に近づいていた。

23

それでも、
陽は輝く

何年間も毎日、おまえを殺すと
脅かしつづけていたら、
相手を傷つけ、心的外傷を
与えずにすむことなどありません。
人間の深い芯となる部分を
破壊せずにすむことなど
ないのです。
——ブライアン・スティーヴンソン

ブライアンの弁護士スタッフとの打ち合わせを終え、挨拶を終えて背を向けた。と、すぐにまた弁護士が小走りで面会室に戻ってきて、接見手続きを再度とる手間も惜しみ、あわてたようすで声をかけてきた。「レイ、レイ、ブライアンに電話してください。いますぐに」

私を房に連れ戻す看守がくるのを待ちながら、今度はいったいなんだろうと思案した。私はこの二カ月、郡刑務所に収監されたまま、再審理がおこなわれるのを待っていた。日程はまだ決まっていない。これまで数度、審問はひらかれたものの、証拠物件である銃や銃弾の所在がわからないという理由で、地区検事側が再審理を先延ばしにしていたのだ。おまけにあろうことか地区検事側は、ブライアン・スティーヴンソンが証拠物件を盗んだと言いがかりをつけてきた。もしそうなら、ブライアンは私の事件においてもっとも重要な証拠物件を盗んだことになる。

そこで今度は、二〇〇二年の審問でこちらの専門家たちが証拠物件を鑑定したあと、その証拠物件は検察側に戻し、それをギャレット裁判長が確認したという書面の写しを引っ張りだしてこなければならなかった。その後、地区検事の書記官が、法廷から離れた場所にある保管庫で、証拠物件である銃と銃弾が入った袋を見つけた。それ以降、検察側が新たな鑑定を実施するのを、私たちはずっと待っていたのだ。検察側は私をまた犯人にでっちあげ、死刑囚監房に戻すのではないかと、レスターは心配していた。でも、私はそこまで心配していなかった。ブライアンを信じていたから。そして真実を信じていたから。

自分の房があるブロックに戻り、壁に掛けられた電話機の列のほうに向かった。それからブライアンの番号にコレクトコールで電話をかけた。そのとき、ひとりの若者が近づいてきた。

「よお、おっさん」

私は受話器を指さし、若者に首を振ってみせた。おそらく規模の大きいギャングのメンバーなのだろうが、私にとってみればほんの小悪党にすぎなかった——なにも知らないくせに、ギャングを気どっている。私はこの若者たちを一人ひとり座らせ、もっとましな生き方をしないとどんな未来が待っているかを教えてやりたかった。人生は、かけがえがないものだ。きみたちの自由は、かけがえがないものだ。どんな理由で刑務所にきたにせよ、きみたちの人生にはもっともっと可能性があるんだぞと伝えたかった。私は死刑囚監房で一生を終えたくない。そうした日々がどんなものかを、かれらに教えてやりたかった。

若者たちは私のことを〝おっさん〟と呼ぶ。頭もひげも全体が白髪まじりになっているからだ。この郡刑務所にこのまえ連れてこられたとき、私は二九歳で、この若者たちと同じような年齢だった。

コレクトコールを了承するブライアンの声が聞こえた。

「こんにちは、ミスター・スティーヴンソン！」と、私は声を張りあげた。「話があるって聞いて、電話したんですが」

受話器に向かって大声で挨拶する私のほうをじろじろと見る数人の男たちに向かって、笑みを浮かべてみせた。

「レイ！」と、ブライアンの嬉しそうな声が聞こえてきた。「お元気ですか？」

「元気です。いま、ベンと打ち合わせを終えたところです。三〇年前にはこのような鑑定ができなかったと、イェイツが言ったそうですね。まったく、信じられませんよ、ブライアン。イェイツは銃弾の鑑定結果を変えた。正直な男だ。まさに奇跡だ」

「たしかに、イェイツの件も嬉しい知らせでしたが、もっとすごい知らせがあるんです」

「なんです？」

「じつは、いま、ニューヨーク市のホテルにいましてね。同僚との打ち合わせがあって。それで、ここには車できたんですが、道中でペトロ裁判長から電話がかかってきたんです」

「ほんとに？」

「ええ。それで、運転している同僚に頼んで、車を路肩に寄せてもらい、落ち着いて話を聞くことにしました。すると、ペトロ裁判長がこう言ったんです。地区検事がきょう、オンラインで手続きをとった、と。こちらにはなんの連絡もありませんでしたが、検察側はただオンラインで手続きをすませたと」

ブライアンは感極まっているようだった。

「なんの手続きをすませたんです？」

「レイ、家に帰れるんです。検察はあなたへの起訴をすべて取り下げた。友よ、帰れるんです。ついに、わが家に帰れるんですよ」

くずおれるようにして、座り込んだ。壁に背中をもたせ、目を閉じる。なにも話せない。なにも考えられない。息もできない。

わが家。

その単語を最後に耳にしてから、長い長い歳月が流れていた。

わが家。とうとう、うちに帰るんだ！

「おっさん！　おっさん！　大丈夫かよ？」。目をあけると、若い悪党が目の前に立ち、心配そうにこちらを見ていた。

私は顔をあげ、彼に微笑み、うなずいた。

「ブライアン、まさか、これ、エイプリルフールじゃないよですね？　冗談でこんなこと言わないですよね？　きょうは四月一日だ。ジョークなら笑えない」

ブライアンが笑った。

「ジョークじゃありません。裁判長はあなたを月曜日に釈放したいと言っていましたが、金曜日にしてほしいと頼んでおきました。あなたは、あさって金曜の午前中に釈放されます。迎えにいきますよ、レイ。ニューヨークからそちらにどういう経路で行けばいいのかわかりませんが、とにかく金曜の午前九時半までに迎えにいきます。あなたと私は一緒に刑務所から歩いて外にでるんです。レイ、ついに自由の身になれるんですよ」

私は笑った。「じゃあ、金曜日に、ブライアン。なにか着るものをもってきてくれますか？　この刑務所から裸ででていくわけにはいきませんから」

「まかせてください」

しばらく、どちらも口をきかなかった。言いたいことは山ほどあったが、言葉が見つからなかった。この男にどう感謝すればいい？　一五年間、彼はずっと私の味方でいてくれたし、それ以前から陰で力を尽くしてくれていた。私は死刑囚監房に連れていかれたけれど、その私を自宅に連れて帰るべく、ブライアン・スティーヴンソンははるばる足を運んできてくれた。言葉にならなかった。彼にこの恩を返すことなどできないだろう。

「神のご加護を」と、私は言った。

「ありがとう、レイ」。彼も私と同様、胸がいっぱいになっているようだった。挨拶をかわすと、電話が切れた。私は受話器を壁に掛けると、床に座り込み、大勢のならず者たちの前で赤ん坊のように泣きじゃくった。

ついに、うちに帰るんだ。

＊＊＊

ブライアンは金曜日の朝、迎えにきてくれた。そして素敵な黒いスーツと水色のシャツをもってきてくれた――アラバマの空の色と同じ色のシャツを。私は囚人服を脱ぎ、スーツに着替え、ブライアンのほうに歩いていった。

「どうです？」と、私は尋ねた。

「お似合いです、レイ。すごく似合う」。ブライアンもスーツを着て、ネクタイを締めていた。

「二人とも、ばっちり決まってる。レスターはきてますか？」

「もちろん、外であなたがでてくるのを待っていますよ。レスターがあなたを車に乗せ、ご自宅まで運転してくれるそうです。どうか自宅で何日か、ゆっくりすごしてください。それから、ぜひ〈司法の公正構想〉の事務所にいらしてください。うちの大勢のスタッフが、あなたとお目にかかるのを首を長くして待ってます」

私はブライアンにうなずいた。興奮し、緊張し、どこか呆然としていた。何年も何年もこの日を想像してきたけれど、まさかほんとうに自分の自由意思で、ここから歩いてでていける日がこようとは。

「レイ、外には大勢の人たちが待ちかまえています。記者も大勢いるし、カメラもひしめいています。これは一大ニュースなんですよ。テレビでこんな場面を見たことがあるでしょう？　できれば二言、三言、コメントしてください。言いたいことがあれば、なんでも言ってもらってかまいません。なにも言いたくなければ、無理に言う必要はありませんが」

身がすくんだ。だがそのとき、死刑囚監房にいる男たちの顔が頭に浮かんだ。みんな、ニュース番組を観るだろう。そして、私が釈放される場面を観るだろう。なにを言えばいいのかわからなかったけれど、外にでたら、なにかコメントしよう。

「準備はいいですか？」

「はい」

私は刑務所の書類に何枚かサインをして、それから両開きの扉のほうに歩いていった。大勢の人たちの姿が見えた。カメラの列も見えた。扉に手を伸ばし、ブライアンのほうを振り返った。

「準備はいい？」と、彼が小声で言った。

「三〇年間、準備してきた」。そう言うと、私は大きく深呼吸をし、ブライアンをすぐうしろに従えて、外へと歩いていった。

群衆が殺到してきた。姉さんたち。姪たち。レスターとシアの顔も見えた。一人ひとりと抱きあった。姉さんたちは泣きながら神を讃えていた。カメラはひたすら私の姿をとらえ、カシャッ、カシャッ、カシャッとシャッターを切りつづけている。私は手を伸ばし、レスターの肩をつかんだ。レスターもすごく洒落たスーツを着ていた。

泣き声と抱擁がひとしきり続き、喧騒が鎮まるまで一〇分ほどかかっただろうか。みんな静かになり、私が口をひらくのを待っている。周囲の顔をひとつずつ眺めていった。とうとう、自由になったのだ。あれをしろ、これをするなと命令する者はいない。自由なのだ。

自由！

私は目を閉じ、空を仰いだ。母さんに祈りを捧げた。神に感謝した。それから目をあけ、たくさんのカメラのほうを見た。とてつもなく長いあいだ、私は闇のなかにいた。昼も夜も、闇の日々が続いた。でも、それももう終わりだ。これまでは太陽が輝くのを拒む場所で暮らしてきた。もうたくさんだ。二度と戻るものか。

「陽は輝く」。そう言うと、私はレスターとブライアンのほうを見た。それぞれのやり方で、私を救ってくれた二人の男。

「陽は輝くのです」。そう繰り返したとたんに、涙があふれだした。

＊＊＊

私はレスターの車に乗り、シートベルトを締めた。車の助手席に座るのは三〇年ぶりだった。

「いい車だ」と、私は言った。

「もうオンボロだよ。おれたちと同じさ」と、レスターが笑った。「どこに行きたい？」

「共同墓地に行きたい。母さんの墓参りをしたいんだ」。レスターは車を通りへと走らせ、ハイウェイに向かった。シアは友人たちと一緒の車に乗り、レスターと私に二人だけの時間をつくってくれた。

「六〇メートル先、右折です」

女性の声がしたので、私は助手席で飛びあがった。あわてて振り返り、後部座席に目を走らせたが、だれもいない。その向こうの三列目の座席も見たけれど、だれの姿もない。声の主はどこにいる？

「右折です」。その声がまた言った。

「彼女はどこだ？」と、私は小声でレスターに尋ねた。

「彼女って？」

「行き方を教えてる白人の女性がいるじゃないか」

レスターはぽかんとした顔で私を見た。そして、声をあげて笑いはじめた。三キロほど、そうやって笑いつづけていただろうか。「ＧＰＳだよ——車のナビゲーションシステムさ。この車には白人女性なんか隠れちゃいない。レイ、誓うよ」

どうやらこれから、学ばなければならないことが山ほど待ちかまえているようだった。

＊＊＊

母さんの名前が彫られた墓石を見た。また胸が潰れそうになった。

「ただいま、母さん。帰ってくるって言っただろ。母さんのベイビーがうちに帰ってきたよ」

その日、泣くのは三回目だった。私が嗚咽を漏らすあいだ、レスターはだまって横に立っていた。戸外にいるのはなんだか妙な気分だった。看守がいない。フェンスもない。これまでに感じたことのない、ざわつくような不安に襲われた。私の落ち着きのなさを感じとったのだろう、レスターが私の肩に手を置き、ぎゅっと力をこめた。

自宅に戻る前にもう一カ所、寄りたいところがあった——ビュッフェ形式で料理が食べられる地元のレストランだ。これほど多種多様な料理を食べられるなんて、信じられなかった。バーベキュー、スコーン、オクラのフライ、バナナプディングをトレイに載せた。アイスティーができるのを待っていると、レスターが私の前に歩いてきた。そしてレジ係に一枚のカードを渡し、レジ係がそれを返すと、私のほうを振り向きもせず、テーブルのほうに歩いていった。

私は凍りついた。

レスターはレジ係に現金をいっさい渡さなかったじゃないか。私は一ドルも現金をもっていない。頭のなかが真っ白になった。するとレスターが私をさがして、こちらを振り返った。彼と目をあわせた。レジ係がこちらをじっと眺めている。レスターが戻ってきて、小声で言った。「どうかしたか、レイ?」

「あのさ……おれ……一ドルも持ちあわせがないんだよ」と、小声で応じた。

「もう支払いはすませたよ、レイ。心配いらない」

心臓がばくばくと音を立てた。だって、レスターは彼女に現金を支払っていなかった。私はちゃんと見ていたのだ。彼がなにを考えているのか、理解できなかった。

「レスター、おまえ、現金を支払ってないだろ。ずっと見てたんだぞ。オクラの無銭飲食で、またムショに逆戻りするのはごめんだ!」

「デビットカードで支払ったんだよ、レイ。現金で払ったわけじゃない。大丈夫、支払いは全部すんでるから。心配ご無用」

私はレスターのあとを追い、テーブルに向かい、席に座った。大勢の人が私のほうを見ていた。

釈放が公表された水曜日から、私のことがずっと報道されていた。みんながこちらを見ている理由がそれならいいのだが。この三〇年間、一度も使っていなかったフォークをぎこちなく扱いながら、あんまり心配するなと自分に言い聞かせた。殺人を犯しておきながら逃げおおせた男と、みんなが思っていたらどうしよう？　真犯人は私だと、みんなが思っていたら？　なにか言われたらどうしよう？　どう返事をすればいい？　また、頭のなかが真っ白になった。

「レイ」と、レスターがやさしい声で言った。「大丈夫だよ、レイ。なにも問題ない。これから食事をして、家に帰るんだ。今夜は本物のベッドで眠れる。万事うまくいくよ」

私はうなずいた。この店からでたかった。大勢の人たちに囲まれ、大勢の人に背中を見せていると落ち着かなかった。そのまま黙々と食事をすませ、レスターの家に到着すると、シアが待ってくれていた。彼女に会えて嬉しかったし、にっこりと微笑まれたとたん、不安が消えた。

私は自由だ。ほんとうに自由なんだ。

「おかえりなさい、レイ。おかえりなさい」。シアが腕を広げ、私を抱きしめた。これまでの長い歳月がとうとう終わりを告げたのだ。そう思い、私はまた泣きはじめた。

午前二時頃まで三人で笑ったり喋ったりした。遅い時間帯のニュース番組を観て、スーツ姿の私がじつに格好いいという話をした。ついにおやすみなさいと言うと、私はゲストルームのベッドに横になった。これまでに体験したことがないほど、やわらかいベッドに感じられた。

いまごろ、死刑囚監房では朝食の準備が終わった頃だろう。看守が通路を往復する音が聞こえるようだった。トレイがぶつかり、からんからんと鳴る音。おはようと声をあげる男たちの声。

汗と汚れの臭い。目に見えるようだったし、聞こえるようだったし、実際に臭いが漂っているようだった。

その感覚は、頭の下にあるやわらかい枕、顎まで引っ張りあげたいい匂いのする毛布より、よほど馴染みがあった。違和感があまりにも強烈で、また不安に襲われた。呼吸が速くなり、息づかいが荒くなった。自分の身体になにが起こっているのか、わからなかった。レスターを起こし、病院に連れていってもらうべきだろうか。このまま死んでしまうのだろうか。ようやく自由の身になったその日に、心臓発作に襲われたのだろうか。どうにかして息をととのえようとしたけれど、壁があちこちに動きはじめ、部屋がぐるぐると回転しはじめたような気がした。

もう我慢できない。私はベッドから飛びだし、バスルームに駆け込んだ。鍵をかけ、床に座り込み、膝のあいだに頭を挟んだ。

すぐに心臓が早鐘を打つのをやめ、呼吸も落ち着いてきた。顔をあげ、周囲に目をやった。バスルームは独房とちょうど同じくらいの広さだった。床に仰向けになって寝転がり、バスマットの上に頭を置いた。

今夜は、ここで眠ろう。

こっちのほうが、ずっと落ち着く。

24

監房のドアを叩く音

人種、貧困、不充分な法的支援、
そして無実の人間への
検察の無関心が重なり、
不平等と不正の見本のような例を
生みだしたのです。
アンソニー・レイ・ヒントンの
身に起こった事実ほど、
司法制度の改革が
喫緊《きっきん》の課題であることを
劇的に訴えている例はありません。
――ブライアン・スティーヴンソン

水は見たことがないほど明るい青緑色だった。浜辺にはやわらかな白い砂が広がり、素足の下に枕が連なっているように感じられた。レスターはキツネザルとたわむれていて、私はジョージ・クルーニーとバスケットの試合をしていた。私が勝った。

いい一日だ。

死刑囚監房にいたときにも、こんな日を経験したことはあった。でもいまは、頭のなかで空想の旅をしているわけじゃない。ほんとうにジョージ・クルーニーとバスケットをしているのだ。レスターも、ほんとうにキツネザルとたわむれている。そのあとは、リチャード・ブランソンのスイミングプールに、服を着たまま飛び込むことになった。私にとってそれは三〇年ぶりのプールだった。おかげで、いまの時代には携帯電話なるものがあることをすっかり失念し、プールの深いほうに飛び込む前に、ポケットからそれをとりだすのを忘れてしまった。

ときどき、まだ頭のなかで空想しているだけのような気がすることもある。ほんとうは独房に監禁されているのかもしれない——現実を完全に遮断しているだけなのかもしれない。私はみんなによくこう話す。おれはプロのバスケットと野球とフットボールのすべてでMVPを獲得した唯一の選手なんだぞ、と。すると、たいてい顔をまじまじと見られるし、ときにはこうばっさりと言われることもある。「おまえ、ムショで完全に頭がイカレちまったんだな」

釈放されてからの一年間は、聞いてくれる人がいればだれかれかまわずつかまえて、自分の体験談をしていた。そうこうしているうちに、リチャード・ブランソンが所有するネッカー島に招待された。彼のこのプライベート・アイランドで、死刑制度を終わらせる活動をしている人やセレブたちに体験を話してほしいと頼まれたのだ。

依頼があれば、私はどこにでも出向いた――教会、大学、狭い会議室、富豪が所有する島。私はめずらしい人間――死刑囚監房から生還した男――だった。と同時に、代弁者でもあった。まだ死刑囚監房の独房に座っている男たち一人ひとりの声を代弁するのだ。「私は正義を信じています」と、大勢の人たちに語った。「処罰に反対しているわけではありません。しかし、残忍な行為は支持しません。無益な処罰も支持しません」

バーミングハム近郊の教会で話を終えたときには、挙手をしたひとりの男性から、こう尋ねられた。あなたと同じ立場に追い込まれた人がいたら、どんな助言をしますか。「〝祈りなさい〟と助言します。〝そして祈りを終えたら、ブライアン・スティーヴンソンに電話をかけなさい〟と言うでしょう」。私がそう言うと、聴衆はいつも笑う。ハル・ベリーやサンドラ・ブロックやキム・カーダシアンと結婚した話をすると、やっぱり笑い声をあげる。そうやって笑うことで、聴衆は私の話に耳を傾けやすくなる。でも、祈りを捧げることが大切なのは、死刑囚監房のなかではまぎれもない真実だ。死刑囚監房の外でも、それが真実であることに変わりはない。

レスターは、私の母さんの家から二〇〇メートルほどのところに家を買った。私は母さんの家を改修した。一〇年以上も空き家だったので、楽な作業じゃなかった。そしていま、私はその家でひとり暮らしをしている。母さんが大好きだったあずまやも修理した。逮捕された日と同様に、あいかわらず自分で芝を刈っている。よく不思議がられる。よくもまあ、アラバマ州に住みつづけていられますね、と。だが、それはおかしな質問だ。なぜ、私がでていかなくちゃならない？アラバマは私の故郷だ。私はアラバマを愛している——夏の暑い日々、冬の激しい雷雨。大気の香りも、緑豊かな森も大好きだ。私にとってアラバマはいまだに神の恵み豊かな国であり、それはなにがあろうと変わらない。

私はアラバマを愛している。だが、アラバマ州は愛していない。私が無罪放免になったあと、検事や州司法長官など、私の有罪判決に関わった人間はだれひとり、謝罪していない。今後、謝罪があるとも思えない。

それでも、私はかれらを赦す。レスターの家ですごした最初の数週間は、困難をきわめた。周囲には見慣れないものばかりがひしめき、なにがなんだかわからなかった。でも、そのあと私は選択をした。赦すことを選んだのだ。怒りや憎悪が込みあげてきたと察したら、消し去るようにした。かれらは私の人生から三〇年もの歳月を奪ったが、赦すことができなければ、もうよろこびを感じられなくなる。そんなことになれば、残りの人生もかれらに奪われることになる。

これからの人生は、私のものだ。

アラバマ州は三〇年もの歳月を奪った。それでもう充分だ。

生活に慣れるまでには、相当の苦労を重ねた。パソコン、インターネット、スカイプ、携帯電話、ショートメール、メール。私にはそれらの知識がひとつもなかったし、ひとつももっていなかった。独房にいるあいだにテクノロジーは大きく世界を変え、追いつくのは至難の業だった。新たなテクノロジーを覚えようとすればするほど、身体と頭は死刑囚監房で身についたルーティンにしがみつこうとした。私は午前三時に起床し、朝食の支度をした。昼食は午前一〇時。夕食は午後二時にとる。巨大なキングサイズのベッドの隅っこで眠る。新たな生活習慣を身につけるのは大変ではあるけれど、私はまだ努力を続けている。

自由とは妙なものだ。私は自由を獲得したというのに、死刑囚監房にまだ監禁されているように、やり方を変えられないこともある。夕食に魚がでる曜日を覚えている。面会日がいつかも覚えている。何時頃、男たちが中庭に歩いていくかも覚えている。毎日、毎日、私の心は死刑囚監房に戻っていく。自由の身になってからよりも、死刑囚監房のなかにいたときのほうが、死刑囚監房のことを忘れるのは楽だったような気さえする。

肌に初めて雨粒を感じたときには、さめざめと泣いた。三〇年間、一度も雨を感じたことがなかったからだ。そしていま、雨が降っている。私はしゃにむに雨のなかへと駆けだしていく。雨はなんと美しいのだろう。雨を感じられなくなるまで、その美しさを実感したことはなかったけれど。私は毎朝——五キロから八キロほど——散歩をする。好きなように、好きなだけ。私は歩きたい。だって、歩けるのだから。散歩もまた、これまでに気づかなかった美しい世界を私に見せてくれる。

　私は心に傷を負っている。その傷は、レスターとブライアンにしか見えない。私は日常生活の日々の記録をしっかりと残している。かならずレシートをもらう。わざと防犯カメラの前を歩く。自宅で長時間、ひとりですごすのを好まない。そんなときは数人に電話をかけ、いま自分がなにをしているか告げるようにしている。夜もかならずだれかに電話をかけて、おやすみなさいと挨拶をする。それは私が孤独だからでも、ひとりぼっちになるのがこわいからでもない。どちらかといえば、ひとりですごすほうが好きなのだから。

　私は一日も欠かさず、自分のアリバイをつくりつづけているのだ。

同じことがまた自分の身に降りかかるのではないか、という恐怖のなかで生きているのだ。

レスターとブライアン以外の人間は、信用していない。

　週のうち数日はモンゴメリーに出向き、ブライアンやスタッフと一緒に〈司法の公正構想〉で仕事をしている。かれらと全国を巡り、体験談も披露している。私は六〇歳になったけれど、まだ引退するつもりはない。引退などという贅沢をしている余裕はないし、引退できるとしてもしようとは思わない。そもそも、なにから引退するというんだ？　私は三十代と四十代と五十代を隠遁《いんとん》してすごした。いまは生きたくて仕方がない。毎朝、目を覚ますたびに、生きていることに、そして自由の身であることに感謝する。私はいま、死刑囚監房にまだ収監されている男たちの気持ちを代弁する声となっている。正義を求める声となっている。刑務所で心身を破壊されてしまった者たちの声を伝える広報係なのだ。

私は死刑制度を終わらせたい。

私の身に起こったことが、だれかの身に二度と起こらないようにしたい。

この三〇年、面会日を一度も欠かすことなく長距離を運転して会いにきてくれたレスターに、キャデラックのエスカレードを買って恩返しがしたい。

それに、サンドラ・ブロックに会いたい。

この世には、まだしたいことが山ほど残っている。だからそうした時間がありますようにと、私は神に祈る。夜になると母さんの写真に向かって、家に帰ってきたよと語りかける。〝わが家〟と呼べるこの家を私は大切にしているし、毎日、母さんの存在を感じている。

夕方になると、母さんが大好きだったあずまやに座る。ホールマン刑務所で死刑が執行される日には、てのひらで椅子やテーブルを叩き、これまでに五四回言ったことがある台詞を繰り返す。「踏ん張れ。あきらめるな。頭を高く掲げろ。おれたちがついてる。おまえはひとりじゃない。うまくいく」。だが五四回とも、ほんとうのところなんと言えばいいのかわからなかった。

いまでもわからない。

私は無条件の愛をそそいでもらった場所で暮らしている。死刑囚監房では、そうした無条件の愛がきわめてめずらしいことも知った。母さんは私を心から愛してくれた。レスターも同じだ。私たちの友情はこのうえなく貴重で、講演を依頼されればどこにでも――ネッカー島であろうとロンドンであろうと――レスターに同行してもらっている。私にはその程度のことしかできない。ときおり、二人で顔を見あわせては、とんでもない人生の不思議に微笑むことがある。私たちは二人とも古い炭坑町プラコで育った貧しい少年だったのに、バッキンガム宮殿を貸し切りで案内してもらえるという僥倖にも恵まれたのだから。

　ヤンキースの試合を観る機会にも恵まれた。

　ハワイにもでかけた。

　私は多忙な毎日を送っているし、さまざまな恩恵を授かった。

　それでも、あの三〇年間を取り戻せるのなら、このすべてをよろこんで差しだす。母さんと一分間、一緒にすごせるのなら、ジョージ・クルーニーと会えなくたってかまわない（すまない、ジョージ）。

　あの日、連中がうちにこなければ、私の人生はどうなっていただろう――私はどんな人間になっていただろう――と、いまでも思わずにはいられない。でも、「なぜ、私だったんだ？」とは自問しないように心がけている。それはあまりにも利己的な疑問だ。

　こいつはあいつより公平に扱う価値などないと、なぜ判断できるのだろう？　無罪を勝ちとるには、なぜカネが必要なのだろう？　マクレガー検事は亡くなり、生前、一冊の本を遺した。彼は本のなかで私のことに触れ、私がどれほどの悪人であるかを説明している。ずる賢い殺人犯だと非難しているのだ。なぜ外見を見ただけで、私が有罪であることがわかるのだろう？　それでも私はマクレガー検事を赦す。だれかが彼に、人種差別主義者になりなさいと教えたのだ――ヘンリー・ヘイズにだれかが教え込んだように。あの二人は同じコインの表と裏だ。

　私はレジーを赦す。弁護士のパーハクスを赦す。アッカー警部補を赦し、ギャレット裁判長を赦し、真相がつまびらかにならないよう奮闘した州司法長官を赦す。弱い者いじめを続けたアラバマ州を赦す。人はいじめに立ち向かわなければならない。

私は赦す。赦さないかぎり、傷つくのは自分だから。

私は赦す。母さんが私をそう育ててくれたから。

私は赦す。お赦しになる神がいるから。

私たちは、人生をひとつのストーリーにまとめようとする――起承転結のあるストーリーに。筋が通っていて、生きる目的があって、物事がそうなるのはもっと大きな運命で定められているというストーリーに。私はいまでも、人生の三〇年を失ったことにはどんな目的があったのだろうと思案している。とんでもない間違いが起こっただけなのに、このうえなく理不尽なことが起こっただけなのに、そこには意味があったと考えようとするのだ。

だれもがみな、そうしている。

悪いことが起こったら、そこから立ち直るすべを見つけなければならない。すべての終わりをハッピーエンドにしなければならない。

私たちのだれもが、自分を尊重したいと思っている。自分の人生を生き、自分の物語を紡ぎ、自分で選択したいと思っている。それができなければ、自分を尊重することなどできない。

大切なのはそこなのだと、死刑囚監房で私は学んだ。

どう生きるか、それが肝心なのだ。

愛することを選ぶのか、憎むことを選ぶのか。助けるのか、傷つけるのか。

自分の人生が永遠に変わってしまった瞬間を、正確に知るすべなどない。バックミラーに目をやり、その気配を察するしかないのだ。信じてほしい、それが近づいてくるのを目の当たりにすることは、けっして、けっして、ない。

後記

一人ひとりの名前に祈りを捧げる

アンソニー・レイ・ヒントンが
今後、州法廷で
審問を受けられるように
本法廷が命じなければ、
彼は無罪放免となるのではなく、
おそらく処刑されていただろう。
――スティーヴン・ブライヤー
連邦最高裁判所裁判官

二〇一七年三月の時点で、わが国には死刑囚監房に座っている男性と女性の死刑囚がいる。統計学的に見ると、次のリストに名前をあげられている死刑囚の一〇人にひとりは無実である。このリストの名前を最初から最後まで読んでもらいたい。その一人ひとりに家族がいて、生い立ちがあり、一連の選択があり、出来事があり、その結果、かれらは檻のなかで人生を送るようになった。

かれらの名前を読んでほしい。このなかで誤判を受けた人間がだれか、おわかりになるだろうか？　無実の人間はだれか、おわかりになるだろうか？　かれらの名前を読んでほしい。かつて、私の名前もこのリストのなかにあった。延々と続く名前のリストのひとつにすぎなかった。望みのない運命を定められたひとりにすぎなかった。この世で類を見ないほど冷酷非情な殺人犯だったのだ。

ただ、それは事実ではなかった。

かれらの名前を読んでほしい。かれらの物語を知ってほしい。だれに生きる価値があり、だれに死ぬ価値があるのかを、判断することなどできるのだろうか？　私たちに、そんな権利があるのだろうか？　人は間違いを犯すものだと承知しながら、そんな判断をくだす権利があるのだろうか？　一〇機に一機の確率で飛行機が墜落するとわかっていたら、すべてのフライトを中止し、原因を究明するはずだ。私たちの司法制度には欠陥がある。だからいまこそ、死刑制度を廃止しなくてはならない。

私のよき友人ブライアン・スティーヴンソンは語っている。森羅万象における倫理の円弧は、正義のほうにたわんでいるが、正義には助けが必要だ、と。よき人々が不正や不平等に敢然と立ち向かったとき、初めて正義は実現する。森羅万象の倫理の円弧には、それを正義のほうにたわませようとする人々の力が必要だ。そのためには、正義の側を支援しようと協力してくれる人々も必要となる。

かれらの名前を音読してほしい。

一〇人の名前を読みあげたら、そのたびに「無罪」と言ってほしい。

そのリストにあなたの息子さんや娘さんの名前をくわえてほしい。兄弟やご両親の名前をくわえてほしい。

私の名前をくわえてほしい。そして、あなたの名前も。

死刑制度には欠陥がある。あなたははたして〈死の部隊〉の一員になるのだろうか、それとも独房のドアを叩く一員になるのだろうか。

どちらかを選んでもらいたい。

Johnny Bennett
Rodney Berget
Brandon Bernard
G'dongalay Parlo Berry
Donald Bess
Norfolk Junior Best
Robert W. Bethel
Danny Paul Bible
James Bigby
Archie Billings
Jonathan Kyle Binney
Ralph Birdsong
Steven Vernon Bixby
Byron Black
Ricky Lee Blackwell, Sr.
Herbert Blakeney
Roger Blakeney
Andre Bland
Demond Bluntson
Scott Blystone
Robert Bolden
Arthur Jerome Bomar
Aquil Bond
Charles Bond
Melvin Bonnell
Shaun Michael Bosse
Alfred Bourgeois
Gregory Bowen
Nathan Bowie
William Bowie
Marion Bowman, Jr.
Terrance Bowman
Richard Boxley
David Braden

Abdul H. Awkal
Carlos Ayestas
Hasson Bacote
John Scott Badgett
Orlando Baez
Juan Balderas
John Balentine
Terry Ball
Michael Eric Ballard
Tyrone Ballew
John M. Bane
George Banks
Stephen Barbee
Iziah Barden
Steven Barnes
William Barnes
Aquila Marcivicci Barnette
Jeffrey Lee Barrett
Kenneth Barrett
Anthony Bartee
Brandon Basham
Teddrick Batiste
John Battaglia
Anthony Battle
Richard Baumhammers
Richard R. Bays
Jathiyah Bayyinah
Richard Beasley
Tracy Beatty
Bryan Christopher Bell
Rickey Bell
William H. Bell
Anthony Belton
Miles Sterling Bench

Seifullah Abdul-Salaam
Abuali Abdur'rahman
Daniel Acker
Stanley Adams
Michael Addison
Isaac Creed Agee
Shannon Agofsky
Nawaz Ahmed
Hasan Akbar
Rulford Aldridge
Bayan Aleksey
Guy S. Alexander
Billie Jerome Allen
David Allen
Guy Allen
Kerry Allen
Quincy Allen
Scott Allen
Timothy Allen
Juan Alvarez
Brenda Andrew
Terence Andrus
Antwan Anthony
William Todd Anthony
Anthony Apanovitch
Azibo Aquart
Arturo Aranda
Michael Archuleta
Douglas Armstrong
Lance Arrington
Randy L. Atkins
Quintez Martinez Augustine
Perry Allen Austin
Rigoberto Avila, Jr.

Eric Cathey
Ronnie Cauthern
Steven Cepec
Tyrone Chalmers
Terry Ray Chamberlain
Frank Chambers
Jerry Chambers
Ronald Champney
Kosoul Chanthakoummane
Davel Chinn
David Chmiel
Troy James Clark
Sedrick Clayton
Jordan Clemons
Curtis Clinton
Billie W. Coble
James Allen Coddington
Benjamin Cole
Jaime Cole
Wade L. Cole
Timothy Coleman
Douglas Coley
Jesse Celeb Compton
Gary Cone
Michael Conforti
Jerry W. Connor
James T. Conway III
Derrick L. Cook
Robert Cook
Wesley Paul Coonce
Odell Corley
Raul Cortez
Luzenski Allen Cottrell
Donney Council

Junius Burno
Kevin Burns
William Joseph Burns
John Edward Burr
Arthur Burton
Jose Busanet
Edward Lee Busby, Jr.
Ronson Kyle Bush
Steven A. Butler
Tyrone Cade
Richard Cagle
James Calvert
Alva Campbell, Jr.
James A. Campbell
Robert J. Campbell
Terrance Campbell
Anibal Canales
Jermaine Cannon
Ivan Cantu
Ruben Cardenas
Kimberly Cargill
Carlos Caro
David Carpenter
Tony Carruthers
Cedric Carter
Douglas Carter
Sean Carter
Shan E. Carter
Tilon Carter
Linda Carty
Walter Caruthers
Omar Cash
August Cassano
Juan Castillo

Michael Jerome Braxton
Alvin Avon Braziel, Jr.
Mark Breakiron
Brent Brewer
Robert Brewington
Allen Bridgers
Shawnfatee M. Bridges
Dustin Briggs
Grady Brinkley
James Broadnax
Joseph Bron
Antuan Bronshtein
Romell Broom
Arthur Brown
Fabion Brown
John W. Brown
Kenneth Brown
Lavar Brown
Meier Jason Brown
Micah Brown
Paul A. Brown
Michael Browning
Charles Brownlow
Eugene A. Broxton
Jason Brumwell
Quisi Bryan
James Nathaniel Bryant
Laquaille Bryant
Stephen C. Bryant
Duane Buck
George C. Buckner
Stephen Monroe Buckner
Carl W. Buntion
Raeford Lewis Burke

Joel Escobedo
Noah Espada
Gregory Esparza
Larry Estrada
Kamell Delshawn Evans
Henry Fahy
Nathaniel Fair
Richard Fairchild
Robert Faulkner
Angelo Fears
Leroy Fears
Donald Fell
Anthony James Fiebiger
Edward Fields
Sherman Lamont Fields
Cesar R. Fierro
Ron Finklea
Robert Fisher
Stanley Fitzpatrick
Andre Fletcher
Anthony Fletcher
Robert Flor
Charles Flores
Shawn Eric Ford, Jr.
Tony Ford
Linwood Forte
Kelly Foust
Elrico Fowler
Anthony Francois
Antonio Sanchez Franklin
Robert Fratta
James Frazier
Darrell Wayne Frederick
John Freeland

Jason Dean
Eugene Decastro
Jose Dejesus
James Anderson Dellinger
Reinaldo Dennes
James A. Dennis
Paul Devoe
Robert Diamond
Anthony James Dick
William Dickerson, Jr.
Archie Dixon
Jessie Dotson
Kevin Dowling
Marcus Druery
Troy Drumheller
John Drummond, Jr.
Steven Duffey
Jeffrey N. Duke
David Duncan
Joseph Duncan
Timothy Alan Dunlap
Harvey Y. Earvin
Keith East
Dale Wayne Eaton
Stephen Edmiston
Terry Edwards
John Eichinger
Scott Eizember
Gerald C. Eldridge
John Elliott
Terrence Rodricus Elliott
Clark Richard Elmore
Phillip L. Elmore
Areli Escobar

Bernard Cousar
David Lee Cox
Jermont Cox
Russell Cox
Daniel Crispell
Dayva Cross
Billy Jack Crutsinger
Obel Cruz-Garcia
Edgardo Cubas
Carlos Cuesta-Rodriguez
Daniel Cummings, Jr.
Paul Cummings
Rickey Cummings
Clinton Cunningham
Jeronique Cunningham
George Curry
Brandon Daniel
Henry Daniels
Johnny R. Daughtry
Tedor Davido III
Lemaricus Davidson
Erick Davila
Brian E. Davis
Cecil Davis
Edward E. Davis
Franklin Davis
Irving Alvin Davis
James Davis
Len Davis
Michael Andre Davis
Nicholas Davis
Phillip Davis
Roland T. Davis
Von Clark Davis

Gabriel Paul Hall
Jon Hall
Justen Hall
Leroy Hall
Orlando Hall
Randy Halprin
Ronald James Hamilton, Jr.
Phillip Hancock
Gerald Hand
Patrick Ray Haney
James Hanna
Sheldon Hannibal
John G. Hanson
Alden Harden
Marlon Harmon
Garland Harper
Donnie Lee Harris, Jr.
Francis Bauer Harris
James Harris, Jr.
Jimmy Dean Harris
Roderick Harris
Timothy Hartford
Nidal Hasan
Jim E. Haseldon
Larry Hatten
Gary Haugen
Thomas Hawkins
Anthony Haynes
Michael James Hayward
Rowland Hedgepeth
Danny Hembree
James Lee Henderson
Jerome Henderson
Kennath Henderson
Ramiro Gonzales
Mark Anthony Gonzalez
Clarence Goode
Christopher Goss
Bartholomew Granger
Donald Grant
John Marion Grant
Ricky Jovan Gray
Ronald Gray
Gary Green
Travis Green
Randolph M. Greer
Allen Eugene Gregory
Warren Gregory
William Gregory
Wendell Arden Grissom
Timmy Euvonne Grooms
Scott Group
Angel Guevara
Gilmar Guevara
Howard Guidry
Geronimo Gutierrez
Ruben Gutierrez
Randy Guzek
Daniel Gwynn
Randy Haag
Richard Hackett
Thomas Hager
Kenneth Hairston
Conan Wayne Hale
Delano Hale, Jr.
Billy Hall
Charles Michael Hall
Darrick U. Hall
Ray Freeney
James Eugene Frey, Jr.
Danny Frogge
Clarence Fry, Jr.
Robert Ray Fry
Chadrick Fulks
Barney Fuller
Marvin Gabrion II
David Gainey
Tomas Gallo
Bryan S. Galvin
Joseph Gamboa
Larry James Gapen
Ryan Garcell
Edgar Baltazar Garcia
Fernando Garcia
Hector L. Garcia
Joseph Garcia
John Steven Gardner
Daniel T. Garner
Humberto Garza
Joe Franco Garza, Jr.
Bill Gates
Malcolm Geddie, Jr.
Jonathan Lee Gentry
Ronald Gibson
John Gillard
Richard Glossip
Milton Gobert
James Goff
Tilmon Golphin
Ignacio Gomez
Nelson Gongora
Michael Gonzales

Marcel Johnson
Martin Allen Johnson
Marvin G. Johnson
Matthew Johnson
Nikolaus Johnson
Raymond Eugene Johnson
Roderick Andre Johnson
William Johnson
Aaron C. Jones
Donald Allen Jones
Elwood Jones
Henry Lee Jones
Jared Jones
Julius Darius Jones
Odraye Jones
Phillip L. Jones
Quintin Jones
Shelton D. Jones
Clarence Jordan
David Lynn Jordan
Lewis Jordan
Elijah Dwayne Joubert
Anthony B. Juniper
Jurijus Kadamovas
Jeffrey Kandies
William John Keck
David Keen
Troy Kell
Emanuel Kemp, Jr.
Christopher Kennedy
Donald Ketterer
Joseph Kindler
John William King
Terry King

Percy Hutton
Terry Alvin Hyatt
Johnny Hyde
Ramiro Ibarra
Dustin Iggs
Jerry Buck Inman
Billy R. Irick
William Irvan
Ahmad Fawzi Issa
David Ivy
Andre Jackson
Christopher Jackson
Cleveland Jackson
Jeremiah Jackson
Kareem Jackson
Nathaniel Jackson
Richard Allen Jackson
Shelton Jackson
Daniel Jacobs
Timothy Matthew Jacoby
Akil Jahi
Stanley Jalowiec
James Jaynes
Joseph Jean
Willie Jenkins
Robert M. Jennings
Ralph Simon Jeremias
Christopher Johnson
Cory Johnson
Dexter Johnson
Donnie E. Johnson
Donte Johnson
Harve Lamar Johnson
Jesse Lee Johnson

Warren K. Henness
Timothy Hennis
Fabian Hernandez
Fernando Hernandez
Charles Hicks
Danny Hill
Genesis Hill
Jerry Hill
Anthony Darrell Hines
George Hitcho, Jr.
Henry Hodges
Timothy Hoffner
Michael Hogan
Brittany Holberg
Norris Holder
Allen Richard Holman
Mitchell D. Holmes
Dave Taberone Honi
Dustin Honken
Cerron Thomas Hooks
Darien Houser
William Howard Housman
Gregory Lee Hover
Jamaal Howard
Samuel Howard
Gary Hughbanks
Marreece Hughes
Robert Hughes
John Hughey
Stephen Lynn Huguely
John Hummel
Calvin Hunter
Lamont Hunter
Jason Hurst

Darrell Maness
Leroy Elwood Mann
Kevin Marinelli
Gerald Marshall
Jerome Marshall
David Martin
Jeffrey Martin
Jose Noey Martinez
Mica Alexander Martinez
Raymond D. Martinez
Lenwood Mason
Maurice Mason
William Michael Mason
Damon Matthews
Kevin Edward Mattison
Charles Maxwell
Landon May
Lyle May
Randall Mays
Angela D. McAnulty
Jason Duval McCarty
Ernest Paul McCarver
Robert Lee McConnell
Michael McDonnell
George E. McFarland
Larry McKay
Calvin McKelton
Patrick McKenna
Gregory McKnight
Freddie McNeill
John McNeill
Mario McNeill
Charles D. McNelton
David McNish

Antione Ligons
Kim Ly Lim
Carl Lindsey
Marion Lindsey
Kevin James Lisle
Leo Gordon Little III
Emmanuel Littlejohn
Juan Lizcano
Robbie Locklear
Stephen Long
Christian Longo
George Lopez
Manuel Saucedo Lopez
Charles Lorraine
Ernest Lotches
Gregory Lott
Albert Love
Douglas Anderson Lovell
Dwight J. Loving
Jose T. Loza
Melissa Lucio
Joe Michael Luna
David Lynch
Ralph Lynch
Glenn Lyons
Clarence Mack
Michael Madison
Beau Maestas
Floyd Eugene Maestas
Mikal D. Mahdi
Orlando Maisonet
Ricky Ray Malone
James Mammone III
Charles Mamou, Jr.

Juan Kinley
Anthony Kirkland
Marlan Kiser
Melvin Knight
John J. Koehler
Ron Lafferty
Richard Laird
Keith Lamar
Bernard Lamp
Mabry Joseph Landor III
Lawrence Landrum
Eric Lane
Edward L. Lang III
Robert Langley
Robert Lark
Thomas M. Larry
Joseph R. Lave
Mark Lawlor
Daryl Lawrence
Jimmie Lawrence
Wayne A. Laws
Wade Lay
William Lecroy
Daniel Lee
Guy Legrande
Gregory Leonard
Patrick Leonard
William B. Leonard
John Lesko
Emanual Lester
David Lee Lewis
Harlem Harold Lewis III
Armando Leza
Kenneth Jamal Lighty

Tyrone L. Noling
Lejames Norman
Michael W. Norris
Clinton Robert Northcutt
Eugene Nunnery
Billy Lee Oatney, Jr.
Denny Obermiller
Abel Ochoa
Richard Odom
Walter Ogrod
James D. O'Neal
Arboleda Ortiz
Gregory Osie
Gary Otte
Freddie Owens
Donyell Paddy
Miguel Padilla
Scott Louis Panetti
Carlette Parker
Johnny Parker
Michael Parrish
Maurice Patterson
Jeffrey Williams Paul
James Pavatt
Pervis Payne
Kevin Pelzer
Albert Perez
Kerry Perez
Louis Perez
Lawrence Peterson
Us Petetan
Tracy Petrocelli
Bortella Philisten
Mario Lynn Phillips

Mikal Moore
Randolph Moore
Richard Bernard Moore
Hector Manuel Morales
Samuel Moreland
James Lewis Morgan
William Morganherring
Farris Morris
William Morva
Carl Stephen Moseley
Errol Duke Moses
Naim Muhammad
Michael Mulder
Travis Mullis
Frederick A. Mundt, Jr.
Eric Murillo
Craig Murphy
Jedediah Murphy
Julius Murphy
Kevin Murphy
Patrick Murphy
Patrick Dwaine Murphy
Harold Murray IV
Jeremy Murrell
Austin Myers
David Lee Myers
Ricardo Natividad
Keith D. Nelson
Marlin E. Nelson
Steven Nelson
Clarence Nesbit
Calvin Neyland, Jr.
Harold Nichols
Avram Vineto Nika

Thomas Meadows
Anthony Medina
Hector Medina
Rodolfo Medrano
Pablo Melendez
Frederick Mendoza
Moises Mendoza
Ralph Menzies
Jeffrey Meyer
Hubert Lester Michael, Jr.
Donald Middlebrooks
David S. Middleton
Iouri Mikhel
Ronald Mikos
Blaine Milam
Clifford Ray Miller
David Miller
Demontrell Miller
Dennis Miller
Alfred Mitchell
Lezmond Mitchell
Marcus Decarlos Mitchell
Wayne Mitchell
Jonathan D. Monroe
Milton Montalvo
Noel Montalvo
Marco Montez
Caron Montgomery
Lisa Montgomery
William Montgomery
Nelson W. Mooney
Blanche T. Moore
Bobby James Moore
Lee Edward Moore, Jr.

Tyree Alfonzo Roberts
James Robertson
Mark Robertson
Charles L. Robins
Antyane Robinson
Cortne Robinson
Eddie Robinson
Gregory Robinson
Harvey Robinson
Julius Robinson
Marcus Robinson
Terry Lamont Robinson
William E. Robinson
Felix Rocha
Kwame Rockwell
Alfonso Rodriguez
Juan Carlos Rodriguez
Pedro Rodriguez
Rosendo Rodriguez
Dayton Rogers
Mark J. Rogers
William Glenn Rogers
Martin Rojas
Richard Norman Rojem, Jr.
Edwin R. Romero
Christopher Roney
Clinton Rose
Christopher Roseboro
Kenneth Rouse
Darlie Lynn Routier
John Allen Rubio
Rolando Ruiz
Wesley Ruiz
Travis Runnels

Charles Randolph
Samuel B. Randolph IV
William Rayford
Dennis Reed
Rodney Reed
Michael Reeves
Robert Rega
Albert E. Reid
Anthony Reid
David Renteria
Horacio A. Reyes-Camarena
Juan Reynosa
Charles Rhines
Rick Allen Rhoades
Charles Rice
Jonathan Richardson
Martin A. Richardson
Thomas Richardson
Timothy Richardson
Cedric Ricks
Raymond G. Riles
Billy Ray Riley
Michael Rimmer
Britt Ripkowski
Michael Rippo
Angel Rivera
Cletus Rivera
Jose A. Rivera
William Rivera
Warren Rivers
James H. Roane, Jr.
Jason Robb
Robert Roberson
Donna Roberts

Ronald Phillips
Mark Pickens
Michael Pierce
Christa Pike
Briley Piper
Alexander Polke
Richard Poplawski
Ernest Porter
Thomas A. Porter
Gilbert Postelle
Gregory Powell
Kitrich Powell
Wayne Powell
Gerald Lee Powers
Ted Prevatte
Jeffrey Prevost
Taichin Preyor
Ronald Jeffrey Prible, Jr.
Robert Lynn Pruett
Corinio Pruitt
Michael Pruitt
Joseph Prystash
Wesley Ira Purkey
Derrick Quintero
Syed M. Rabbani
Charles Raby
Derrick Ragan
Walter Raglin
William Raines
Ker'sean Ramey
John Ramirez
Juan Raul Ramirez
Robert M. Ramos
Andrew Darrin Ramseur

Anthony Sowell
Jeffrey Sparks
Robert Sparks
Dawud Spaulding
William Speer
Melvin Speight
Warren Spivey
Mark Newton Spotz
Mark L. Squires
Steven Staley
Stephen Stanko
Norman Starnes
Andre Staton
Roland Steele
Patrick Joseph Steen
Davy Stephens
Jonathan Stephenson
John Stojetz
Ralph Stokes
Sammie Louis Stokes
Patrick Jason Stollar
Bobby Wayne Stone
Paul David Storey
Bigler Jobe Stouffer II
Darrell Strickland
John Stumpf
Tony Summers
Brian Suniga
Dennis Wade Suttles
Gary Sutton
Nicholas Sutton
Larry Swearingen
Richard Tabler
David Taylor

Duane A. Short
Tony Sidden
Brad Keith Sigmon
Kenneth Simmons
David Simonsen
Kendrick Simpson
Rasheen L. Simpson
Mitchell Sims
Vincent Sims
Fred Singleton
Michael Singley
George Skatzes
Henry Skinner
Paul Slater
John Amos Small
Christopher Smith
Demetrius Smith
Jamie Smith
Joseph W. Smith
Kenny Smith
Michael Dewayne Smith
Oscar F. Smith
Reche Smith
Roderick Smith
Wayne Smith
Wesley Tobe Smith, Jr.
Ricky Smyrnes
Mark Isaac Snarr
David Sneed
John Oliver Snow
Mark Soliz
Michael H. Sonner
Walter Sorto
Pedro S. Sosa

Eric Walter Running
Larry Rush
Pete Russell, Jr.
Michael Patrick Ryan
James C. Ryder
Victor Saldano
Tarus Sales
Thavirak Sam
Michael Sample
Gary Lee Sampson
Abraham Sanchez
Alfonso Sanchez
Anthony Castillo Sanchez
Ricardo Sanchez
Carlos Sanders
Thomas Sanders
William K. Sapp
Daniel Saranchak
David Allen Sattazahn
Kaboni Savage
Byron Scherf
Conner Schierman
Michael Dean Scott, Jr.
Kevin Scudder
Ricky D. Sechrest
Juan Meza Segundo
Manuel M. Sepulveda
Ricardo Serrano
Bobby T. Sheppard
Erica Sheppard
Donald William Sherman
Michael Wayne Sherrill
Brentt Sherwood
Anthony Allen Shore

Shonda Walter
Christina S. Walters
Billy Joe Wardlow
Faryion Wardrip
Byron Lamar Waring
Leslie Warren
Anthony Washington
Michael Washington
Willie T. Washington
Gerald Watkins
Herbert Watson
John Watson III
James Hollis Watts
Obie Weathers
Michael Webb
Timmy John Weber
Bruce Webster
John Edward Weik
James Were
Herbert Dwayne Wesley
Hersie Wesson
Steven West
Robert Wharton
Daryl K. Wheatfall
Thomas Bart Whitaker
Garcia G. White
Melvin White
Timothy L. White
Keith Dedrick Wiley, Jr.
George Wilkerson
Christopher Wilkins
Phillip E. Wilkinson
Willie Wilks
Robert Gene Will II

Andres Antonio Torres
Jorge Avila Torrez
Jakeem Lydell Towles
Heck Van Tran
Michael Travaglia
Stephen Treiber
Carlos Trevino
James Earl Trimble
Daniel Troya
Gary Allen Trull
Isaiah Glenndell Tryon
Dzhokhar Tsarnaev
Russell Tucker
Albert Turner
Michael Ray Turner
Bruce Turnidge
Joshua Turnidge
Raymond A. Twyford III
Stacey Tyler
Jose Uderra
Alejandro Umana
Kevin Ray Underwood
David Unyon
Fidencio Valdez
John E. Valerio
James W. Vandivner
Robert Van Hook
Siaosi Vanisi
Richard Vasquez
Christopher Vialva
Jorge Villanueva
Warren Waddy
James Walker
Henry Louis Wallace

Eddie Taylor
Paul Taylor
Rejon Taylor
Rodney Taylor
Ronald Taylor
Von Taylor
Donald Tedford
Ivan Teleguz
James Tench
Bernardo Tercero
Gary Terry
Karl Anthony Terry
Michelle Sue Tharp
Thomas Thibodeaux
Andre Thomas
Andrew Thomas
Donte Thomas
James Edward Thomas
James William Thomas
Joseph Thomas
Kenneth D. Thomas
Marlo Thomas
Steven Thomas
Walic Christopher Thomas
Ashford Thompson
Charles Thompson
Gregory Thompson
John Henry Thompson
Matthew Dwight Thompson
John Thuesen
Raymond Tibbetts
Jeffrey Dale Tiner
Richard Tipton
Chuong Duong Tong

Aric Woodard
Robert Woodard
Anthony Woods
Darrell Woods
Dwayne Woods
Vincent Wooten
Charles Wright
William Wright
Raghunandan Yandamuri
Robert Lee Yates
Robert Ybarra, Jr.
Christopher Young
Clinton Young
Leonard Young
Edmund Zagorski

Robert Williams, Jr.
Roy L. Williams
Terrance Williams
Howard Hawk Willis
Edward T. Wilson
James Wilson
Ronell Wilson
Louis Michael Winkler
Andrew Witt
William L. Witter
Jeffrey Wogenstahl
Ernest R. Wolver, Jr.
David L. Wood
Jeffery Wood
John Richard Wood
Termane Wood

Andre Williams
Antoine L. Williams
Arthur Lee Williams
Cary Williams
Charles Christopher Williams
Christopher Williams
Clifford Williams
Clifton Williams
David Kent Williams
Eric Williams
Eugene Johnny Williams
James T. Williams
Jeffrey Williams
Jeremy Williams
John Williams
Perry Eugene Williams

謝辞

まず親友のレスターと彼の妻シルヴィアに感謝を。いいときも、悪いときも、泥にまみれたときも、いつもそばにいてくれてありがとう。きみたちは、けっして私を批判せず、けっして私に見切りをつけなかった。獄中の三〇年間、欠かさず会いにきてくれたからこそ、私は晴れて自由の身になれた。貴重な時間、笑い、無限の愛を授けてくれてありがとう。面会室を明るくしてくれてありがとう。きみたちがしてくれたすべてに、きみたちが自分の意志でしてくれたことのすべてに、それを継続してくれたことに、ありがとう。徹夜勤務を終えたあとでも一日中運転して、私が腰を下ろしてお喋りする相手が欠けることがないようにしてくれた。遠路はるばるきてくれて、ありがとう。愛について語る人は大勢いるけれど、きみたち二人は真の愛と友情を身をもって教えてくれた。きみたち二人を愛しているのは、私にしてくれたことのためじゃなく、きみたちという人間そのものを愛しているからだし、きみたちがかけがえのない存在だからだ。きみたちが私の味方でいてくれたように、私はいつだってきみたちの味方だ。レスター、きみのことを考えると、ヨハネの福音書の第一五章一三節、〝友のために自分の命を捨てること、これ以上に大きな愛はない〟を思いだす。

ブライアン・スティーヴンソンに感謝を。私の事件で眠れない夜を何度もすごし、司法制度の関係者がだれも私を信じていないときに、私を信じてくれた。ブライアン、きみはまさに倫理の声であり、司法制度のあるべき方角を指す羅針盤だ。貧しい人間のために粉骨砕身《ふんこつさいしん》を続け、どんなに分《ぶ》が悪くても闘いつづけるきみは、神がつかわしたもっとも偉大な弁護士だ。もっとも偉大な弁護士であるだけではなく、崇高な人間だ。私の弁護士で、弟で、友だ。私に一〇億ドルの資産があったとして、その資産を丸ごとこれまでの努力への謝礼にあてても足りないだろう。きみへの尊敬は海より深く、私の人生にきみをつかわしてくださったことを神に感謝する。おかげで、私はまた人間を信じることができたし、世の中には慎み深い立派な人間がいることを学べた。きみの半分でもいいから、恥ずかしくない人間になりたいと願っている。そしてまた世間の人たちにも、貧しい人や世間から排斥《はいせき》された人をもっと支援してほしいと願っている。紳士淑女のみなさん、万が一、私と同じような立場に追い込まれ、身に覚えのない罪を問われて逮捕されたら、まず祈りを捧げてほしい。それから、ブライアン・スティーヴンソンに電話をかけてほしい。彼の電話番号は、あなたの緊急電話番号だ。

〈司法の公正構想〉の大勢のスタッフにも深謝する。私のために残業をし、睡眠不足と闘ってくれた。シャーロット・モリソン、アーリン・ウレル、ドリュー・コルファクス、キャスリーン・プライス、アンドリュー・チャイルダース、シア・サネー、カーラ・クラウダー、スティーヴン・チュー、ベン・ハーモン。私の人生を救ってくださり、感謝してもしきれない。

私のエージェントであるアイディア・アーキテクツ社のダグ・エイブラムスとチームに感謝する。私の体験談に信頼を置き、無限のエネルギーと情熱をそそぎこみ、出版までのプロセスの舵取りをしてくれた。そしてもっと公平な世の中を実現するべく、読者の胸に訴えかける本をつくってくれた。これほどの仕事ぶりを見せてくれるエージェントはないだろう。

執筆に力を貸してくれたラーラ・ラヴ・ハーディン、ありがとう。きみはすばらしい文才、理解力、忍耐力の持ち主だ。八〇〇〇ページに及ぶ裁判記録や裁判関係の書類に目を通してくれた気概には頭が下がる。私と一緒にこれまでの旅を一歩一歩なぞり、つらい記憶を呼び起こすときには、私の気持ちを推し量り、締切りを考慮してくれた。死刑囚監房での三〇年を凝縮し、私たちのだれのなかにもある人間性を浮き彫りにするストーリーに昇華させてくれた。

セント・マーティンズ・プレス社の編集者ジョージ・ウィットに深謝する。私の体験談を尊重したうえで、最高の作品にしてくれた。セント・マーティンズのすばらしいチーム、サラ・スウェイト、ポール・ホックマン、ガブリエル・ガンツ、マーティン・クイン、ローラ・クラーク、トレイシー・ゲスト、ラファル・ギベク、サラ・エンシー、クリス・エンシー、ありがとう。支援してくれたマイケル・キャントウェルにも深謝する。本書の出版に尽力してくれたサリー・リチャードソンとジェニファー・エンダリンにも御礼を申しあげる。

釈放されてから、私は大勢の人たちの前で体験談を伝えてきた。話に耳を傾け、私に愛と支援とインスピレーションを授けてくださったみなさんにも感謝したい。みなさんのおかげで、困難に負けず、この体験談を伝えつづけていこうという気概が湧いてきた。マイケル・ムーランと奥さんのキャシーにはとくに感謝したい――この新たな友との交友が生涯続くことを願っている。私の体験談が正義を求めて闘う人、よき友人になろうと努力している人、無条件に人を愛そうとしている人に影響を与えることを願っている。公平であるとはかぎらない現在の司法制度を正すための行動はだれでも起こせることを、ぜひ知っていただきたい。

本書をお読みになっているあなたが、いま死刑囚監房にいる場合、または犯していない罪を問われて収監されている場合、あるいは実際に罪を犯して収監されている場合――どうか本書を読み、希望を見いだしてほしい。闘いつづけてほしい。生きつづけてほしい。自分は変われる、この状況をかならず変えられると信じてほしい。たとえ最悪の間違いを犯したとしても、あなたはただそれだけの存在ではない。あなたがどこにいようとも、あなたがだれであろうとも、仲間に手を差しのべ、暗い場所を照らしだしてもらいたい。

訳者あとがき

三〇年もの長きにわたる歳月、無実の身でありながら死刑囚監房に監禁されていたら、人の心身はいったいどうなってしまうのだろう?

一九八五年、当時二九歳だったアラバマ州バーミングハム在住の派遣従業員アンソンニー・レイ・ヒントン氏は、強盗銃撃事件の被疑者としてとつぜん連行され、起訴された。これにくわえ、のちに二件の殺人事件で追起訴、翌年、死刑判決を受け、アラバマ州立刑務所の死刑囚監房の独房に投獄された。

これは誤判だった。貧しい黒人青年であったがゆえに人種差別の犠牲となったヒントン氏は人生を奪われ、三〇年近くものあいだ、独房に監禁されていたのである。だが無実のヒントン氏は罪を認めず、ときに絶望しながらも自由を求め、公正とはいえないアメリカの司法制度と獄中で闘いつづけた。

本書は、氏がその過酷な体験を綴った回想録である。二〇一八年にアメリカで発売されるやいなや大反響を呼び、ニューヨークタイムズ紙のベストセラー・リストに躍りでた。

ノーベル平和賞受賞者であり、南アフリカの平和運動家である聖公会のデズモンド・ツツ元大主教は「信じられないほど過酷な状況に置かれていても、他者への思いやりを忘れない著者の姿勢は驚異としか言いようがない」と、賞賛を寄せた。また、アメリカの人気司会者オプラ・ウィンフリーも「魂を鷲掴《わしづか》みにされた。これまで数々の名作を読んできたが、無実の死刑囚が生きる力と自由を獲得していく過程を描いたこの作品に類はない。掛け値なしの傑作だ」と絶賛した。

ヒントン氏は人種差別が激しいアメリカ南部のアラバマ州で生まれ育ち、幼少の頃から人種差別を受けてきた。アメリカの南部は昔から人種差別が激しい。一八九〇年以降、南部各州の政府は日常生活で人種の分離を義務化する人種差別法を採用し、公立学校、列車の車両、公立図書館、水飲み場、レストランなどをすべて白人用と黒人用に分けた。二〇世紀になってもこうした人種差別は続いたうえ、白人至上主義者の秘密結社KKK《クー・クラックス・クラン》も暗躍し、なんの罪もない黒人をリンチにしていた。

人種差別にくわえ、ヒントン氏の前に立ちはだかったのがアメリカの刑事司法制度だった。かつては黒人に対し差別的に死刑が宣告されていた。一時はそれが問題となって、死刑は停止されたものの、ふたたび復活した。なかでもアラバマ州は全米でもっとも多くの死刑を執行する州となった。おまけに同州では、陪審員が決定した死刑以外の評決を、裁判長がくつがえすことができるうえ、州全体の公設弁護人制度がないため、貧しい被告人は有能な弁護士の支援を受けられない。そのせいで、無実であるにもかかわらず、貧しい黒人であるがゆえに死刑となる悲劇があとを絶たないのだ。

死刑を宣告されたヒントン氏に手を差しのべたのは、ブライアン・スティーヴンソン氏だ。アラバマ州を拠点に黒人や貧困者の救済活動を続ける弁護士で、非営利団体〈司法の公正構想《イコール・ジャスティス・イニシアチブ》〉の事務局長を務めている。これまでに何十人もの死刑囚を救済してきた人権派の辣腕弁護士であり、その姿勢は全米で高く評価され、数々の受賞歴を誇り、マッカーサー財団の「天才」賞も受賞している。スティーヴンソン弁護士の尽力がなければ、ヒントン氏はいま、生きながらえていないだろう。

ここで、アラバマ州の上訴制度について簡単に説明しておこう。この州では、一審（郡の地裁）で死刑を宣告された被告人は、州の刑事控訴裁判所と最高裁判所に上訴し、審理のやり直し（再審理）を求めることができる（日本では一審から二審への上訴を「控訴」、二審から三審への上訴を「上告」と呼ぶが、本書ではすべて「上訴」とした）。州最高裁の判決に不服がある場合は、さらに連邦最高裁に上訴できる。すべての上訴で手段が尽きた場合の最後のチャンスは、連邦の人身保護請求令状《ヘイビアスコーパス》を要求すること。被告人に対する刑事手続きに憲法違反があったことを認められれば、有罪判決をくつがえすことができる。しかし、こうした努力には気が遠くなるほどの時間や費用がかかるうえ、ヒントン氏が経験したように裁判所をいわばたらい回しにされることも少なくなく、成功する例はめったにない。

ちなみに、日本では被疑者や被告人や死刑囚は拘置所に、有罪判決を受けて自由を剝奪された受刑者は刑務所に収監されるが、アメリカでは刑務所が拘置所の役割を兼ねているところが多い。そのため本書では、その管轄によってjailを「郡刑務所」、prisonを「州刑務所」と訳出した。また、ヒントン氏が死刑囚として投獄されていたホールマン刑務所の正式名称はホールマン矯正施設だが、原書でも著者がこの施設をprisonと呼んでいるため、「刑務所」という訳語をあてた。ご了承いただきたい。

死刑囚監房という地獄から生還したヒントン氏の体験はきわめて過酷だが、本書には、そのことだけが綴られているのではない。三〇年間、一度も欠かさず面会にきてくれた真の友レスターやほかの死刑囚との友情など、暗闇に射し込む一筋の光も美しく描写されていて、胸に迫る。母親から無条件の愛情をそそがれて育ってきたことも、著者にとっては大きな救いだった。ネットにはAnthony Ray Hinton Exonerated After 30 Yearsという動画があがっている。検索すれば、釈放されたヒントン氏がスティーヴン弁護士と一緒に建物の外にでて、親友のレスターや姉たちと抱きあう感動的なシーンをご覧になれるはずだ。

なお本書の法律関係の用語に関しては、レイ法律事務所の近藤敬先生、阪口菜香先生にご確認いただいた。この場をお借りして厚く御礼申しあげます。

ヒントン氏の魂の叫び声ともいえる本書が、多くの読者の心に届くことを願って。

二〇一九年　五月

栗木さつき

本文中の引用箇所に関しては、左記の書籍から当該箇所の文章をそのまま引用させていただいた。

『黒い司法　黒人死刑大国アメリカの冤罪と闘う』（ブライアン・スティーヴンソン、宮崎真紀訳、亜紀書房）
『アラバマ物語』（ハーパー・リー、菊池重三郎訳、暮らしの手帖社）
『山にのぼりて告げよ』（ボールドウィン、斎藤数衛訳、早川書房）
『聖書』（新共同訳、日本聖書協会）

奇妙《きみょう》な死刑囚《しけいしゅう》

2019年 8 月 5 日　初版第 1 刷発行

著者
アンソニー・レイ・ヒントン

訳者
栗木《くりき》さつき

法律監修
近藤 敬（レイ法律事務所）、阪口采香（同）

編集協力
藤井久美子

装幀
Y&y

印刷
中央精版印刷株式会社

発行所
有限会社 海と月社
〒180-0003　東京都武蔵野市吉祥寺南町2-25-14-105
電話0422-26-9031　FAX0422-26-9032
http://www.umitotsuki.co.jp

定価はカバーに表示してあります。
乱丁本・落丁本はお取り替えいたします。

ISBN978-4-903212-67-8

弊社刊行物等の最新情報は以下で随時お知らせしています。
ツイッター　@umitotsuki
フェイスブック　www.facebook.com/umitotsuki
インスタグラム　@umitotsukisha